稀見清代科舉文集選刊

壹

陳維昭 編

復旦大學出版社

本書獲得國家社會科學基金重點項目「稀見元明清科舉文獻序跋輯釋」資助，項目批准號：21AZW013

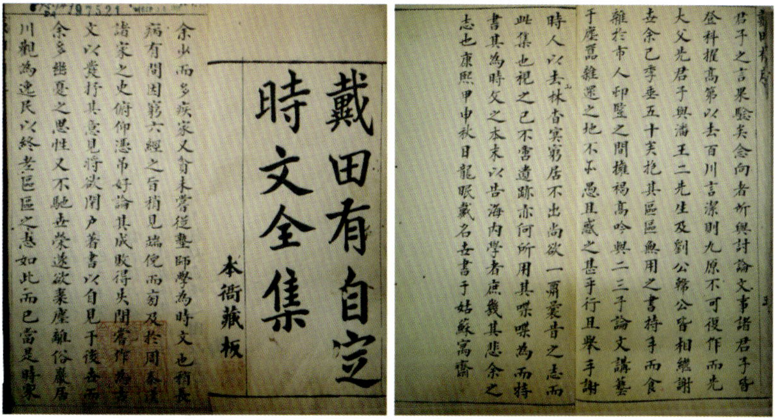
戴田有自定時文全集
本衙藏板

余少而多疾家又貧未嘗從塾師學為時文也稍長
病有間因窮六經之旨稍見端倪而窮及於周秦漢
諸家之史俯仰憑弔好論其成敗得失間嘗作為古
文以發抒其意見將欲閉戶著書以自見于後世而
余多幽憂之思性又不馳于榮遂欲棄塵離俗巖居
川觀為逸民以終其區區之志如此而已當是時家

君子之言果驗矣念向者所與討論文事諸君子皆
登科擢高第以去百川言潔則九原不可復作而先
大父先君子與潘王二先生及劉公幹公皆相繼謝
世余已年垂五十矣抱其區區無用之書持手而食
雜於市人卯監之間擁褐高吟與二三子論文講藝
于塵囂雜遝之地不亦愚且惑之甚乎行且舉手謝
時人以去林杳寂窮居不出尚欲一舉畢昔之志而
此集也視之已不啻遺跡亦何所用其喋喋為而特
書其為時文之本末以告海內學者庶幾其悲余之
志也康熙甲申秋日龍眠戴名世書于姑蘇寓齋

《戴田有自定時文全集》, 康熙間刻本, 四川大學圖書館藏

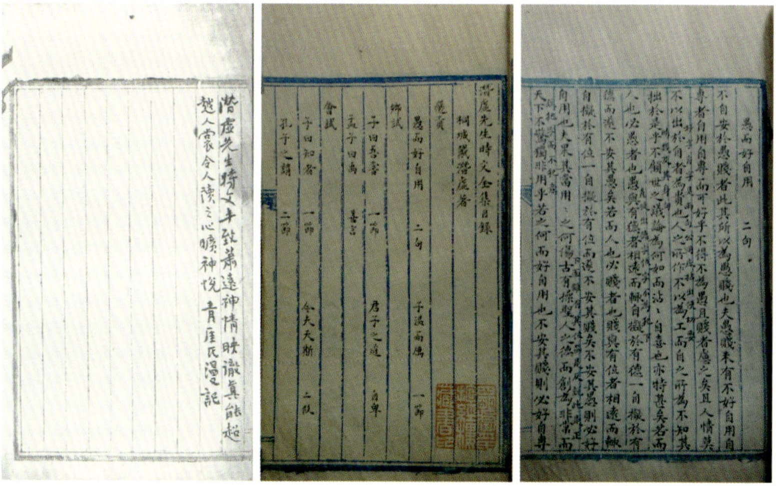
潛虛先生時文手致蕭遠神情映徹真能超
越人意令人讀之心曠神悅 青屋氏漫記

潛虛先生時文全集目錄
桐城戴潛虛著
歲貢
愚而好自用 二句 子溫而厲 一節
鄉試
子曰吾害 一節 君子之道 自卑
孟子曰為 善言
會試
子曰知者 一節 今夫天斯 二節
孔子之謂 二節

愚而好自用 二句

《潛虛先生時文全集》, 乾隆間抄本, 上海圖書館藏

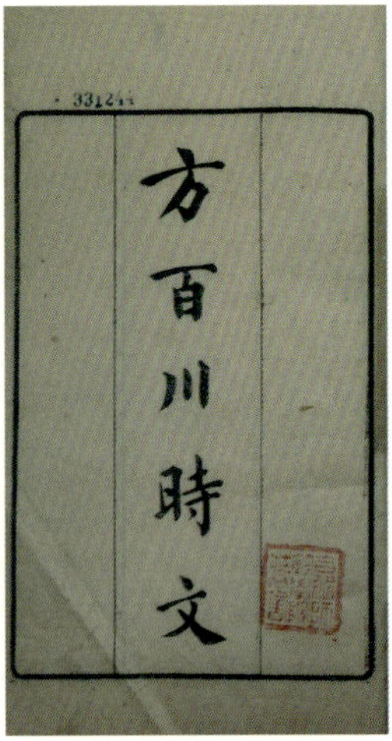

《方百川時文》，咸豐間刻本，
安徽師範大學圖書館藏

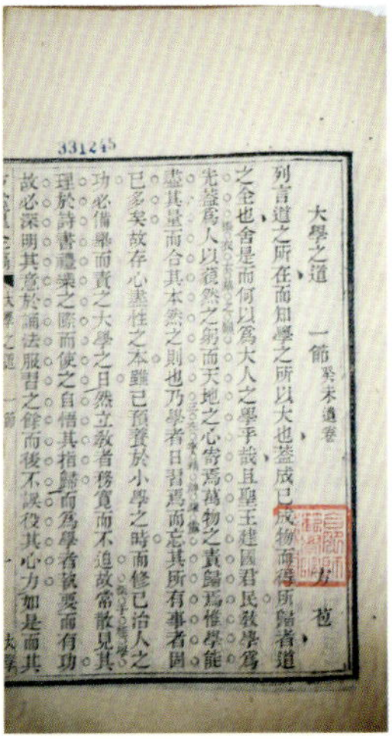

《方靈皋全稿》，咸豐間刻本，
安徽師範大學圖書館藏

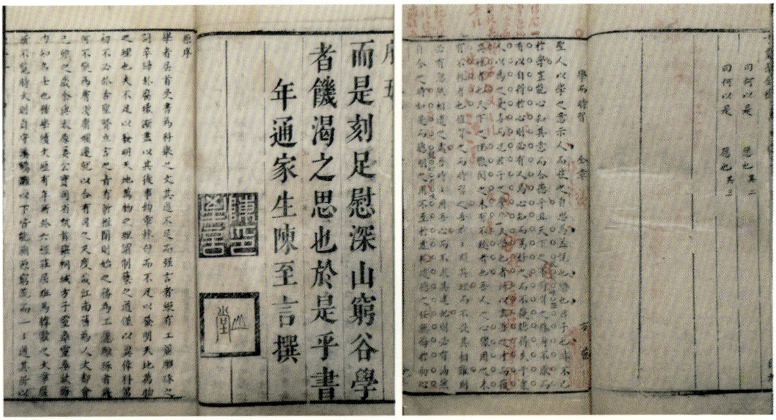

《方靈皋全稿》，康熙間刻本，復旦大學圖書館藏

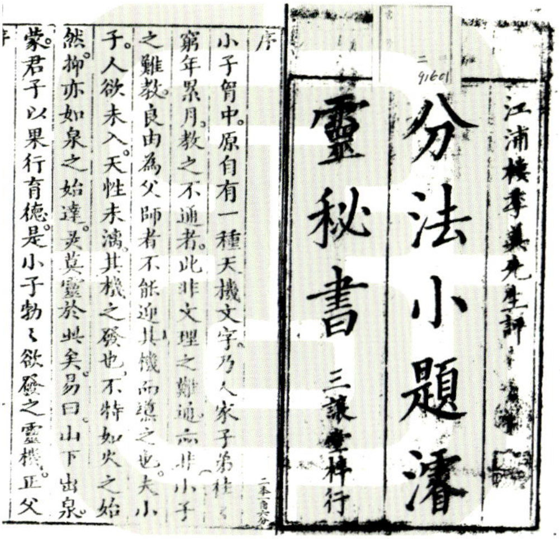

江浦横李賓先生評

分法小題濬靈秘書

三讓堂梓行

序

小子曾中原自有一種天機文字乃人家子弟往往窮年累月教之不通者此非文理之難通亦非小子之難教良由為父師者不能迎其機而導之也夫小子人欲未入天性未漓其機之發也不特如火之始然抑亦如泉之始達莫靈於此矣易曰山下出泉蒙君子以果行育德是小子勃勃欲發之靈機正父

《分法小題濬靈秘書》，三讓堂梓行，
中國國家圖書館藏

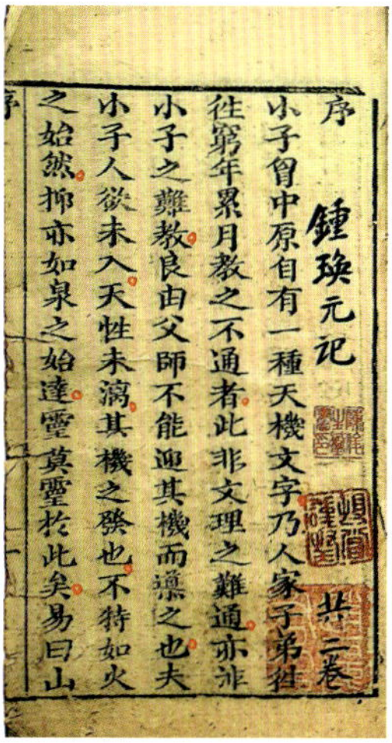

序

小子曾中原自有一種天機文字乃人家子弟往往窮年累月教之不通者此非文理之難通亦非小子之難教良由父師不能迎其機而導之也夫小子人欲未入天性未漓其機之發也不特如火之始然抑亦如泉之始達靈莫靈於此矣易曰山

鍾琰元記

共二卷

《分法小題濬靈秘書》，
乾隆五十年序本，陳俊生藏

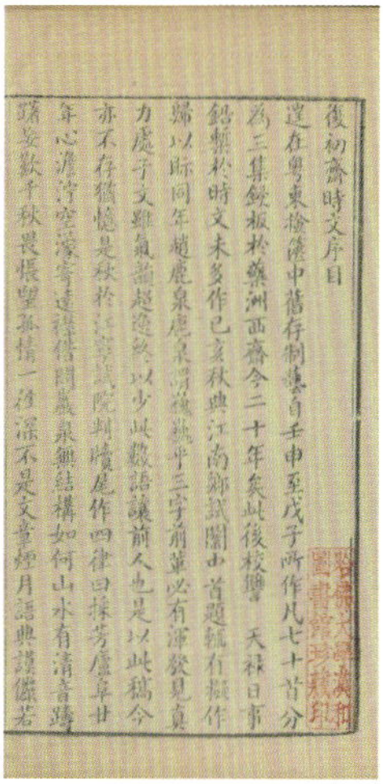

復初齋時文序目

《復初齋時文》，乾隆間
刻本，哈佛大學圖書館藏

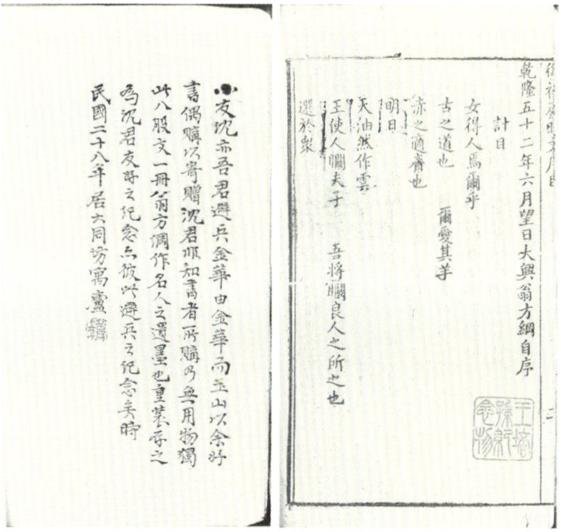

友沈亦吾君避兵金華由金華而玉山以余好書偶購得以寄贈沈君亦知書者所購乃無用物獨此八股文一冊翁方綱作名人之遺墨也重其手之為沈君友好之紀念亦彼此避兵之紀念耳時

民國二十八年居大同坊寓廬識

復初齋時文序目

乾隆五十二年六月望日大興翁方綱自序

計目

女得人焉爾乎

古之道也

爾愛其羊

涼之適齊也

明日

天油然作雲

王使人瞯夫子

吾將瞯良人之所之也

選於衆

《復初齋時文》，乾隆間刻本，上海圖書館藏

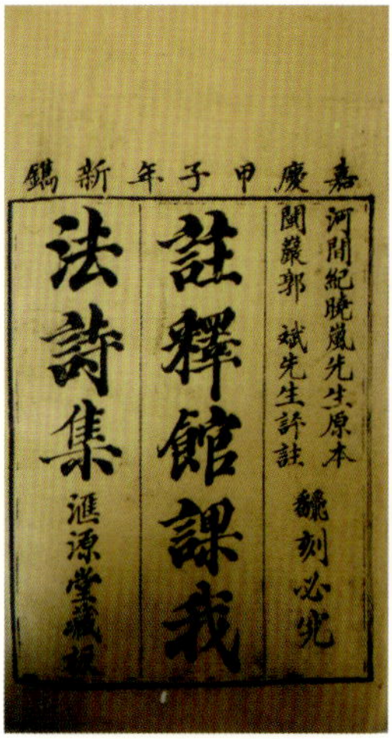
嘉慶甲子年新鐫
河間紀曉嵐先生原本
註釋館課我
法詩集
滙源堂藏板
翻刻必究

《館課我法詩箋》，
嘉慶甲子滙源堂刻本，
復旦大學圖書館藏

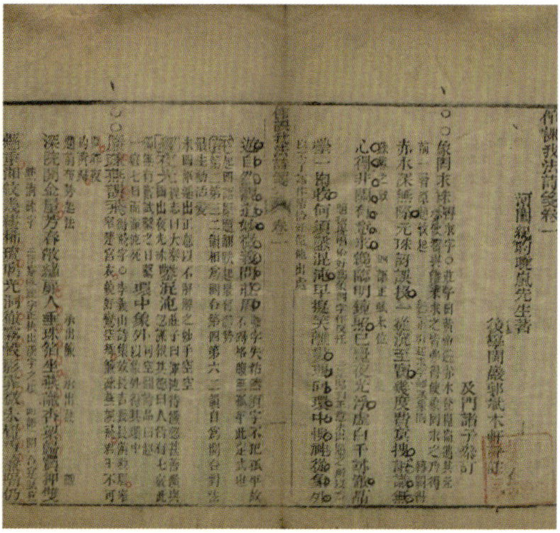

《館課我法詩箋》，嘉慶丁巳一枝山房刻本，
天津圖書館藏

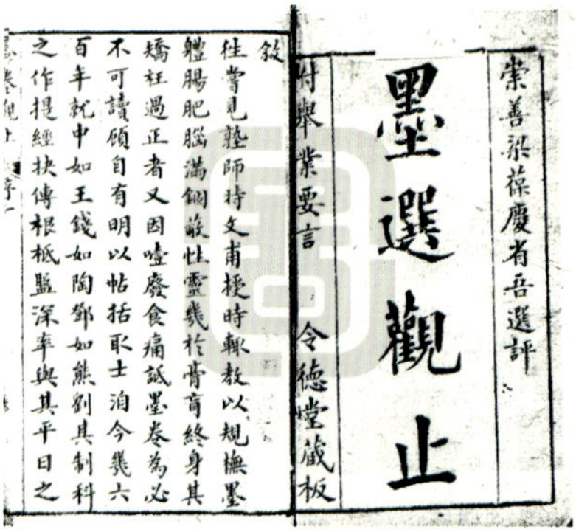
業善梁葆慶者吾選評
墨選觀止
附舉業要言
令德堂藏板

敘
往嘗見塾師持文甫授時輒教以規撫墨體腸肥腦滿錮蔽性靈幾於膏肓終身其矯枉過正者又因噎廢食痛詆墨卷為必不可讀頗自有明以帖括取士洎今幾六百年就中如王錢如陶鄧如熊劉具制科之作提經抉傳根柢盬深率與其平日之

《墨選觀止》，道光間令德堂刻本，
中國國家圖書館藏

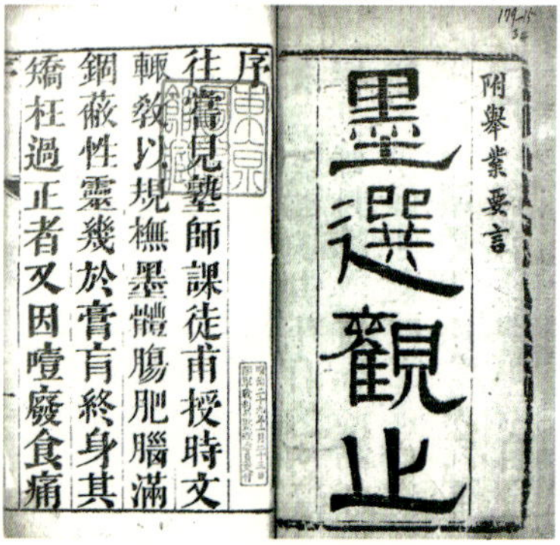
墨選觀止
附舉業要言

序
往嘗見塾師課徒甫授時文輒教以規撫墨體腸肥腦滿錮蔽性靈幾於膏肓終身其矯枉過正者又因噎廢食痛

《墨選觀止》，道光間刻本，
日本國立國會圖書館藏

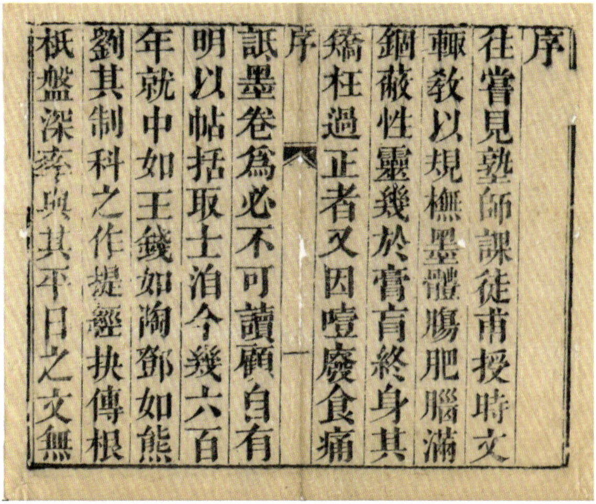
序
往嘗見塾師課徒甫授時文
輙教以規橅墨體膓肥腦滿
錮蔽性靈幾於膏肓終身其
矯枉過正者又因噎廢食痛
序　一
詆墨卷爲必不可讀顧自有
明以帖括取士洎今幾六百
年就中如王錢如淘鄧如熊
劉其制科之作提綴抉傳根
柢盤深瘁與其平日之文無

《墨選觀止》, 道光間刻本, 陳維昭藏

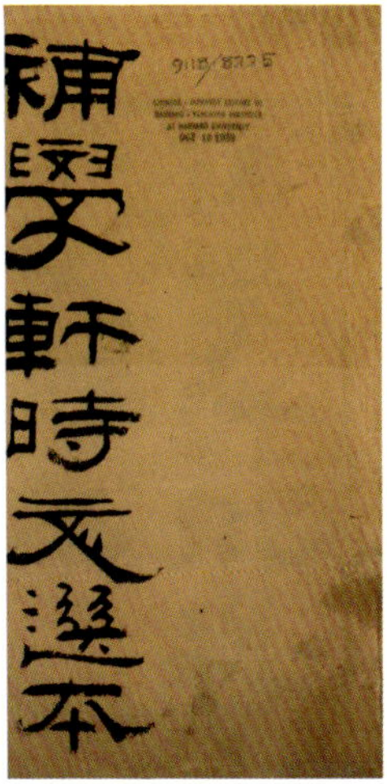

《補學軒批選時文讀本》,
同治八年貴州臬署刊本,
哈佛大學圖書館藏

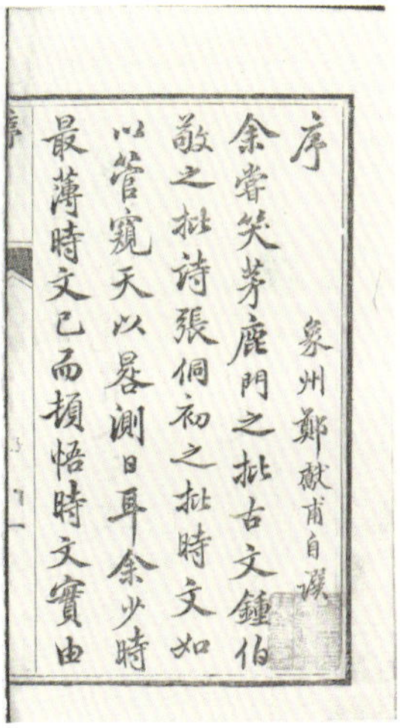
序
象州鄭獻甫自撰
余嘗笑茅鹿門之批古文鍾伯
敬之批詩張侗初之批時文如
以管窺天以蠡測日耳余少時
最薄時文已而頓悟時文實由

《補學軒批選時文讀本》,
同治八年貴州臬署刊本,
上海圖書館藏

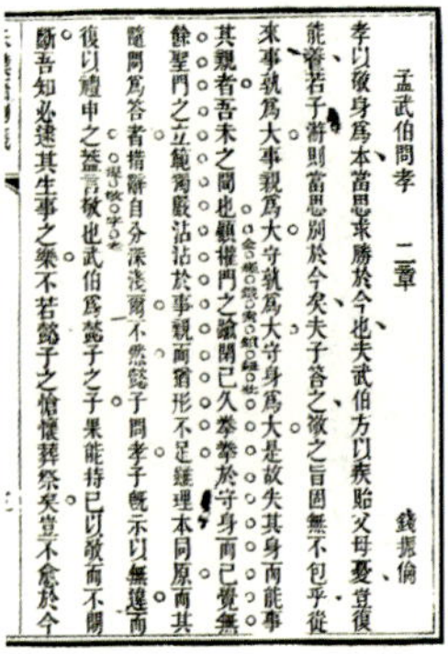

《示樸齋制義》，同治間袁浦講舍刻本，蘇州大學圖書館藏

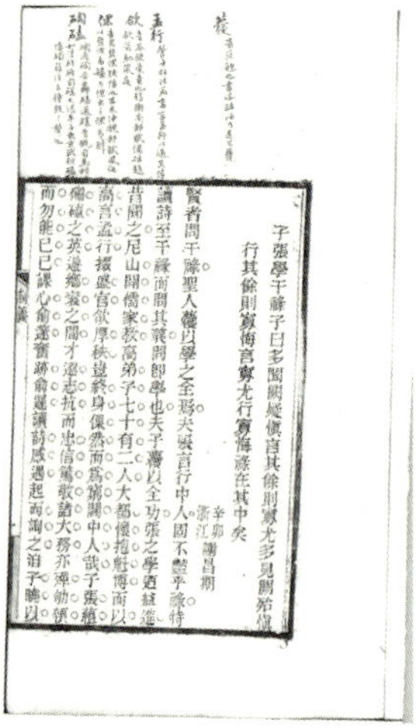

《近科通雅集》，光緒間刻本，上海圖書館藏

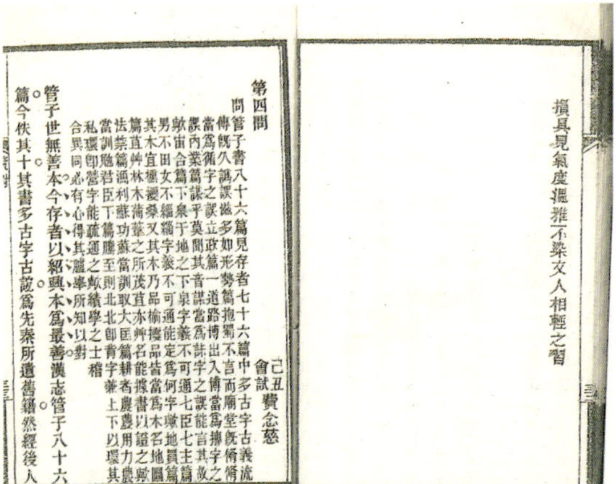

《近科通雅集》，光緒間刻本，陳維昭藏

前言

一

在明清兩代的選舉諸法中，「科目爲盛」〔一〕。至於其科目之設立，《明史·選舉志》説，乃沿唐、宋之舊，稍變其法，專取四書五經命題，「代古人語氣爲之，體用排偶，謂之八股，通謂之制義」〔二〕。這種表述容易給人誤解，以爲明代的科目僅僅是八股文。事實上，明清時期的鄉、會試均須考三場，其科目包括制義、論、表、判、策、試帖詩等科舉文體。儘管官方不時會强調三場並重，但制義在科舉諸文體中的重要性仍然十分明顯。乾隆十年上諭：「國家設制科取士，首重者在四書文，蓋以六經精微盡於四子書，設非讀書窮理，篤志潛心，而欲握管揮毫，發先聖之義藴，不大相徑庭耶？」〔三〕另一方面，明清時期因考官在實際的判卷過程中存在着「三場重首場」、「七藝重首藝」的情形，從而凸現了制義在科舉諸文體中空前重要的地位，以至於用「制義」代稱科目。《明史·選舉志》又指出，由於「體用排偶」，所以稱此文體爲「八股」，但其總稱則是「制義」。「八股」用以指稱其主體部分，但明清制義的主體部分並非都是八股，有兩扇、四股、六股、十股、十二股。「八股」之名多少有俗稱的意味，故顧炎武説：「經義之文，流俗謂之『八股』。」〔四〕「制義」才是它的正式稱呼。「制義」爲「制舉義」之省稱，清代王汝驤説：「制舉義，説經之文也。不通諸經者不可以説一經，故爲制義而不本之於經學，其文蓋不必復問。」〔五〕「制義」有時又專指四書文，嘉慶十年上諭：「鄉、會試三場並設，經文、策對，原與制義並重，然必須先閲頭場文藝，擇其清真雅正合格者，再合校二三場，取經文之賅洽，策對之詳明，自能鑒拔通才。」〔六〕制義的功能不僅在於體悟四書，而且要演繹朱注。道光間梁葆慶説：「顧自有明以帖括取士，洎今幾六百年，就中如王、錢，如陶、鄧，如熊、劉，其制科之作，提經抉傳，根柢盤深，率與其平日之文無以異。雖得力各有淺深，而閎中肆外，言必有物，其理粹然，其光熊然，即再更數千百載猶不可磨滅。」〔七〕「提經抉傳」，道出了制義之旨歸在於闡發經、傳的義旨，故曰「制義」。故制義也可視爲理學文章。「制舉」原本指皇帝自詔而舉行之科目，唐代的選舉，除了正常的科目考試(如秀才、明經、進士、俊士等)等「常選」之外,還有天子自詔的考選,即制舉[八]。制舉之科目稱制科。而明清時期將考選士子的「常選」科目四書文、經義文稱爲「制義」、「制藝」,實有「尊體」的用意在。故明清之制義文選或制義文論極少以「八股文」爲名,而多以「制義」或「制藝」稱。

三場試士中各體的設置,集中體現了明清時期官方的人才觀。明代謝鐸説:「是故今之科舉,罷詩賦而先之經義,以觀其窮理之學,則其本立矣。次制詔論判而終之以策,以觀其經世之學,則其用見矣。窮理以立其本,經世以見諸用,是雖科舉之學,苟於此而盡心焉,則古之所謂德行、道藝之教蓋亦不出諸此,而其所以成人材、厚風俗、濟世務而興太平也,亦豈有不及於古之嘆哉?」[九]這種制度要培養的就是這樣一種德行並重、道藝雙修、厚風俗、濟世務而興太平的人才。重制義,實爲立其本。人格修煉是人才培養的最根本環節。不僅如此,制義對於一位真正的儒者的自我修養來説是至關重要的,道光間汪巽東指出,真正合格的制義家必須兼具考據家、文章家和理學家三家之長:「夫古所謂儒有三家:一考據家,一文章家,一理學家,三者不相合,獨時文能兼之。其詮核典制,必貫穿群説而得其宗,則考據家也;其體會傳注以代古聖賢立言,要極之思精語醇，而明白無障礙，則理學家也；　若夫文體可散可駢，可鋪敘可議論，可經可史可子，雖舊程以八比爲限，然信縮起伏，能以古文之法行之而彌工，則亦文章家也。」〔一〇〕這樣一種取士制度能够培養出真正的人才嗎？順治間黄中堅指出：「以是求士，豈不足以盡士之才？士果有能與其選者，豈不足以當公卿之任而佐理國家之治？故曰：　折衷至善而爲具之至備者，無如明制也。」〔一一〕明清時期的名臣巨儒多出自科舉，崇禎間錢禧爲説明制科之文之「有用」，列出了一份長長的名臣名單，僅嘉、隆之前，忠厚正直、剛方清慎、行孚於朝野者即有韓克忠等五十一人；　政事優長、勳名遠著、盡忠於社稷者，有吕震等七十一人；　仗節死難、危言直諫、明於致身之義者，有練子寧等五十人；　博綜淹雅、文學風議、通於六藝之道者，有吴伯宗等三十一人〔一二〕。清承明制，朝廷所需人才同樣大多出自科舉。

可以看出，理學與人才觀是三場取士制度的兩大支柱，是其兩大存在依據。在明清時期，理學在其發展過程中，自身處於變化之中，比如一些糾偏朱注者，其目的不是反理學，而是要使理學更加完善。同時，程朱理學也面臨着來自其他學説的嚴峻挑戰，比如心學、佛道、今文經學。這些學説以哲學思潮、社會思潮的面貌出現，每一次的出現，都深深地影響了當時的廣大士子，都在當時的制義中得到最爲直接的表現。到了近代社會，當人才觀被新時代否决的時候，制義也就被釜底抽薪了，完成了其「歷史的終結」。

二

明清制義曾在理學體悟上發揮過重要作用，是明清文人對儒家經典和程朱理學進行思考、感悟、辨析、反省乃至情感體驗的結晶。高水準的制義都能道出對於四書或朱注的獨特認知與感受，並以特定的美學形態呈現出來，這類制義實是明清理學史的美學延伸。

制義題出自四書五經，題庫的相對有限性是顯而易見的，這種有限性導致了對制義試士制度的一個簡單化理解，認爲其題出自四書，區區五萬多字，題庫很快就枯竭。這固然是四書文試士制度的先天限定，但也不能因此而認爲，這五萬多字意味着思想與情感的單一與蒼白。事實上，四書雖然僅有五萬多字，但其內容則涉及中國文化的方方面面，稱之爲中國文化的百科全書也毫不爲過。尤其是當某一句、半句從四書的整體中分割出來作爲題目的時候，其意義可能已發生新的變化，形成新的論題，這論題有可能已經溢出四書義理的範圍。比如戴名世曾經據《論語》中「子路曾晳冉有公西華侍坐」一章創作了五篇制義。第一篇是以全章爲題，戴名世以「夫子不言」爲綫索，以叙述（而不是議論）的筆觸呈現當時「侍坐」的情景，從夫子對待四弟子的態度去點明聖人之志。其《子路曾晳　三節》題，即以「子路曾晳」至「則何以哉」爲題，於是論題的中心不是子路四人之各言其志，而是孔子所説的「以吾一日長乎爾，毋吾以也。居則曰『不吾知也』，如或知爾，則何以哉」。由孔子針對學生平素的「不吾知」之抱怨而發出對待窮通、出處的應有態度：「况爾等當匡居之日，爲慷慨之辭，輒嘖嘖然而有深嘆也。時事而日非矣，庸人散布於高位，積爲世道之憂，而奇偉磊落之士，懷奇見而不得施設，而且謂天下無才，於是有心之士俯仰於天人時命之故，慨然自許，黯然自傷。吾嘗微觀二三子平居，其言不必盡述，其意大略皆曰：不吾知也云耳。所以如此云爾者，必非漫爲是説也。窮通者命也，出處者機也，得爲而爲者時也，可行而行者道也。吾與二三子豈遂殆哉？豈遂困哉？」第三篇《居則曰不吾知也》，以一句爲題，則是一篇針對「以莫知爲嘆」的議論文。《子路率爾而對曰》以子路爲中心，《吾與點也》則以孔子爲中心[一三]。故題雖出自同一章，但截取不同片斷，則命題發生變化，而相應的制義展開方式也各自不同。另一方面，面對同一個題目，不同的作者由於知識積累、價值認知、情感方式的不同而有不同的演繹。由此形成了數百年來制義名家輩出、風格各異的局面。崇禎間，楊廷樞、錢禧的《皇明歷朝四書程墨同文録》編選了自洪武乙丑至萬曆己未二百三十五年間歷科鄉、會試的同題制義，這種編纂方式可以讓讀者看到，面對同一題目，不僅會元、解元與第二、第三名的同題文面目各異，墨卷與程文之差異也可鮮明見出，如嘉靖壬午順天鄉試解元周keep的墨卷就與副主考穆孔暉的程文大異，楊廷樞認爲周文「古健不及程，亦自悠揚可誦」。

題庫的有限性是相對的，四書共五萬多字，明清會試共二百科（明代八十八科，清代一百一十二科），每科四書題三道，平均每題按二十字計，一共也就一萬二千字，僅占四書的五分之一，故明清鄉、會試的四書題極少重複[一四]，題型也基本以完整的章、節、句的所謂「大題」爲主。題庫的有限性促使題型的變異，從而使題庫空前增容，也使制義文風發生劇變。如果考慮到科、歲試等小試，則可以發現，四書題目從完整的一章、一節，發展到一句、半句、一字題、截題、搭題，目的是以題型的變化去防止擬題和剿襲現象的發生，但制義文風由此而發生根本性的變化。道光間陸炯在談到制義與講義之不同時指出：「况講義順文挨解，貫之以全章大旨，而制義或一章中止一節，或一節中止一句，或一句中止半句，理之外又有法焉。理法兼到，然後參以議論，證以經史，構以機局，色澤自古，風氣自新。法從理生，理以法運，理爲方圓而法即教者學者之規矩也。」〔一五〕由於截題、搭題的出現，「法」在制義寫作中被提到了與「理」並峙的地位。從此，制義修辭千姿百態，絢爛奪目，而局法、機巧也使制義日陷被詬病的漩渦。

在清代的制義文論家中，乾隆間樓渢是最爲致力於制義理論體系之建構者。他的制義理論體系由三大板塊構成：理體、題體和文體。理體即是從内容性質上把四書題分爲五十六類：性情、學問、言行、倫紀、理致、經濟、典制、處境、處事、名譽、交遊、道統、教學、論古、觀人、出處、周流、仕宦、隱逸、遊説、理數、君德、臣道、政事、教化、用人、好賢、交鄰、兵戎、農務、禮儀、音樂、國勢、民風、感應、治亂、賓客、死喪、祭祀、朝聘、制度、鄉黨、異端、技藝、傷感、憤激、世情、情景、物理、諧謔、天時、地利、服物、宫室、飲食、器用。這五十六種題類可以説是囊括了中國文化的方方面面，作者可以據此歸類去把握各題的議論焦點與運思方向，題材類型的屬性已經先在地奠定了以之爲題的制義的美學取向。比如《天子一位》題，屬於「典制題」，它要求作者調動關於周代之典制的知識，其文章風格自應往「氣色高華」的「正大」一路上靠。《牛羊父母》題則屬詼諧類話題，其爲文風格自以「嬉笑怒駡皆成文章」爲佳。明確制義題之理體，既有利於對制義内容之義理性質的把握，也有助於對文章風格之預構。理體總是經由特定的題型而呈現的，樓渢把題體分爲三十九類，這種分類既有依據構題形式（如單題、二節題、連章題等），又有依據理體（如遊戲、鄙俚等），還有依據題目的結構（如二扇題、三扇題等，它對應於制義的結構），不同的題體有不同的作法，有不同的審美要求。尤其是割截、截搭、虚冒等類小題，更是在作法上有甚爲精細的要求。這類小題雖然在明代隆慶間即已出現[一六]，但它主要出現於小試中。故雖有一批小題名家出現，但尚未形成天下共守的成規。進入清代之後，一批制義文論家開始致力於制義理論的體系化建構，截題、搭題的相關寫作成規開始明確起來，其核心範疇之一是「題界」，圍繞這一核心範疇，連上、侵下的戒律被明確提出來，「承上而不連上，吸下而不侵下」的審美要求也被提出。清人多有批評明人小題文之「違規」，如路德批評黄淳耀《民具爾瞻》、陳際泰《仁親以爲寶》等名文有「連上」之病[一七]。這一方面説明明人尚未有嚴格的「題界」意識，另一方面也可見出清人制義之美學意識正在逐漸明晰。當截題、搭題日漸增多的時候，制義的美學形態也就日益多姿多彩了。制義文不僅僅是提經抉傳，而且是理學思辨的美學呈現。樓灃在理體、題體的基礎上提出了制義的「文體」論，即制義的美學風格論，包括整飭、輕靈、秀雅、疏暢、正大、精實、縱横、古健、尖穎、沉鬱、刻入、精警、生新、蘊藉等十四種風格。後來咸豐間錢振倫也曾仿前人詩品的形式而評品明清各四十家制義風格，如「熊次侯如昆侖原積，磅礴萬山，劉克猶如旭日初升，光芒六合」〔一八〕。風格論的建立表明制義理論的成熟與定型。樓灃的制義文論體系頗具代表性，由理體、題體到文體，體現了清代制義文論建構的基本理路，也體現了清人對制義的美學特質的深刻認識。

此外，制義理論中的「性靈」説，也值得一提。在一般的文學史常識中，明代的公安派、清代的性靈派之理論起點，即出於對「格套」的抵制與掙脱，所謂「不拘格套，獨抒性靈」。而制義正是以設立較爲嚴格複雜的格套去形成淘汰機制的。制義爲崇尚性靈者所鄙棄，似是意料之中事。但是，在明清的制義理論史上，「性靈」却是一個核心關鍵詞。制義理論的一個基本認識是：性靈閉塞的人是寫不好制義的。在制義寫作中，作者的思想決定其文章的深度，而其性靈之開啓疏瀹則決定其心智之活潑、情志之生成、文思之靈動、氣韻之充盈，最終影響其審美的個性與價值。康熙間張曾裕批評那些機械模仿成、弘、隆、萬的膚淺文風是「性靈不存，生氣索然矣」〔一九〕。發揮性靈甚至被提到了制義文之最高境界。乾隆間張景陽稱李來泰之制義「穿穴經傳，發揮性靈，譬之日月，終古常見而光景如新」〔二〇〕。光緒間祝松雲稱王步青選天啓、崇禎十家制義，均是「以在我之性靈，發聖賢之指趣」〔二一〕。當性靈濬發，情志充盈，制義情感表達能力就得到了强化。制義不是理學教條的「直譯」，而是一種在特定審美原則之下的個體創造，故我稱之爲「儒學美文」。當然，制義中的「情」不會是桑間、濮上之情，而是天地間一切倫理關係中之情，依然是人類所共同珍惜的。戴名世的《父母之年　二句》題文，要表達的是父母之年不可忘。文從親情倫理入手，既痛惜身爲人子，馳騖於欲利之途而不知父母之年；又設身處地，從父母傾心愛子的角度抒發：「且夫父母之年，父母未嘗不自知也。屈指平生，無一非劬勞之日。曾幾何時，而老冉冉其將至矣。環顧膝下，而豈不欲長留此怙恃之軀耶？即父母之心，其於子之年，亦未嘗不知也。自離襁褓，預計其成立之時，乃至於今，而果森森其在目矣。人壽幾何，而果能長享吾子之奉耶？」〔二二〕情深感人，深得儒家仁禮之正。如此深情之作，在制義中可謂一流文字。深沉豐沛的情感正是審美表現所必具的。

三

科舉並不是一個獨立於社會思潮之外的封閉系統。有兩大變數導致科舉無法始終按官方功令所設定的方向運作。這兩大變數就是考官與考生。他們是科舉文化的主體，同時也身處於各種文化思潮之中。一些有悖於程朱理學的思想經由主考官、學政、書院山長的命題、考核、教育活動而蔓延於科舉活動之中。晚明心學經由鄉、會試主考官（如李春芳、焦竑等）而向整個科舉界輻射，導致晚明五十年文風之大變。但是由於明清鼎革，理學獲得了重新振興的契機。道光間朱琦說：「本朝初，屏除天、崇險詭之習，而出以渾雄博大，蔚然見開國規模，如熊次侯、劉克猶、張素存，其最著也。康熙後益軌於正，而李厚庵、韓慕廬爲之宗。尋桐城二方相與輔翊，以古文爲時文，允稱極則。外若金壇王氏、宜興儲氏，並堪驂靳焉。雍正、乾隆間，墨藝喜排偶，而魄力芒厚，頗難猝辨。擇其醇老，即獨出冠時。至嘉慶，當路諸臣研覃典籍，士子競援僻簡以希弋獲。近稍厭棄，又未免漸趨萎弱。蓋二百年來文之遷變大概在斯。」〔二三〕可以看出，理學復興成爲清代制義的一條主綫。在這條主綫面前，晚明那場個性解放思潮的光芒暗淡下去了。

龔篤清先生在談到晚明和晚清的共同點時提出一個有趣的問題：晚清與晚明有着相似的内外環境，如内憂外患、吏治腐敗、社會貧困化，尤其是外族武力强勢入侵，甚至，晚明的危機似乎更加嚴重。但「爲什麽八股文在晚明没有滅亡，還一度出現過起衰去弊的亮色，而在晚清却一命嗚呼了呢？」龔先生的解答是：「晚明社會没有代表時代進步的思想文化出現，即使有一點資本主義思想的萌芽也很快被扼殺。而晚清社會由於時代的發展，形成了具有初步民主科學因素的中國近代文化，對支撑八股文的專制文化因素起到了衝擊破壞作用，使之逐漸衰敗，最終走向滅亡。」〔二四〕或許，我們從外部環境更能看清問題的實質。對於一個封閉系統來説，外部因素的介入，會改變系統的結構與動態。

一六四四年，一個社會制度落後於明王朝的後金政權入主中原，使得晚明以來的中國歷史發生了重大轉折，進步的思想文化思潮與國家民族一起，在那場天崩地解中受到了重挫，晚明的思想史由於外力的因素而大大地改變了方向。但它摧毁的是晚明的政治，並未動摇傳統的人才觀。而明末清初的思想家們把明亡歸罪於秀才之不究心儒家原典，空論心性，不擔當，無作爲；他們對心學之否定與清初官方的理學重建處於相同的節奏之中。制義的經學基礎得到了有力的夯實，在順、康間熊伯龍、劉子壯、戴名世、方舟、方苞的制義創作中，貫穿着一條理學的主綫。

烘托着這條理學主綫的則是晚明（隆、萬、天、崇）以來流行的制義文風。這一文風是由科舉系統的另一主體——考生體現出來。一些考生並不像官方功令所期待的，通過科舉以立本修身，而是把科舉當成通向功名富貴的敲門磚，其結果導致了士子不讀經史原典，唯事記誦擬題，或者以浮辭濫調飾其庸陋。在「名臣哲士往往出其中」的同時，「闒冗小人亦往往出焉，薰蕕雜糅」〔二五〕，幸進者便成爲官僚體制中的害群之馬。在推行三場取士制度之初期，即已出現對科舉所得非才的慨嘆與失望。因爲不管科目所考爲何内容，都僅僅是書面知識，而非實際的人格狀態和能力水準，故科目考核與實際的德行水準之間的不成比例現象早就引起注意。早在明代洪熙元年，鄭府長史司審理所審理正俞廷輔即上言：「伏讀制敕有曰：爲國以得賢爲重，事君以進賢爲忠，臣竊以爲進賢之路，莫重於科舉。近年賓興之士，率記誦虛文，爲出身之階。求其實才，十無二三。蓋有年纔二十者，雖稱聰敏，然未嘗究心修己治人之道，一旦僥幸掛名科目，而使之臨政，往往束手無爲，職事廢隳，民受其弊。自今各處鄉試，乞令有司先行審訪，務得通今博古，行止端重，年過二十五者，許令入試。比試則務選其文詞典雅，議論切實者選之。會試尤加慎選，庶幾士務實學，而國家得賢才之用。」〔二六〕此一提議得到皇帝的採納，並引發了調整南、北取士配額比例的舉措。其理由是「南人雖善文詞，而北人厚重」〔二七〕，「自古國家兼用南北士，長才大器多出北方，南方有文多浮」〔二八〕。這裏涉及科目考核人才的有效性。科目考核的是士子關於德行、道藝、實務的知識，而不是德行、道藝、實務本身。洪熙元年十一月，四川成都府雙流縣知縣孔友諒再次提出以薦舉補充科舉，以保證被選拔者名實相副。

一方面，只有潛心經史、理學者，方能寫出一流的制義；另一方面，三場試士是一種標準化考試制度，它録取的是特定限額範圍内的平均數，「中式」意味着應試士子達到了録取的基數，而並不意味着每位中式者都是制義巨擘、策論高手。再加上考官的個人趣味與修養，「幸進者」便成爲科舉考試中的常見現象。鑒於這種現象，雍正帝提出「清真雅正」的文章學思想，成爲貫穿其後直至同治年間的爲文第一原則。雍正十年上諭：「制科以四書文取士，所以覘士子實學，且和其聲以鳴國家之盛也。語云：『言爲心聲。』文章之道與政治通，所關鉅矣。韓愈論文云：『惟陳言之務去。』柳宗元云：『文者所以明道，不徒務采色誇聲音而以爲能也。』況四書文號爲經義，原以闡明聖賢之義蘊，而體裁格律，先正具在，典型可稽，雖風尚日新，華實並茂，而理法辭氣，指歸則一。近科以來，文風亦覺丕變，但士子逞其才氣辭華，不免有冗長浮靡之習。是以特頒此旨，曉諭考官，所拔之文，務令雅正清真，理法兼備，雖尺幅不拘一律，而支蔓浮誇之言，所當屏去。秋闈期近，該部可行文傳諭知之。」[二九]要求理法辭氣一歸於道統。乾隆十年上諭重申清真雅正原則，且更具針對性：「我皇考有清真雅正之訓。……近今士子，或故爲艱深語，或爲俳儷辭，爭長角勝，風簷鎖院中，偶有得售，彼此仿效，爲奪幟爭標良技。不知文風日下，文品益卑，有關國家掄才鉅典，非細故也。夫古人論文，以渾金璞玉、不雕不琢爲比，未有穿鑿支離可以傳世行遠者。至於詩賦，摛藻敷華，雖不免組織渲染，然亦必有真氣貫乎其中，乃爲佳作。今於四書文採掇辭華以示淹博，不啻於孔孟立言本意相去萬里矣。先正具在，罔識遵從，習俗難化，職此之由，嗣自今，其令各省督學諸臣，時時訓飭，鄉、會考官加意區擇，凡有乖於先輩大家理法者，擯棄勿録，則詭遇之習可息，士風還淳。朕有厚望焉。」〔三〇〕乾隆帝還親自抽查試卷，揪出典型：「而浮淺之士，競尚新奇，即如今科放榜前傳首題文有用『九回腸』之語，其出自《漢書》『腸一日而九回』，大率已莫能知，不過剿襲纖巧，謂合時尚，豈所謂非法不道選言而出者乎？不惟文體卑靡，將使心術佻薄，所關於士習者甚大。」〔三一〕乾隆二十四年，又從順天鄉試中式第四名邊向禧文内找到了「飲君心於江海」，認爲此語「蕪鄙雜凑，遂至不成文義」〔三二〕。同時，他搬出明人「以古文爲時文」的旗幟，從另一側面强調「清真雅正」的理學價值取向：「制義一道，代聖賢立言，務在折衷傳注，理明辭達爲尚。前因士子多喜爲剽竊踳駁之詞，不惜再三訓諭，俾以清真雅正爲宗。……有明决科之文，流派不皆純正，但如歸有光、黄淳耀數人，皆能以古文爲時文，至今俱可師法。」〔三三〕

一次次的上諭，依然不能改變科場風氣。其文風之日壞，竟然到了整體性敗壞的地步：「近時文風日壞，習制義者止圖速化，而不循正軌。無論經籍束之高閣，即先儒傳注，亦不暇究心。惟取浮詞俗調，撏撦求售。師以是教，弟以是學；舉子以是爲揣摩，試官即以是爲去取。且今日之舉子，即他日之試官，積習相沿，伊於胡底？」〔三四〕至乾隆四十六年，御史董之銘奏請刊定《四書文》續編，指出：「雖屢經降旨訓飭，而積習難回，仍不免江河日下之勢。」〔三五〕在乾隆四十四年的上諭中，乾隆帝發出最後通牒：「若再不能仰體朕意，仍復掉以輕心，必令將此等庸陋詞句，悉行磨勘，以示懲儆，毋謂朕不戒視成也。」〔三六〕但直至嘉慶十年、十九年，仍在針對士子不究心儒學、潛心傳注現象，重申「清真雅正」的爲文原則〔三七〕。梁葆慶説：「應舉之文，前十數科雅尚奥博，堆砌飣餖，競以子史隱僻語角雄長。戊寅、己卯，漸歸清真，曩時强湊摭拾惡習，淘汰幾盡。顧矯枉過正，不無稍流於平庸淺薄，亦勢所不能不然。」〔三八〕戊寅、己卯爲嘉慶二十三年、二十四年。按梁葆慶所稱，則嘉慶二十三年之前的三十年，即自乾隆末年以至嘉慶戊寅之前，應舉之文雅尚奥博，堆砌飣餖，競以子史隱僻語角雄長。至戊寅、己卯才漸歸清真。這可以視爲嘉慶上諭的成果。

至同治元年，依然强調清真雅正，但特別加入了「崇尚實學」内容：「我朝制藝取士，人才輩出，奉行既久，不免有空疏剽竊之弊，急須崇尚實學，力挽頹風。嗣後鄉、會試，責成考官，詳加校閲，頭場四書文，以清真雅正爲宗；二場經文，取其有關實義者。若敷衍成文，概棄弗録。三場策問，以經史與時事分問，使貫串古今、通達治體者，得以敷陳政事得失利弊，以及籌餉用兵之道，其言果有可採，不必責以忌避，亦不得繩以小疵。庶於由舊之中，仍寓責實之意。」〔三九〕兩次鴉片戰争的失敗衝擊着傳統的人才觀，導致教育體制的重大變革。同治初年，國子監的學習、考試科目已發生變化。「同治初元，以國學專課文藝，無裨實學，令兼課論、策。用經、史、性理諸書命題，獎勵留心時務者。」〔四〇〕而同時，新式學堂的創設改變了晚清人才培養和選拔的格局。一八六二年（同治元年），以培養外語和洋務人才爲目的的京師同文館正式開辦。從此直至一九〇五年取消科舉制度，清朝提拔人才的途徑是科舉與學堂並存。制義僅存在於科舉一途，鄉、會試照樣是三年一科。而學堂的課程則是另一番面貌，有法文、英文、造船、駕駛、礦學、化學、公法等，制義已無一席之地。

甲午（光緒二十年，一八九四）一役，喪師辱國，列强群起，攘奪權利，國勢益岌岌。康有爲等呼籲變法，推廣學堂。光緒二十四年上諭：求變法，興學，籌辦京師大學堂。「國是不定，則號令不行。」〔四一〕也即通過上諭的方式，以法令的方式推行。京師大學堂之專門分科有七：政治科（分二目：政治、法律），文學科（分七目：經學、史學、理學、諸子、掌故、詞章、外國語言文字），格致科（分六目：天文、地質、高等算學、化學、物理、動植物）, 農業科, 工藝科, 商務科, 醫術科。在這個「文學科」裏, 同樣不會有制義的容身之地。光緒二十九年十一月, 百熙、榮慶、張之洞會奏《重訂學堂章程》:「入學堂者, 恃有科舉一途爲退步, 不肯專心嚮學, 且不肯恪守學規。況科舉文字多剽竊, 學堂功課務實修; 科舉止憑一口之短長, 學堂必盡累年之研究; 科舉但取詞章, 學堂並重行檢。彼此相衡, 難易迴別。人情莫不避難就易, 當此時勢阽危, 除興學外, 更無養才濟時之術。或慮停罷科舉……就事理論, 必須科舉立時停罷, 學堂辦法方有起色, 經費方可設籌。」詔悉如所請。到光緒三十一年, 袁世凱、張之洞再奏:「科舉一日不停, 士人有僥幸得第之心, 以分其砥礪實修之志。民間相率觀望, 私立學堂絶少。如再遲十年甫停科舉, 學堂有遷延之勢, 人才非急切可求。必須二十餘年後, 始得多士之用。擬請宸衷獨斷, 立罷科舉。」〔四二〕遂詔自丙午科始, 停止各省鄉、會試及歲、科試。

在這種環境下, 制義是否「清真雅正」, 實在是一個無人問津的問題。在光緒朝, 我們就再也看不到有關「清真雅正」的上諭了。

在新學風起雲湧的同光時期, 科舉雖仍如期舉行, 但作爲人才選拔, 科舉已不是唯一途徑。隨着新式學堂的日漸發展，科舉的選拔功能正在慢慢弱化。而此一時段，以提經抉傳爲己任的制義名家仍相繼出現，徐繼畬、錢振倫、俞樾等名家仍在用心耕耘，但在近代學堂價值觀的映襯下，制義的根基（傳統理學觀和人才觀）的合法性逐漸弱化。桐城文派所講究的文章之理、法、辭、氣，至此已難有充盈之氣，制義已然失去其文化上的支撑。

自道光間今文經學盛行，程朱理學再度面臨危機，致用、求變的社會思潮衝擊着程朱理學的正宗地位。一種新型的經義文出現了，自光緒戊子江南鄉試開始，今文經學堂而皇之地進入科舉的殿堂，「主考爲李芍農侍郎文田、王可莊太守仁堪，皆崇尚經學者，故所取士，如費念慈、李傳元、江標，皆表表者也。次年己丑會試，總裁爲潘文勤公祖蔭，正場首藝，凡發揮《公羊》『王魯』之義者，無不獲售，江南連捷者至十餘人。癸巳，費充浙江副考官，所取之士，如錢保壽、鄒壽祺，皆治《公羊》學者」〔四三〕。林則徐、陳鍾麟、郭尚先、龔自珍、魏源等人在經義文中加入了論時事實務的内容，一些經義文所制之義已非四書之義。引發晚清民族危機的是社會制度更加先進的西方文明，西方列强的入侵，使國人明白，建立在「窮義理、修德行、厚風俗、興太平」基礎上的傳統人才觀已經不適應時代的需要，這個時代需要的是通時務的人才。傳統經學尚且不能適時而存，制義便成爲無用之物，這是一個不證自明的結論。這就是《清史稿》所說的：「洎乎末造，世變日亟。論者謂科目人才不足應時務，毅然罷科舉，興學校。採東、西各國教育之新制，變唐、宋以來選舉之成規。前後學制，判然兩事焉。」〔四四〕同樣面對西方列强，日本的儒者毅然拋棄中國的儒學，敞開胸懷擁抱西學，他們宣稱制義無實用價值。賴山陽説：「但夫駢四儷六、八股之體，則其綢緞也，琛璠也，多華而少實，是爲無用耳。至夫辨是非、別利害、言之簡明、傳之不謬者，漢文之用，寧其可廢哉？」〔四五〕鹽谷宕陰甚至把制義視爲明亡的三大禍根之一：「朱明之季，制義敗才，奄豎敗正，黨禍敗人，而闖賊韃虜遂敗國矣。」〔四六〕强鄰環伺的國際環境徹底擊毀了中國原有的人才觀，以制義衡量人才便成爲一種無根之談。

出現於晚清之前的「所得非才」的批評主要是針對中式士子不究心理學、不通悉實務。到了晚清時期，列强的入侵導致了傳統人才觀的坍塌，通實學纔是真正的人才。至此，科舉的兩大支柱被徹底摧毀，制義也就被釜底抽薪了。制義文體與科舉制的同時崩潰，事實上是明清社會制度對於近代世界歷史進程的不適應的明證。

四

清代的科舉文體主要有制義、試帖詩、論、表、判、策等，本叢書選取十二種稀見的清代科舉文集進行校勘整理，主要選入制義與試帖詩文獻，這種選擇顯然更多的是出於文學性的考慮。本叢書所選文獻包括制義文集、制義文集與制義理論合集和試帖詩三類，從康熙間戴名世的《戴田有自定時文全集》到光緒間的《近科通雅集初編》，作爲考察清代科舉文體演變的重要節點。

關於清代的制義文風之流變，《清史稿·選舉志》這樣概括：

開國之初，若熊伯龍、劉子壯、張玉書，爲文雄渾博大，起衰式靡。康熙後益軌於正，李光地、韓菼爲之宗。桐城方苞以古文爲時文，允稱極則。雍、乾間，作者輩出，律日精而法益備。陵夷至嘉、道而後，國運漸替，士習日漓，而文體亦益衰薄。至末世而剿襲庸濫，制義遂爲人詬病矣。〔四七〕

這是從制義自身流變的角度而言的。如果我們着眼於清代人才選拔的總體格局流變，我們必須把晚清近代學堂的出現納入到考察的視野之中。我們對清代制義流變應該有另一番描述。

制義並非僅在其自身封閉系統中演變。尤其是兩次鴉片戰争的失敗，徹底地摧毁了清廷的人才觀。清廷認識到，只有通實務（比如西方語言、洋務等）者纔是真正的人才。隨着同治元年京師同文館成爲官辦的培養、選拔人才的淵藪，制義逐漸在失去它的獨尊地位。雖然經史一直是書院的重要課程，但四書文的地位已在文化的總體格局中旁移。

在清代前期的制義寫作中，戴名世是一个承上啓下的人物。他自稱年少時未嘗從塾師學爲時文，稍長則窮六經之旨，旁及周、秦、漢諸家之史，後爲生計，方及時文。事實上，他這種窮六經諸史而至時文的路徑正是時文研習的康莊大道。只是由於庸陋士子視科舉爲功名富貴之捷徑，棄經史而專事擬題剿襲，遂使時文墮落成古文之外的庸爛之物。戴名世説：「余嘗以謂四書、五經之蟊賊莫甚於時文。」〔四八〕事實上，他批評的不是時文這一文體本身，而是在具體的應試過程中，由於制度設計和考生素質而形成的弊端。明清科舉制度規定，五經任選一經。當考生視科舉爲功名的敲門磚的時候，就可能出現五經只讀一經、一經又「鹵莽以從事」〔四九〕的情形。把時文之研習建立在對四書、五經的肢解割裂的基礎上，時文就成爲四書、五經之蟊賊。

再看另一個十分流行却流於表面化的判斷：「百年以來，人士精神盡注於時文而古文亡。」〔五〇〕戴名世說：「自科舉取士而有所謂時文之說，於是乎古文乃亡。」〔五一〕本來，「時文者，古文之一體也」〔五二〕，但世俗之言將古文與時文區劃而分別之，「其所爲時文之法者陋矣，謬悠而不通於理，腐爛而不適於用，此豎儒老生之所創，而三尺之童子皆優爲之」〔五三〕。於是時文成了豎儒老生專門之時文，則「豎儒老生之爲六經及左、莊、馬、班諸書蟊賊也」〔五四〕，時文成爲古文之蟊賊。

在戴名世看來，古文與時文本爲一體。「於古文之法，則根柢乎聖人之六經，而取裁於左、莊、馬、班諸書。」〔五五〕六經子史對於古文之所以重要，在於它們可以從不同方面磨煉文章，柳宗元說：「本之《書》以求其質，本之《詩》以求其恒，本之《禮》以求其宜，本之《春秋》以求其斷，本之《易》以求其動，此吾所以取道之原也。參之穀梁氏以厲其氣，參之《孟》、《荀》以暢其支，參之《莊》、《老》以肆其端，參之《國語》以博其趣，參之《離騷》以致其幽，參之太史公以著其潔，此吾所以旁推交通而以爲之文也。」〔五六〕戴名世說：「時文之法能取諸此，則時文莫非古文也，而何爲必欲舉古文時文區畫而分別

之也耶？」〔五七〕

科舉乃是致君堯舜的入門券，時文同樣不是文章的終點，「由舉業而上之爲古文辭，由古文辭而上之至於聖人之大經大法，凡禮樂制度、農桑學校、明刑講武之屬，悉以舉業之心思才力，縱横馳騁於其間，而不以四子之書徒爲進取之資」〔五八〕。倘若有此認識，時文也即古文，「以古文爲時文」便成了多餘的呼籲。這也是戴名世不屑於時文而其所作時文却風靡天下的根本原因，也是他成爲桐城文派之鼻祖的原因。

他自己的制義，因題定制，不拘一格。《戴田有自定時文全集》收入其制義四百零七篇，可以見出他的制義之千變萬化，也可由此見出清初制義之承先啓後。

戴名世稱：「靈皋之文，雄渾奇傑，使千人皆廢。而百川之文，含毫渺然，其旨雋永深秀。兩人皆原本於《左》、《史》、歐、曾，而其所造之境詣則各不相同也。靈皋客遊四方，其文多流傳人間。百川閉户窮居，深自晦匿，世鮮有見其文者，要其文淡簡，亦非凡近之所能識，以故百川聲稱寂寞，甚於靈皋。」〔五九〕《方百川稿》（方苞請戴名世爲其兄方舟時文集寫序，書名爲《方百川稿》，刊行時與方林時文合集，書名爲《百川先生遺文》。）刊刻於康熙三十四年，《方靈皋稿》則刊行於康熙三十八年。

方舟的時文曾經獲得韓菼的高度贊譽，稱爲「二百年無此也」〔六〇〕。而乾隆間的鄭燮則從另外的角度對方舟作出評價。鄭燮對於文章的評判，有兩種尺度：名世與傳世（這其實也是科舉時代的一種普遍看法）。所謂名世，即利科場之文，「一種新鮮秀活之氣，宜場屋，利科名，即其人富貴福澤享用，自從容無棘刺」〔六一〕。而傳世之文則不局限於科場，更與功利媚世之文不同。二方同出韓菼門下，但韓菼「以鮮秀之筆，作爲制藝，取重當時……享江山兒女之樂」〔六二〕。但二方「學其文而精思刻酷過之，然一片怨詞，滿紙凄調。百川早世，靈皋晚達，其崎嶇屯難亦至矣，皆其文之所必致也」〔六三〕。鄭燮之持此媚俗立場，乃是出於對親人的關愛：「豈有子弟而不願其富貴壽考者乎？」〔六四〕憐子如何不丈夫？但從文學的本性來説，文學本來就不爲富貴而存在。真正的文章應該傳達出深刻的思想與獨特的情感。從這個角度看，「本朝文章，當以方百川制藝爲第一，侯朝宗古文次之，其他歌詩辭賦，扯東補西，拖張拽李，皆拾古人之唾餘，不能貫串，以無真氣故也。百川時文精粹湛深，抽心苗，發奥旨，繪物態，狀人情，千回百折而卒造乎淺近。朝宗古文標新領異，指畫目前，絶不受古人羈紲，然語不遒，氣不深，終讓百川一席」〔六五〕。他是將時文、古文、詩歌、詞賦放在一起，作爲文章之一體而作此論斷的。從傳世的角度看，方舟之時文爲清文第一。方苞於乾隆元年奉敕選編《欽定四書文》，其選文精當，評價精到公允。而他自己的制藝，則是「以古文爲時文」的一面旗幟。

二方的時文都由戴名世作序且評點，在當時産生了廣泛的影響。康熙五十二年，《南山集》案發，戴名世被處死，方苞也受牽連。此後，戴名世的書籍被禁毁，其名字也被從各種書籍中抹去，方苞也只敢在其文集中稱之爲「潛虚」、「戴子」。乾隆間，方觀承重編方舟時文，以《方百川先生經義》刊行，便已把戴名世的評點删去，如的確精采，則保留下來，改成他人名字。這一做法爲後來的《桐城方氏時文全集》系列提供了範式。本叢書以復旦大學圖書館藏之《方靈臯全稿》和安徽師範大學圖書館藏《方百川時文》爲底本，考慮的就是這兩個本子都保留了戴名世之評語。復旦大學圖書館藏本爲康熙刻本，刻於戴名世生前，安師本雖刻於乾隆之後，但它的底本仍是康熙刻本。它們可以讓我們看到二方時文的早期面目以及戴名世的制義觀。

清代二百多年的制義，文隨時變。順康時期的制義，承天崇之餘波，追隨「以古文爲時文」的傳統，這與清初重建程朱理學之獨尊的官方步履是一致的。當然也出現了一些新的變異，比如明末清初被艾南英、顧炎武所狠批的「以二氏入制藝」的現象，至清初，隨着學術的轉向，子史以「學」的形態，在制義中獲得了存在的合法性，「真」字（曾被視爲道家關鍵詞）大量出現於制義中。戴名世更是以佛道入制義，所謂「以楞嚴、漆園筆意，詁性命之理」（汪武曹評戴文語）。雍乾時期，制義文風發生了變化，尤其是乾隆二十二年增考五言八韵詩，詞華一脉多少受到了激勵。而「清真雅正」、「以古文爲時文」則一直是清代制義的主旋律。從梁葆慶的《墨選觀止》，可見出嘉慶、道光間諸名家的努力。錢振倫的《示樸齋制義》則代表了道咸時期的制義主流。錢振倫曾著有《制義卮言》八卷，（抄本，今存四卷，藏復旦大學圖書館。）對明清制義之流變、各家制義之優劣、風格之異同均有深入獨到的評析。《示樸齋制義》是他的自選集，初刻於咸豐七年，吴昆田稱其制義「法律一本先正，而贍之以學」[六六]。以往由於文獻的缺失，學界對咸豐朝制義創作現狀及價值未予關注，錢振倫的《示樸齋制藝》爲我們提供了重要的文本。《近科通雅集》收録了光緒五年至十九年歷科鄉、會試的制義，經義和策對，其制義雖仍用八股文體，其經義則有用散體，有引西學者。該書記録了這一歷史時期制義之劇變，是明清制義的尾聲。

本叢書所收的第二類是兼具文論與文選性質的選集，如樓沨的《濬靈秘書》、翁方綱的《復初齋時文　帖經舉隅》、梁葆慶的《墨選觀止》和鄭獻甫的《補學軒批選時文讀本》。

雍乾時期著名選家樓沨，一生致力於制義的啓蒙教育。他的《舉業淵源》、《明文小題貫》在雍正年間甚爲流行。《舉業淵源》以「理體」、「題體」、「文體」構築起他的制義理論體系，而《明文小題貫》則是以明文爲範本去例證他的理論（其一大不足是喜歡擅改明人原作）。以制義文集配套制義理論，這一模式保留在其《濬靈秘書》一書中。該書面對的是初學制義之學童，故從幼儀箴、字學正宗、發蒙秘要開始，將制義之各分部進行分解，然後以「題體」爲單位選文詮釋，把理論融化在文本的具體解剖之中。哈佛大學圖書館藏本《復初齋時文　帖經舉隅》分別爲翁方綱的時文選集與其時文理論著作。其《復初齋時文》文後多有大段的評語，也有翁方綱的「自記」，表達對題理、題脉、文法的理解。自《集大成也者　譬則力也》文始，文後多有「何惺庵」之評。何惺庵即何裕城。其《帖經舉隅》實爲講章性質，即對四書各題之題旨進行辨析，表達自己的經學理解。講章與制義寫作，其實是兩位一體。没有透徹的經學理解，就寫不出有獨特理解之制義。把經學思考、制義理論彙集於文選之中，共同構築了翁方綱的制義觀。《子曰繪事後素曰禮後乎》一文後面附有一篇《西江文體論》，提出質文相因、合理學詩文爲一手的文學理念，這是古文與時文的統一性之處。他從江西的詩文傳統，從歐陽修、曾鞏、黄庭堅、虞集，至黄溍、戴良，通過溯源，表明「爲文之根柢，所以必源於經傳；而學人之立身行己，務以經訓爲圭臬」〔六七〕。他提出江西「時文五家」之説，並以詩古文之統緒論時文，從晚明江西以羅文藻爲代表的「時文五家」，至清初的李來泰、張江，勾勒出一個江西制義的統緒。於卷二之末又有《制藝江西五家論》：「制藝之有江西五家也，皆以深想重氣，抉理奥而堅骨力，蓋得乾坤之清剛而發江山之秀異，自成氣格，不蹈故常者也。」〔六八〕「爲經學者，當先從事於注疏而後及於師儒百家之説。爲時文者，當先研極於經傳而後及於藝林流别之派。……吾非欲置文藝勿論，且非欲置五家弗講也。蓋有得乎五家之同歸而出於江西文體之至正而無弊者，豈其必艾、陳、章、羅、楊之謂歟？曰歐、曾而已矣。歐、曾者，經訓之文也；歐陽之文出於史遷，出於韓；而曾子固之文出於班固，出於劉向。學者誠能於二家之文，熟讀而深思之，則五家之所以爲五家者，蓋亦不外乎此。」〔六九〕這種從地域文化的角度討論時文流派的學術理念與方法，在明清制義史上是具有開拓性的，是翁方綱對制義史研究的貢獻。

梁葆慶的《墨選觀止》，前附《舉業要言》，爲宋以來的名家論制義，其墨選則選取了嘉慶元年至道光十一年的墨卷，可以上承方苞、高嵣之本朝制義選集。該書在當時及後世頗有影響。以「墨卷」相號召，對有志於在鄉、會試上中式的士子來説，是頗具吸引力的。士子從童生、秀才到舉人、進士，從院試、歲試、科試到鄉試、會試，其考試模式，無論是出題方式還是答題方式，都有很大的不同。由此形成了考卷（院試、歲試、科試之試卷）與墨卷（鄉試、會試之試卷）之對峙，而考生也面臨着從考卷向墨卷的轉化。考卷與墨卷之關係，成了清代制義理論中的一個重要論題。

鄭獻甫的《補學軒批選時文讀本》是一部制義選集，但每篇之後都有非常詳盡的評析。其選文圍繞他的制義理念而展開，即是要以他所窺見的「前人之機括以示後學之機括」〔七〇〕，充分説明各文之「機括」，他於每篇「批尾之語比撰文尤詳，皆以指示機括運動爲主」〔七一〕。於各篇之認題、入題、起講、提比、出題，乃至題面、題理，都予以詳盡的分析，是一部寓作法理論於制義文本剖析之中的選集。

本叢書所收第三類文獻是試帖詩選評。王安石在改革科舉文體的時候，罷詩賦而試經義。明代在確立科舉文體的時候也拋棄元代考古賦的做法。於明代的科舉諸文體中，只有表、判等文體可以一窺士子之詞華，文學性文體被壓擠到最小範圍。清初也沿明制，甚至在康熙二年曾廢制義而專考策、論、表、判，更加强調科舉文體的實用功能。至乾隆二十二年丁丑會試，始裁去表、判，增用五言八韵律詩一首，即試帖詩，永著爲令。此外，進士朝考、庶常館散館的翰詹大考，均有試帖詩之試。

對於清代文人來説，寫詩自屬常規訓練。但作爲科舉文體的試帖詩，有着諸多科場的規定，試帖詩的寫作有自己的寫作規律。在試帖詩創作和試帖詩學的建立過程中，紀昀是一位標志性的人物。其《館課存稿》和《我法集》是其自選試帖詩集，《我法集》又有其自評，對試帖詩學作了初步的探索。嘉慶間郭斌對此二書進行箋注評釋，以《館課我法詩箋》行世，對當時和其後的試帖詩學産生了深遠的影響。

五

本叢書是由我和我的團隊集體合作完成的。

本叢書各書底本、校本由我選定。各書及相關校本分藏於國内各圖書館，我們的團隊成員同心協力，分赴各地，劉洪强、高紅豪、李文韜、王濤、陳麒如等分赴北京、保定、成都查閱校本；《戴田有自定時文全集》收藏於四川大學圖書館，由我和陳麒如赴成都校録；《方氏全稿》收藏於安徽師範大學圖書館，由我赴蕪湖校録。雖爲文獻校勘之常規工作，然其間的辛勞理應題上一筆。一些參校本則通過拍賣渠道購得。這裏要感謝國家社會科學基金的支持。

一套稀見古籍文獻的搜集整理的順利完成，需要得到多方的支持。本叢書從選題的擬定、開題論證，到具體的校勘，都得到了復旦大學出版社宋文濤先生的支持和指導。同時，圖書館的支持必不可少。這裏我要特别感謝幾位重要人物：安徽師範大學俞曉紅教授、安徽師範大學圖書館古籍部張霞雲主任與康琳老師、四川大學圖書館古籍部華禮嫻老師，她們的學術情懷與無私幫助使得本叢書的校勘工作得以順利完成。還要感謝陳俊生先生無私提供他的自藏本《濬靈秘書》。

陳維昭

二〇二二年三月十七日於復旦大學中國古代文學研究中心

注釋

〔一〕張廷玉等《明史・選舉志》，中華書局，二〇一三年，第一六七五頁。

〔二〕張廷玉等《明史・選舉志》，第一六七五頁。

〔三〕昆岡等修《欽定大清會典事例》卷三三二，光緒二十五年石印本，第七 A 頁。

〔四〕《日知録集釋》，顧炎武撰，黄汝成集釋，欒保群校注，浙江古籍出版社，二〇一三年，第九六三頁。

〔五〕王汝驤《舊序》，王步青《荆溪任太史稿》，雍正十年版，第五 A 頁。

〔六〕昆岡等修《欽定大清會典事例》卷三三二，第一三 B 頁。

〔七〕梁葆慶《叙》，梁葆慶《墨選觀止》，令德堂藏板道光十二年刻本，第一 A—一 B 頁。

〔八〕歐陽修、宋祁撰《新唐書・選舉志》，中華書局，二〇一三年，第一一五九頁。

〔九〕謝鐸《謝鐸集》，林家驪點校，浙江古籍出版社，二〇一二年，第六二七頁。

〔一〇〕汪巽東《序》，毛猷《塾課文約鈔》，平湖第一齋道光二十二年刻本，第一 A—二 A 頁。

〔一一〕黄中堅《制科策》，魏源《魏源全集》第十六册，岳麓書社，二〇〇四年，第一八五頁。

〔一二〕錢禧《皇明程墨同文録序》，楊廷樞、錢禧輯評《皇明歷朝四書程墨同文録》，崇禎間金閶葉聚甫、張叔籟刻本，第一七 A—二〇 A 頁。

〔一三〕此五篇均見《戴田有自定時文全集》第四册，本衙藏板康熙刻本。

〔一四〕鄉、會試偶有同題現象，如咸豐二年恩科會試與乾隆六十年恩科會試就出現了同題現象。

〔一五〕陸炯《序》，毛猷《塾課文約鈔》，平湖第一齋道光二十一年刻本，第七 B—八 A 頁。

〔一六〕此説見姚文田《夜雨軒小題文序》，姚文田《夜雨軒小題文》，嘉慶八年寶文堂藏板，第一 A 頁。

〔一七〕見路德選評《明文明》，光緒六年掃葉山房藏板，第一六 A 頁、二九 A 頁。

〔一八〕陳維昭編校《稀見明清科舉文獻十五種》,復旦大學出版社,二〇一九年,第一五五四頁。
〔一九〕張曾裕《序》,張曾裕編《己卯科鄉墨懷新録》,康熙間刻本,第三A頁。
〔二〇〕張景陽《序》,張景陽《李石臺稿》,清古音堂刻本,第一B頁。
〔二一〕祝松雲《天崇各選家緒論》,見祝松雲《天崇合鈔》,光緒辛卯湖南船山書局刻本,第一B頁。
〔二二〕戴名世《戴田有自定時文全集》,康熙刻本,第二册。
〔二三〕朱琦《制義叢話序》,梁章鉅《制藝叢話·試律叢話》,陳居淵校點,上海書店出版社,二〇〇一年,第三頁。
〔二四〕龔篤清《中國八股文史·清代卷》,岳麓書社,二〇一七年,第五五六頁。
〔二五〕李哲明《天順元年進士登科録跋》,《明代登科録彙編》,臺灣學生書局,一九六九年,第四五一頁。
〔二六〕「中央研究院」歷史語言研究所校印《明仁宗實録》,一九六五年,第二八九—二九〇頁。
〔二七〕「中央研究院」歷史語言研究所校印《明仁宗實録》,第二九〇頁。
〔二八〕李默《孤樹裒談》,萬曆辛丑書林重刻本,卷四,第一五A頁。
〔二九〕昆岡等修《欽定大清會典事例》卷三三二,第三A—三B頁。
〔三〇〕昆岡等修《欽定大清會典事例》卷三三二,第七A—八A頁。
〔三一〕昆岡等修《欽定大清會典事例》卷三三二,第八A—八B頁。
〔三二〕昆岡等修《欽定大清會典事例》卷三三二,第九A頁。
〔三三〕昆岡等修《欽定大清會典事例》卷三三二,第九A—九B頁。
〔三四〕昆岡等修《欽定大清會典事例》卷三三二,第一〇B—一一A頁。
〔三五〕昆岡等修《欽定大清會典事例》卷三三二,第一一B頁。

〔三六〕昆岡等修《欽定大清會典事例》卷三三二，第一一A頁。
〔三七〕昆岡等修《欽定大清會典事例》卷三三二，第一三B頁。
〔三八〕梁葆慶《墨選觀止·例言》，第一A頁。
〔三九〕昆岡等修《欽定大清會典事例》卷三三一，第一四B—一五A頁。
〔四〇〕趙爾巽等《清史稿·選舉志》，中華書局，一九七七年，第三一〇四頁。
〔四一〕趙爾巽等《清史稿·選舉志》，第三一二六頁。
〔四二〕趙爾巽等《清史稿·選舉志》，第三一三五頁。
〔四三〕徐珂《清稗類鈔》「鄉會試卷重公羊」條，中華書局，一九八四年，第六三三頁。
〔四四〕趙爾巽等《清史稿·選舉志》，第三〇九九頁。
〔四五〕賴山陽《刻本續八大家序》，東正純《文章訓蒙》卷下，明治十年（一八七七）序本，文照堂藏板。
〔四六〕鹽谷宕陰《刻二十七松堂集序》，廖燕《二十七松堂文集》卷首，東京書肆柏悅堂梓行。
〔四七〕趙爾巽等《清史稿·選舉志》，第三一五三頁。
〔四八〕戴名世《四家詩義合刻序》，《戴名世集》，王樹民編校，中華書局，一九八六年，第三五頁。
〔四九〕戴名世《四家詩義合刻序》，《戴名世集》，王樹民編校，第三五頁。
〔五〇〕轉引自黃宗羲《李杲堂文鈔序》，黃宗羲《黃梨洲文集》，陳乃乾編，中華書局，一九五九年，第三四〇頁。
〔五一〕戴名世《甲戌房書序》，《戴名世集》，王樹民編校，第八八頁。
〔五二〕戴名世《甲戌房書序》，《戴名世集》，王樹民編校，第八八頁。
〔五三〕戴名世《甲戌房書序》，《戴名世集》，王樹民編校，第八八頁。
〔五四〕戴名世《甲戌房書序》，《戴名世集》，王樹民編校，第八九頁。

〔五五〕戴名世《甲戌房書序》，《戴名世集》，王樹民編校，第八八頁。

〔五六〕柳宗元《答韋中立論師道書》，《柳宗元集》，中華書局，一九七九年，第八七三頁。

〔五七〕戴名世《甲戌房書序》，《戴名世集》，王樹民編校，第八九頁。

〔五八〕戴名世《己卯科鄉試墨卷序》，《戴名世集》，王樹民編校，第九六頁。

〔五九〕戴名世《方百川稿序》，《戴名世集》，王樹民編校，第五〇—五一頁。

〔六〇〕方苞《兄百川墓誌銘》，《方苞集》，上海古籍出版社，一九八三年，第四九六頁。

〔六一〕鄭燮《儀真縣江村茶社寄舍弟》，《鄭板橋全集》，卞孝萱、卞岐編，鳳凰出版社，二〇一二年，第二三六頁。

〔六二〕鄭燮《儀真縣江村茶社寄舍弟》，《鄭板橋全集》，卞孝萱、卞岐編，第二三七頁。

〔六三〕鄭燮《儀真縣江村茶社寄舍弟》，《鄭板橋全集》，卞孝萱、卞岐編，第二三七頁。

〔六四〕鄭燮《儀真縣江村茶社寄舍弟》，《鄭板橋全集》，卞孝萱、卞岐編，第二三七頁。

〔六五〕鄭燮《濰縣署中與舍弟第五書》，《鄭板橋全集》，卞孝萱、卞岐編，第二五二頁。

〔六六〕吴昆田《序》，錢振倫《示樸齋制義》，同治五年袁浦講舍刻本，第一B頁。

〔六七〕翁方綱《復初齋時文　帖經舉隅》，乾隆五十二年序本，卷二，第八七頁。

〔六八〕翁方綱《復初齋時文　帖經舉隅》卷二，第一〇B頁。

〔六九〕翁方綱《復初齋時文　帖經舉隅》卷二，第一七A—一七B頁。

〔七〇〕鄭獻甫《補學軒批選時文讀本》，貴州臬署，同治己巳，第一B頁。

〔七一〕鄭獻甫《補學軒批選時文讀本》，第三A頁。

校點凡例

一、本叢書收入一批稀見清代科舉文集，以名家文集为主，所收目前均未有影印或整理出版者。

二、各書或爲孤本，或爲今見最早重刻本，以後出本参校。文選類以其他選本参校。

三、每種書前爲「提要」，内容包括作者生平簡介、本書内容簡介、主要價值與版本源流簡介、確定底本與校本的説明。底本明顯有誤，校本不誤者，改底本，出校記；底本、校本兩通而文字略異者，不出校；底本不誤而校本誤者，不出校；底本文字存疑者，出校記。

四、文獻中引用四書、五經、十三經者，語意通而文字微異者不校，語意明顯錯誤者，據朱熹《四書章句集注》和《十三經清人注疏》改。

五、各書目録與正文標題有文字不盡一致之情形，今皆保留原書原貌。

六、書中有闕漏漫漶者，以他本校補，並出校記。無他本可校且無法據上下文判斷者，以□標示。

七、各書之古體字、俗體字徑改爲規範字體。異體字一般情況下改爲通行的正體字。古人因謄抄習慣而不分「己、已、巳」和「戊、戍、戌」等，點校時一律據文意改回本字，不出校記。

八、清代避本朝名諱及家諱者，一律改回本字，缺筆字則補足筆畫。原文提及前朝年號或引用古書而避當朝名諱者，據古本徑改，不出校記。

九、各書引文異於通行本者，不改，不出校記。語意明顯錯誤者，出校記。

總目

戴田有自定時文全集

〔清〕戴名世 撰
陳麒如
陳維昭 點校

戴田有自定時文全集提要

《戴田有自定時文全集》不分卷，戴名世撰。

戴名世（一六五三—一七一三），字田有，一字褐夫，桐城人。以制舉業發名廪生，考得貢，補正藍旗教習。授知縣，棄去。康熙二十五年始遊太學，與汪份、方苞、萬斯同、劉獻廷結交。康熙四十八年，年五十七，始中式會試第一，殿試一甲二名及第，授編修。喜讀《太史公書》，考求前代奇節瑋行。康熙五十年《南山集》禍作。名世初不屑於時文，後因家貧而課徒自給，其時文集爲世盛傳。《清史稿》有傳。

《戴田有自定時文全集》不分卷，十册，每頁九行，每行二十五字，白口。長洲汪武曹、江浦劉大山、德州孫子未、桐城方靈臯同定。清康熙間刻本，現藏四川大學圖書館（以下稱「川大本」）。此書共收四書制義四百零七篇（正文缺六篇，實收文四百零一篇）。最後八篇爲戴名世拔貢、鄉試、會試上的墨卷，列於「失編」目下，可知川大本非初刻本。

川大本刻於戴名世生前，且爲其自定全集，彌足珍貴。

上海圖書館藏有《潛虚先生時文全集》十册，清乾隆間抄本（以下稱「上圖本」），實抄録自康熙刻本，其批語及選文有川大本所没有之内容，並非抄自川大本。該書僅抄録康熙刻本一部分内容，《論語》部分抄六十一篇，《大學》十七篇，《中庸》四十一篇，《孟子》一百一十篇，墨卷八篇，共二百三十七篇。上圖本第十册末頁有跋語：「潛虚先生時文丰致蕭遠，神情映徹，真能超越人裳，令人讀之心曠神悦。青厓氏漫記。」目録頁有印章一枚：「四明盧氏抱經樓藏書印」，此爲乾隆間著名藏書家盧址的藏書章。盧址（一七二五—一七九四），字丹陛，一字青厓。盧文弨族人，與文弨均有抱經樓，並稱「東西二抱經」。此抄本每册首頁除上海圖書館藏書章外，均有兩枚印章：「最愛看書過亦忘」、「聆善餐勝之盧珍藏」。未知印章主人爲誰，或與盧址有關。此抄本「絃」字、「弘」字缺末筆。

康熙五十年，南山案發，戴名世的著述遂遭焚毁。上圖本改書名爲《潛虚先生時文全集》，删去書中所有與戴名世有關的痕迹，如序文删去文末「康熙甲申秋日龍眠戴名世書於姑蘇寓齋」等字，鄉、會墨卷删去「戴名世」字樣，文末有「戴子」字樣者不予收入。

《窮則獨善其身》文後有「惟戴子能之」，屬於漏網之魚。）

上海圖書館又有《戴田有時文全集》一冊，該館誤題作「明刻本」。從封面書名下的「震」字可知，原書可能八冊，按乾、坤、震、巽、坎、離、艮、兑分冊。僅存者爲第三冊「震」。該冊收文四十一篇。

除這三種專書以外，戴名世的制義仍有幾篇被清人收入選集中。法國國家圖書館所藏《初學小題秘訣》（吴肖元評選，翰香堂梓行，乾隆二十八年刻本）選了戴名世三篇時文：《父母在不　一句》、《沽之哉沽　六字》、《偏其反而　四字》。《詳注初學文範》（吴肖元評選，文光堂藏板，乾隆四十年刻本）選了《子曰嗚呼》、《父母在不遠遊》兩篇。唐惟懋《國朝歷科發蒙小品》（道光元年，掃葉山房梓行）選了戴名世的《沽之哉沽之哉》。《發蒙小品二集》選了《道不行乘桴浮於海》。又，北京圖書館藏有戴名世會墨。

茲據四川大學圖書館藏康熙刻本點校整理，以上海圖書館藏抄本參校。

戴田有自定時文全集

余少而多疾〔一〕，家又貧，未嘗從塾師學〔二〕爲時文也。稍長，病有間，因窮六經之旨，稍見端倪，而旁及於周、秦、漢〔三〕諸家之史。俯仰憑吊，好論其成敗得失，間嘗作爲〔四〕古文以發抒其意見〔五〕，將欲閉户著書以自見於後世。而余多幽憂之思，性又不馳〔六〕世榮，遂欲棄塵離俗，巖居川觀，爲逸民以終老，區區之志如此而已。

當是時，家甚貧〔七〕，先君子授徒他方，而余自六歲從塾師受〔八〕學，凡五年，而四書、五經讀已畢。余以疾且偷惰，遂廢棄不知自力於學。比讀書稍有得，年已二十矣。先君子束修之入不足以給饔飧，余亦謀授徒以養親。而生徒來學，惟時文之是師，余乃學爲時文。而見近日所雕刻流傳習熟人口者卑弱不振，私竊嘆之，因以平日所窺探〔九〕於經史及諸子者條貫融釋，自闢一徑而行。先君子曰：「此所謂爲於舉世不爲之時〔一〇〕者，得無不免於困乎？」先大父曰：「困何傷？」因撫余頂而勉之曰：「是在勿怠而止耳。」里中〔一一〕有潘木厓〔一二〕先生，博雅〔一三〕君子也，家多藏書，余〔一四〕往往從借觀，因師事之。而縣〔一五〕司教爲王君我建，兩人皆奇余〔一六〕曰：「此文章風氣之所繫，其在韓公伯仲間乎？」韓公者，即故大宗伯慕廬先生。是時適以雄駿古雅之文登高第，所謂「爲於舉世不爲之時〔一七〕」者也。居久之，乃得入縣學。又數年，貢於太學，先後受知於督學使者，爲諸城劉公、吉水李公，皆以國士相待。而余自入太學居京師，及遊四方，與諸君子討論文事，多能輔余所不逮。宗伯韓公折行輩與〔一八〕交，而深惜余之不遇。同縣方百川、靈皋、劉北固〔一九〕，長洲汪武曹，無錫劉言潔，江浦劉大山，同郡朱字緑〔二〇〕，此數人者〔二一〕，好余文特甚。靈皋年少於余而經術湛深，每有所得，必以告余，余往往多推類而得之。言潔好言波瀾意度，而武曹精於法律。余之文多折衷於此三人者而後存，今集中所載者是也。余自惟〔二二〕年二十以來，於時文一事耗精敝神，雖頗爲世所稱許，而曾無得已於〔二三〕，亦無用於世。回首曩昔之志，輾轉未遂，必有高人逸士相與竊笑於窮巖斷壑之中者矣。始余之爲文，放縱奔逸，不能自制；已而收視反聽，務爲淡泊閒遠之言，縹緲之音；久而自謂於義理之精微、人情之變態猶未能以深入而曲盡也，則又務爲發揮旁通之文。蓋余之文自年二十至今凡三變，其大略如此。

余本多憂而性疏放，尤不好時文。既以此教授，則不當以苟且之術貽誤生徒。而世所〔二四〕雕刻流傳習熟人口者，諸生以余教誡〔二五〕，故不學。而余不得已，間嘗自有所作，示諸生以爲之式。而武曹好余文，嘗教余多作。余不可，則嘗閉余於蕭寺中，命題以數十百計，作畢乃聽出，曰：「六經之旨，借君手以明耳。」而余嘗以一月或十餘日作已畢。故余平生之文甚多，然〔二六〕皆出於勉强，非其中心之好。而散軼零落不自收拾者，不知其〔二七〕幾矣。篋中所存尚無慮五百餘篇，往者嘗〔二八〕自擇别，分爲兩集，集各近〔二九〕二百篇。韓公及武曹、大山、百川爲序〔三〇〕而行之於〔三一〕世，海内學者翕然信之，不以爲非，是〔三二〕轉相購買〔三三〕，幾於家有一編〔三四〕矣。今年秋，一二門人來謁，曰：「往者所刻板刓敝不可印，盍再刊之？」余乃悉取舊本更定，删去若干篇，復增入未刻諸作，而以授之。

嗚呼！余非時文之徒也，不幸家貧，無他業可治，乃以時文自見。失足落人間，究無救於貧困，而人世得失榮辱之境，其爲幻妄，夫何足道！虚名雖盛〔三五〕，而讒謗〔三六〕亦隨之。蓋至是而先君子之言果驗矣。念向者所與討論文事〔三七〕諸君子皆登科擢高第以去，百川、言潔則九原〔三八〕不可復作，而先大父、先君子與潘、王二先生及劉公、韓公皆相繼謝世。余已年垂五十矣，抱其區區無用之書，持手〔三九〕而食，雜於市人村竪之間，擁褐高吟，與二三子論文講藝於塵囂雜遝之地，不亦愚且惑之甚乎！行且舉〔四〇〕手謝時人以去，山林杳冥，窮居不出，尚欲一酬曩昔之志。而此集也，視之已不啻遺迹，亦何所用其喋喋爲？而特書其爲時文之本末以告海内學者，庶幾其悲余之志也。康熙甲申秋日龍眠戴名世書於姑蘇寓齋。

戴田有自定時文全集目録

長州汪武曹、江浦劉大山、德州孫子未、同里方靈皋同定

論語

大學

中庸

孟子

失編〔四三〕

（以上目録中標*號者，爲上圖本所缺；標**號者，爲有題無文。）

論語

學而時習之　全章

學中之境，非好學者不能造也。（高渾。）夫好學則必有得於己，有得於人，而亦不必有得於人。夫子一一指而示之，所以使人思而得之也。子曰：甚矣哉！學之不可以已也如是夫！吾嘗想之矣。（含毫邈然。）其途綿邈焉而非惝恍而無據，其境閱歷焉而固能得其所以然，吾豈自謂能哉？猶且略知其意而樂言其故也。（三「不亦」神情。）蓋自人之不能與天肖也而欲肖之，有學焉。（照注「明善以復其初」。）學雖難遽肖，其不肖原可以漸肖之也。今之不能與古似也而欲似之，有學焉。（照注「後覺效先覺之所爲」。）學何必盡似？其不似乃所以似之也。（《論語》開章第一個「學」字，單提二比，照注疏通。）然亦視乎其學之至與不至焉。道之量無涯也，而學者涯之，涯之是有止期也。入之不深而無以得其旨趣，乃曰：「學固困我，幾何其不棄而去之矣。」（跌宕。）夫孰知習之以時，而一往無前，莫知其所底止，而固已涵泳乎其意，而不勝其體會焉者乎！道之機不息也，而學者息之，息之是有盡境也。所見既隘而遂以滿其意願，乃曰：「學已益我，幾何其不愧而怍之矣。」（兩路翻「説」字。）夫孰知習之以時，而日新又新，莫能窺其間隙，而因以尋味於其間，而不勝其浩蕩焉者乎！由是而吾之學可以及於天下矣。聞某國有至人焉，守先王而待來者，褰裳而至，而果有以發之。（孤情一往，運古入化。）夫人才蔚起，而大道之行不孤矣；師傳有屬，而斯文之統不墜矣。彼環顧吾徒，而零落寡偶焉，爲之奈何也，而兹之所得如此。此在至命盡性之中，而非但聲氣感召之事也，而入之何不樂也？（「樂」字入微。）由是而吾之學亦可不必共信於天下矣。國無人莫我知焉，言誰聽而唱誰和，人自任過而我何爲愠之？（對工。）夫大行不加，而可以浮雲乎富貴也。窮居不損，而豈其動心於沉置也。彼聲華不著，而寂寞自傷焉，知其中無餘也，而兹之所成就若此。此固樂天知命之詣，而非若意氣孤激之輩也，而豈非君子也？（「不愠」二字入微。）夫成己成物，君子之學之所有事也。遁世無悶，君子之所以爲爲己之學也。嗟乎！誰其人哉？丘第懸想之而已乎！（領取「不亦乎」二[四五]字神情，杳渺無際。）

取題魂於未涉筆之先，窅裊清暉，摶風飆而出埃壒，將向來一切陳腐悉化爲神奇。此「潦水盡而寒潭清」之候也。《意園集》原評云：冰雪爲心，疏梅爲骨，碧玉爲手腕，方能撰出。不從人間來，真神仙才也。（韓慕廬先生）

學而時習　二節

學由己以及人，而説由中以達外。夫學有得，則朋自來。而説於己者，亦且樂乎人，是故學貴時習也。且夫該人己，貫内外，無在而不自得者，惟學而已矣。（是兩節起法。）其力不倦焉，其道不私焉，其境不苦焉，吾蓋取其人而懸想之矣。今夫人之學也，爲其一日者乎？爲其終身者乎？爲其私己者乎？爲其大共者乎？爲其勞瘁者乎？爲其恬適者乎？（飄然乘風。）大凡境之深者，其所見自異，然必展轉探索而乃深也。（折筆醒。）夫人入其中而無可説之美者，體驗不深，故雖有大美，弗見也。（真實。）習其所學而時時不懈，則心與理相涵，而所知者益精。雖有同學者，不能告之以其趣耳。（帶下，如流烟半垂。）途之熟者，其行之乃安，然必更互反覆而後熟也。夫人入其中而無可説之味者，遵循不熟，故雖有至味，不出也。習其所學而時時不輟，則身與事相安，而所能者益固。雖有艮〔四六〕朋，不能喻於其故耳。然而朋亦正喻於其故矣，來矣。（一片。）

吾與朋同者，此理此心，使吾有所得，而匿不以示人，則吾心雖説，而意象之間猶覺有不能暢然者。（綰上。）謂朋無以得於我也，立必俱立，而時習者一旦共習之，則欣欣然説之，充於中者至是溢於外矣。然而無不可告之以其趣矣。自遠方來有朋矣，我望於朋者，共知共能，使吾有所得，而唱之而無和，則吾心雖説，而俯仰之際猶覺有不能泰然者。謂我無以及於朋也，成不獨成，而時習者無不共習之，則洋洋然説之，公於衆者非第藏於内矣。不亦樂乎？所學者在我，而又以及人。成己成物，皆性分中之事，並爲理義之悦。心既喜其獨得，而又喜同得，怡然涣然，皆學問中之驗，益覺厭倦之交泯，世豈有更足以慍君子者乎？（恰好。）

說理清新，運筆敏妙，身有仙骨，非世人所知。（劉大山）

學而時習之

無時而不習也，斯可爲學矣。夫學而不習，習矣而有時然，有時不然，均之無當於學也。夫子語人以學，若曰：物有動於機之不容已，而處於勢之不能息，迴翔往復之間而依依其相親者，卒莫之有倦也。（照定「如鳥數飛」講「習」字，精妙入神。）吾以爲人之有志於學者，亦若是則已矣。事之可以乍而留、乍而去者，必非切要之事也。（「習」字中做出「時」字。）不得其去留之迹，而首尾之所貫注者，循環無端，此其事蓋有鹵莽焉而不得者矣。事之可以絶而續、續而絶者，必非終身之事也。不容有絶續之形，而往來之所遞嬗者，流轉無窮，此其事蓋有間隔焉而不可者矣。故學必專之以習也，而習必貞之以時也。人各有其天，迨一漓之於人，而天者以亡矣，必將求如乎其天焉。（中比從「學」字起。）是惟學之，而深知篤行，以期復乎其本然，而又懼其間也，（還他「而」字一折。）不敢暫尋其棲泊，而優焉游焉，其境不能窮。他人不知幾變遷於其時者，而此則歷時雖多，止如一時而已。覺必有所先，然自處於後，而先者難似矣，必將求如其先焉。（二義照注。）是惟學之，而極深研幾，以求及乎古人，而又虞其倦也，不敢不勤其奮舉，而翻然勃然，莫窺其所止。他人不知幾玩愒於其時者，而此則一時無懈，閲之時時而已。且夫時亦不同矣，（二比從「時」字起。）有爲生之時，有爲熟之時，而學者曰：此皆習之時也。生焉而習，熟焉而亦習。功候雖殊，而莫非習也，則誠無一時之間隙耳。（習是徹始徹終。）有爲見之時，有爲潛之時，而學者曰：此皆習之時也。（「時」字瀾翻不窮。）潛焉而習，見焉而亦習。境地雖殊，而止此習也，則誠無一時之厭足耳。蓋習者幾之出於勤動者也，勤動之餘，其機自不能静。（又刻畫「習」字入妙。）而習者又象之近於宛轉者也，宛轉之間，其情自不能釋。（更妙。）如是以爲學，而時幾之惕，生意日逢其故者，本體自不易其常。如是以爲學，而時勉之功，以有涯付之歲月者，還以無涯盡之當躬，而説亦自是而出矣。

吴知先問「學習」二字。曰：「學」是未理會得，便去學；「習」是已學了，又去重學。非是學得了，頓放在一處，又去習也。只是一件事。如鳥數飛，只是飛來飛去。所謂鷹，乃學習是也。朱子因言此等處，添入《集注》中，更好。今以此意行入文字中，不但時下陳腐掃除無餘，並先輩大家必不能免之蹊徑，亦無不洗脱。奇理劇出，見者驚猶鬼神。（方靈皋）

此題草昧數百年，至今日纔一創闢。誰開崑崙源，流出混沌河。奇絶快絶。（韓慕廬先生）

有朋自遠方來

朋來而自遠，學之所及者遠矣。夫遠方之朋而來，則無不來者矣。有以及之，斯有以來之，朋豈易得哉？且世俗莫不欲得朋矣，然而世俗之中無朋也，以世俗之朋召世俗之朋，朋亦有時而來，然不久而輒去矣。（翻得新警。）夫朋不以學問來者，未有不去者也，故夫世俗之中無朋也。（至言。）而學而時習而至於説者，則不然矣，有朋矣。（落「有朋」二字，欲仙。）吾與朋同此理。理有既明，未有不欲共朋者，吾之欲得夫朋也，吾與朋同此心；心有獨得，未有不欲共得者，朋之欲就於我也，吾正欲吾學之莫私。而此有問也，彼有難也，莫不紛紛然而來前也。然而其來也亦遠矣，（出「遠」字，欲仙。）過都越國而至於此。今日親見之，果如前日之聞之也。朋與朋亦且欣欣相告，以爲吾儕之得所依歸也。（旁襯以取「樂」字。）初以爲遠方之人耳，久之而知其爲吾朋也，而吾之學可以不私矣。吾方患吾道之或孤，而某則直諒也，某則多聞也，莫不接踵焉而來遊也。然而其來也亦遠矣，間關跋涉而止於此。相與之深，又恨相見之晚也。朋與朋亦且默默自慶，以爲生平之幸遇斯人也。此豈遠方之人耶？朋也而後乃今爲吾有也，而吾之道庶乎不孤矣。人之所得無多，輒自珍之而不以告人，其褊迫之意，已拒人於千里之外矣，而朋原不爲其人而來也。（又颺開，此朱子「私小底人，偶有所，持以自多」〔四七〕之説。）人之所詣未極，雖欲公之而不以自私，其寡陋之象，亦示人於千里之外矣，而朋亦不爲其人而來也。（此朱子「自家無這善，如何及得人」之説。）乃若任其來，而皆有以給之而無所隱。（頂前一比。）斯意也，未有不應之者。不然而僻在遠方，而無所興起，即朋之氣亦漸有消落者，於是乎吾黨無朋，而世俗之朋出，而號之曰朋矣。（反收。興致鬱勃，忽挽轉小講意，不測。）乃且任其來，而皆有以給之而不匱。（頂後一比。）斯意也，未有不趨之者。不然而散在遠方，而不能聚處，即吾之學亦憂其無傳者，於是乎吾朋且失學，而世俗之學出，而號之曰學矣。（反吸「樂」字，並繳首節。）以此觀之，則有朋自遠方來，如之何不樂也？

恰是上有「時習」節，下有「不亦樂乎」句，盡掃聲應氣求套語。清新俊逸，翩翩仙舉，覺王濟之作，猶屬膚殼，遠不逮此篇之精切。（劉大山）

有朋自遠　二節

有以及人而不求人知，斯深於樂而爲君子也。夫朋之與人相去遠矣，故其來也可樂，而其不知也不足愠也，是則君子也。且夫從事於學，而舉世之聞之者卒無所興起，又或鰓鰓焉欲舉世之相與興起，而患其或有異議焉者，此其學皆可議也。（聯絡全題，古雋之極。）有如學至時習而悅矣，學雖不求信於千萬人，而必欲訂於一二人，而其學乃爲不孤。是故德修而謗興，道高而毁來，皆無傷也。而好學深思之士，未嘗聞風而赴，則有惄焉心懼矣。學非故欲與世相絶，而亦非故欲與世相同，然而其學必思所託。是故一國非之而不顧，天下非之而不顧，總於我無與也。而嚮風慕義之徒，一旦褰裳而至，則可歡然自得矣。（二股逆串。）蓋學之中，固有樂之一境也，而樂莫樂於朋之自遠方來矣。天下而有朋也，吾知其無不來也。天下而非朋也，吾知其必不知也。（轉筆敏妙。）何者？朋而外皆人也，夫人也而可責之以朋之事乎哉？（快甚。）是故人心之不齊也，此方與共商千古之業，而彼已不能無一日之疑。雖在旁觀，亦有爲之不平者也。然遂以是而汲汲求人之知，而爲吾朋者或且薄之而未必來矣。若乃不見是而無悶，斯非爲己之君子不能也，固宜人之不知耳。且夫世事之難定也，一則聞聲而得之，一則交臂而失之。此在人情，自有爲之變易者也。然遂以是而悄悄動心之愠，而向所樂者或且轉而有所不樂矣。若乃不見知而無悔，斯惟篤學之君子乃爾也，何妨人之不相知耶？（此即程子所謂「非樂不足語君子」，饒氏所謂「樂之深，然後能不愠」。）（二股順串。）人不知君子，不能損君子之樂；人不知君子，亦或不知君子之朋。而要之，君子之與朋砥礪者，必試之於不知不愠，而後見學之有得耳矣。（無不合矩中規。）蓋朋來而樂者，天下之公也；不知而愠者，一已之私也。君子有大公之樂，無私已之愠，此可與朋道，而未易爲流俗人言也。

若不側串回抱，則東西分向，神氣何由相屬？運筆工變，聯合補綴，備極匠心。

（韓慕廬先生）

人不知而不愠

學有不形其愠者，聖人深有意乎其爲人焉。夫學本自得之者也，知不知在人，而何足愠哉？是以學莫貴乎其愠之不形也。且夫人之爲學，而猶有人之見存於其中，則是爲人而學，非爲已而學也。（命意便高。）吾未見夫爲人而學者之有得也。爲人而學，則其性情皆惟人之所轉移，而不能以自主，而其所學者亦從可知矣。如學而時習者，其中心之悦惟自知之，而非外人之所能喻也。（緊承悦樂，追入本句。）假使爲衆人之所好，則是亦衆人而已矣。故好學者常以人之知爲懼也，其中心之樂惟朋或知之，而不可概之於人人也。假使爲一世人之所共許，則亦爲一世人之所共棄矣。故好學者常以知之希爲貴也。蓋學也者，與世共之者也，人無不可得而知也。然學也者，又與世無涉者也，人亦可得而不知者也，而何愠之有哉？（語意靈妙。）蓋愠者，必自有炫耀之意，而觀之世，而皆淡漠以相遭也，遂不能不悵然耳。夫一凡人譽之，則以爲有餘；一凡人毁之，則以爲不足。此其人世之知之者必多也，而吾已窺其中之無餘也。（雋快。）愠者亦必自知有不足之數而問之於世，而欲借聲名以相掩也，遂不能不動心耳。若夫舉世而譽之而不加勸，舉世而非之而不加沮，此其人世之知之者必少也，而吾已决其中之素定也。我方爲其千古，而人已議之一朝。當世有賢而莫識，此亦其人之命也，而我何容心焉？（快絶。）我方虞外之有虚譽，而人已疑我之有遺行。賢者當前而莫辨，此亦其人之性也，而我何屑意焉？（二比推勘微至。）大行不加，窮居不損，吾之定於分者，無所爲人焉，而何用知爲也？道之將行，道之將廢，吾之受乎天者，無所爲知焉，而安以愠爲也？（無句不開闢。）是故人不知而不愠，我竊有意乎其爲人也。

按之無奇，而其説要皆至高極深，微心證切，超然有會，可以方駕黄貞父作。

（韓慕廬先生）

其爲人也孝弟

人有以孝弟著，而其爲人從可知矣。夫人道莫切於孝弟也，果其孝弟，而其爲人豈猶是人也乎？有子意曰：吾嘗遍觀物態，窮極人情，而悠然有念於一二事焉。（通章之神隱躍。）夫人有百行，豈不欲其兼舉？（映下。）而獨有念於一二事者，人之所以爲人，在乎此也。然則人亦特視乎其爲人也何如耳。（出「其爲人也」，輕妙。）人之所接，不一其人，而必有所最親之人。最親之人，則父兄是也。人之所爲，不一其事，而必有所最要之事。最要之事，則孝弟是也。其爲人也，孝於而親，親樂之，家之人皆樂之。即非其家之人，亦莫不聞之而神往，而願與之親也。且其他皆不問，而獨有意乎其爲人也，則以其爲人也，孝也。（「其爲人也」四字抛擲作態，而下意欲吐還吞。）其爲人也，弟於而兄，兄悦之，家之人皆悦之。即非其家之人，亦莫不見之而色動，而欲與之即也。且其他皆不計，而獨有意乎其爲人也，則以其爲人也，弟也。人莫患乎無所恃，孝弟者，已之所恃也。不事其父而謂他人父乎？不事其兄而謂他人昆乎？舍孝弟而何所恃以爲人？（取下意，妙用倒吸。）人莫患乎無可望，孝弟者，亦世之所共望也。孰不爲愛？

愛親，愛之大也。孰不爲敬？敬兄，敬之大也。舍孝弟而世亦更何所望於其人？子子弟弟，一家之事。使僅爲一家之事，而其爲人也，亦無餘矣。吾觀夫不孝不弟者，其父兄不但一家之是患者，何也？則以更有懼於不孝不弟者之爲人也。親親長長，一門之治。使僅爲一門之治，而其爲人也，亦可疑矣。吾觀夫不孝不弟者，其父兄亦不獨於門内之是慮者，何也？則以更有防於不孝不弟者之爲人也。（亦是從對面倒吸。）有可爲其人信之者，信之於孝弟，則不必復疑乎其爲人。有可爲其人易之者，易之於孝弟，則不必更難乎其爲人。何者？一孝弟而其他皆舉之矣。

虛縮題，要吸得下意起，要截得題位住。作法既合，而靈氣往來，都在空中鼓舞。舒碣石作，只做得「孝弟」二字，「其爲人也」四字虛神未嘗領取，則下意皆不能動，何取於孝弟之陳言乎？（王令詒）

巧言令色鮮矣仁

人而不仁者，見之於言與色焉。夫仁乃人之所以爲心，而以言與色悦人者，其心亡矣，安得謂之仁乎？且欲觀人之仁不仁者，不必索之於幽深之際也。嘗試一聆乎其辭，嘗試一接乎其貌，即可從而決之曰：此仁者也，此不仁者也。蓋仁者，心存於内而不失，亦正未嘗不著於外而難掩。其出辭氣也，而文章之著，莫非性命，則本仁以形爲言也，是故有時而其言厲也。固仁人之言也，即有時而從容委曲，使人亹亹乎聽之不倦，而正不得以巧目之。其正顔色也，而威儀之著，莫非道德，則本仁以形爲色也，是故有時而其色莊也。固仁人之色也，即有時而和氣柔聲，使人欣欣然即之彌親，而正不得以令目之。（注：「知巧言令色之非仁，則知仁矣。」先寫仁者之言、色二比。）嗚呼！彼巧言者何爲者耶？果何如人耶？其心以爲吾言而不使人説，吾且自慚其無文，於是務爲其機變，而揣摹之熟一脱口，而人已快於心，且曰：彼安所得長者之言而稱之？幾以其巧爲仁矣。（妙甚。）彼令色者何爲者耶？果何如人耶？其心以爲吾色而不使人悦，吾亦自覺其無顔，於是務爲其側媚，而俯仰之間一動容，而人已愜於意，且曰：彼所謂温温之恭人也，幾以其令爲仁矣。（先動末句，然後摹寫「巧」、「令」。）而之人也，一心以求人之悦，又一心以恐人之不悦，輾轉没溺以徇人之情，而所爲本心者，已喪失而無餘。既以其身爲物役，又以其心爲身役，深情厚貌以供人之歡，而所爲天德者，自戕賊而後已。究之人之悦者，事過而旋亡；而己之失者，終身而莫補。即己之悦人者，愈出而愈工；而已之居心者，愈變而愈僞。不仁莫大乎是矣，而豈復有仁哉？嗟乎！人而不仁，無一而可也。有以不巧爲巧者，訐以爲直，是又與於巧之甚也。有以不令爲令者，色厲内荏，是又與於令之甚也。（意本朱子。）反而觀之，彼夫辨近於拙而氣涉於亢者，雖未即純乎仁，而其於不仁也亦鮮矣。（無義不搜。）（補點「鮮矣」，亦變。）

仁與不仁，只就向外、向裏看，便見得。注程子云云，此翻轉看法也，朱子謂此説極盡。文能發揮此意，極其刻露。○朱子詁此節云：「如今世舉子弄筆端做文字者便是。看他這般模樣時，其心還在腔子裏否？」然則舉業之中，亦有巧言令色，而與於不仁之甚者，末學之士，不可不戒也。（徐大臨）

子曰弟子　一節

弟子之用力者，由行而及於文焉。夫弟子之力不可不用，而弟子有餘之力，亦不可不用也。行也文也，是則弟子之所宜交致者矣。今夫人莫不有其力，而顧不能用之也。而於其少之時，尤恕且寬之。彼生而未習其事，以爲其事之無與於己也，則遂至於自棄而無所忌。（痛切。）是故風俗之有未淳，人材之有難得，恒必由乎此也。（教弟子事，關繫不小。）詎知夫世故未深者，其趨於正也易，其趨於邪也亦易。一日之間，其可怠焉者無一時也。習俗未移者，導之以正也則正，導之以邪也則邪。一日之内，其可縱焉者無一事也。蓋人終身之得失，莫不始於弟子，則所當致力者，在弟子時矣。今夫齒之方長，在父母易生其憐，爲人子者往往從而狎之，此力行夫孝之所以難也。然而依依孺慕之誠，可或渝乎？（張氏謂：「此章推言爲弟爲子之職，始學者之事，充而極之，爲聖爲賢，蓋不外是。」惟此文發揮極確切。）年之既卑，在成人不責以禮，爲人弟者往往習而忌之，此力行夫弟之所以難也。然而雍雍敬讓之思，可勿存乎？（帶起「行」字、「力」字。）其一又在力行夫謹與信也。夫行而即於嬉，久之而無不嬉也；言而非其實，久之而不復實也。豈曰年華方盛，姑以俟之後耶？其一又在力行夫愛與親也。夫入其群而猜之，其極必至於刻且私也；遇乎善而置之，其積漸必至於汰且濫也。豈曰童子何知，遂可肆其情耶？若是者，在弟子於出入之間，以及言動應接之際，循循於先生長者之前，而亹亹於身世日用之故。（過峽似鬆實緊。）弟子之所行者，其力豈復有餘哉？然而弟子之力正復有餘也，弟子之學亦自是起矣。《詩》、《書》之旨，義類之歸，古人之垂之者無窮，而經少年之睹記尤易入也。特力之無餘則不獲以此爲先耳。既有可學之時，而不知所從事。迨遲暮而悲傷，不既晚乎？禮樂之繁，技能之末，吾生之需之者甚急，而當聰明之初發尤易工也。況力之既餘則無容以此自謝矣。既有可學之具，而不遑以自暇逸。即居恒之服習，豈猶有失乎？（朱子云：「若不學文，任意自做，安得不錯？」）古者赤子之時，而教已行。所見者正事，所聞者正言，莫不正以仁義之紀。化與心成，而習與智長，所以即小成以期大成，而非□。古者諭教之法，無所不具。自天子之子，至庶人之子，莫不養於太學之中。涵濡之以歲時，漸摩之以道德，是故由小學以入大學，而無難。（二比有識有力，亦茂亦醇。）此三代之時，風俗淳厚而人材蔚起，由此其故也。世之爲弟子者，不可不勉。（遥應。）而教弟子者，亦豈可不慎哉！

句句切弟子、孝弟等項，無一字可以通用他處，此之謂切題。（方靈皋）

賢賢易色

能易其難易之情，斯好賢之至矣。夫賢也而賢之，亦猶色也而色之也。乃色色之情易，而賢賢其情不已至乎？且天下惟無情之人一無可爲耳。（若遠若近，自然合節。）有情者，具情必有所最深，而其用之必有所最專。乃有時最專者而不專也，而固未嘗不專也。吾以是嘆人之有情者不可不善用其情也。蓋有美之在，人聞之神往，而必欲效其款款之思。（**此後四比正合晚村評韓作所謂「竟取色之情思襯托」也，賢賢之誠不須更用轉合比並文法也。**）所爲愛而不見，而輾轉反側以憂者，人固有此深情也。且有美之在，人見之色動，而必欲致其區區之慕。所爲亦既覯止，而琴瑟鐘鼓以樂者，人固有此至情也（四八）。嗟乎！人以爲此色色也，而不知此所以賢賢也，蓋色至是而爲之矣。在賢者孤情絶照，豈期相賞之有人？（**從下「賢」字轉到上「賢」字，串合「色」字、「易」字，精神透露。**）然獨奈何世有賢而臭味與之參池，不復能親其謦欬，吾舍此而誰與獨處，誰與獨旦也？所謂伊人而溯洄從之，溯游從之，蓋一日不見而如怨如慕，人世間更無此勞我心者耳。在賢者絶世獨立，豈終空谷之自怡？吾獨奈何遇有賢而寤寐與之不接，未獲一致其綢繆，使賢謂我契闊其交，二三其德也。乃如之人而可與（四九）晤歌，可與晤語，蓋既見君子而永以爲好，人世間更無此説我心者耳。吾嘗聞之夫子，以爲好德如好色。（**二義翻新，極其雋妙。**）夫區好德與好色而二之者，所以教人之專好德也。而果其好德之至，則德之外更無色。雖則如雲，匪我思存。所思者賢而已矣，則好德而已，無可如之者矣，又以爲遠色而貴德。夫嚴色於德而絶之者，所以防人之不貴德也。而果其貴德之至，則色之情正可用之於德，豈無他人，維子之好？所好者賢而已矣，則色而有不必遠者矣，何者？誠易之也。（雋妙。）嗟乎！風人騷客常以美人目其君，而念舊懷人亦多以美人目其友。（結亦古雅。）夫亦以情莫深於色，而非色無以形容其如結之誠也乎？

慕廬先生文作法既高，而文情幽艷，爲此題絕調。此篇波瀾與之莫二。夫亦可知義理無窮，心思善變。有學者決不爲佳文在前，遂爾震倒不敢下筆耳。（吴七雲）

雖曰未學

未學者而在於盡倫之人，不必無其説矣。夫世之未學者誠多也，而顧以加之盡倫之人耶？即曰未也，而豈遂爲定論耶？且人之衡論，夫亦何常之有？彼夫椎魯之誚，固舉世之所共輕也，乃以舉而加諸躬行之士。夫躬行之士，而衆可以當椎魯之誚乎？則亦姑存其説焉可耳。（扣住「雖」字。）今夫人各有倫也，而不能盡者，固未學之過也。（先提「未學」。）無絶世之資，而矜言心得之效，以是而曰未學，則誠未學矣。（點「曰」

字，反跌「雖」字。）人各盡倫也，而不能誠者，亦未學之過也。本庸人之資，而妄託聖賢之詣，以是而曰未學，誰不以爲未學矣。（倒擊下句。）而吾之所云，姑存其説者，則能盡倫者也，則能誠於盡倫者也。未學焉而其人何以遽能爾耶？（超忽。）古之人，致謹於綱常之際。人之稱之者，未聞有曰未學者也。今於若人，其稱之當亦然矣，乃曰未之學也。由此觀之，是未學自古人已然也。（雋冷。）且凡善學者，未有不摹擬於古人之行。人之論之者，亦未聞有曰未學者也。今於若人，其論之宜無失矣，猶曰未之學也。由此推之，則未學在今世而反少也。是説也，姑存之，而其説可參。然是説也，即姑存之，而其説難定。蓋見夫世之儒衣儒冠，而誦法先王者多矣，無不耳而目之，曰：此其異於未學者乎？及觀之於大節之所□，乃恍然知其未學也。顧於此曰未學，而於彼亦曰未學，雖爲是説者，亦難自分别其論也。（「曰」字如飛花隨風，片片委地。）抑見夫世之人綱人紀，而漸即於淪亡也久矣，無不起而議之，曰：天下固多未學者乎？乃觀於若人之所行，始恍然知世不皆未學之人也。苟於是焉而猶稱曰未學，將於何者而始不曰未學？（宛轉爲「雖」字傳神。）故聞是説者正不難焉分别其論也，所謂姑存其説，而其説難定者也。

縹渺之音，半落空際。（任蘅皋）

此題當逆從「未學」翻起，若單提「學」字，便似兩句題矣。此文□能合法，而「雖曰」二字，如鏡中現色，空外聞聲，真是傳神之技。（汪武曹）

筆勢翩躚，如輕燕受風斜也。幽姿素質，迥出塵外。（韓慕廬先生）

無友不如己者

取友之道，亦惟準之於己而已矣。夫己爲忠信之己，則亦必有如之者，而後可友也。不然，而安能無損哉？且人自有己即有與己遊處者，於是而友出焉。欲知己，當視友也；欲知友，當視己也。故交友者，但當以己爲準而已。或以爲忠信之人，與天爲徒，一似寡偶之無傷也。然俯仰宇宙，而止塊然一己之獨處，人世間必無此事。（從「忠信」句翻入。）有主之學，獨立不懼，一似夾輔之無庸也。然逃形匿迹，而止孑然一己之自好焉，學問中亦無此情。（二比翻得痛切。）故友者不可無也，特視乎友之何如耳。人之情，莫不自私夫己也，己如是，友亦如是，一比勘之下而兩兩皆同，則無以居其勝。惟是一不相如者，而在其側。差□之一睹，而友皆自愧其不如矣。此私夫己者之樂與狎之也。人之情，莫不自尊夫已也，已亦如友，友亦如己，一較量之間而區區無別，則無以見其長。（以「如」字翻「不如」。）惟是有不相如者，而環其旁，參差之一形，而友難自匿其不如矣。此尊夫已者之樂與傲之也。然而如是以爲友，將無可爲是，則是效者，而但見人之不如己也，而己之不如人者亦多矣。（「不如」二字如許瀾翻。）無可與激厲勸勉者，而遂覺己之無能如之也，而今日之己不如向日之己者又多矣。己既立其誠，則凡作僞日工者皆不如己矣，戒之哉！僞不如誠，而誠且易爲所汩，則亦友其誠者而已矣。華不如實，而實且易爲所漓，則亦友其實者而已矣，友豈無什己百己者？然其初亦不過如己，（緊振「忠信」句，方不泛。）己既務其實，則雖才華爛然者亦不如己矣，戒之哉！華不如但友其如己者，而什己百己者已在是也，友豈無如聖如賢者？然其初亦不過如己，但友其如己者，而如聖如賢者畢具之也。（「如己」二字更透。）是故忠如己也，信如己也。而同德一心，則有相與鼓舞者耳。威重如己也，學如己也，而等分齊量，則有相爲證明者耳。是又在乎去其所私，而通其所蔽。（又進一意。）不然而幾何不以如己者爲不如己，而以不如己者爲如己也哉！

從「如己」二字着筆端，處處迴顧「忠信」句，便爾真切。凡交友題，不能襲其一

字矣。後幅則前人有此意，而爲暢發之。（韓慕廬先生）

今人亦有知講切題之法者，必如此種，乃可謂之真切耳。（汪紫滄）

夫子温良 一節

觀政所由得聞，而知聖人之異於人者矣。夫聖人非有求人，人自求之，其相感以天焉，若常人則真求耳，此其所以異乎？若曰：子今者設爲兩端之言以揣聖人，予以爲皆非也。凡子之所言者，常人之事也。常人之動人也以人，而聖人之動人也以天。夫天之與人，則必有分矣，而子獨奈何以求、以與測夫子耶？世有夫子，既在弟子之列，周旋服習，不爲不久，而猶徬徨於意計，曰夫子殆不能無求乎？（題前虚引，即透末二句意。）徒見夫温温無試，遊於列國之間。風土謡俗，所在不齊，而皆熟悉而周知，曰夫子之求亦猶夫人之求之也乎？而不知夫子自有以得之也。蓋其德盛，盛則其出之也無所於過，止此一時耳。見以爲如此，又見以爲如彼，（空寫有神。）夫子無容心於其間也，即廷見之際而何莫不然？其道大，大則其發之也無所於窺，止此丰采耳。不自賢者，人乃屈於其下；不自是者，人皆服於其誠，即人亦不能以知其故也。（題藴已透。）當相遭之頃，而不得不然。今夫人情貴遠而賤近，其未至也，相與慕之；其既至也，又相與厭之。（神理一片。）乃以列辟之相爲猜忌，而一見而恍然自失，雖欲匿意隱情而不可。謂有懷之易抒，何外人之難獲耶？（逗起末二句意。）人情疑耳而信目，聞之而其天未觸，無以動也，見之而其氣已投，乃以興也。（妙悉人情。）故雖諸侯之習爲傲慢，而一見而奉教唯謹，即欲不信且服，而不能謂聖人之無奇。何他人之不爾耶？蓋温良恭儉讓以得之也，曾見有人焉如是以得之者耶？曾見有得之如是而可云求之者耶？即云求也，曾見有人焉如是以求之者耶？子曰「求之歟」，殆以夫子之求之也，（應。）亦猶乎人之求之也。而亦知夫子之求之也，異乎人之求之歟？蓋政與其聞之，不如行之，乃易於一日之逢，而艱於平生之遇。（補此意好，可與張敬夫説參看。）天意果不可知也，道大莫容，豈庸耳俗目之所能識而聞？政與其求之，又不如得之。（一氣流轉。）夫觀風而出於有意，則雖與無多；（與他處「求」字不同。）察政而待於旁搜，則雖獲亦苦，況人情又正不可必也。至誠動物，知德盛禮恭之必有徵。噫！夫子誠異矣哉！自兹以往，子試以吾言察之，知必翻然而自悔其失言矣。（古筆閒情。）

邀想於空有萬物之理來入。（趙驂期）

正義在上句，末二句只咏嘆之辭，略一點逗，得法。若沾沾以人之枉己者相形，便非。○吾嘗聞先輩之論制義者矣，曰：「制義之爲道，無所用書。然非盡讀天下書，無由措思也；無所用事，然非盡吏天下事，無由措字也。」知其解者，在時賢中，正不多得耳。（韓慕廬先生）

貧而無諂富而無驕

有不爲境所累者，賢者深有意乎其人焉。夫貧而易諂，富而易驕，此其情也，故子貢深有意乎無諂無驕者也。若曰：人之自處，固不可以無守也。因境而失其守者，必其先未嘗有守也。故能用力於自守，則雖其所遭之殊致，而固已無所處而不當焉。今夫造物者之不平也，同是人而若獨有沮之者矣，同是人而若獨有私之者矣。（虛籠「貧」、「富」。）境遇至紛，大約不外此二者而已。於是處境者之多溺也，天沮我而我安得不自沮矣？天私我而我安得不自私矣？（虛籠「驕」、「諂」。）人情雖變，亦大約不外此二者而已。故不幸而值夫貧，貧者曰：嗟乎！吾獨奈何遽至於諂乎？然不諂何以居此貧乎？幸而值夫富，富者曰：嗟夫！吾獨奈何不用吾驕乎？假而不驕而何樂有此富乎？（出「諂」、「驕」有神。）彼夫貧者與貧者，未有互相諂也，必向富者而諂之。情亦知富者之纖嗇遠甚於貧者也，而猶以諂焉者徒受其驕以去乎？（纓帶。雋妙。）有人焉，不爲貧所溺也，而能自守其貧。吾身可困也，吾志必不可奪。平居不無撫心浩嘆，而至與人世相接，則無論趦趄囁嚅者，有所不出也。（對下「樂」字。）雖稍稍形其沮喪之態，而亦無之矣。抑富者與富者，未有互相驕也，必向貧者而驕之。情亦知貧者之失志無奈吾富何也，而遂欲以驕焉者並致其諂以來乎？（妙。）有人焉，不爲富所累也，而能自守其富。吾身雖適也，吾情豈可以縱？平居不無撫躬自幸，而至與人世相接，則無論傲慢恣肆者，有所不出也。（對下「好禮」。）雖稍稍形其得意之容，而亦無之矣。（是子貢之無諂無驕。）且人之能諂者亦能驕，善驕者亦善諂。（字字靈妙。）故以諂者處富，富必驕；驕者處貧，貧必諂。是貧富無往非沉溺之境也。人之無諂者或亦可以富，無驕者庶可免於貧。故當貧之時而懲於驕者，早自信其善處富；及富之時而觀於諂者，又自憶其善處貧。是驕諂無一有幾微之萌也。夫子以爲何如？

照注「子貢先貧後富」立論，筆舌靈妙，曲中物情。（韓慕廬先生）

讀此，知胸中有物乃可以爲摹繪物態，發明義理之文。（方漢良）

不患人之　一節（其一）

患當審所用，而知人爲要矣。夫以知爲人用也，不若以知爲己用。所以當患者，在此不在彼也。且吾甚惑夫學者之重人而輕己也。人之無識則從而憂之，己之無識則從而置之，是其早夜所求皆爲人而不爲己也。然且曰：吾之汲汲於人者，正其汲汲於己也。而豈知其失己者固已多耶？今夫以己對乎人而爲人所知，與以人對乎己而爲己所知，兩者似皆不可無也。（並提。）然而己有善而人知之，此猶三代之公也，與己無與也。己有善而人不知之，此自流俗之蔽也，亦與己無與也。抑人之邪與正而己知之，此固窮理之效也，己可無誤也。人之邪與正而己不知之，此乃識解之陋也，己必有誤也。故夫人之知己不知己，彼之明暗爲之也；己之知人不知人，我之智愚爲之也。（明快。）己之與人也，孰緩而孰切耶？人之知己不知己，命之窮達爲之也；己之知人不知人，性之顯晦爲之也。人之與己也，孰後而孰先耶？（合說。）然則兩者固皆不可無，而其中不能無辨矣。蓋人不己知，（截說。）而其人無知人之學，（仍串下。）人則受其咎耳，而吾代爲患之，是不知其不當患也。人不己知，而其人難免於不知人之誚，人不以爲患焉，而吾從而患之，是不知所以用吾患者也。（即起下。）所患奈何？則不知人是也。不能正其本，而其心有所私，則當吾之前，而好惡必有所不當。不能精其鑒，而其心有所暗，則經吾之目，而是非必有所不平。又況一日之從違，關終身之損益。而偶然之進退，開無窮之治亂哉！且也以不知人之人而遇夫不知己之人，（串上。）設彼不知己者之或爲君子也，而己不能辨，而且從而疾之，不終爲君子之棄乎？抑以不知人之人而即遇夫知己之人，設彼知己者之或爲小人也，而己不能察，而且從而比之，不遂爲小人之歸乎？然則人之所當患者，在此而不在彼也，決矣。而世之竊竊然以不己知爲患者，吾知其即不知人之人也。（妙絶。）夫不知人之人而猶以人之不己知爲患耶？

對説，合説，截説，串説，能使題中更無遺藴，此題第一佳文。（汪武曹）

後二比尤匠心入妙。通篇布置承接，股股相生。（劉大山）

互翻互串，真解連環手。（李醒齊先生）

不患人之　一節（其二）

審於患不患之間，而知人爲要矣。夫不己知則患之，不知人則不患，此恒情也。君子求在我者，可不審於用所患耶？且人與己之相與莫樂於相知，故己以知望於人，人亦以知望於己。吾非謂知之可以少也，而特是輕重緩急之間，不可不辨矣。今夫以己對乎人，而人莫不以美名奉之己，己且以爲當然，不問其可以當此知與不可以當此知也，而至於己之所宜盡者則置之矣。（從人講到己。）以人對乎己，而己弗能以藻鑑予之人，人且以爲易遁，其賢者譏其不知，不賢者且喜其不知也，而至於人之所加我者必争之矣。（從己講到人。）嗟乎！患不患之間，亦孰有審之而得其宜者乎？吾知人，而人之譽己者，其君子耶？是使己内自恧也；其小人耶？是使己滋之慚也。故知人者不輕受人之知己也。吾不知人，而人之譽己者，其勵己耶？吾不知其爲君子也；其諛己耶？吾不知其爲小人也。故不知人者亦無取乎人之知己也。而奈何以是爲患乎？（二比亦用串。）己有可知者，必不求知，非特重己而已也。不知人之名，自人受之，而己引以爲患，則己之可患者正大矣。（講上句仍帶定下句。）人不己知者，雖患之仍不知，非特輕人而已也。「不己知」之嘆，反而觀之，而人亦以爲患，則己之當患者有在矣。患何在？則不知人是也。己無窮理之功，斯於人之是非茫然而無以辨，此而不患，將有進非所當進，而退非所當退者。一人之誤，而遺咎不獨在己矣。患乎？不患乎？己無知言之識，斯於人之取舍，惘然而倒其施。此而不患，將有取其所當棄，而棄其所當取者。一人之誤，而遺累亦且及人矣。患乎？不患乎？夫天下惟知人者往往淡然於人之知，反心内照，而奚暇乎外慕？是以舉世譽之而不加勸，舉世非之而不加沮，而衡論人才，懸斷事理，天下共服其明。天下惟不知人者往往皇然於人之知，虚聲自負，而奚暇夫反求？是以一凡人譽之而以爲喜，一凡人毁之而以爲悲，而好惡失平，舉刺皆舛，天下共笑其惑。夫人不己知，其患在人；己不知人，其患在己。君子之學爲己，不暇患人之患，而患己之患也。（「患」字結。）

作法同前篇，而局勢更爲壯闊。（胡於賓）

昔宛丘先生嘗言：「辭生於理，理根於心。苟邪氣不入於心，僻學不記於耳目，中和正大之氣溢於中，發於文字，未嘗不明白條暢。」時文中臻斯道者，戴子外誰其人歟？（張彝嘆）

子曰詩三　一章

知讀《詩》之意，而人心之思正矣。夫《詩》之教無窮，而《詩》之旨則有在也。得一言於三百之中，而所以正人心之思者不外是焉，讀《詩》者可不知其意哉？且夫人之讀書，固莫不以多爲貴矣。然多之中而有不多者存焉，能得其不多者，而所得者已多矣。（筆力曲折。）不然而博而不知其要也，勞而不獲其功也，相尋於汗漫無所歸宿之地，輒又若其無涯而舉而棄之，此亦不善讀書者之過也。今夫《詩》有意在言之中，而即有意在言之外。意在言之中者，彼第就一名一物以致其咏嘆之辭，曾與讀之者何與乎？而讀之者何以油然有動於中而不自已也？此其意在言之外者也。有言一時之情，而即以言百世之情。言一時之情者，彼第即一人一事以寫其形容之概，豈爲後之人而作乎？而後之讀之者何以邈然有觸於己而不自禁也？此其言百世之情者也。吾嘗流連反覆於《詩》而得其説焉，蓋在《駉》之卒章矣，曰「思無邪」。今夫人之事未舉而先有其思，（扼定「思」字，説得精切。）思無端而造爲境，而境即以成焉，則思豈可漓於正也？乃若睹於詩人之所頌美，而草木蟲魚，皆深寤嘆；衣裳被服，如見儀容。彼獨何人歟？而可歌而可頌也顧如此乎？由是諷誦之餘，而心之所結，與善相親也，則《詩》之教矣。今夫人心之機偶動而忽有其思，思必有物以引之出，而出不復遏焉，則思固易即於淫也。乃若睹於詩人之所刺譏，而忠厚之至，其音更悲；摹擬之工，其惡難掩。彼獨何人歟？而可慨而可嘆也顧如此乎？由是咨嗟之下，而意之所發，自與不善相遠也，則《詩》之教矣。然則「思無邪」之一言，《魯頌》以之美僖公，而吾以之蔽「三百」。夫豈誣哉？夫思，人之所不能無也；思而邪，人之所不能免也。而有可以使思無邪者，其道在乎《詩》。世有學《詩》而其思如故者，不得其故也，此亦不善讀書者之過也。

最要透發「思無邪所以蔽三百」之實理，不可空衍「一言蔽三百」浮辭。後二比於「思」字上着筆，自能擢題之堅。（劉大山）

詩三百　一節（其二）

詩所以正人心，可盡《詩》於一言焉。夫人之思，不可有邪。而《詩》之用，歸於正人心而已。故一言之蔽，即取之《詩》而已足也。且《詩》何爲而作乎？由思而作也。（獨擒「思」字發議。）在作《詩》者寫己之思，而即可以治讀《詩》者之思。思與思相遇，而不禁油油乎其有動也，於是而詩雖多，讀《詩》者猶恨其不多也。（翻。）而不知誠有其不多者也，則不外乎治思之説而已矣。今夫情真則易感，正襟危坐以修君子之容，而其心且飄忽而不知何往，忽睹諷諭美刺之文而志斂者，感於其情之真也。語近則易入，陳書講道以奉先生之訓，而其心且背馳而不知所極，忽聞女子野人之言而意移者，入於其語之近也。（二比古雋之甚。）是知思莫貴於無邪，而善治思者莫如《詩》。賦《詩》斷章，吾爲之歌《駉》，得一言焉，而可以蔽「三百」矣。人必邪也而後以邪爲諱，（妙。）若《三百》之中，其爲邪也，不妨多有之，即讀《詩》者亦不妨多讀之。蓋知彼之邪，斯我之邪去矣。憤刺之辭一加反覆，而不善之情狀，固若是乎其可慚也。而《詩》之憤刺，不啻如吾之憤刺。今而後吾得無蹈斯人之轍乎？思深哉！謹凜恐懼，若創鉅而痛深焉，以《詩》之邪而起吾之無邪，《詩》之旨大抵如此也。人必無邪也而後與無邪者相親，若《三百》之中，其爲無邪也，概於多稱之，即讀《詩》者亦樂於多讀之。蓋因彼之無邪，而我之無邪愈堅矣。頌美之音一經諷誦，而善者之情狀，若是乎其可慕也。而《詩》之頌美，不啻如吾之誦美。今而後吾庶幾列斯人之後乎？思深哉？歡欣鼓舞，若目睹而身遇焉，以《詩》之無邪而助吾之無邪，《詩》之教大抵若是也。（二比「邪」與「無邪」作柱。）先王不禁我以好色，而特恐其至於淫也。故於好色者備著其辭，而於淫者深著其惡。好色者讀之曰：先王許我矣，而幸未甚也；淫者讀之曰：先王罪我矣，而猶可改也。然則思無邪即見於好色可也，而不好色之《詩》又無論矣。（妙。）先王不禁我以怨誹，而特恐其至於亂也。故於怨誹者深悲其意，而於亂者顯暴其情。怨誹者讀之曰：果無傷也，先王已知我心也；亂者讀之曰：至此極也，先王不恕吾過也。然則思無邪即見於怨誹可也，而不怨誹之《詩》又可知矣。（三比「怨誹」、「好色」作柱。）然則即取「思無邪」之一言，以蔽《三百》，何不可哉？（上二句只輕點。）是故《駉頌》有此一言，推之《三百》，皆有此一言也，是在善讀《詩》者之有以會其旨而已。不然而不得一言，何取乎《三百》哉？

擒定「思無邪」句講，精理微言悉出。題有此文，從前諸名作可廢。後來雖有能者，亦無所着手矣。（程偕柳）

道之以政　全章

辨治術之淺深者，亦辨之於民恥之有無而已。夫恥者，民之所由自，而無以道之齊之，不出也。然即道之齊之而不以其本，猶不出也。治民者豈可第從事於其末而已哉？且夫行已有恥，（擒「恥」字作主，射馬擒□手也。）不待上之人驅率而自知之者，此士君子之事，而非所語於民也。何者？民之有恥無恥，視乎上之所轉移者也。蓋恥之於人大矣，寸心有所難安而且愧且怍，此念原不關於外人。一時有所憤激而翻然勃然，庸人亦可進於君子。故夫民一無耻即可以無所不至，而獨不能至於善也。民一有耻，而凡其耻之所至，即已至於善也。先王知其然也，曰：吾予民以無耻，則善萬無可冀也；吾予民以有耻，則善遂與俱來也。（「且」字亦出。）將何以鼓舞而振作之哉？於是乎有所以道之。道之而不能一也，於是乎有所以齊之。本之以躬行而輔之以禁令，圉之以規矩而懼之以刑罰。（先合説。）蓋政即在於德之中，而刑即在於禮之内，凡皆所以教民耻而使民格也。然而後世之治民者，得其末而失其本矣。（後分説。）彼見夫民之寡廉而鮮耻也，乃恃其區區之法制，曰：「爾毋不善，不善有刑。」而民徐而觀之，狎而玩之，曰：「善可爲，彼何以不自爲也？不善當責，彼何以不自責也？」於是時時思飾以相欺，然且免矣。其免也，亦其所以無耻也。然則是道之以無耻，齊之以無耻也。（雋妙。）是故善治民者，必重其本而不敢徒恃其末矣。彼亦見夫民之苟且而無耻也，乃示以兢業之躬行。曰：「爾毋不從，不從有禮。」而民感於不自知，動於不容已。曰：「吾儕小人，何可以自棄於盛世也？頑梗不悛，何可以見我君王也？」於是人人皆奮然而起，無有不格也。其格也，由其有耻也。然則是道之以耻，齊之以耻也。嗟乎！操政刑以治民者，必以其免爲格也，必以其免爲有耻也。（此又互説。）而孰知操德禮以治民者，其民方且以其免爲恥也，方且以其無恥爲恥也。今夫免者，小人之幸，國之不幸也；而格者，民之所以自爲，非所以爲上也。而其故實由於有恥、無恥之分而已。恥之於人，豈不大哉？而有國者之教民恥，豈可緩哉！（單以「恥」字作結。）

章中「恥」字，言之重，辭之複，題神在焉。「恥」字發得透露，則通身骨節，自爾靈通，一切政刑德禮膚淺之辭，掃除盡矣。開合轉變，起伏呼應，渾乎古文。（韓慕廬先生）

「恥」字，其主帥也；「免」字、「格」字，其游兵也。「德」、「禮」二字，其左拒右推，遂奪「政」、「刑」之壘。（熊藝成）

民免而無恥

恥不能得之於政刑，則民免不可以爲治矣。夫民之不可無者，恥也，豈徒免而已乎？夫子論政刑之不可恃也，若曰：夫羞惡之心，人人而具之也。得之於天而失之於君，此非民之過也。在上者不務有以動之，而惟務有以懼之，彼烏能無懼哉？得其懼，而所得者已不償所失矣。蓋上之人曰：嗟乎！凡今之民，何其無恥也！（先出「無恥」

二字，冷雋。）庶其囿之以法而耻生乎？起視其民，果也囿於其法也，乃曰：民知耻矣。（韵折。）又庶其惕之以威而耻生乎？起視其民，果也惕於其威也，乃曰：民知耻矣。而不知此其免也，非其耻也。吾以爲惟其免也，乃其所以無耻也。（字字飛動。）何以明其然也？彼民之汩於習也久矣，不善之事，不以爲耻，而以爲樂也。雖不免也，而猶且爲之。（「免」字前一層。）一旦見網之密也，一舉步而蹈焉。於是愁居惕處，以爲今而後不可嘗試也，姑留其身以俟他日之逾閑而出。（妙論解頤。）吾儕小人，奈何責以有道仁人之事也？而無耻者如故矣。且民之賊其性也久矣，不善之事，不耻於爲，而耻於不爲也。苟或免也，而愈以狃之。（「免」字後一層。）然乍見法之嚴也，一摇足而犯焉。於是深思極慮，以爲今而後宜試吾欺罔也，姑遵其説以待彼之勢衰而起。（「無耻」即在「免」字中看出。）法令科條，奈何奪我快情適志之舉也？而無耻者益甚矣。今夫惡莫慘□志，而行惡爲下，是免不足喜，而無耻乃大可憂也，吾慮免者之猶不免也。抑悲莫大於心死，而身死即次之，是其以無耻免，即其可以無耻不免也，吾知免者之終不免也。然則耻之於人大矣。不善之念，從耻而絶。既已無也，雖免曷益乎？耻之於人甚矣。嚮善之機，從耻而生。既已無也，雖免庸有冀乎？是故政刑者，免民之具而非耻民之道也。

「恥」字是下節公同字眼，提出重頓，便已擊射一意。至其文筆之超妙，真所謂「挾飛仙以遨遊」者耶。（汪武曹）

子曰吾十有五　一章

聖人生平之學，於其自叙者見之矣。夫聖人無時不學，即無時吾〔五〇〕有進也。循之有序，而不自已，雖聖人且然，况他人乎？今夫學亦何〔五一〕嘗之有？立乎今日而覺昨日之爲淺矣，立乎明日而又覺明日之〔五二〕無多矣，則不可以得半而輒止也。（只是「日就月將」二意説來，乃爾超妙。）前日之力，後日用之而已遲矣〔五三〕；後日之力，前日用之而又早矣。則不可以一蹴而即成也〔五四〕。吾嘗試之矣。夫吾也孜孜以進，方自幸功之屢遷，而忽忽窮年，已不知老之將至。（神味綿邈。）然由疇昔之日以逮今〔五五〕兹，其意境猶能得之記憶，而由勉强之域以造自然，其功候固已貫之初終，蓋自十有五始矣。方當辨志而處此日也，道之所在而身未能與之爲體，志之所向而心必欲與之爲一。吾自是始知學也，庶有一日之幾於道乎？乃亡何而三十時矣，幾經持循而至此日也。性可以制情而情莫之或奪，我可以御物而物莫之或摇。吾至是乃能立也，非復曩者之託於志矣。雖然，此其外也，非其内也。若夫玩索者久之，而即事以觀理，則其積於内者無之或遁也。當是時吾其不惑矣，而年已四十矣。雖然，此其人也，非其天也。若夫充積者久之，而窮理以盡性，則其本於天者無之弗通也。當是時，吾知天命矣，而年已五十矣。前此者竭歷以趨之，（頓四語，局變。）而不遑以自逸；後此者無意以處之，而竟不覺其勞。至於六十而不同矣。世之入之者不無紛紜之擾，而吾之應之者並無擬議之形。是非〔五六〕不欲用其思也，而若無可思也，則耳順也。至於七十而又不同矣。心之及於事者類於因任之爲，而事之根於心者無非天則之合。是非不欲用其勉也，而若無可勉也，則從心所欲而不逾矩也。蓋吾平生之學如此，天更假吾以年乎？其學之所至未可預擬，而亦正未有已矣。（悠然不盡。）

竟體高脱於語録塵封之表，别具超然之韵，食糠而肥者幾以爲了無可悦。夫彼安知文章自有品格在耶？（吴荆山）

朱子云："今人不會讀書是如何？只緣不曾求聖人之意，纔拈得些〔五七〕小，便把自意硬放入裏面，胡説亂説。"又云："講習孔孟，須以此心比孔孟之心，將孔孟心作自家心，要須自家説好，孔孟點頭道是，方得。"若此篇真可令孔子點頭道是

矣。自餘坊刻諸作，直是胡説亂説耳。（韓慕廬先生）

孟懿子問 四章

聖人答人之問孝，各救之以其所失焉。夫言豈一端而已？夫各有所當也，此夫子之答懿子諸人之問孝者是也。且孝一而已，而其所以爲孝不一，故此人之孝移之彼人而非其所急者矣，則此人之問移之彼人而非其所答者矣。（領「問孝」大意説。）昔吾夫子以孝教天下，諸弟子時時以孝來問，而宗國之大夫亦嘗以此謁聖門而來請也。今夫孝莫外於禮，禮莫大於敬，而養次之。（一齊挈起。）以酒食養，以服勞養，皆養也。今之孝者，以是爲孝矣。嗟乎！人子體父母之心而著爲孝，人子有愛父母之心而著爲色，豈曰養之云乎？夫養亦禮之所當然，而禮不盡在乎養也。吾考魯有孟孫曰僖子者，爲魯宗卿，嘗稱曰：「禮者，人之幹也。」因屬其二子於仲尼，使事之而學禮焉。僖子死，懿子嗣位，與子夏、子游諸弟子輩從夫子遊有日矣。豈學禮之人顧猶有不知孝者耶？夫子曰：「有懿子之孝矣，無違於禮而已矣。」（敏妙。）嗟乎！天下有不孝之子而無不慈之父。懿子之事父母，於禮未之有聞，而其爲父母之心，則凡爲父母者之所同也。子告武伯曰：（飛行絶迹。）「大夫而忘而父母之憂乎？雖無疾，不能釋其憂也，以此爲心而安得不愛其親乎？特恐愛之過焉，而從而狎之，不敬莫大焉，顧豈得以能養而自□也？」是説也，子嘗以之語子游，蓋言養之未足爲難也，難者其色乎？（敏妙。）色者從愛其親而生，非從敬其親而生也。然儼恪之意存於中，而和悦之容見於外。敬也，色也，自可以並形者也，是皆禮之意也。（「敬」字、「色」字互説，挽「歸禮」字。）不然而止是循弟子之職，給先生之饌，借禮爲名，而虚文勝乎實意，恐貽父母憂也。曰：「吾子之孝是謂能養而已，爲子夏者不可不知也。（挽二章三章，不測。）嗚呼！事親者自生以至於死，葬以至於祭，莫不各有禮焉。（補點。）然而慎終追遠，父母已不及見之，獨其生之所以事之者尤不可以苟也。能以父母之心爲心，不以犬馬之養爲養，勉爲其難而亦不廢其易，孝在是矣，孝在是矣。」（總收有力。）噫！今之孝者即今之問孝者也，問孝而後而猶然爲今之孝者，則何貴有此問也？（問孝作結。）

雖同一問孝，而章意各有不同，錯綜變化，循環無端，此天然神巧，非人間組織之工也。（宋漫堂先生）

岫斷雲連，倏忽變滅，極縈巒帶阜之奇。（錢亮工）

聖人教人，如化工肖物，合而舉之，更覺彼此相成，義理愈精，文可謂鎔鑄在心，鑪錘在手者矣。（韓慕廬先生）

我對曰無違

述所對於賢者，因大夫之不能再問也。夫對孟孫之言，而何爲述之於樊遲也？使孟孫能再問之，則亦不必爲遲也告矣。若曰：丘也，嘗所語於人者多矣。（神致如生。）然人既得其意以去，而吾已置之矣。故夫語之於昨日者，而今也欲追其言；語之於彼人者，而此也欲聞其説。而吾往往有茫然莫之記憶，不能一一而述之於人曰：吾答某以某言也；即能記憶，而亦不必述之於人曰：吾答某以某言也。（文情恣肆極矣，却自含蓄蘊藉。）而非所論於孟孫之問孝，孟孫之問，自有孟孫之孝，我不敢舉其泛泛者而以對也；孟孫之孝，自有對孟孫之問，我必舉其切要者而以對也。我蓋躊躇於所對之人曰：「此爲孟孫對也，非僅爲問孝對也。」（先叙過題面。）故辭不必其多，而大意已舉；旨不必其盡，而一言已足。於是約略而出之曰「無違」。我蓋審量於所對之事曰：此非僅爲問孝對也，而爲孟孫之問孝對也。故庸行夫豈不知，而必以所未知者通其意； 子道夫豈不聞，而必以所未聞者示之端。 於是斟酌而出之曰「無違」。 蓋人有其意，而我告之者未當，則恐挾一問孝而來者，或得一不孝而去也。（雋妙。）故我之對孟孫者，斷無逾於無違之一言。 且我既對，而人之問不虛，則其昔之孝不孝，非我爲之； 而今之孝不孝，乃我爲之也。 故吾之觀孟孫者，又即在此無違之一言。 我也，今日偶憶斯言，而因爲爾述之。（筆筆傳神。）事之留於心者，不覺宣於口也。 在須也，他日得見孟孫，而試以我言察之，見其於我言合者，即知其於我言解也。 噫！孟孫固已得所請而退矣，而豈知我與爾告語於車中者，仍不外此語乎？（翩翩欲仙。）

字字是發樊遲之問，意在言外，情生景中，雋絶妙絶。○先輩謂人心地超然者，直據胸臆，信手寫出，如寫家書，便是宇宙間一樣絶好文字，如此篇是也。（梅文常）

讀一過，如聞車中人語，繪畫入神，轉筆作舌，天生妙手。（謝雲墅）

吾與回言　一節

能發聖言者，聖人深喜其不違焉。 夫不違而不足以發，斯誠愚耳。 而顏子不違如彼，足發又如此，愚也與哉？若曰：「予於二三子嘗欲無言矣，乃若言之不厭其詳者，則以其人之能以不言而躬行也。吾是以與之言，輒至終日而莫之倦也。噫！其回也夫！」（惝怳而來，莫測端倪。）今夫數語而會心，言雖少，正難必之吾黨之士也；終日而無違，言既多，更難必之吾門之選也。是故當其與言之時，或終日，亦或不必終日，而或皇然以請也，曰：吾欲舉而措之而竊猶有所未喻也。人或躍然以起也，曰：吾乃今而知其果可見之施行也。（即從「違」字貫通「足發」消息，一路反撲，通身骨節皆鳴。）凡此者則皆違也。夫如是而後，退而足以發吾言也。故其足以發也，吾即於與言之時而無不可以知之也。（扭轉首句，用筆敏妙。）而回何如也耶？世有愚者，茫乎其若迷也，惘乎其無知也，告之話言而莫能詳也，驗其疑信而莫能得也，回亦若是焉，斯已矣。回其愚而不足以發也耶？（反跌。）而吾安得不於其退而省其私也？第見猶是回也，而何其身體力行者，皆得吾言中之藴，而與終日之所聞，一一契合而無間也。（綰上。）恐即善違吾言者，必不能若是之發皇也。抑非猶是回也，而何其日用動静者，並得吾言外之旨，而舉終日之所聞，一一推廣而不窮也。斯即偶有不違者，必不能若是之發抒也。而不謂得之如愚之回也。其不違也，乃其所以足發也。回豈真愚也耶？不與言，不知回之如愚也；不退省，不知回之不愚也。安得不與言終日也哉？嗟乎！不愚之回，及進而聞吾言，而如愚者又出焉矣。（篇終接混茫。）

鈍根人搦管一生，而不解用反、用逆之法，此族庖之所以月更刀也。固知斯文之批導窾却而游刃有餘者，純工於反跌以成逆勢，而神行乎其間。（劉大山）

神來情來，此種筆妙，直與正希並驅，難分伯仲。但兩家之異者，正希似佛，田有似仙。（方靈皋）

君子不器（其一）

器不足以名君子，則不器乃可以盡君子矣。夫人見君子之無弗能也，或且器君子矣，而抑知天下有如是之器乎哉？且夫天下之事，非才莫能舉之也。故有一事，必須一才。少一才，即廢一事。而獨有人焉，其身初無可名之才，而於世曾無不舉之事，是殆不可以尋常之識窺之矣，其惟君子乎！蓋庸流競進，求其有用者而不得也。一有才者出，則衆争睹之矣。然又未嘗不恕之曰：是固有能有不能也。夫吾方以才負天下之望，而旋以才失天下之望，其於才也不既疏乎？（頓折生姿。）且機務甚紛，求其皆舉焉而不得也，一多才者出，則衆争試之矣。然又未嘗不惜之曰：是固有效有弗效也。夫吾方以才著一日之長，而旋以才見生平之短，其於才也不已窮乎？是皆不足以語於君子也，以其拘於器也。夫君子，則固不器者也。物之利於用者，當其不用而即置之，由是而知有用者之爲無用也。（「器」字刻肖。）世莫不共仰君子，然不能舉一事而加之曰：孰爲君子之所優也？惟其然，故試之此焉而應矣，試之彼焉而又應矣，至是乃嘆君子變化之無方也。物之窮於用者，偶焉一用而即易之，由是而知用之者之終於不用也。世莫不共求君子，然不能指一事而疑之曰：孰爲君子之所絀也？惟其然，故於此取之而無窮矣，於彼取之而不竭矣，至是乃知君子之日新而富有也。其技無不精，而無獨得之技，其長不可及而無專門之長，故易地而咸宜也。彼夫精華既竭而已不可繼者，其於君子倜倜乎遠矣。當夫神功内藏，而度量淵然可思，有時光華外著，而餘地悠然不盡，故當時而各得也。彼夫位置或乖而已不可用者，其視君子適適然驚矣。（中股從「器」字轉到「君子」，此二股從「君子」轉到「器」。）在君子生平，大受之可也，小受之可也，即一無所受之，亦無不可也。蓋其爲不器者自在也。而在用君子者，用其全焉，幸也；用其一二焉，偶也；即一無所用焉，亦遇也。（無義不搜到。）夫不器而曾不得等於一器之爲重於天下者，豈少也耶？

考亭論讀書須背看，面看，左看，右看。作文亦然。此篇四面寫君子，而君子全身皆現，行文亦得古文氣味。（汪武曹）

君子不器（其二）

人不能器君子，其量無所不及也。夫物之定於分者，皆謂之器。而君子之量無所不及也，故人不能器君子也。且人之心有取之而無窮、用之而不竭者，則以其中之所包含者原甚多也。是故少取之而少用之矣，多取之而多用之矣，無所不取之而即無所不用之矣。夫無所不取之而即無所不用之者，其君子乎？今夫物之在於世也，無論精粗，而皆爲人物色之所及。（先抬高「器」字。）雖有一楛然者，而衆亦試之。試之而不效也，乃相率去之矣。於是而有以一物自名者，遂得效其所長。抑物之利於人也，雖屬纖毫，而亦爲人盼睞之所加。苟其爲頑然者，則衆勿過之。即過之而不顧也，且相與屏之矣。於是而有以一藝見才者，因得盡出其技。凡此者所謂器也。然而器也者，其材易見，其求易得，止此精光之呈露，而遂以供世之需。乃今日用之，明日用之，或質敝而神亡，使人嘆惜其不可復用，則當其見長之日，即其見短之日也。（疏「器」字精切。）（名句。）且夫器也者，已必市之，彼因鬻之，未免炫耀之自喜，而愈以竭己之能。乃此也用之，彼也用之，一易地而皆阻，使人竊笑其無所復爲，則當其取我之日，即其棄我之日也。而君子不然也。君子者，淵乎其居，則至爲無爲，無爲而無不爲者也。（切合。）舉凡一切争能鬥巧，皆不足以動其心。不爲人所貴者，故亦不爲人所賤也。（妙。）彼夫抱一器者，自以爲盡天下之美，而視君子，直無一事之可名。久之情見勢出，而君子方恢恢乎有餘地，而彼已不知何往矣，是人皆知有用之用，而莫知無用之用也。抑君子者，浩乎其量，則不際之際，際之不際者也。（對工。）舉凡一切形色名聲，皆不可以得其情。無有餘之數者，故亦無不足之數也。彼夫用一器者，自以爲擅美好之端，而置君子，使無尺寸之得效。俄而事過時移，而君子且蕩蕩乎無涯涘，而彼始自悔其用之晚矣，是不明夫物物者之非物，而以物於物者之爲物也。（對工。）蓋器其形也，而不器其神也，神斯不可知矣。器者有名從乎人，不器者無名從乎天，天斯不可窮矣。噫！非君子其孰能之？

刻畫精妙，後二比組織莊子語句，自然巧合。（韓慕廬先生）

先行其言而後從之

君子以行其言爲急，而能言者可以知所先後矣。夫言未嘗廢，特自行後從之而行其先焉者也。子貢能言者也，故告之以此。且大言者出於口而甚便，又若以吾之躬行爲無難者。夫人即能行，不能以其有待之行汲汲而追其已逝之言。知是，而言與行之差數睹矣。子問君子，君子未有不躬行是務者也，然而言常起而與之相衡。君子不以爲相衡也，以爲是相爲始終者也，而其精神則固有獨注者耳。（已透。）君子未有不力行是急者也，然而言常起而與之相勝。君子不以爲相勝也，以爲是相爲表裏者也，而其緩急則固有難紊者耳。是故有先焉，有後焉。以行從言，是言在先，行在後也，此亦猶之菁華既盛，而落實取材之必竭也。以言從行，是行在先，言在後也，此亦猶之物象在前，而雕刻摹繪之畢肖也。（二喻確切。）有謂事之未行，不妨預擬一可行者，姑先言之以鼓其鋭。而不知君子之行，不藉力於言也。君子以行爲急，而若以其言姑置於行之後，汲汲焉，皇皇焉，此時並無所謂其言也，而一似乎行其言者。（剔「其言」，即先逗「後」字。）既行矣，而以言彰之，使吾行之理躍然而見於前，故言有取乎其從之也。有謂事之將行，亦或早辦一可言者，姑先行之，以開其端。而不知君子之行，不分心於言也。君子以行爲務，而亦以其言歸併於行之中，亹亹焉，勉勉焉，此時不知爲行其言也，自從之而乃知爲行其言者。（妙。）（方是行其言。）蓋行矣而以言暴之，則吾言之事確然而有其據，故言無取乎其先之也。（反將「先」字倒煞。）是故當其行之時，不及與言謀；而當其言之時，則無不與行謀。行固其精神，而言亦非糟粕，合而證之，自一事也。且夫未之言而以爲行其言，是行原不能憑虛而行。（剔得醒。）言於後而以爲從於後，是言又不敢臆度而出。行固爲至行，而言亦即爲至言，分而觀之，有兩得也。然則君子之先行，非爲言地也，而亦所以爲言地也。人以言寫行而得其膚廓者，君子以行寫言而已曲盡其精微。然則言之從於後，似爲言坊也，而正不必爲言坊也。（言與行又分說二比。）人以行紬言之浮華者，君子以言課行之實得，其斯以爲君子乎？不然而言之數多於行之數，吾未見其能爲君子也。

題之竅竅在「行其言」三字，惟此篇梳剔極其精深高渾，能發白文語妙。（韓慕廬先生）

他人凝思數日而不得片言半辭者，入戴子手，頃刻寫出，覺一題有此一文，嗣

後學者不必更作。（胡襲參）

子曰由誨　一節

聖人以知誨賢者，於知不知之間而有真知也。夫知必真知，乃爲貴耳，而必合知與不知而得之，然則不知亦何損於知哉？且夫人之爲學，以知爲要，故未有不樂於以知自居者也。正惟漫以知自居，而固已非知矣。（取末句，雋妙。）此自欺者之所以爲蔽，而君子貴其有獨覺之明也。由乎吾爲女思，吾爲女計，則且得以知誨女。夫女從事於知有年矣，意必曰：萬物之理無窮也，必無一之有遺於心，而後可自信曰「是知也」；意必曰：吾心之靈亦無窮也，必無一之或蔽於物，而後可自信曰「是知也」。（即挑末句，得法。）而吾之誨女者不然，女有知，亦有不知。（知、不知並提。）夫其知也，或由知而益知，或由不知而進於知，莫非知也，而何妨自以爲知？若至於不知也，或終於不知，或不終於不知，既已不知也，則何可自以爲知？（流水對，却重在不知邊。）蓋心不無餘望，而貴其返觀之明；力不可預期，而貴其自信之審。故世有傷乎昭昭之原而蔽其察察之體者，此無他，諱其所不知，而知與不知茫然其無别也。夫惟能知其所知，又能知其所不知，則所謂知者，固吾心之真知。而所謂不知者，亦詎非吾心之真知耶？夫以知知者，由之所已知也；以不知知者，由之所未必知也。以知知，以不知知，是知也。（程、朱之理，莊、郭之辯。）人情好進而惡退，夸而無當，往而不反，豈盡飾爲欺世之具？特以鹵莽之下無難解之情，遂不覺其謬耳。（針對子路。）女誠不難伸己之見以示天下，且不難屈己之見以示天下。即不必貫徹無遺，而吾心絶其恍惚，固已全夫本然無蔽之天。人情務名而鮮實，叩之而鳴，觸之而發，豈真百試不窮之士？不遇好勝之情，强一時之信，卒亦難逃於明者之孰察耳。女誠自審於爲明爲昧之辨，而又致力於釋疑解惑之功。（照注還他由與求之一層。）初不必矜言明察，而吾心洞然無欺，自馴致乎情義入神之用。由，吾之誨女者如此，女自度知者幾何，不知者幾何，女向所見非知，而如此乃是知矣。信乎知之固自有道也。

入手即挑末句，脱胎田會元作，而精警過之。次將知、不知並提，較田作亦加省净。次將知、不知流水對説二小股，意則重在不知一邊，雖對説而猶之串作，與田作似異而實同。至田作以不用過文爲高，此却偏於過處扼要争奇，此亦足以識文章之變也。（汪武曹）

是亦爲政　二句

爲政不在於仕，聖人固操爲政之本矣。夫必仕乃爲爲政，是不知爲政者也。操爲政之本，而即已爲政矣。夫子之曉或人，若曰：子今日以不爲政疑予也，而獨不見諸乎丘之爲政久矣。（擒「爲政」二字起，扣住題面。）（虛字之神俱出。）而子顧求我於朝廟之間也，宜其以不爲政疑予也。夫亦知政何往而無政乎？施於有政者，獨非政乎？必以出而仕者爲政，豈出而仕別有一政乎？夫亦知爲政何往而非爲政乎？施於有政者，獨非爲政乎？必以出而仕者爲爲政，豈出而仕別有所爲爲政乎？嗟乎！爲政者不外乎家與國而已矣，子曾見有國者而果能爲政耶？（兩句總起。）（從下句轉入上句。）名不正而事不成，雖有國，不得謂爲政也。而行其政於家者，在人不見其爲政，而政固已在是矣。彼夫一廷之上，象魏出治，而號之爲爲政者，而不知匹夫窮居於家，宛然一爲政也。（畫出「亦」字。）豈彼之爲政而此之非爲政矣？（兩句總收。）爲政者不外乎理與位而已矣，子曾見有位者而果可謂爲政耶？（影射魯事。）小加大而淫破義，雖有位，不可謂爲政也。而得乎政之理者，人不以爲爲政，而爲政固已在是矣。彼夫一廷之上，委蛇端拜，而號之爲爲政者，而不知布衣内修其身，儼然一爲政也。豈彼之爲爲政而此之非爲爲政矣？蓋爲政在人，而人不論其出與處也。（實理虚神俱到。）經綸有所試，而即可以已。吾之經綸其有所試矣，復欲予試之於一出。苟非一出即不得爲爲政也，而天下之爲政者少矣。且夫爲政以德，而德又不論行與藏也。紀綱有所布，而即可無憾。吾之紀綱既已布之矣，彼欲我布之於大行。苟不大行即不得爲爲政也，而天下之爲政者難矣。人自爲政，家自爲政，不必居官而獨擅爲政之名。彼亦爲政，此亦爲政，豈其窮居而獨無爲政之實？子告我曰：子奚不爲政，奚其爲爲政也？（針鋒相對。）

「是亦」二字與「奚其」二字自爲呼應，故宜一滚做去。「人」緊對「子奚不爲政」句發論，乃能醒「是亦」、「奚其」之神。言外影射魯事，含而不露，妙有情景。（姜崑麓先生）

機鋒銛利，神吻逼真，是漫應或人，却有意，如一段公案在胸中，靈雋極矣。（韓慕廬先生）

非其鬼而祭之

祭以當然者爲貴，而妄祭者可異也。夫祭何以故？以其鬼，故祭也。（剔「其」字。）

不然而胡以祭耶？且幽明之際，先王之所重也，凡以使人各思其本而已矣。陰陽之故雖不可明知，而溯往著來，其理有甚深，而其典亦有甚鉅者，世莫得而奸之也。是故人心有所不忍忘，（反照「諂」字。）而形爲祭曰：吾將以求其鬼也，（剔「其鬼」二字。）如事生焉，如事存焉，有感而遂通。夫何以遂通也？惟其鬼，故通也。人心有所不敢褻，而有事於祭曰：吾將以求其鬼也，雖不見焉，雖不聞焉，有憑而可倚。夫何以可倚也？惟其鬼，故倚也。乃若人情之怠慢也，（形起有步驟。）有其鬼而不祭者矣。鬼猶求食，而奈何其餒之也。至於人情之崇淫祀也，有非其鬼而祭之者矣。神不歆非類，而奈何其奉之也？豈吾之命鬼實制之，雖非其鬼而未必不靈乎？（剔「非與鬼」三字。）持區區之殽核，而又將以紛紛之禱祝，鬼得無吐之而笑之也？豈鬼之權吾實聽之，正惟非其鬼乃更有靈乎？（更妙。）歲時既從而瀆之，而巫史又從而玩之，鬼亦竟不怒之而譴之也。（快論！）人之無道者不可以對鬼神，而偏欲以對鬼神。（刺骨。）是故虐人而敬鬼神，鬼則不得不於非其鬼而敬之也。人不安其職，鬼亦不安其位，兩不安也。然而人之意念中宛然有鬼矣，（「諂」字隱躍可思。）人之大惑者，福不自信而歸之於鬼，禍亦不自咎而歸之於鬼。是故身輕而鬼重，鬼重則不得不於非其鬼而重之也。鬼既貪天之功，人又貪鬼之功，兩相貪也，而人之耳目間恍乎有鬼矣。今夫無源之痛，雖戚不親；無因而祀，雖虔不格。（二比可以破惑。）祭則祭矣，而無奈非其鬼也。是故鬼而神靈，必不降鑒；鬼而淫昏，徒嗜飲食。鬼則非其鬼矣，而何爲必欲祭之也？君子有以知其心矣。

窮極淫祀惑溺之故，刺世甚毒，却不犯「諂也」二字地步。（汪武曹）

激意親近，探知人情。讀此可以破惑。（張景峰先生）

子曰嗚呼

聖人傷祭禮之僭而盡形之於一嘆焉。夫有所舉而使聖人嘆之，其事豈忍言乎？良可傷矣！今夫人意有所鬱而不得宣也，輒假於嘆以宣之。嘆無其辭而痛每深於辭，（刻入。）嘆有其聲而悲每餘於聲，是故非有所極，不能忘情者不能遽形之於一嘆也。泰山之旅，季氏行之而不顧，子若曰：「此何事也而爲之也？」（題前虚吸。）冉有救之而不能，子若曰：「此何事也而聽之也？」抱無涯之戚而僅寄之於一嘆，聖人之所無可如何也，而無涯之戚固已自心而達之口矣。廑事外之憂而忽寓〔五八〕之於一嘆，聖人之所不能自已也，而事外之憂固已由己而示之人矣。蓋有千萬言之所不能盡者，而一浩嘆之間悉以舉之。拊膺扼腕不禁其一往之深情，而言亦與之俱長矣。亦有一二言之所可盡者，（此是主，起下二句。）而一浩嘆之間先以傳之。俯仰徬徨不勝其歔欷之欲泣，而言亦與之俱短矣。此之嘆也，將謂嘆季氏耶？（兩義爲下面泰山作襯。）彼季氏之不臣，夫豈一端而已？滔天之罪而付之一嘆，此亦微辭之例也，何必非斧鉞之加乎？將謂嘆冉有耶？彼冉有之溺職，夫豈一端而已？黨惡之罰而付之一嘆，此亦不屑之誨也，何必非鳴鼓之攻乎？將謂一嘆而有補於事耶？夫言之諄諄猶聽之藐藐，安能以私居之太息而入在事者之耳也？將謂一嘆而無裨於事耶？夫怒莫甚於嬉笑，而悲莫過於長歌，況其以有心之咨嗟而不足動當局者之聽也。（照注意。）子曰：嗚呼！其言當時莫用，而其聲至今如聞，其志纏綿而可思。（描寫。）而其辭嗚咽而難出。而要之夫子之嘆，嘆泰山也。

一嘆中發出許大道理，使聖人慨嘆，深情如見，所謂畫形於無象，造響於無聲，人間有數之筆也。（汪武曹）

他人無可着筆處乃能爾許瀾翻，無一字汗漫。「文中謫仙」之譽，夫豈偶然！

巧笑倩兮　三句

（江雅臣）

賢者誦逸詩而爲之，備舉其辭焉。夫聖門之於《詩》，即一言而不忽也。豈曰逸之者而可置乎？昔子夏之在聖門，固得《詩》學之傳者。乃一旦有叩於夫子，而言曰：「商也不敏，竊嘗游心載籍而〔五九〕知《詩》之教之深也。」大抵其寄意而屬思也，而形容至纖悉而不遺；（上二句。）而其指事而屬詞也，凡舉類皆分拆而不曉。此則作者之體一無不然也。而顧有不盡然者，蓋亦嘗肄業及之而未敢以忘也。（扣住本題。）今夫頌其人者，不過即其人之所有以侈之而無加於其本然之天，（上二句。）乃復足之以己之意而極其摹擬之情，（末二句。）則有肖有不肖焉，而《詩》必無不肖也。且夫頌其人者，不敢於其人之所具而略之而或失乎其自然之質，（上二句。）而猶申之以己之説而致其詠嘆之思，（末二句。）則可風亦可雅焉，而茲或無可據也。（在當時必有據。）乃爲之述其辭而不以爲繁，盡其説而不以爲迂者，則必有在矣。蓋嘗觀夫詩人之致，（横空黛起。）不遽道其所然，輒比物連類以啓其端，而後意中之所欲言者乃相引而出，若夫〔六〇〕一矢口而即以直陳其事。至於揄揚之既盡，而後有託而形焉，而忽有等分齊量之觀，（取〔六一〕下句，如刺影出血。）雖極爲稱引，而殊未然也。然而其言已往往及之矣。亦嘗觀夫賦家之心，偶欲寫其所見，必深切著明以白其旨，而後意中之所致思者乃一覽而得，若夫説已工而忽以混淆其解。至於不同之極致，而不難相附而稱焉，而觀其一唱三嘆之間，豈故爲倒視，抑或漫然也？然而其言已往往若此矣。夫彼此之間分而不可合者，物之理也，必强合之則失所以爲物；質文之際二而不可一者，人之情也，必一視之則失〔六二〕所以爲人。而《詩》則曰「巧笑倩兮，美目盼兮」，又曰「素以爲絢兮」。

庚申正月讀書山寺，雨雪初晴，溪梅盡放。偶坐溪中石上，頃刻而成此篇。後來遍視友朋，惟靈皋極爲賞嘆，且批文尾曰：「清真之極，刻露之極。」在靈皋不無阿私所好，然此文索解人實難也。（自記）

此玉真峰頂梅也，和氣之液，洪濛之雪，構爲花骨。世不得聞，仙不得識。（韓慕廬先生）

繪事後素

有處於素之後者，聖人以説《詩》焉。夫非素無以有繪，則繪其後焉者也，知此可以説《詩》矣。若曰：商也，述《詩》而不得其謂也，將以素與絢並衡乎？則輕重已失倫也。將以素與絢齊觀乎？則本末已失序也。吾今爲商也説《詩》。天下莫貴於有其質，質者天之所爲，非人之所爲，而時時出其真以相示。觀之者以爲近於淡矣，而至美者出焉，是即至美之無以加矣。（從素説到繪。）然而天下莫樂於有其文，文者人之所爲，非天之所爲，而時時出其伎以相炫。觀之者以爲誠工矣，而所從來者不問焉，至是而所從來者盡爲其所掩矣。（妙。）（從繪説到素。）抑知輕重之倫，不可失也。而本末之序，尤不可失也，則舉繪事與素而論之，而繪事之處於後也固矣。今夫事以後起者爲工，猶是物也，而一經潤色，即已爛焉改觀也。（體物入微。）然而文章黼黻，雖極工麗可喜，亦自其既成，而見爲如是耳。去其質，而粉飾者將安施也？則夫素而無繪尚自有素，繪而無素即已無繪矣。事又以後出者爲定，猶是物也，而忽焉如新，此後即不須更飾也。（對更出意表。）然而紛華靡麗，雖極人世之奇，而當其未成，亦懸揣爲如是耳。去其文，而白賁者將如故也，則夫素之處勢必至於繪，繪之操術不離於素矣。由此觀之，彼夫含睇宜笑，而又有□沐之爲容，亦若是而已耳。倘謂素即絢也，絢即素也，則詩人之賦美人者，何未工耶？（鈎轉上節，不愧名家風韵。）彼夫翟衣象服，而賴有清揚之甚婉，亦若是而已耳。是故素其先也，絢其後也，而詩人之詠物者，豈有不可解耶？白能受采，及其采也，而白失矣，而白存矣。（鏤刻「後」字，精工乃爾。）文生於質，惟有質也，而文附矣，而文離矣。商也於「素以爲絢」之言而疑其以二者而一視之乎，非《詩》意也。

屬詞愈微，析理愈顯，可謂言語妙天下。（汪武曹）

不是挑逗「後」字，而爲「絢」之義，已不煩言而解。相其文境，當是冰雪净聰明。（弟占被）

穎思層折不窮，妙筆天成，非人力可到。（陳曾起）

一往俊上，何處着一點塵，神仙中人，豈易得耶。（韓慕廬先生）

曰禮後乎　一節

賢者於《詩》外言《詩》，而聖人即以言《詩》許之焉。夫禮之後固也，因言《詩》而及之，則非言禮也，而言《詩》也，此夫子之所以許之也。且夫聞人之言而即有得於其言中之意，其人未嘗不可與言也。（逆提「與言」二字，反撲而入。）然第得夫言中之意，而不得夫言外之意，則是其所得者少，而所不得者多也。是惟好學深思之士，能得夫言外之意，而使言之者忽驚以爲意外之言也，若子夏之與夫子言《詩》是矣。（逆提，言《詩》説入，用成語，恰合。）今夫言《詩》而必執《詩》以言《詩》，非能言《詩》者也。夫子「繪事後素」之言，已不執《詩》以言《詩》矣。假而子貢於此，遽默焉而退乎？以篤信之士，得聖人而爲之師，於一日之授受，而僅以一言畢之，非聖意也。又假而子夏於此，即受命如響乎，就問答之旨，又反覆而爲之説，是一言之義藴，而僅以一詩當之，非《詩》意也。而子夏者，忽恍然而有所自得焉，曰：有是哉！天下何在而無素乎？亦何在而無繪乎？則亦何在而非後乎？而不見夫禮乎？向也終日誦《詩》而不得《詩》之解，不謂終日誦《詩》而不得禮之解也。（妙。）向也就禮觀《禮》而不得《禮》之説，不謂今日離《詩》言《詩》而已得《禮》之説也。嗟乎！事之相親切者，即在不相蒙之地也；理之互證明者，即在不相關之語也。無端之悟，其義意不知其何自而開；旁及之言，其旨趣更精於發論之始。子夏若曰：起商者，夫子也。而子曰：起予者，商也。（古文大轉身。）蓋受人之言者，往往人蓄其機以待而已不知；以言教人者，往往人得其益以去而已如故。如子夏者，固子之所樂與言《詩》者也。（「起予」句人多略去，此獨鏤刻入微。）今夫古人之書，不必一語而定有數義之涵。使一語也而定有數義之涵，是所涵者可指數而盡也。吾惟以變動不居者讀之，而不妨轉而之他，而若古人之真有此義也，如是而古人之書始不匱於學者之所求。且夫吾人讀書，不必一時而預有更端之想。使一時也而預有更端之想，是所想者已拘滯而不通也。吾惟以卒然偶觸者遇之，而不覺引申其際，而若今日之宜有此悟也，如是而吾人讀書始不爲陳言之所囿。（二比意高識遠，獨書之法、爲文之道皆具之矣。）如子夏者，固子之所樂與言《詩》者也。嗟夫！禮後之言，豈《詩》説哉？正惟非説《詩》，而始可與言《詩》。彼世之拘拘焉、沾沾焉而説《詩》者，豈復有《詩》乎？（前後迴環一氣。）學者觀於夫子之與子夏者，而可以知《詩》之教矣。

此吾家會課作也，落筆如風，其妙難況。（趙驂期）

一片空明，正恐面壁十年者，未能有此超詣。（孫子未）

不知也知　禮乎

聖人以不知自居，時人真以爲不知禮矣。夫禮莫大於祭，祭莫大於禘也。夫子豈真不知禘，而或人猶以爲不知禮耶？且禮本乎天而遵乎王，不可以不之知也。（便扼「知」字。）至於聖人，無所不知，而又未嘗自恃其知。有未易爲流俗道而寧爲流俗譏者乎？（綰住首尾。）今夫禘，祭之大者也，即禮之大者也。（「祭」字、「禮」字帶出，自然。）或以爲問，豈不謂循墻傴僂，鄹人之子之家法然也。（巧妙。）而夫子則自以爲不知矣。今夫禘者，太廟之所有事也，非可概同乎常祭也。（句句玲瓏。）是惟仁孝誠敬之至，通乎制作之原者，始能知之。此禘之難言，而夫子之不以其說告或人也。至或人之謂夫子知禮不知禮，夫子所不計也。雖然，禘非可概同乎常祭，固矣，豈常祭而遂可怠慢以承之耶？（機法無不自然。）如在之誠，夫子蓋以敬爲祭者也，非以媚爲祭者也。（輕利。）以媚爲祭者，衛之王孫賈是矣。奧耶？竈耶？權衡於媚、不媚之間，其獲罪於天也多矣。有臣如此，而衛之衰不已可嘆乎？顧瞻我魯猶秉周禮，吾誰適從乎？（通身手眼，風趣橫生。）舍周奚適矣？魯之郊禘非禮也，周公其衰矣。太廟者，固周公實式憑之者也，其事宜若素講而熟識之者，非若禘之禮，幽遠而難知也。何以問也？此而不知，而猶號曰知禮，此或人之所爲譏乎？嗟嗟！從周之素志，而果不知禮也耶？彼或人者既不足以知禘，而此或人者又不足以知禮也已矣。

貫穿巧妙不待言，中間一段尤爲横空黛起。（方百川）

匠巧在心，隨機任運，自爾觸處皆靈。（吴赤霞）

王孫賈問曰　一章

爲不知天者言天，而媚固無所用矣。夫以媚獲罪，即以媚爲禱。是豈知天者乎？王孫賈聞夫子之言，當亦爽然失矣。昔者聖人以天自處，即以天自信，夫非有所畏懼祈免而爲此也。（探〔六三〕本之論。）而當時之人不知有天也，相與棄且逆之也久矣。蓋自媚之説，階之罪耳。人之好媚人者，亦好人之媚，（「媚」字虚〔六四〕提一段。）於是相率而趨於媚。而媚之中又有工不工焉，於是又相率而趨於媚之工。如王孫賈者，其有位於衛也，非以媚其君而得之者耶？媚其君而得之，復欲擅其媚而有之，賈可謂工於媚人，亦可謂工於致人之媚矣。吾聞靈公之爲君也，有煬竈之譏焉。（自然。）王孫賈曰：

「是直奧耳，若吾乃真竈也。」（出落字字飛動。）一旦見夫子之盡禮於衛君也，曰：「夫夫知媚矣，而未知所以用媚也。與其媚於奧，寧媚於竈，而獨不聞諸乎斯言也？何謂也？豈不誠然乎哉？」（知此出落，真是神來情來。）子曰：「不然也。今夫天昭昭在上也，其尊則無對，其命則無違，其理則有直而無枉，其心則有公而無私。子大夫躊躇於媚不媚之間，以爲工於求福也。而孰知此乃工於求罪也。（出「罪」字，冷雋。）蓋用媚者不自以爲罪，而天則罪之矣。未受媚之利而先已受媚之害，在用媚者亦謂雖獲罪於天，必有能免我者也，而安能徼幸於所媚者耶？且受媚者不以媚爲彼罪，而天則罪之矣。（先儒謂纔説「媚」字，便已非理。）未獲媚之福而已先被媚之禍，即受媚者其獲罪於天，（妙！）莫之能免也，而安能庇覆媚之者耶？嗟乎！人之好媚者既以此獲罪，而復無以解免。媚奧固失矣，媚竈亦未爲得也。子大夫以爲何如？丘之禱久矣。獲罪於天，無所禱也。」（出末句，神化之筆！）嗟乎！賈第知有竈而已，次則亦知有奧而已，而不知天之臨其上也。聖人以天自處，（收轉小講意。）即以天自信。禍福非其所計，計禍福者爲王孫賈言之也。

先輩作文，必不肯將題字徑直點出。每一字必有一番頓挫，逐字洗發，逐層脱

卸，以成一篇向背往來之勢。此文可謂得先正三昧。（汪武曹）

人多不解點題之法，於題中字句非埋没掛漏，則生填硬入。其於題之神氣不相比附，文決無佳理矣。出落生動之妙，吾願於此文悟之。（劉大山）

魂亦出歌，氣亦欲舞，筆妙乃至斯乎！（韓慕廬先生）

時文一道大抵多侮聖人之言耳。必如吾友具醇儒之理，挾飛仙之筆，乃可代聖人立言。（徐大臨）

與其媚於奥

有恍然於媚之術者，而奥不可恃矣。夫奥之獨擅其媚也久矣，以世無有恍然於媚之術者耳。奥何不幸而爲其所揣也！（破、承便已畫出「與其」二字。）王孫賈若曰：賈聞之，世之宜夫媚也，不獨人事爲然，即鬼事亦有之。（照「何謂」。）其説曰：媚而輕試之者不工，媚而泛嘗之者不誠，媚而誤用之者不智。蓋媚有道矣。（扣住題位。）夫媚之所從來者遠，非一朝一夕以至於今也。故雖時移勢易，而猶奉當日之所尊，則媚遂爲故事矣，而故事將安用乎？（是追悔語氣。）抑媚之所用意者專，非於彼於此而可以兼也。

故惟居高處尊，而遂邀當世之所趨，則媚因有定位矣，而定位安足恃乎？夫定位，則奧是也。夫故事，則媚於奧是也。且夫媚果何爲者乎？將以邀福於己也。福之所在，即媚之所在。然則吾以福故媚，非以奥故媚也。假而奥能庇我以福也，媚亦何辭？獨是吾之媚，殷然效之於下，而奥居然受之於上。其受也，悦之乎？抑猶慚之也？與其用媚而顧令彼慚也，固用媚者之過也。且夫奥果何爲者乎？將以藉權於人也。權之所歸，即媚之所歸。然則奥以權受媚，非以奥受媚也。假而媚能藉我以權也，奥則有靈。獨是吾之媚，盡瘁而心力獨勞，而奥之受媚，從容而左右皆是。其受也，驚之乎？抑猶忘之也？（刻畫「奥」字，正爲「與其」二字添毫。）與其用媚而翻令彼忘也，固非受媚者之過也。天下事非以身試之，不知其故。向之媚奥者，特震於其名耳。以名臨之，安得不以媚奉之也？今而知名之迂遠而不切也，與其用心於迂遠而不切者，又不如矯情傲物之爲高矣。天下事非以人參之，不知其失。彼人之媚奥者，特從於其衆耳。以衆奉之，安得不以媚將之也？今而知衆之廓落而無當也，與其肩隨於廓落而無當者，正與寂寞自守者同一拙矣。（總不下一煞語，題情隱躍。）今夫成功者去，天之道也，奥之汰也久矣。（摹畫口角如生。）今日者即不弁髦視之，於奥之意已足，而猶赫赫焉神明仰之，豈其所堪乎？今夫變通者趨時，理之不可易也，奥之自知也亦悉矣。今日者即使草莽委之，在奥亦無如何，而猶兢兢焉陟降凛之，豈不遺人笑乎？幸也有竈在也，不然，有媚而無所施者困矣。

《慶曆小題行遠集》評方君此題文云：「『與其』是追悔語，着一筆商量，便是兩句題。」此評最爲妙解。但方作却未合法，若此文斯得之矣。（汪武曹）

獲罪於天無所禱也

以禱獲罪而仍欲以禱免之，難矣。夫天非奥、竈之可比也，苟其獲罪，而禱無所用之，而猶得曰媚奥耶？媚竈耶？且凡人非無故而用其媚也，其中有所畏懼，而又懷僥幸之心，於是乎以媚爲禱，而自謂可以無罪矣。（從「媚」字出「禱」字。）嗚呼！何其不知天也！今夫天，不受媚者也。俯視寰區，而紛紛者皆善媚者也，其逆天也甚矣。罪莫大於逆天，而人且曰吾有所恃以無患，吾將用吾禱也。（反擊「無所」二字。）天不受媚，故亦不受禱也。鑒觀人世，而擾擾者皆善禱者也，其欺天也甚矣。罪莫大於欺天，而人且曰吾亦何虞於天，吾且有所禱也。將禱於奥耶？既欲禱之，則必媚之。（從「禱」字轉出上句。）奥亦或竊天之福以集於其身。夫竊天之福以福有罪之人，奥亦自是獲罪而不能免矣，而復能爲有罪之人宛轉而乞憐乎？將禱於竈耶？既且媚之，自必禱之。竈亦或憑奥以假天之寵而加於其人。夫假天之寵而寵有罪之人，竈之獲罪亦愈甚而不可免矣，而尚能爲有罪之人激切而告哀乎？且夫天非徒以無對之爲天，而正以無私之爲天也。雖禱於天，亦爲獲罪於天。（更緊。）況下至於奥，又下至於竈。率冥頑之人而奉淫昏之鬼，且曰：某則有靈，某則無靈。而一臨之以無私之天，而向之徇其私者惟有聽天討於赫赫明明之下耳。（扳定上節發論。）天既以無私之爲天，而又以無所假貸之爲天也。獲罪於天，亦不能禱於天。況下至於奥，又下至於竈。人既貪鬼神之功，鬼神又貪帝天之功，且曰：某則宜禱，某則不宜禱。而一臨之以無所假貸之天，而向之求寬假者惟有聽天罰於冥冥漠漠之中耳。（「無所」二字沉透。）以氣而論之，則蒼蒼之天，亦有時而使人逃其辜。而不知蒼蒼之天可欺，而吾心之天不可欺也。（奇確。）晴夜平旦之時，天亦入人之心中而使其自震。至是不禱不可，欲禱不可，而進退失據，其兹用媚者也夫。（繳「媚」字結。）以數而論之，則蒼蒼之天，亦有時而使人幸其得。而不知蒼蒼之天可逆，而吾心之天不可逆也。（「欺」字、「逆」字遥應起比。）荒惑敗亂之間，天本在人之心中而莫肯受誣。至是有所禱不可，更他有所禱不可，而蹙蹙靡寧，其茲用媚者也夫。吾今爲子大夫轉一語曰：與其獲罪於天，寧獲罪於奥，獲罪於竈而已矣。（□甚雋古。）

唐中丞嘗云：「自古文人，各有一段精光不可磨滅。開口道得幾句千古說不出的說話，是以能與世長久。」如此篇後二比詁「天」字，所謂千古說不出的說話也。然其說只在六經之内，人自理會不出耳。（洪孝儀）

子入太廟　一節

聖人得禮之意，非或人之所知也。夫以聖人爲不知禮者，正乃聖人之所以爲禮也，此得禮之意者也。（破、承甚古。）而或且云云，適以自明其不知禮而已矣。且夫禮何以行？有意以行之而禮著焉，禮處於有定而意出於無窮，以故行禮者，亦云得其意而已矣，是惟得其意者知之。而苟非心知其意，則竊竊然而妄議於其間，曷足怪焉？昔者孔子自少以知禮稱，（提筆老。）夫稱人之行，往往及於其所生，故當時莫不謂鄹人之子知禮也。（先於此處點鄹人之子，然後入首二句，則或人口氣中不必更點，最爲變化。）禮莫大於祭禮之地，莫大於太廟行禮之慎且詳，莫大於入太廟。於是子入太廟而人且於子乎觀禮焉。子爲宗邦之望，人必且以事問子，乃衆皆過焉而若忘，而子獨□然而不已者何也？（叙首句筆筆藏針伏綫，或人所謂不知禮者，於此可想。夫子之所謂「是禮」，亦於此可想。）事在有司之守，豈遂無一之可問，乃一事而同其詳求，復事事而致其反覆者何也？當是時，子莫以言其故也，人亦莫以思其故也。而有或人者即以此斷夫子之爲不知禮。（身輕一鳥過，愈見前文□□之妙。）子曰：信如若人言，將以知者爲必不問乎？夫知而可不問，則是不知而亦可不問也，而可乎？將以問者爲必不知乎？夫不知而後問，則是知而遂可不問也，而可乎？且夫問者必有所不安於心而以問也，况宗廟之嚴，亦烏有可以自安者耶？夫此不自安之爲禮也，假而恃其習熟而曰：予既已知之矣，則其心毋乃安甚，丘不聞有此禮矣。（淡語自透。）且夫問者必有所不敢肆於情而以問也，况祀事之大，亦烏有可以自肆者耶？夫此不自肆之爲禮也，假而矜其所能而曰：吾無所事於問矣，則其情毋乃肆甚，丘誠不知有此禮矣。嗟乎！當日之有事於太廟者，不獨子矣。子每事問，自餘未必問也。以問爲不知禮，是不問者皆知禮也，而魯之知禮者何其多乎？（冷妙。）自或有此譏，而禮之爲禮者亡矣。夫子不得不爲禮辨，而豈屑屑争知禮之稱乎哉？

全在閒冷處着意，其極閒極冷之處，却筆筆關係題中神理，及文中綫索。史遷敘事入神，金針全在於此。此法今人不講久矣。（劉言潔）

御風而行，冷然輕妙，其發藴正自十分透徹。前半篇從首句涵蓋末句，倒出「或曰」，筆勢凌空，真如飛仙之下視塵世。（吴荆山）

妙於點敘上數句，剪裁融冶有法，蓋如此方能變化因心。不然，則操縱不在己，徒以挨講平敘爲先輩而可乎？（劉大山）

關雎樂而　一節

情不失其正者，於《關雎》見之焉。夫人情所不能已者，聖人弗禁，則樂與哀是也。而特恐過而失其正焉，則盍誦《關雎》？且人之多情，其生於有所得與有所欲得而未得者乎？嗟乎！以情之多，而人之大患遂莫過於有情，豈少也夫？（妙！）蓋有常人之情，有聖人之情。（以凡情形聖情，勢極徜徉恣肆。）留連之至，往而不反；怨誹之興，流而無極。其初非不美之情，而卒〔六五〕爲秉禮者所刺，此常人之情也。纏綿之思乃成淡泊幽憂之意，適得和平，其情有不自知之處，而早爲旁觀者所傳，此聖人之情也。因是而有常人之詩，有聖人之詩。寫之爲辭而使讀之者，或欣然而意移，或愀然而涕下。疑於情之深矣，而已索然而無餘，此常人之詩也；歌之爲音而使聞之者，或尋其喜而無從，或尋其憂而不得。疑於情之淺矣，而已悠然而不盡，此聖人之詩也。蓋《關雎》之所爲作也。昔者文王之德，世莫能耦而文，則必欲求其耦也。洽渭之間，果竟大邦有子，而固已形爲窈窕之姿。（屬言工妙。）文王之化遠被於世，而風則必先於近也。二南之地，往往女子能詩，而尤莫工於宫闈之際。吾嘗反覆《關雎》之章而知王道之易易也。彼其情不過哀樂而已，不過哀樂之不失其正而已。今夫人情於意之所歡，雖明知其已竭而猶以爲未盡，則樂者固易處於淫之勢也。況以幽閒之德而得於寤寐之餘，非同於尋常居室之樂也。此而不淫，則聖人之心亦烏有足以失其正者耶？人情於意之所悲，雖明知其無益而輒不能自已，則哀者固易至於傷之勢也。況以淑女之行而難必好逑之日，非同於尋常求配之哀也。此而不傷，則聖人之心亦烏有足〔六六〕以害其和者耶？蓋人以淫爲樂，以爲不淫不足盡樂之致，而不知既淫矣，即非樂也。（刻畫。）夫琴瑟鐘鼓而不可以爲樂也，必如《溱洧》之士女，采蘭贈芍而後爲樂也哉！（借他詩相形，本諸雙峰而行文，風致甚佳。）人以傷爲哀，以爲不傷不足盡哀之致，而不知既傷矣，即非哀也。夫輾轉反側而不可以爲哀也，必如《澤陂》之美人，涕泗滂沱而後爲哀也哉！若《關雎》者，洵可以風矣！

按此詩從來説者不一。朱子以爲宫中人思得淑女以配君子，未得則哀，既得則樂。他日又曰：看來是宫中人作，所以形容到寤寐反側，外人做不到此，則是哀樂就文王説，朱子亦嘗有此意矣。愚以爲宫人雖被文王之化而尚未親炙后妃之德，哀窈窕，思賢才，而無傷善之心，非可遍望之婦人女子而友之樂之。在宫人口中以之待后妃，其詞亦倨矣。夫聖人雖與常人不同，豈得謂獨無男女夫婦之情？而况幽閒貞静如姒氏者乎？人欲横流，閨門衽席爲甚，遂謂聖人必不爾，且並哀樂而無之。不知聖人何嘗不哀樂，特不至如常人之淫且傷〔六七〕耳。竊謂哀樂就文王説，於《詩》之義似有當也。（自記）

父母在不遠遊

遠遊者忘親，聖人爲遊子戒焉。夫父母在而遠遊，是尚知有父母乎？故夫子爲遊子戒之。且吾不解人子何以輕違父母也，亦曾念前此襁褓之中能暫離父母否乎？（呼父母人子之心依。）亦曾念前此提携之下能暫舍父母否乎？使人子常如襁褓提携之日，何至有離舍之悲？其如身爲遠遊之身，志爲遠遊之志，何也？吾兹爲父母在者戒之以遊，且戒之以遠遊。幸莫幸於膝下之承歡，承歡也，轉而經營，此亦非人子所忍矣。陟屺岵而望高堂，高堂則何在也？（剔「在」字黯然。）樂莫樂於庭闈之聚順，聚順也，轉而離别，此尤非父母所忍言矣。倚門閭而望天涯，天涯則已遠也。（剔「遠」字。）是故父母之思遊子也，（以下俱發此句。）勞攘風塵之下，子所歷之星霜皆父母意中之星霜也。（血性語。）寂寥覊旅之間，子所越之關山皆父母意外之關山也。千里之音容，偏從一室中形影相吊而依稀得之，（起句飄。）蓋征衣在途而父母之慮方深矣。家庭之聚首，惟從寤寐中魂夢相通而仿佛遇之，蓋行旌在道而父母之恨方長矣。而且時序之遷流，覺其遲也，又覺其速。遲則一日如三秋也，（遲速恰有兩意，連下「也」字，如蟬曳殘聲。）而征人不返也；速則三秋如一日也，而征人亦不返也。方楊柳之依依，旋雨雪之霏霏，何莫非傷心之景象？而且行李之往來，以爲慰也，終以爲憂。慰則遂子壯遊之願也，而不暇爲己念也；（憂不爲己，慰不爲己，則父母之心真昊天罔極。）憂則思子行路之難也，而亦不暇爲己念也。嘆檀車之幝幝，嗟四牡之痯痯，何莫非難訴之衷懷？如是而曰遠遊也，縱使心繫二人，業已身馳萬里。求呼籲之遥通，而水遠山高終無可通之處矣。（屺岵之詩所以作也。）所以古之人不以千里遨遊易其一堂問視之樂也。既多一日馳驅，必少一日奉養。求他年之相補，而累裀列鼎終爲莫補之期矣。（樹欲静而風不寧。）所以古之人不以一時利禄奪其百年菽水之歡也，則奈何父母在而遠遊也哉？

百川先生一節文有云：「求之而不在側，不啻取諸其懷而去也。」真摯語不可多得。此文通篇從「親之念我不忘」透發，語語鏤心刻骨，如子規帶血，令人消魂。爲遊子者當逆旅孤燈念及此，應凄然淚下。至筆之秀逸，則作者之天性過人處。（峻峰）

天下之無道也久矣

封人傷天下之無道，惟其久而轉覺可念焉。夫無道已非一日，尚復何忘乎？封人於此若轉有望也。其意曰：二三子之喪也，以天下無道故也，而吾謂何患。（入脉有神。）夫喪不必患，將無道亦不必患乎？我瞻四方，蹙蹙靡所騁。此蹙蹙者誰使之耶？

（呼動「天」字。）再睹太平正不知何日也。（反撲下句。）環顧斯人，滔滔而皆是，此滔滔者孰爲之耶？迴首有道已不知杳何世也。（逼出「久」字。）嗚呼！天下之無道也，豈一朝夕之故哉！載胥及溺，溺之者且自以爲得計，浸尋以至於今，其變已甚於前世矣。偷者狃一時之安，智者廑未然之慮，此觀世者所爲□心而訝其久也。（「久」字飛舞而出。）穢德腥聞，聞之者亦安爲固然乎？（照下「天」字義，更奇闢。）成已失其故，其喪不止在君子矣。（天亦喪，妙甚。）避世者惟恐不深，思治者恐其不及，此有心者所爲觀變而嘆其久也。大抵亂之初生，其勢日引月長，滋蔓而不可救。賢人君子，心焉憂之，而萬無可冀者，以其未久也。（反逼下句。）至於亂之已極，其民辛苦墊隘，須臾而不可忍。憂時憫俗，豈無人焉？而或有可恃者，正以其久也。（正吸下句。）且夫天下之無道，必有倡爲無道之一人，而使天下皆昏庸而罔覺也。彼其毒足以流數十百年之久，至於久而毒之方盛者，固已知其毒之無餘矣。抑不知何人之無道，遂至變爲無道之天下，而率天下盡聾瞶而無知也。（照「木鐸」。）彼其力反足以支數十百年之久，至於久而力之方剛者，正以知其力之必屈耳。（更奇闢。）嗚呼！從古禍亂相仍不足憂。舉天下而一無屬望，乃真足憂也。然則今日之無道，未可爲無道也。（直趨下句。）無道之已久，即可懸定其不久也。吾於夫子得天意焉。

金文毅公作，本句神理絶妙，下句消息未起，照注「亂極當治」，從「久」字上出，一奇。（自記）

惟仁者能好人能惡人

好惡必屬於仁者，以其心之公也。夫天下誰無好惡，亦誰則能好惡？世無仁者，則好惡遂絶。好惡不可絶也，仁顧安可少哉？且世之不平也，其由於心之不公乎？心有不公，則無往而得其平也。夫理有其一定，而私者昧焉。因其當然之理，出以自然之心，天下一人而已矣。今夫事有人人之所同者，正以其同也，而知其一無是事。事果當也，不應趨者如此之多。（「惟」者「僅有」之辭，亦「難得」之辭，二比取「惟」字之神，隱切好、惡，雋妙之甚。）情有人人之所深者，正以其深也，而知其決無是情。情苟善也，不應出之如此之易。蓋世之所以多事者，身與世之有私也，無故而相賞，亦無故而相嫉，甚至一日之間而乍賢乍佞，而未有定評也，豈不惑哉？（反擊痛快。）抑喜與厭之相殉也，拂其常而自謂是，倒其施而不知反，甚至一人之身而忽取忽棄，而未有適主也，豈不謬哉？夫人有可好也，有可惡也，豈能如太上之忘情。而好有真好也，惡有真惡也，固以見吾心之古道，是惟仁者也夫。仁人所任者天，是非得失，烏有能遁於其天者？而仍以其天處之，而不以人參焉，故好之者可以不必感，而惡之者可以無相怨。何則？其天定也。仁人所無者我，抑揚予奪，豈有動心於其我者？而既以其我化之，而不與物争焉，故嫌疑之迹而有所不必避，依違之見而有所不必居。何則？其我忘也。（精實。）若是則真能好人者矣。之人也，或世知好之，或世不知好之。即負遺俗之累，處積毁之中，而有仁者之好，可以不孤，而亦安用舉世之好之也？夫私心之好，無論其不當好也。縱當好，而私心之好不可謂能好世之好人者，且問己矣，毋輕好人矣。（剔「能」字醒快。）（冷雋。）若是則真能惡人者矣。之人也，或世知惡之，或世不知惡之。即負蓋世之名，有未形之患，而仁者已蚤憂之，久而自敗，而後天下乃服仁者之知言也。夫私心之惡，無論其不當惡也。縱當惡，而私心之惡不可謂能惡世之惡人者，且問己矣，毋輕惡人矣。

此章須看「能」字，「能」字發得警醒，則好、惡自粘定仁者身上。而好、惡一切煩濫之辭，自屏除無餘矣。此題得此文，真如盛暑中忽對層冰積雪。（韓慕廬先生）

君子去仁　二句

觀君子之所由名，而知仁之不可去矣。夫君子之所以名爲君子者，仁而已矣，焉有君子而去仁者乎？今夫貪富貴之人，何其多也！（范氏所謂「存乎不仁，則成不仁之名」，朱子以爲非本文正意。今借來作翻，甚妙。）吾無以名之，名之以富貴之人而已，無以成其君子之名矣。厭貧賤之人，何其多也！吾無以名之，名之以貧賤之人而已，無以成其君子之名矣。何也？爲其於吾心之仁，固已盡舉而去之也。吾觀夫不處不去之心，而知君子之所以成其君子之名者，蓋有由焉。（帶「成名」字，方是兩句題文字。）彼夫不處不去之心，何心也？曰仁也，仁固君子之所以名爲君子也。且夫仁之爲道大矣，乃已於富貴貧賤而立之基也。夫夫也，雖欲不名爲志仁之君子，而豈可得乎？即爲仁之事抑已多矣，乃已於富貴貧賤而端其本也。夫夫也，即遽名之爲利仁之君子，而又何愧乎？蓋君子之於仁也深矣。今夫仁，人所自有，而忽焉無有者，是自有之，而自去之也。欲富貴而求苟得也，而仁去；（順題面發揮。）惡貧賤而求苟免也，而仁去。仁去則並其君子之名也而去之矣。（俊快。）今夫仁本不去，而忽焉去之者，是仁不去我，而我欲去仁也。貪富貴也，則已去其審富貴之仁；厭貧賤也，則已去其安貧賤之仁。去仁是去其名也，而惡乎成哉？未有君子而去仁者也，未有去仁而猶成爲君子者也。雖人之去仁者，亦不止去於富貴貧賤之遭。然於富貴貧賤之際而已去乎仁，則後此更何仁之可去矣？在君子之不去仁，亦非獨不去於富貴貧賤之遭。然於富貴貧賤之際而不去乎仁，則必將無之而或去仁矣。（題前、題後顧盼都到。）

吾乃知君子之名爲君子，固有□也，蓋君子之於仁也深矣。

雙峰謂此節是結上生下，上面就粗處説，下面就細處説。此題須兩意俱包孕含蓄爲妙，字字筋節，筆筆斡旋，無逾斯文。〇起處帶定「名」字説，方是兩句題文字。（汪武曹）

好仁者無以尚之

極言好仁者之量，亦適如其仁之量而已。夫仁之量，無以尚者也，而好仁者之量亦如之。是其好仁爲何如者而謂可易見耶？且人情之有所好者，常取兩物而較之曰：吾之好夫此，亦猶其好夫彼也。或又曰：吾之好夫此，更甚於好夫彼也。（飄然而來。)可好者雜然並陳於吾前，而吾均以好予之，是其人終身而無好也。何者？好之所及者泛，而視所好者之太輕且易也。曾謂好仁者而亦如是乎？凡物有涯，而仁之爲道無涯。有涯者在於世而難取，無涯者在於身而可恃也。凡好有涯，而仁之爲好無涯。好仁即仁之精神所發，而仁又視好仁之分量所際也。(精當簡要。)是故有以尚之，非好仁者也。無以尚之，乃好仁者也。今夫仁與萬物相絕，而卒爲萬物之所尊。雖有可欣可嗜之端，一以仁臨之而皆屈。是故好仁者盡屏夫萬物而專而致之於一物，即欲分吾好之餘以及乎其他，而萬物至此不知其何以胥亡也，蓋必使好之量與仁之量適相當斯已耳。仁又與百情相忘，而卒爲百情之所畏。雖有迭至紛來之患，一以仁當之而皆奪。是故好仁者盡謝夫百情而並而歸之於一情，即欲竪吾仁之敵以與之相争，而百情至此不知其何以盡消也，蓋必使好仁之量與仁之量無不滿斯已耳。(「無以尚」三字刻入。)人情繫戀之私不必其果可喜也，而溺於其間者以爲舉世實無其匹，至於仁則棄之。(反面、側面細寫，而題蘊盡透。)蓋天下雖有甚美之事，而不能强其心之所不然。類皆如此也，而何怪於好仁者之難見耶？人世絕異之境原不能甚多也，而侈於其事者以爲有情無所不入，獨於仁則忘之。蓋天下雖有甚切之務，而不能得於心之所不至。舉皆如此也，而何怪於吾之未見好仁者耶？舍仁無以爲好，好從仁生；舍好仁無以成仁，仁從好生。（了徹。）以無以尚之好好無以尚之仁，夫是之謂好仁者，即是之謂仁者矣，而吾豈遂竟不見乎？

往往以俗情形起道情，故題無不暢之旨。其清在韵，其高在骨，如梅之傲群芳而獨秀。維節、文止，風流未墜。（韓慕廬先生）

小人懷惠

小人趨利，而所懷又異矣。夫見有惠，則惠遂足以繫之矣，非小人，其孰懷之？且夫小人懷土，其所處之安，既以溺之不出矣。人且以爲其身域於所安之中，而不暇他及也，不知其身雖繫焉，而其心之震蕩飄忽，且滿於宇宙之間。（形容痛切。）蓋凡利之所至，其心無不至也。天下之事，利、害二者而已。君子止見有害，而小人止見有利。故凡可以避害者，小人不爲也。吾身之事，得、失二者而已。君子止求不失，而小人止求有得。故凡可以苟得者，無不爲也，蓋其所懷又在於惠也。小人一觸目也無非利，故處處有以生其心。（取出小人心肝。）一言及於惠而神飛色動，恨不能盡天下之利而取之。

蓋其胸中爲利之所浸灌，而他物不足以入之矣。小人一舉事也非無故，每惓惓有以多其好。一念及於惠而情深意篤，盡天下之利而惟恐遺之。蓋其心思爲利之所横據，而他事不足以分之矣。今夫僥幸之地不可以往，謂其敗焉者必甚之也。而小人既一往焉，且往焉而不厭，戀戀於此。而得於前，又冀於後。輾轉於計慮者，莫非是物也。勢且迷其途以觸於罪戾，而小人終不悟也，殆於以身殉之矣。（對照「懷刑」。）快心之事不可以試，謂其苦焉者必繼之也。而小人既一試焉，且試焉而不已，沾沾於此。而有其一，又欲有其二。躊躇於胸中者，莫非此事也。或且苟而免以不蹈於刑罰，而小人益以狃也，殆於寤寐不忘矣。（又翻進一層。）其或不意之中而有以恩波及之，在君子不盡人之歡，不竭人之忠也；（又以君子伴説。）而小人則津津焉其神爲之倉皇，其氣爲之震動，若無以自容者，遂係戀焉而不能裁。其或意之所欲而卒無有以利澤加之，在君子不貪人之有，不耻己之無也；而小人則規規然睨其物而伺於旁，憎其人而動於惡，若勢必得之者，終徘徊焉而不能去。噫！小人之懷惠如此，斯以爲小人已矣。

鬼無遁靈，怪無隱形。（韓慕廬先生）

多怨

怨施於嗜利者，宜其多也。夫怨而多，則其人之於利也亦多矣。試亦思怨果可多取者乎？且夫後世之人情，雖其不平，然亦未有無故而怨其人者。（從「怨」字起。）即曰怨之，則必有衆人焉起而非且笑之曰：「爾之於彼，抑亦甚矣。」（轉到「多」字。）夫彼則何罪而奈何若是甚也！要非所語於放於利而行者。既已圖其利於己，而復求諒於人，曰：「爾毋怨我。」則是利之外又獲一利焉，天下必無此事矣。（雋快。）且又貽其不利於人，而復取必於人曰：「必不怨我。」是即利之心更甚於利焉，人情必不堪之矣。故吾知其不能不怨也，吾知其怨之不能不多也。且夫貧窮，亦有命也。履險遇危，而或致怨於昊天之不平者有之。（「怨」字旁襯。）然其怨猶淺也，惟視夫世之所共有者。而一人焉專而擅之，則無不爲之疾視矣。人與人交相吊也，而口與口又群相詛也，紛紛藉藉之言，彼嗜利者亦嘗聞之否耶？且夫緩急，人所時有也。（屬對亦工。）智盡能索，而或致怨於己謀之不工者有之。然其怨亦暫也，惟當夫己之所必需者。而有人焉恣而取之，則無不爲之寒心矣。一人者受其害，則浸淫焉而懼，其及於衆也；（「多」字描寫盡致。）局内者罹其毒，則事外焉而亦側其目於旁也，攘臂扼腕之態，彼嗜利者亦曾見之否耶？（雕刻衆形，非莊、蘇無此妙筆。）而吾嘗見夫富者之亦善怨也，筦鑰之不謹而有侵漁之患也，則怨；尋丈之必争而有尺寸之失也，則怨。（「怨」字又從對面説。）彼豈真能享其所有者耶？而怨者不謂然也。（亦冷亦趣。）懦者曰：「吾立而視其槁也。」强者曰：「吾起而作之難也。」蓋一利藪也，而左右而環之者皆怨府矣。抑富者之善怨也，有所奪於人而或不順也，則又怨；知取怨於人而莫我釋也，則又怨。彼豈能一日而忘情於人者哉？而怨者知其然也。君子曰：「是其貫已滿也，吾讓之。」小人曰：「是其敝已形也，吾乘之。」莫非怨讐也而艷慕，而趨之者方視爲利竇矣。是故遠怨者，不私人之有於己。而召怨者，不知富之不如貧。嗚呼！放於利而行者，是放於怨而行也，烏在其爲利也耶？

從上句推勘出「多怨」，却又不致粘連。至其雕鏤刻畫之妙，非十年沉浸韓公子、蒙莊，政難下筆也。（汪武曹）

眼前世事，人人共見，却成不刊之文。（弟丙章）

子曰參乎　一節

觀聖賢之相契，於一呼一唯而見之矣。夫一貫之道，非曾子不能知也。一呼一唯之間，而道在聖人，亦已在曾子矣。今夫學聖人者多矣，而有得於聖人者何其少也？學聖人之久，而自有得於聖人，而亦必待聖人之明告之，而乃有得於聖人。如曾子之學於子，而求其道者有年矣。彼其隨事而精察，真積而力久，（從曾子身分講起，反照「一貫」。）遇一事焉，曰：「此有一理也。」又遇一事焉，曰：「此又有一理也。」事果若是其多矣，理亦若是其多乎哉！今夫道之相傳，必待其人，彼第自抱其襟期，而我已難忘其指示，則其人可念也，然而其人固已難矣。（清脱之極。）是故聖人端居身念，而此意卒默默不得言也。道之相授，又必待乎其時，先之則以亟也，後之則已緩也，則其時可念也，然而其時固已難矣。若乃聖人環顧熟視，而此意尚未至悠悠無所寄也。（二比於「參乎」二字上用意。）子曰：「參乎！爾之從事於吾道也久矣。事之嘗乎吾者，不可勝窮，必一事而予以一理，將有給之不勝給者矣。今夫吾心之天，無物可對，無物可對之爲一也。（詮「一」字妙當。）然無物可對之中而已無物之不備焉，是則吾道也。吾之應乎事者，原非一致，必萬事而具有萬理，將有舉之不可勝舉者矣。今夫吾性之真，無物能間，無物能間之爲一也。然無物能間之中而已無物之或遺焉，是則吾道也。吾道一以貫之，參至是當思吾言也。」夫一貫之稱，向固未嘗聞有是言也，自夫子言之，二三子必且默然以思，或且惝然失據。（映門人。）而曾子顧躍然以起也，曰：「唯。」今夫聞其言而辯論之者，其見道必淺也。（「唯」字神理躍然。）以今此之疑開後此之信，則其信必有所不及開者矣。抑聞其言而贊美之者，其去道亦遠也。以有盡之言寫不盡之意，則其意必有所不能盡者矣。曾子之唯之也，在夫子知其必如是，而果已如是；在曾子得其然，而固不能遽言其所以然。故曰：聖賢之相契，於一呼一唯而見之矣。而要非門人之所知也。

詮「一貫」二字，從來無此妙解，盡掃塵腐，獨闢清新，使讀者薰然耳目爲之一開。（韓慕廬先生）

唯

大賢之聞道也如響，宜聖人之呼而告之也。蓋夫子知曾子之必唯也，故告之。而未唯之前一曾子，既唯之後又一曾子矣。以爲事之可以一言而盡者，至言也，而向何以弗之聞也，而向何以弗之求也？嗟呼哉！而後乃今其知之矣。（如聞其聲。）猶是夫子也，今日所見之夫子，非復曩日所見之夫子矣。猶是參也，今日參之所見，詎復曩日參之所見矣。明明道之可貫如是也，子弗言之而不知其如是，自子言之而果如是也，豈煩擬議乎？明明道之爲一可會也，子未嘗言之而竟不能有會，自子一旦言之而真可會也，何俟更端乎？（字字傳神，筆端有口。）甚矣道之大也！至是而始恍然於其故也。甚矣參之魯也！至是而始能了然於其心也。在夫子不能秘之於參者，而若故秘之於參，參實見不到此也，然參固聞則解此也。在參非有素得於心者，而忽焉創獲於心。參既不知問也，而參又若不及答也。（刻畫「唯」字，何其工妙。）由是而知心之精微，口不能言者，非精微也，子固已畢露之於參矣。由是而知言之微眇，乍不能入者，非微眇也，參固已盡得之於子矣。一承指授，□平日之所求，是而非是，自茲加勉。（不是一「唯」便了，補出工夫，更爲親切。）雖聖道之無盡，難而何難，子其有以許參乎？

摹仿真切，妙手無雙。（汪武曹）

君子喻於義　一節

人各有所喻，而義利分矣。夫義與利，非深喻之，則其爲之者不力也，此君子小人之所由分也歟。且人爲其事，而泛泛焉得其大意而已，則其中之曲折有所不能窺，於是乎迹雖存而神先去矣。（擒「喻」字翻入。）蓋用志而或分，其精未能凝也。故事無論是非，人無論邪正，而其所以爲之者，必窮極其幽渺而後已焉，此則君子、小人之名有所喻是也。喻也者，心知其然而口不能言其然，旁觀者不能解於其情，而第見其躍躍自喜也，而目將注之，而心將營之，惟此一事之不能釋焉，各有所好而各誇所知，互易之則皆茫然於其際，以故彼此不相謀也，而同事而異心，亦同心而異事，惟此一念之不可强焉。（二比渾發「喻」字，透快。）蓋君子之所以爲君子者以義，而義固其所喻也；小人之所以爲小人者以利，而利固其所喻也。義與利反者也，即義亦未必無利，而君子不見有利焉。生平之所志者更無他事，而惟是析義之精，至義之盡，無纖悉之或遺，至於其事之或利或不利，君子未之計也。非未之計也，君子實不喻此耳。（此「喻」字粘合在「義」字上。）利與義違者也，即利亦未必盡不義，而小人不見有義焉。性命之所徇者亦無他端，而惟是盡利之用，窮利之變，雖秋毫之必析，至於其事之合義不合義，小人不之念也。非不之念也，小人實不喻此耳。（此「喻」字粘合在「利」上，不是移换字面便可通用。）在小人見君子之好義，以爲義亦何可樂者而直爲此區區也。方且自以利爲獨知之秘，而翻笑君子之迂。在君子見小人之謀利，以爲利亦豈可好者而直爲此戀戀也，未嘗不以義爲大公之理，而難轉小人之意。是故義與利難辨也，而義中之義，利中之利，又難辨也。而君子一見而即知爲義，（此朱子之所以告賀孫者。）小人一見而即知爲利，習之熟故，見之明耳。（此象山之説「喻」以前事。）然則此兩人者，一之於義，一之於利，其素所蓄積也，决無徘徊於岐路之間。且夫義與利，有時相似也，而義中之利，利中之義，又甚相似也。而君子所見無非義者，小人所見無非利者，念之深，故行之决耳。（此程子之説「喻」以後事。）然則此兩人者，義亦是喻，利亦是喻，若難以區别也，遂覺毫釐有千里之失。嗟乎！人莫不有所喻矣，而試自問其所喻者爲何也，而詎可見棄於君子而爲小人之歸乎？

他人亦知做「喻」字，然終是架空，不能道着一語，則義利之故不能言之反覆痛切矣。剖晰毫芒，何必象山之説始令學者動心。（韓慕廬先生）

事父母幾諫　一節

人子之諫親，始終一以敬而已矣。（主意。）夫諫親而出於敬，始之終之，莫非此幾也，即莫非此敬也，而天下寧有不可諫之親乎？且人子之事其親也，深愛之心積於中，而致之以敬，此雖平居無事之時，亦莫不有然也，而况處親之有過之時乎？（補筆。）恝之不可也，懟之亦不可也。使不致之以敬，且或有時而致之，有時而不致之，（便翻「又」字。）則親之過亦終於過而已矣，而豈所以事父母之道乎？假使子不失身而親亦無過，舉一堂之上，雍雍怡怡，而志則既已養也，怨則無從生也，此事父母者之樂也。（補筆。）就令親過甫萌，而子不敢坐視片言之投，翻然勃然，而志則既已順也，勞則不復有也，此亦事父母者之幸也。凡此者，固皆其敬以將之，而猶不足以見其敬之難也。吾嘗見孝子始終不替其敬之心矣。父母有過不自知也，子知之而諫之，此時不知其志若何也，而下其氣而柔其聲，從容委折，使親不知爲吾之諫，則其諫易入也，庶乎其從之矣。父母有過不知改也，子欲其改之而諫之，此時亦並不敢逆料其勞我與否也，而其色怡然，而其意懇然，微言婉諷，使親即知爲吾之諫，而其諫可受也，庶乎其從之而不復用其諫矣。

（做「幾諫」二比，即透起下二句。）其幾諫也，皆敬之心所形而出焉者也。（爲「又」字作波。）而孰知其不從也，見之於志矣。使人子於此恐觸其怒而勞之，而遂止而莫之諫，此與於不敬之甚者也。當其初，既已敬矣，至此豈遂忘諸？而所爲和順委婉者猶是也。其不違也，必欲置吾親於無過而後已焉。天下無不慈之親也，前之不從者，至是當無不從耳。而孰知其勞也，不第不從之而已也？使人子於此因觸其勞也而怨之，而悔其前此之諫，是又與於不敬之甚者也。（帶定「幾諫」。）當其敬，已無所爲怨也，至是豈其蹈之，而所爲起敬起孝者猶是也。其不怨也，正時時冀其怒之稍回焉。天下無不是之親也，因吾之不怨而意移者，是又以勞爲諫耳。（妙。）今夫赤子之於親也，有無已之求而親莫不聽之者，其天機可念也。赤子之於親也，亦不懼有呵斥之及，而親亦有不盡聽之者，其憐愛更甚也。事父母而有諫，亦若是則已矣。（借形極痛切。）痛哭流涕以争，非所施於父母。而諫止露其幾微，循環往復之際，別無所以致於父母，而敬直爲之貫注，事父母者不可不知也。

此章「又」字，乃天然一間也。以「敬」字作主，節節聯絡，段段照應，多補題之所未及。可謂游神象外，得意環中。（韓慕廬先生）

父母之年　二句

能知親年者，斯知親矣。夫父母之年而不知，烏可乎？不知父母之年，是不知父母也，烏有孝子而出此耶？且夫人之心，時時有所在則存之，而有所不在則忘之。誰非人子，而於他事莫之忘也，獨至於親而輒易忘也耶？（凄切入人心□。）彼當少而拊育於父母之懷，則懵然無知，及其壯而馳鶩於欲利之途，又昏然無知。不知則不知矣，而父母之年已衰於此不知之中矣。（痛切。）遲暮而愛子之情轉深，則因溺而不知；康居而垂白之身無恙，則又狃而不知。不知竟不知矣，而父母之年已逝於此不知之時矣。且夫父母之年，父母未嘗不自知也。屈指平生，無一非劬勞之日。曾幾何時，而老冉冉其將至矣。環顧膝下，而豈不欲長留此怙恃之軀耶？（父母自知其年，一波。）即父母之心，其於子之年，亦未嘗不知也。自離襁褓，預計其成立之時，乃至於今，而果森森其在目矣。人壽幾何，而果能長享吾子之奉耶？（知子之年，又一波。）故父母一日在，則一日不自忘其年，而子可忘乎？（復説二比，轉合題面。）父母一日存，則一日知有吾子，而子可亦知乎？子之情，莫不願望其父母之壽者，然以不可必之虛願，而怠其可自盡之實心，則不知之過也。造化之理不可幸，人數之期未有常，日月之逝不能反，愧恨之事不可追，兹何年也而不知焉，可乎？不可也。（「不可」二字，拋擲作態。）子之身，莫不瞻依於父母之前者，然壯盛而猶爲待哺之身，一膜而已有千里之隔，則不知之故也。（悲痛。）高厚欲酬其萬一，顔貌已閲其盛衰，奉養正嘶其無多，來日又苦其已短，此何年也而猶不知焉，可乎？不可也。是故孝子之寄其孝思也，必於父母之年。人方輕視此一日，我已深結於寸心。（「知」字入骨。）寬轉躊躇，有不敢須臾之或忘者，其知也，與父母之年俱永耳。而人子之不孝也，亦即在於父母之年。浸尋荏苒而尚有今朝，乃悠游淡漠而付之一擲。（「不知」二字刺骨。）屬毛離裏，竟忘情於年歲之不與也，其不知也直與父母之年俱盡耳。嗟乎！不知父母之年，是不知父母也，而可乎？

隻字酸心，片言望淚，與《蓼莪》之詩並深痛不可讀矣。（韓慕廬先生）

實做，不侵下文，而下文已□起。（□文子）

君子欲訥於言而敏於行

即言行以窺君子，而得其心之所欲焉。夫第以訥言敏行觀君子，猶未足盡君子也。

觀於其心之所欲，而知君子言行之際，誠不徒然也。且難易之數操於人之心者也，心見以爲易則易矣，心見以爲難則難矣。乃若人之所易，我之所難；人之所難，我之所易。其人不可幾也，而其用心固已可睹焉。今夫人不能以無言也，固也。而言惟恐其不盡，其辭津津然，其心且揚揚然矣。（跌「欲」字，飛動。）而獨不聞尚口之窮乎？有用之言，其言原不能多也，而非其所欲也。（倒撲「欲」字。）人不能以不行也，固也。而行每失之不前，其氣靡靡然，其心且憒憒然矣。而獨不聞省身之要乎？敦本之行，其行原不能已也，而非其所欲也。欲之者其君子乎？君子之欲，於其言與行見之，於其訥於言而敏於行見之。彼其寤寐之中往往經營徬徨，而恐有輕重之倒置。（領「欲」字起，刻露。）是故時而言也，而與其吐之，不如茹之。蓋工於外者必拙於内，而君子遂得一意於行矣。其機甚速，而其勢難停，初不若發言之退遜也。（串挽「行」字。）人見君子之言行，以爲各有要道，而不知君子意思之所寄，正復甚深耳。且其日用之間豈必時時矜心作意，而若有意象之迭形。（更微。）是故一有言也，而未發於口，先已動於心。蓋務於虛者必遺於實，而君子乃得併力於行矣。其進無已，而其力愈出，亦未嘗不同於發言之審慎也。人見君子之言行，以爲何故而然，而不知君子精神之所聚，原不在他耳。故當其未言未行也，而訥與敏之理時往來於其心； 及其且言且行也，而欲訥欲敏之心自流露於其外。（二比更精透。）由是而知人以謹言爲難者非也，欲之則竟欲之矣； 人以躬行爲難者亦非也，欲之則竟欲之矣。 無窮之詣力，皆攝於此一念之中，此言與行所爲各致其欲者也。且夫欲訥於言者，所以爲力行之地也。 欲敏於行者，不得不爲多言之防也。 意計之輾轉，無非爲斯二者之故，此言與行所爲互致其欲者也。 不然，而所欲不在是焉。 必且言欲其富麗爲工，而行欲其苟簡而止，適爲小人之歸而已矣。

此題「欲」字乃真種子。 擒得真種子，則所謂口口咬着，一切言行題，便一句通用不去矣。（韓慕廬先生）

德不孤必有鄰

論德之所必有者，而不必以孤爲慮矣。 夫孤則無鄰也，有鄰則不孤也。 人之以孤爲慮者，自棄於德而即見棄於鄰耳。 且人之品而處於至高，其勢若絶夫依附之徑，而其實則開夫趨嚮之途。 蓋理之與世同者，世自不得而異之也。 若是者則德之説也。 今夫流俗之情，往往甚畏夫孤。 勢孤則難堪也，黨孤則無助也。（發透「孤」字，妙。）於是乎指德之中以爲有孤之象焉，而相與苦之曰：　吾非去夫德也，以其孤立之寡耦也。（即透「鄰」字意。）於是好奇之士，又有意而樂爲其孤。孤芳則自賞也，孤情則自照也。乃亦指德之中以爲真有孤之一境焉，而從而張之曰：　吾之修夫德也，正以其孤踪之無倚也。而不知此皆非德也，人特無德耳。德之有鄰，其必然者。德者天下之大共。無處無德，亦猶居者之無處而無鄰也。吾羞與儔伍鄰，而豪傑之士來爲鄰矣；　吾羞與意氣鄰，而性情之士來爲鄰矣。（「鄰」字妙義。）環左右而處之，其來非吾之所能强也，而何患於孤。（倒煞「孤」字。）德者人情之同好，以一人而號集夫德，亦猶居者之以一人而可以號集夫鄰也。吾乞鄰於詩書，而誦詩讀書者皆其鄰也；　吾借鄰於聖賢，而希聖希賢者皆其鄰也。一出入而偕之其途，非吾之所得私也，而何羨於孤？彼夫小人與小人爲鄰，以私而合，以勢而集。一人倡之，而衆皆和之。而况有道仁人之名，雖愚夫亦知欣慕，而謂舉世獨無應者，必不然矣。庸人與庸人爲鄰，同拘於虚，同篤於時。一人先之，而衆皆逐之。而况振奇非常之舉，雖行路猶知誦義，而謂吾黨竟無知者，必不然矣。神相告也，不必其迹之相親。千里而一聖，千里一鄰也；　百里而一賢，百里一鄰也。鄰與鄰相望，而吾於其中孤行一意焉。（就「鄰」字轉出「孤」字，妙。）正惟孤行一意，而固已不孤矣。道實同也，而亦不必其徒之實多。德之係未絶於一日，是即一日之鄰也；德之傳未泯於一人，是即一人之鄰也。吾與鄰互爲鄰，而吾於其中孤操自凛焉，正惟孤操自凛，而固已不孤矣。夫有德者即孤焉，而不以孤爲懼，况鄰不一其鄰，而可以孤爲解，而不惟德是務乎？且有德者雖不孤焉，而亦非因不孤而始自修，即鄰不一其鄰，而詣必成於孤，而豈徒鄰是恃乎？修德者可以知所從事矣。

意多出鄉先輩光給諫作。（自記）

朗抱高懷，孤情絶照，此種文境，真如空山無人，水流花開，但有仙靈棲息。

（韓慕盧先生）

德不孤必有鄰（其二）

决德之所必有，而以孤爲慮者，過也。夫德豈必有藉於鄰哉？而鄰固其所必有也，修德者可不必以孤爲慮矣。且處於衆人之中而孤立行一意者，此真有德之士也。（孤行側出。）詣以孤而成，品以孤而峻，孤非君子之所懼也。然而環顧左右，而無與共之，豈其天之生是使獨也耶？今夫人情喜合而惡離，苟有可合，斯樂於親之。若曰吾奈何舍有德而自處於孤耶？蓋人之欲得其鄰也久矣。（筆筆凌空。）人情信同而疑異，苟有與同，斯相率赴之。若曰彼得無抱潛德而或病於孤耶？蓋人之憂其無鄰也又甚矣。以吾觀之，孤則必非德也，德則必有鄰也。且夫鄰亦不同矣，吾君子耶，而小人之鄰去矣；吾小人耶，而君子之鄰去矣。鄰固各以類相從，而天下總無孤之一境。抑鄰亦無常矣，吾德有大小，而鄰或多而或寡矣；吾德有盛衰，而鄰忽聚而忽散矣。鄰固視乎我所自致，而德中尤無孤之一象。是故德者，鄰所共有之者也。與人共其事而反遠其踪，理之所必無也。（超雋。）吾之孤懷高寄，方且獨立而無倚，而倚之者至焉，即落落寰區，堪鄰者正無多人。然而千里百里猶之鄰也，吾未見修德者之孤而無耦矣。德者，鄰所共好之者也。於心有所好而忽背而馳，情之所必無也。吾之孤情絶照，方且拔俗而無依，而依之者至焉，即遥遥千里，堪鄰者不獲同時。然而前世後世猶之鄰也，吾未見備德者之孤而寡與矣。世有患夫孤者，以爲德修則鄰於謗矣，道高則鄰於毁矣，未嘗無鄰而其孤也實甚。（翻得靈變。）此皆借孤之説，以自棄於德者也。因有羡夫孤者，以爲今之所非，斯鄰於古矣；人之所棄，斯鄰於天矣。吾别有鄰而雖孤也何害？此亦借孤之説，以自解免於無德者也。德不必乞之於鄰，而鄰自有以相助；德不必分之於鄰，而鄰亦有以相勸。吾有鄰，鄰復有鄰，安往而無鄰也？吾不孤，鄰亦不孤，安往而得孤也？修德者可以自决矣。（清風灑蘭雪。）

「孤」字、「鄰」字，無窮出清新，學者持此種澡雪靈臺，臨文應如湧泉。

子謂子賤　取斯

聖人稱賢者之德，而必原其所自焉。夫魯多君子，子賤其一也。然而子賤之爲君子，固得力於魯之君子者也，以故夫子稱之。今夫德之在己者，謂己之爲之，而非盡己之爲之也。德之在人者，謂人之私之，而非必人之私之也。要亦視乎其能取與否而已。然而能取者，又患乎其窮於取也。乃若不窮於其所取，而有足以顯其能取者，抑已幸矣。昔者夫子環顧二三子而有嘆焉，（古筆。）曰：「有是夫！若人也，其君子哉！」於是門人共誌其姓氏，以爲是謂子賤也。（不放過首句。）夫子賤之爲君子也久矣，子賤何以得爲君子？子賤之爲君子也，其所由來漸矣。（「君子哉」不空疏。）子賤雖賢，必不能獨成其爲君子。蓋人之志量無以動之而漸即於廢弛，一旦有典型懸於外，而自不禁勃焉動也。是故州里文物之盛，非可輕也。人之性情，無以形之而必至於頹落。一旦有芳美陳於前，而自不覺忽焉興也。是故學士大夫之遊，不可間也。子若曰：不意吾黨中有若而人也，若人未嘗無專篤精勤之功，然而得之於維持輔翊者實多。（補筆。）若人實更有窮理知言之學，以故得之於集思廣益者不爽。幸而吾魯之多才也，先生之遺澤猶存，故家之流風未泯。彬彬聚處者，尚無恙也。間嘗環視魯國，此一君子也，彼一君子也，亡幾何而睇觀若人，固亦儼然一君子矣。（飛仙之筆。）設使吾魯之既衰也，文獻之徵不足，而師資之地無從。（股法逼真正希。）落落寡偶焉，爲之奈何也。乃嘗熟視若人，其人若斯也，其德若斯也，易一境以反觀若人，固已難列於君子矣。（雋妙。）且夫取善之量至無窮耳，不阻於其時，不阻於其地也。况既生此邦，而不能就正於有道，不重可惜乎？吾踽踽然而衆人視之，則亦已衆人其身矣。世有高已卑人而卒爲君子之所棄者，若人乎，吾知免矣。且夫善之可取者亦有限耳，或十百而一君子焉，或十百而無一君子焉。曾無所師承，而欲以漸摩於道德，不大難乎？吾孑孑然而君子自爲，則第君子自爲已矣。世有奇才異質，而無君子導之以前路者，若人乎，吾知免矣。夫欲德之成，其不可以無所取者如此。吾嘉若人，又喜魯多才，所以嘆也。

（篇終接混茫。）

只重能尊賢取友以成其德，而嘆魯之多賢意自輕。他人專就魯上渲染，溺其旨矣。筆意栩栩欲仙，披讀一過，覺齒牙間冷冷有冰雪味也。（韓慕廬先生）

賜也何如　一節

賢者之詣，兩問而得之也。夫賜而器也，器而瑚璉也，子貢可不謂賢乎？是亦聖人之所極與也。且夫物有處於庸庸之中，而能先群物以貴於世者，負其有異而已。人苟有異也，亦若是而已矣。吾嘗得之子貢。子貢其所謂負其用異者耶？而子貢顧未之知也，而舉而問之於子。蓋裁鑒之方不可當躬而試也，旁觀了然而身與其問，輒淺深而無以辨。而學問之途又非有所摹擬而得也，□力自至而强名其狀，即更端而終無當。（先將子貢兩問鏤刻一番，閒筆生情。）是故子貢之問人也，而曰：「賜也何如？」子曰：「丘嘗識之久矣，（接筆有神。）物雖有萬不同，大抵互爲用於天下。有一頑然者，則衆皆去之矣。物各有能不能，而要皆非無用以命其名。有一可用者，則衆皆須之矣。」嗟乎！賜從夫子游幾年，未能擬議而變化，至是而始知與一官一曲較其毫釐分寸。反觀內問，有欣懼之交集者矣。（看得何器也，□問絶非無意。）子曰：「賜也，亦聞夫夏商之間，厥有器焉，曰瑚、曰璉者乎？凡物苟有可觀，皆有可取。平居暇日，亦足以備物成能。而與夫瑚璉較長絜短，則不可同年而語矣。吾觀賜也，典而不佻，麗而不淫，其猶有中古之遺風焉。（工切。）凡物苟有易得，則亦易失。因陋就簡，即有時而棄擲毁敗。而至於瑚璉，深藏世守，則並非耳目所習睹矣。吾觀賜也，俊不傷道，才不累理，其亦猶三代之法物焉。（天然對伏。）且夫器之爲物，往往磨滅於百年之間，散棄於庸夫之手，足以濟世而行遠，而迄於無成者，由世之知者少，知而好者又加少也，此則真可惜也。微而輒暢然滿志者，則小器易盈，不若大器之多受，而又不若不器之不窮也。」（「器」字（補出此意，好。）然而器之爲物，往往技而不能進乎道，人而不能合乎天，未嘗詣深而造有如許波瀾。）惜子貢未之及也。

每一題，入作者手，輒境界一新。（韓慕廬先生）

子使漆雕 一節

不以未信者輕仕，聖人之所與也。夫惟能信而後可以仕，此夫子之所志也。聖門如漆雕開，乃能見及此乎？而夫子能無説乎？且人之情無不樂言仕，而輕言信，此仕者之功名所以薄也。夫仕之不可以易言，正以信之不可以易言也。此篤志者之所爲，不敢小成焉以自安，而聖人之望其用世之意亦不覺忽焉轉矣。如子之使漆雕開仕也，不知何所見意，必其可以仕也。然而事有爲天下之所許，而問之心往往有難安。已不自許，雖人皆許之，而得失豈昧於寸心？（起「未能信」句。）即事有爲聖人之所許，而問之心亦往往有不愜。己不自許，則聖人又别有以許之，而前後不必其相蒙。（帶起「子說」。）維時開之所對者殊大出子之意外也，蓋學者之自治惟有一理，而學者之於理期於能信，初不關仕不仕也。（得解。）世有一無所信而託於信者，迫一出而技立見矣。又有信非所信而果於信者，及一試而望頓失矣。則以未之能信故也。開若曰：吾之躊躕於斯久，（出「斯」字飛舞。）以薄物細故，（「斯」字精當。）於義理之精微無與也，即稍有纖悉之疏，而猶爲知之不至，詎敢以人國僥幸也？此意惟自驗之耳。近功淺效，於聖賢之定分無涉也。即稍有毫髮之差，而猶爲行之不慊，曷敢以天下事嘗試也？此意惟自喻之耳。斯言也，何其與夫子使之之意大相違也！而因有以知其志之篤，而見之大焉。（講子所以說之故。）言之親切而不容自欺，體之真實而不敢自恕，推其意也，非極至之詣，難言學問。卒然之間而目若有所睹，一言之對而手若有所指，推其意也，即蓋世之動，等於浮雲。開之所對誠大出子之意外也，而子能無説乎？彼世之樂言仕而輕言信者，其仕竟何如也耶？

才氣盡斂，精光内含。（熊蔚懷先生）

道不行乘桴浮於海

聖人傷世之不用，而設爲遠遁之思焉。夫浮海，豈聖人之心哉？因道不行而發遠遁之嘆，蓋傷之也。且夫人於情之至深者，或託而爲忘情之言，於望之已絶者，輒憤而爲望外之舉。丘於今日，蓋誠有所不得已，而易慮變計有不能一刻即安者矣。天道窮而欲轉，則今之日固大有爲之秋也，而何以卒不轉也？人情厭而思治，則今之人亦大有爲之資也，而何以卒不治也？嗚呼！蓋道之不行久矣。懷西方之音，而美人不作；抱東周之志，而用我無期，則惟有乘桴浮於海焉耳。四海之内，誰非吾之一體者歟？奈之何其決然而舍去也？但令愁嘆之聲，阽危之狀，吾目不之見也，吾耳不之聞也，則吾懷可以暫釋也。（真有大不忍於心者，非憤激語也。）四海之内，誰非吾之痛心者歟？奈之何其恝然而長往也？但令諸侯之國，斯人之徒，吾轍不過於其墟也，吾身不入於其侶也，則吾責可以暫謝也。雖曰箕山潁水之間亦可以自適，（點染亦不俗。）然而居其地而不憂其憂，吾何忍焉？孰〔六八〕若離人而立於獨者之爲得乎？况夫幽昧荒絶之區亦足以易俗，苟能寓其境而即人其人，（義在《居九夷》章。〔六九〕）安見不可處焉？何必盱衡而入於世者之〔七〇〕爲是乎？縱一葦之所如，而與波上下。身爲域外之人，自不與域中〔七一〕之事，此吾之所爲託而逃焉者也。（深情無限。）凌萬頃之茫然，而迴視鄉國。滔滔〔七二〕者天下，大抵皆同而栖栖者，此際稍爲能息，此吾之所爲樂而終焉者也。嗚呼！夫非道不行，而吾胡遽爲此懷也？濟世之心忽且變爲避世之計，而不用之身，自宜置於無用之鄉。（尤爲工妙。）然而送我者自崖而反，而由也其往矣。

怨思抑揚，至今如聞太息。（韓慕廬先生）

能寫出聖人言外心事。（熊蔚懷先生）

孟武伯問子　全

大夫易視仁，而聖人慎言仁焉。夫仁之爲道，不可以輕托也。是故有可知，有不可知。可知者能爲武伯言，不可知者不能爲諸賢許也。且夫學之中，一日而不可違，終身而不能至者，仁而已矣。聖人不絶，人以不可至，而亦不遽許人以易至。蓋人之資力之所近，無不可各出其能以自見，而惟此一詣也，聖人蓋難言之。昔者孟武伯往來聖門，嘗聞夫仁之説。（總挈。）又見諸子皆求仁之人也，遂諄諄焉以其仁問云。蓋事必及之而後知，既未以身與乎其内，因不惜予之以其名，且更端而欲一當，又不難推之於其類。（閒筆却中題之腠理。）以故於子路之仁一再問之，而因及求，而因及赤也。夫由之治賦，可使也；求之爲宰，可使也；赤之與賓客言，可使也；而至於其仁，則夫子始終皆曰「不知也」。蓋仁之難言也久矣，不已者天之命，無妄者道之真，若是則可謂仁矣。不然而稍有幾微之累，即功震一世，莫能蓋也。（從「仁」轉到「才」。）故或展一長，效一官，苟有具者，皆可以自盡，而天人理欲之際，則旁觀者不可以臆度而定也。而被之以非其質，仁則誣矣。（從「才」轉到「仁」。）己之克而禮復，人之盡而天全，若是則可謂仁矣。不然而稍有浸淫焉而不覺，雖天下才，莫能相襲也。故或理其繁，任其重，不必仁者，皆有以成能，而異同離合之故，凡爲學者不得以才華自寬也。而俟之於其漸進，仁則庶幾矣。且夫仁之運量無窮，雖大行不加而有猷有爲，莫非仁之緒餘也，而天下不得以才人目之。以三子之才，所成就卓卓如此，倘進以仁，其發名成業，不更有間乎？而止是區區者也。乃知仁道之大，雖聖門之選，罕有覯焉耳。雖窮居不損，而家國朝廷未見仁之經綸也，而天下不得以其所能夸之。乃三子之才，其勝任恢恢有餘，舍仁而論其經畫區處，詎不足多乎？而止是區區者也。乃知仁道之大，雖殊尤之質，罕有當焉耳。（二比更爲醒快。）然則仁果難言也，聖人寧虚懸其道於天下，而不敢濫予其名於吾黨。此聖人之愼言仁，即聖人之精言仁也夫。

所問同，所答同，故總做，原非武斷。擒「仁」字作主，「才」只帶説。文筆古淡簡遠，一掃時艷。（韓慕廬先生）

赤也束帶立於朝

優於立朝者，雖常度而亦異也。夫立乎人之朝，即有臣之度也。赤爲之，而自有異焉者乎？若曰：　自赤遊於吾之門，常侍於吾之側，吾竊嘗窺其度也而重之，惜其因於衡門之下，而無所以自表見於世，徒韋布以終老已耳。然而宗廟之事，會同之典，赤蓋久矣志之矣。赤果何所見而志此耶？豈其留意於昭代之典禮也耶？（此比形起「立朝」。）且其服曰玄端，冠曰章甫，赤又並此而志之矣。赤又何所爲而志此耶？豈其有意於三代之雍容也耶?(此比形起「束帶」。)由此觀之,則彼其正色立朝,而君不辱矣。而彼其立朝也,匪伊垂之而帶有餘矣。(工雅。)當此之時,有凝旒端冕、山龍華蟲之爲飾以立於上者,誰耶?則君也。(陪筆。)以赤也而趨蹌於其際,衣裳則襜如也,佩玉則鏘如也,望其威儀而早已共識其非常人矣。抑當此之時,有鳴珂戛玉、冠裳劍履之爲容以立於下者,誰耶?則群臣也。以赤也而追隨於其間,周中乎規也,折中乎矩也,瞻其容止而早已想見其有常度矣。(扣住題目。)(以君與群臣形起赤。)且夫國家必有大禮焉,而衆立於朝,赤亦立於朝也。有習於赤者必曰:同朝胥賴也;有乍見赤者必曰:羽儀已盛也。耳而目之者,在此一束帶者也。國家又必有故事焉,而赤立於朝,不止有赤立於朝也。有望而疑之者曰:誰氏之子也?有一見重之者曰:朝端有人也。環而顧之者,在此一束帶者也。(二比照下賓客。)今日者赤固未立於朝也,而立於朝者豈少也耶?然而帶其褊矣,可若何?何束帶之爲也?赤也當此,吾知其非猶是匡居縫掖之常矣。且立於朝者,誰不束帶也耶?然而垂帶悸兮,可惜也,雖束帶將安用之?赤也當此,吾知其必能增東魯布衣之光矣。蓋其與賓客言,可使也。

神清骨秀,略施粉黛,更自幽艷非常。(汪武曹)

九天宫闕，萬國衣冠，他人襲之，便成臭腐，此文何其清麗也。（朱竹垞先生）

弗如也

賢者能自知其詣，而聖人即然其説焉。夫子貢之弗如，子貢自道之，而豈更有以定子貢者哉？且人有長於知人而短於自知者，蓋旁觀則易明，而當局則易暗也。有是哉！賜之不敢望回也。賜之爲賜，回之爲回，吾久矣置一評於胸中矣，（宛然。）故使賜自審焉，以觀其於我之所評者合焉否也。今而賜之爲賜，回之爲回，吾不必更參一見於其間矣，（宛然。）不料賜自審焉，而果與我之所見者無不合也。假使賜而見之不真，則吾必爲之易其説曰：賜失言矣，回則如是，賜則如是，各有定分焉，而如之何其可誣也？假使賜而評之未當，則吾必爲之正其非曰：賜，爾言過矣。以回若彼，以賜若此，各有本量焉，而如之何其相冒也？乃賜則已見之真矣，見其爲弗如也，而果也，吾無以易之矣。乃賜則已評之當矣，評其爲弗如也，而誠然也，即以吾定賜，亦不過如是矣。（「弗如」二字，旁襯入妙。）以賜自負過人，見世之弗如已者多矣，然而已之得失，惟寸心可以自知，默數生平，而所遜避不敢當者止在於一人。（筆意拗折，時下所無。）而外此屈己之下者，雖累千百何足多乎？以賜才望見稱，世共推以爲弗如賜者又多矣，然而己之分量一反照，難以自欺，幾經閱歷，而所躑躅不能前者已見於一事，而外人震己之能者，雖極赫然，何足據乎？（「文章千古事，得失寸心知」，亦是此義。）吾想回之若無若虛，常有自愧不如人之意；自賜對之，而又恍然失也。賜之見屈於回者如此，吾即以賜之自衡者還之賜也。吾想回之不違如愚，亦有自視弗如賜之思；自賜當之，而不覺欿然下也。賜之不肯自誣者如此，吾即以吾之定賜者證之賜也。天下賢弗如聖，聖弗如天，千古共此弗如之境，而有以弗如爲諱者，是自負此境也。吾人知弗如好，好弗如樂，終身止此弗如之日，而有以弗如自飾者，是自虛此日也。（「弗如」二字臨了復發出如詩大論，亦正擊動下句。）顔氏之子，其庶幾乎賜也，勉之矣。

「也」字每一添毫，便栩栩欲活。中後四比，更見大家力量。（王孟穀）

生芙蓉，活龍虎，揮灑既就，尚覺墨氣淋漓。（韓慕廬先生）

始吾於人　四句

言有不能終信者，聖人發今昔之感焉。夫均一言也，始則信焉，後則觀焉，聽之者之爲之乎？抑言之者之爲之乎？子若曰： 有是哉！（便自得神。）吾之不能自主也一至此乎！吾以忠厚爲心，而一旦忽形其刻，世且以吾爲不測也，而卒有不得不然者。吾乎？人乎？非吾也，人也。（妙。）人之品不必同矣，而吾偶有所觸，而遂一概視之乎？人之情大抵同矣，而吾雖偶然之感，而何必分别視之乎？人之接於吾者有言，而自著於身者有行。此皆其人心口自證之事，豈以爲吾耳目地耶？又係其人生平得失之林，豈當遂以今昔殊耶？然而吾與人相忘則有信，吾與人相疑則有觀。涉世深而似不能無心於世矣，閲人多而似不免有鑒於人矣。（側在今一邊。）故猶是吾也，猶是人也；亦猶是言也，猶是聽也。而始與今，則較然其大異也。（將言、行、信、觀四字於二股提清。）吾不知其人之行何如也，幸而有其言，其言君子也。吾不及觀而遽信之，（串入「觀」字。）曰： 斯人也，豈其欺吾乎？（□□滚下。）已而恐其欺吾也，不用信而用觀。觀者信不信皆未可定也，（以「信」字襯「觀」字。）其於始也，較核矣。（打轉「始」字。）吾必欲知其人之行何如也，（轉换妙。）以故聽其言，其言可信也。吾不必觀而遂信之，曰： 斯人也，豈其空言乎？久之疑其空言也，不以聽爲信而以觀爲信。觀者可信之數少而不可信之數多也，其於始也，較嚴矣。 始也守其常，而今也歷其變。常之不可守也，吾乃今知之。（得神。）始也過於厚，而今也鄰於薄。厚之不可過也，吾乃今知之。蓋惟有當日之信，所以致有今日之觀。夫人以吾之不觀焉，故好以其言相嘗也。一再嘗之，而豈勘屢嘗也？於是乎入之耳者而必佐之以目，吾則知所變計矣，然亦人心之大慮矣。亦惟有今日之觀，所以深悔前日之信。夫吾果已見其不足信焉，乃知其言之久不符也。前此不能符，而後此豈能一符也？於是乎揣乎虚者而必按之以實，吾則知所自處矣，然而接物之苦衷矣。嗚呼！誰實爲之，謂之何哉！

題旨重在今一邊，通篇皆用合發，絶不分疏，遂能曲爲此題傳神，而筆意更栩栩欲仙。（汪武曹）

涉世深而閲人多，遂使天機變爲精察。言之慨然，文境在春雲秋水間，令我賞心無已。（徐果亭先生）

宰予能言，平時必多爲篤志好學之論，故以此警其昏惰。不是聖人必俟觀行而後知言之誠僞，亦未必概執此法以疑學者。就題抒寫，抑揚喟慨，筆筆入神。（韓慕廬先生）

季文子 一節

思不可以過也，聖人於魯大夫無取焉。夫三思而後行，文子之行宜無有失矣。然亦猶是文子矣，而孰知思固有其宜，而不可以或過者乎？且夫處事之不能無失者，必其無所用心者也。或能用其心，而一用之而輒已者也。於是天下之事，固以能用其心爲貴。而有用之而適其宜，有用之而不適其宜者，則又有辨焉，不可不察也。魯先大夫有曰季文子者，魯之人多賢之。賢之者，賢其所行也。嘗考文子之所行，有得矣，亦有失矣。夫文子之所行宜得不宜失者也。何者？文子思而後行，且三思而後行者也。（從「行」字倒出二「思」字，真乃飛仙之筆。）今夫天下無不當思之事，天下無不當用思之人。三思如文子，其亦可自快其謀之工，而共服其機之密矣乎！乃夫子聞其事而顧獨以爲未可，曰：「惜哉！文子思之是也！而奈何其至於三也？」夫惟思而至於三，此文子之行之所以不能無失也。（駁此一筆立案，以下是論「思」，不是論文子。）且以人之不免於惑也，而有思以解其惑。至於思之久而惑益甚焉，是無往而不得惑也。（妙語。）人之不免於誤也，而有思可以無誤。至於思之深而誤復多焉，是無往而不得誤也。吾爲酌之於輕重之衡，揆之於緩急之勢，則何如而可乎？是非者理之公也，利害者情之私也。（人人解用「是非」、「利害」等字，那能説得如此斬截痛快。）奉一理以爲歸，而既得其略，復得其詳，於是以天下之理應天下之事，而吾無與焉，夫亦焉用迴翔審顧之紛紛乎？（繳「三思」。）理義者，吾之常也； 成敗者，物之變也。 守其常以從事，而不爲太略，不爲過詳，不過以吾心之常應萬物之變而已，無憾焉，夫亦安用徬徨觀望之勞勞乎？窮理之功在於平日，固已預操其本。（補平日工夫，更妙。）因應之宜決於臨時，而非輕試其才。再斯可矣，惜哉文子思之是也！而獨奈何其至於三也？嗟夫！春秋之時，列國公卿大夫率意妄行，漫不置思者，抑已多矣。 文子能思而又失之於過焉，此夫子之所爲譏也，而人於此亦可以知所用其思矣。

前半落筆，極其超忽空靈； 後半説理，極其痛快沉着。 震川、正希兩公，合而爲一矣。（汪武曹）

誰復敢於震川、葵陽二先生後爭勝耶？穆然如清微之風，並□其營構發蘊之迹，則前輩正莫逮其氣體高妙矣。（駱晉侯）

敝之而無憾

不以物之敝爲意者，真能與朋友共者也。夫朋友而至於有憾，已非矣，乃以物之敝故而憾生，豈爲能與朋友共者乎？且交道之不終，由於鄙吝者少，而由於慷慨者多。（從「憾」字意起。）夫齷齪自守之人，於友曾無祈相通，斯亦已矣。若夫激於一時之意氣，而不能保其後之無悔，則是交道之有憾即肇於與朋友共之日也。（以承上爲截上。）今夫全而受之，亦全而歸之，此事之恒也。對之而完好如初，則必喜，喜其人之能惜也。（以「喜」字翻「憾」字。）惜在物而喜及朋友，原不關朋友也。然而借衣者污之，借馬者馳之，亦情之恒也。（對工。）睹之而美好非舊，則必憾，憾其人之不知惜也。惜在物而憾及朋友，更不論朋友也。嗟乎！人獨無如其敝之何耳。物之情，有成即必有毀，適然而毀於友，即友亦不必以此自憾也。然而人心之私也，毀於吾與毀於友，則必有分矣。毀於吾，則以爲尋常；毀於友，則以爲珍異。（摹寫物態，筆有化工。）方且以此爲辭而塞他日之請，蓋一憾之餘，幾無朋友矣。（只換一字，便是兩義。）人之需，有得即必有喪，偶然而喪於友，即友亦諒吾之未必憾也。然而人心之變也，喪於他人與喪於友，則又有分矣。喪於他人，一誚讓而已消；（妙悉人情。）喪於友，每逾時而猶念。方且以此爲辭而塞他人之請，蓋朋友之交，終此一憾矣。而由也則願無之也。敝本出於無意，其亦何傷？而稍有幾微之憾，即何以對我友？且吾不能遽爲投贈，而敝者猶以取之，已不無愧於心矣，而復重之以憾乎哉？（「憾」字再用，襯托更緊。）敝既出於朋友，固其所宜。而稍有隱微之憾，又何以自問？且友不即據爲己私，而敝者猶以歸之，已可以諒其情矣，而敢加之以憾乎哉？倘或力有餘也，其物自可再置也；其或力無餘也，而敝者尚堪用也，而何爲乎憾之？（題無剩義。）大抵重在物，則輕在友，一共之後，雖不敝，敝也；重在友，則輕在物，自共之後，雖敝，不敝也。敝之而無憾，由之願，如此而已。

反面説得透快，正面一轉便不費力。字字切中人情，眼前事，他人何以説不到此。（王芳若）

此文恰與仲氏心胸吻合。（韓慕廬先生）

老者安之　三句（其一）

聖人志在天下，惟各與之以所欲得者而已。夫天下皆待命於聖人，聖人非别有以給之也。老、友、少各如其欲以給之，而聖人之志在是矣。（破、承便有灝氣。）且夫人之志，爲一己而有其志乎？抑爲天下而有其志乎？爲天下而有其志也，則當以天下之志爲志矣。度以理之宜，揆以人之情，而自有不能漠然於其間者，其奈何不爲之所也？丘今者有睹於由之志而暢然，睹於回之志而曠然，顧吾念之，亦自有悠然者。（閒筆入神。）生平無他意願，而獨此惻然之念，時時與天下相關，即吾情非有偏屬，而持此大公之理，念念與斯人相質。嘗試觀於老者而安之，其所願也，有以養其體歟？有以適其情歟？一安之而老者無餘望。我亦無餘望也。嘗試觀於朋友而信之，其所願也，有以通其意歟？有以達其誠歟？一信之而朋友無餘望，我亦無餘望也。嘗試觀於少者而其所以賴於我者，有懷之之理而不可拂也，長養而成就之，非徒煦煦之爲也，則是少者無餘望，我亦無餘望也。是故吾之於天下而第有以老其老，友其友，幼其幼，而天下猶有失所之嘆者，未之有也。且使天下之人而各有以老其老，友其友，幼其幼，而天下猶有不治之虞者，亦未之有也。（闊大精深。）今夫造化之數，處於不足者恒多，共抱其願，而苦於願之不給，吾之咎安辭矣？撫斯世之茫茫，而在在生其悲憫，即有以慰其淪胥，亦庶以酬古今人各不滿之願已耳。（寓得聖人意思出。）生民之衆，其相接以恩也甚難，各私其心，而敝於心之日瘁，吾之憂滋切矣。存此心之耿耿，而人人觸其憂思，即有以流其膏澤，亦差以釋天地間俱有憾之心已耳。丘之願亦第若是焉則已矣，二三子其以爲何如也？

元氣渾然，天啓丁卯應天墨卷，多失神理，未有能仿佛此篇者。（韓慕盧先生）

老者安之　三句（其二）

以天下之志爲志，聖人之安於人也。夫天下之人，老、友、少足以盡之；天下人之志，安、信、懷足以盡之。非聖人之安於仁，孰能以天下之志爲志哉？且大道之行也，丘未之逮也，而有志焉。蓋天下之人莫不與吾相關也，予之以自然而行其所無事，丘蓋念此不忘久矣。今與二三子言志，而不覺殷然其有觸也。境之真者對之而情生，歷歷乎其在目者，可使之徒抱虛願乎？情之同者不言而相喻，耿耿乎其在予心者，可使之亦抱虛願乎？（虛籠二比。）自引年之禮廢，而老者不安，是不可不膠養以安其體，憲乞以安其心也。自忠厚之風微，而朋友不信，是不可不風雨以信其心，講習以信其道也。自恤孤之典衰，而少者不懷，是不可不鞠育以懷其情，養正以懷其性也。乾吾父而坤吾母，凡在乾坤之内者，誰非吾之同氣歟？百體不和而一體之弗寧也愈甚。（想見聖人氣象。）夫險阻艱難，生人亦多患矣。隨在而見其不足，亦隨在而得其有餘，吾能無意乎？民吾胞而物吾與，凡在民物之數者，誰不在吾之度内歟？衆人暢然，而一己之暢然也彌甚。夫相傷相悖，人世亦多故矣。吉凶與之同患，而性命由兹各正，吾能無念乎？此其萬物得所之象，不論家國天下也。（得解。）近有事之可徵，遠亦有情之可揣，此其大公無我之道，不論窮通貴賤也，遇人而輒觸其隱，亦即是而輒審其施。丘之志如此，願與二三子共之。而二三子聞予言，當亦殷然其有觸否乎？

是聖人口吻，是聖人氣象，應從夫子肚裏穿過來也。（朱字緑）

十室之邑　一節

聖人以好學望天下，而深爲自棄者惜也。夫人之忠信，本無異於聖人，而卒不如聖人之好學焉，此聖人之所爲深惜者也。且凡天之所爲，非可以强得；而人之所爲，本可以力期。（忠信、好學雙起。）而事顧有大謬不然者，天之於人亦正有無可如何之處。是故事有僅處其獨，而天下之可惜者蓋已多矣。今夫人之所急莫大於學焉，學之所急莫要於好焉，則夫此事固丘所甚望於人者。（從「好學」逆入。）而人且有辭也，曰：學非忠信，則其本不立。（翻「必有」。）今我之所以爲本者何如？而顧望我以如此也，則是各挾一寬假之具以自解免也。然吾嘗試俯仰今古之遥，覽觀宇宙之大，而知忠且信者不可謂無人。蓋十室之邑，必有忠信如丘者矣。夫既有忠，必求無負其忠；既有信，必求無負其信。則好學之説也，以丘之不敏，亦嘗庶幾焉。而即而視之，而世且寂寂也，而丘且踽踽也。（仙筆。）然則世豈忠信之不如丘，而顧藉此以自解免哉？天之所以與人者，即不偶然。然人不能獨恃一天焉以有成也。内外淺深之際，何處無學焉？而難以入吾之隱，欲求一日之幾於道而豈可得乎？丘於此則知免矣。而外此大都皆棄且褻也耶。人之所以承天者豈在自然？（此股從「忠信」説到「學」。）蓋天固不能代人而肆其力也。攻取欣嗜之端，何處不及焉？而獨以靳之於學，欲求吾本質之常存而豈可得乎？丘於此則知勉矣。而外此大抵竟隕且墜也耶。□□其不講於好學之功也。（此股從「學」轉到「忠信」。）夫學豈有淺嘗驟獲？齗齗者既不足以語之，而天姿茂異者又往往棄焉。丘不敢以自幸，而且以爲憂矣。丘亦豈有奇才異能？區區者無不願與世同之，而故分區別者又誰之爲也？丘不敢以自私而僅能以自慰矣。噫！好學者吾未之見也，忠信者所在而皆是。吾能無望也，夫吾寧無望也夫。

以高古之筆曲爲此題傳神，讀之覺婉轉低徊，聖人深情如見。此題上二句不宜呆疏，必須與下緊相呼應。下二句又須縮定上截，此最得之。（汪武曹）

不遷怒　二句

舉大賢好學之驗，無一足以累其心者焉。夫怒與過非學也，而自顏子出之，莫非學也。不遷不貳，是爲真能好者耳。且人有此身而遂以區區形骸者之爲己也，於是乎有自私之心。而加乎物者，或不顧其當；失乎己者，亦且狃其常，此聖人無我之所以難，而克己之功，誠不可以少也。吾何以見回之好學乎？必曰：「生平之無一累，而鰓鰓然以有累爲憂，而庸詎知夫累之不足爲累耶？」（超絕。）回之累，則回之不累者而已矣。必曰：「吾身之不可有累，而皇皇然以無累爲期，而庸詎知夫累之反足以見其不累耶？」回之不累者，則得之於累而已矣。今夫情之所發，有其所必然者，怒也；事之所行，而有其所不當然者，過也。然而喜樂憂懼之情常專，而獨有轉而相之，而遂失其初者，怒之遷也。愜心合理之事難再，而獨有誤而不已，而每逢其故者，過之貳也。（疏

「遷」字、「貳」字親切。）而吾即以此驗回之好學。回不必無怒也，怒在於物，而回無與焉。假令其物旋改，而回已忘之矣，豈其又移之於彼乎？就令彼亦有怒，必其並行而不悖者，而非移之於此者也。隨物而處以當然，志足以宰乎其氣，而氣不足以動乎其志，夫此之不遷也，而豈徒哉？（就「他事」、「有怒」剔「不遷」，精極。）回不必無過也，過出於無心，而回未嘗不知焉。是故其心一萌，而回已絶之矣，豈其又失之於後乎？就令後亦有過，必其他事之偶失者，而非仍之於前者也。知之未嘗復行，出焉無所復施於外，而入焉無所復藏於中，夫此之不貳也，而豈徒也哉？故夫冥然塊然而忘情於怒者，原所以矯其怒；即不能不怒，而强制以爲不遷，是又與於遷之甚者也。（又翻進一意。）無非無刺，而自以爲無過者，原所以飾其過；即不能不過，而力防以爲不貳，是人與於貳之甚者也。徵學於怒，怒亦是學；徵學於過，過亦是學。（歸根「好學」，得旨。）而回也已私之猶有不净者，蓋已寡矣。學有定體，故雖怒亦過而不留；學能主一，故雖過亦奇而無耦。（「遷」字、「貳」字，臨了復有如許妙義。）而回也，天理之猶有不純者，抑已寡矣。

境則窅然以深，機則躍然以達，關定「好學」，尤見滴滴歸源。（宋山言）

子華使於　一章

粟之一與一辭也，衷之聖人而皆未合焉。夫聖人豈靳於與而難於辭者？而其與也、辭也，要必有故矣，彼二賢者胡未之審也？且吾觀世之紛紛也，大抵皆爲粟耳。（借題以寓刺譏。）重粟不得復重友也，重粟不得不重仕也，於是私其粟而莫之與，貪其粟而莫之辭。嗟乎！粟之爲累，不亦甚矣哉！然獨不能以累賢者，而聖人初不以此爲賢者難，其所難者又在不與與不辭也。（一轉雋味無窮。）昔者子華、冉子兩人從夫子游也，師弟朋友，緩急相與共之，豈顧問哉！子華有母，皆嘗子華之粟矣，未嘗夫子之粟，子華不以請也，子華之母不以請也。一日者，子華使於齊，至是似可以請矣。冉子曰：「吾爲請之。」與之釜，非冉子請之之意也；與之庾，非冉子請益之意也。冉子曰：「是不可以再請，吾爲與之。」其數則五秉云。且夫緩急，人之所時有也；周旋相恤，朋友之義也。（忽入「周急」，跌宕徙倚。）意子華者必急、必不富，冉子故以與之者周之云爾。雖然，不遑將母，子華獨不念乎？母曰：「嗟！予子行役。」子華之母獨無念乎？而不以請，何也？子曰：「赤之適齊也，乘肥馬，衣輕裘。」則赤非急者也，而富者也，故可以無請也，則亦可以無與也。求之與，不幾近於繼富乎哉！亦異乎君子之道矣。嗟乎！人之貧富之不齊也，（接有連山斷嶺之妙。）雖其同出一門而所處各異，以赤之居則能養其親，出則從車騎，被服甚都。而又有居環堵之室，華冠縰屣，杖藜而應門，如原思者。思之言曰貧也，非病也，然則思豈粟之是求者？雖然，思有粟矣，粟且九百矣，孰與之？夫子與之也。夫子與之奈何？曰：「原思爲之宰也。」（出落超絶。）思久處污隱之中，無升斗之禄以自給。又其生平廉潔，雖有與之粟，必辭，以故困益甚。（閑致絶佳。）今者以宰故而獲粟九百，此自與宰，非與原思者也，思必受勿辭。（先透「毋」字正義，倒入「辭」字。）而思曰：「吾以宰故獲粟九百，是以宰市也，敬謝夫子，吾無以粟爲也。」嗚乎！世之仕者，知有粟而已，有粟而仕之，事已畢矣，取之也有名，而其受之也有愧，豈少也哉！如原思者，宜亦夫子之所許也，而子曰：「不然，此自與宰，非與爾者也。爾可辭，宰不可辭也。」（犀快。）則或者以其有餘，補其不足，是亦物之相通之理乎？爾之毋辭原不關鄰里鄉黨，而鄰里鄉黨亦藉是以分爾之賜也，不亦可乎？吾未知原思聞夫子之言，遂受之否，抑竟辭之否，記者未之書，而特因連類而誌其事。

叙致生動，得司馬子長之神，此有目者即知之。中間鬥筍處，忽然接落，使人

不知其所自來，非深於《南華》三昧者不能也，吾每咀味三復，不能已已。（吴荆山）

題本紀事，即以紀事之體行之。章法森嚴，筆意蕭疏可愛，方之古人，六一公之亞也。（黄際飛）

與之庾

觀聖人之所與者，庾亦猶之乎釜也。夫庾之與釜，相去幾何？而與之者，又僅如是乎？冉子得無又有請乎？若曰：「吾今者釜之與也，微求也請，則並此而不之與矣，而求之意猶殷然也。吾既無拂求之意於前，而豈其獨拂求之意於後？故微求也之再請，幾何不以一釜而遂止耶？」（一句一轉，句中有句。）求之意，殆以爲與人者，少與之不若無與，無與者其情尚存，而少與者其意已盡也；求之意，殆以爲與人者，多與之必快於少與，少與者意或餘於物，而多與者物不妨餘於意也。（二比代他打算，妙能曲盡。）是亦説之可通者也，吾其與之庾乎？今夫施予之數，前與後必相較也，前則隆矣，後必從而殺焉，此物情之遞降也。而今也不然，視□□而其粟已盈，則不難捐以與之，是一釜之外更加一釜，而又多也。爲求也思之，不得不隆於前矣。（此非閒句。）且夫出納之際，薄與厚亦無定也，業以厚爲主矣，勢即不得而薄焉，此亦人情之各異也。而今也何如？視吾粟，而其庾已滿，則不難舉而與之，是一釜不足，復增兩釜而有奇也。爲求也計之，不得不主於厚矣。（工細。）吾思歲時問遺，在朋友有多多益善之情，亦不必定出於有故也。（照定「請益」説，便不寬泛。）然則庾之與也，在赤母或不置於無用，而求也已無憾於友誼也。吾思尋常問餽，即師弟亦有有加無已之意，而况正未嘗出於無故也。然則庾之與也，在赤母或訝其有餘，而丘已無慊於不足也。（妙。）是故釜非寡也，庾亦非多也，聊以益之可耳。（已吐□□，文情妙絕。）請則益也，不請則不益也，聊以與之可耳。赤也，自齊歸，當拜子之貺也，非丘也。（妙。）

句中有句，味外有味。（龔斯來）

迎風低飛，乍前乍却，吞吐含蓄之妙，如是如是。（韓慕廬先生）

在陋巷

大賢之所在，有與食飲俱陋者矣。夫巷也而陋，斯亦無有肯在者，乃顏子在焉矣，何又窮於所在哉？且夫人而無以果其腹也，或幸而有以託其身，則猶可以自顧而慰藉也。然而人之所在，固未有不與其飲食相稱者。食飲而豐也，則亦安在而不見其豐也？食飲而陋也，則亦安在而不見其陋也？彼夫不簞食、不瓢飲者，豈少也耶？然而其人或則陋矣，然而其巷必不陋矣。（出「陋巷」，亦警亦快，神致超妙。）今夫一簞食、一瓢飲者，獨回也耶？然而其巷固不陋矣，然而其巷固已陋矣。謂「遇主於巷」乎？非其巷也，非其巷則陋矣，（句句轉。）回何戀戀於此巷也？豈舍陋巷而遂無可在耶？朝市之區，未見有持一簞者而側足於其間也。求之於轍迹不到之境，而回儼然在矣。謂「巷無居人」乎？是其巷也，是其巷則陋矣，回獨踽踽於此巷也，豈陋巷偏宜於回之在耶？喧囂之處，未見有持一瓢者而擇居於其里也。求之於蕭條最甚之鄉，而回居然在矣。即其人，其人屢空也，然亦不必即其人也，望其巷而早已知其困矣； 入其室，其室簞瓢也，然亦不必入其室也，入其巷而早已知其貧矣。（緊抱上二句，滿目靈機。）人世之隘也，而人之所畏避者獨在於陋巷； 天壤之大也，而回之所位置者獨有一陋巷。（風趣不窮。）回之與人，則必有辨矣。

遠性風疏，逸情雲上，風塵中有此絶世仙姿，亦一奇也。（汪武曹）

尺幅中烟雲萬頃，真天下奇觀。（丘止所）

詞百轉於情，情百轉於筆，一轉一勝，別有天地非人間。（韓慕廬先生）

女爲君子　二句

聖人別言儒，而欲賢者慎所趨焉。夫第曰儒而已，而儒者何其多也；不第曰儒而已，而儒者少矣。世之爲儒者，可不勉哉！可不戒哉！且夫天下之有其名者，不必有其實；而有其實者，亦止同此名。於是乎是與非，幾無以辨，而僞者且得竊其似以亂夫真學焉，而一誤於其途，遂以相去而不知所止。是故名之不可以徇，而實之不可以不務也。蓋以吾觀之，天下之儒者往往而是也。嗟夫！此天下之所以無儒者也。（淡逸。）自絶於儒者，其於儒類有不屑之心，然而不足爲儒憂也；既以躬爲儒者，而或失其是而就其非焉，此可懼矣。自託於儒者，其於儒類有群趨之勢，然而不足爲儒重也；使皆號爲儒者，而或即於僞而昧於真焉，適滋患矣。蓋儒同，而所以爲儒者不同。有人於此焉，言儒言也，行儒行也，固醇然儒者也，而要非有所爲而爲之也，君子儒也。有人於此焉，言儒言也，行儒行也，亦居然儒者也，而實非無所爲而爲之也，小人儒也。蓋其心有好名、務實之別，而其辨在幾微疑似之間，仿佛於其途之共由，而懸絶於其趨之異嚮，君子儒則誠儒矣，即奈何爲儒而猶不免爲小人之歸乎？（剖晰毫釐，着此一段，前後俱有力。）女之學於儒也久矣，而特恐守之有太過，（深中子夏之病。）而震而難之，而徒以文采焉而自見也。夫儒爲虚位，任人之赴之，是故匹夫而儒，與帝而儒、王而儒，儒不同而君子儒同也，女勉之矣。（嶔崎歷落。）純其爲之之心，殫其爲之之力，今而後，儒之道以傳，而儒之詣以尊，吾於女望之也。女之專於爲也久矣，而特恐擇之有不精，而概而視之，而遂以浸淫焉而不知也。夫儒爲美名，凡人皆慕之，然而借夫義而儒，與冒於利而儒、競於勢而儒，儒不同而小人儒同也，女戒之哉。絶其外而在内者益篤，克其私而本天者常存。今而後，儒之道以亂，而儒之詣以輕，商乎吾知免矣。夫人之情，爲儒難，而爲小人儒則易；且爲儒又易，而爲君子儒則難。此得失之原，而賢不肖之分也，吾故以謂女，且以告夫天下之爲儒者也。

高言大句，衆所能辨，正患筆墨間但飾儒先之貌，不復此雅逸之韵耳。昔人每嘆文章馳騁易知，刻劃易知，清微淡遠，則知之者希，恐此文之難索解於斯世也。（吴荆山）

簡處能括，淡處能老，《廣陵散》久絶人間，此獨皦然以清音見賞。（韓祖寄）

子謂子夏　一節（其二）

聖人嚴儒之辨，而勉賢者以慎所爲焉。夫非儒焉則已矣，既已儒矣，奈之何不爲君子儒而爲小人儒乎？子蓋欲子夏之嚴其辨也，故謂之曰：「人必別於凡人而始稱之曰儒。」儒固若是其難也。乃環顧斯人，而彼亦一儒，此亦一儒，而儒又何其多也！然有克符乎其實者，即有姑徇乎其名者，兩者宜何居焉？始吾以爲人之中有君子焉，其宜也，而何爲又有小人也？君子與小人，其途固已懸隔之甚。乃吾不謂儒之中亦有小人焉，可異也，而儼然與君子對也，君子儒與小人儒，其辨正在疑似之間。（次第。）蓋猶是儒也，而其所以居心，適合乎其所以爲學。功有獨專，則奚暇於外慕？中有自得，則何取於名高？（精切。）其不足，人不妨見之；其有餘，人不必知之也。即有時用力者雖在人，而所爲者仍無非己，此之謂君子儒也。抑猶是儒也，而其所以居心，適反乎其所以爲業。學問之事，而借爲逢世之資；道德之塗，而止供耳目之飾。其號則人之所共尊，而其實則人之所共鄙也。即有時用力雖在己，而所爲者仍無非人，此之謂小人儒也。商也，女獨非儒者乎？君子乎？小人乎？君子儒乎？小人儒乎？吾爲女決擇之，一則爲，一則無爲，辨之不可不早辨也。（先將「君子儒」、「小人儒」説透，然後轉到「爲」字。）原女所以爲儒之意，止欲其爲君子而不欲其爲小人，一舉念而爲理爲欲，（兩句一滚講。）必自審之。不以震世之譽而易吾寸心之安，不以旁觀之情而移吾當局之素，不以尋丈之利而失吾毫髮之義，斯君子儒也，女勉之哉！毋墮乃力也！不然者，則小人而已矣，吾不願女爲之也。女亦不料所以爲儒之意，竟爲君子之棄而爲小人之歸也，一舉事而爲公爲私，須慎别之。流俗雖易欺而必折衷於聖賢，淺小固可喜而必從事於遠大，便安誠適己而必自克以勤勞，斯君子儒也，女慎之哉！毋岐而趨也！非然者，則小人儒而已矣，吾願女深戒之也。君子、小人之辨，出此則入彼，爲己爲人之分，一是而一非。噫！儒道之弊也久矣！小人儒，往往而皆是； 而君子儒，百不得一焉，世亦何賴有儒乎？今而後，予且拭目而觀女之儒何如也。

題中之藴，經此番搜抉乃盡。（吴□崖）

子游爲武 一節

賢者所得之人，人之所不能得者也。天使澹臺滅明而盡人可以得之也，則已不足得矣，非子游不能以得滅明，而非滅明亦豈足當子游意哉！且夫人之難得也久矣，紛紛而接於前者，孰非人歟？而孰是其人歟？此有心者所以慨天下之無人也。或曰：「世不患無人，患無得人之人；　世有得人之人，則不待求之天下之大而已有人也。」夫在人豈以得不得爲重輕，而獨是無得人之人，則必邪與邪相遇，而枉與枉相徇，然且以得人號於世也，豈不誣哉？（着此二語，便擒住下截意，用筆最超忽。）今夫得人云者，正不必羅而致之之爲得也。聞其姓名而輒加敬，想其風采而輒加慕，如是者吾已得之矣，雖有天下之士，入世俗之日而碌碌無奇，則夫得人不可望於尋常之識也。（言之慨然。）入其里居而訪其迹，睹其梗概而信其餘，如是者吾已得之矣，然而求才之念，自宦游之後而落落無存，則夫得人不可望之俗吏之才也。昔者子游宰武城，而夫子以得人詢也。嗚呼！天下有知人能好士，而流俗之間，或無足以當其意。至於幽谷之内，風塵之中，賢人君子，名字不著於人間，素履不聞於天下者，可勝道哉！（跌宕處是古文神境。）幸也，武城有人，而其人且爲子游所得也，曰：「有澹臺滅明者。」人情之趨於邪也，一舉步而見之矣。蓋有徑焉，彼由之，此亦由之，相慕效，相後先，而不以爲非也。而夫夫也，不忍爲此態也。人爲其巧，我爲其拙；　人爲其速，我爲其遲。徘徊中道，虛無人焉，獨行踽踽，而其人固已奇矣。（只是「無見小」、「欲速」二句意，誰能如此超脱？）人情之好爲枉也，一往來而見之矣。蓋有宰之室焉，一人至之，衆人皆至之，相追遂，相逢迎，而且以爲榮也。而夫夫也，不忍爲此態也。已可困也，必不可屈；人可近也，必不可徇。飲射讀法，歲不數見焉，芳踪渺渺，而其人又已奇矣。嗚呼！武城雖小邑，而得人如澹臺滅明，豈不極盛耶？（跌宕。）夫自世之衰也，（又展開。）爲士者，利重而義輕，物重而身輕，其流極無所底止矣。歧路之中安有人品？富貴之門豈有豪傑？如滅明者，固不足多乎？（只是「無苟賤之羞」二句意，誰能如此痛快？）爲上者，喜奔競而惡廉耻，喜媚説而惡端方，其敗壞先及於人才矣。以常格待奇才，則他途可以捷得；以勢利相援引，則私人遂以盈門。如子游者，可不謂賢乎？嗚呼！人則難矣，而能得人爲尤難。人皆曰「天下所少者，澹臺滅明耳」，而不知有子游，則澹臺滅明者出矣。（果然。）

世風日降，士習先之，茫茫宇宙，安知所底？作者有世道人心之慨焉，讀竟令我百感交集。制義可廢，斯文不可磨也。（劉言潔）

固須從大處起議論，然廓落陳言，適滋洪湹，此文洗發注意，何其高邁獨出！展讀一過，使人嘆風流人豪也。（吴荆山）

其氣骨何等崢嶸，風神亦極蕩漾，「乃知高潔情，擺落區中緣」，他人安能執筆擬之？（韓慕廬先生）

行不由徑　二句

以正自守者，賢者深有意乎其人焉。夫徑而由也，公室而常至也，其人亦不少矣。而子游之所得者獨反是焉，子游可謂知人能得士矣。且觀人者，觀之於其所以處己，與其所以處人者而已。處己而不失己，而人必且曰迂甚；處人而不失人，而人必且曰簡甚。天下之人，相率不爲其迂且簡而於是乎？周行之内且虚無人行，而私家之中且虚無人處也而可乎？（雋快。）偃之於滅明也，得之於聞且見者甚悉，今得爲吾子告焉。如滅明且之心，一舉足而形爲躁多之態，究之捷徑，何嘗不窘步，而坦道正可以安行。苟者，有足多焉。逢迎之習，一識面而不憚報謁之煩，究之求親者，其人可疏，而自疏者，其人反難親也。（妙。）如滅明者，偃之所極不忘也。今夫人行誰不由路？而路之外又有徑焉。使人而皆不由，亦幾無徑矣；人而既皆欲由，則徑中更有徑矣。（妙。）人行誰不由徑？而徑之外不復由焉。且或不由之由，而其由爲太工矣；不徑之徑，而其徑爲更捷矣。有來告於偃者曰：（古致。）「邑有澹臺氏之子，常中道而行，踽踽涼涼。有告之以徑者，輒掉臂去不顧，人皆笑之。」是毋乃非人情不可近，維時偃心志之曰：（二句絲連繩貫。）「庶幾其常至偃之室，而一親其人乎？不料其視偃之室亦徑也。」（靈妙。）偃之室，公事之室也。公事不常有，而至偃之室者，視偃之室，似時時有公事之室也。至於偃之室者，爲公事也，非公事而亦至者，知其至不爲公事而至，乃爲偃而至也。間嘗於公事得見滅明，曰：「是固所稱素履端方者。」（暗映上。）維時衆賓盈庭，而偃獨有意乎滅明之爲人焉。間嘗於非公事而見諸人，（次第。）曰：「何獨無落落自異者？」維時衆賓雜沓，而偃獨深有意乎未至之滅明焉。蓋非公事不至，而偃之室亦庶不爲徑竇矣。（挽一筆收。）以邪媚爲心者，無在而不形其邪媚也，（二比圓。）不得曰：一失足，一徇人，其小焉者也。以正大爲情者，無在而不形其正大也，亦不得曰：一舉動，一往來，其小焉者也。滅明之爲人如此，不識有當於夫子否乎？

二句，前分開説，後渾説，中間却用牽上搭下法，爲關鎖連環之筆，局陣奇變，而不詭於正。（李醒齋先生）

稱澹臺氏之方正，原有感慨世人、周容爲度之意，兩種對勘，描繪曲盡，思曠、

茗柯遜其微妙。（韓慕廬先生）

文質彬彬然後君子

文質之中有君子，要在不相勝而已。夫世有君子，人且以爲何修而致此也，而不知其爲文質彬彬也，然則文質亦安用相勝爲耶？且自人以相勝爲高，而適以成其卑且下，則知相勝者之果不足重也。乃若不必其相勝，而世卒無以勝之，其人豈必有他技能也？亦即相勝者所挾之具而已。彼質勝者豈不曰：「吾戔戔者，君子之風也。」然而野也，以野爲君子，誣矣，而君子曷嘗輕質也？」文勝者豈不曰：「吾煌煌者，君子之度也。」然而史也，以史爲君子，誣矣，而君子曷嘗廢文也？」（從上落下，先透起「君子」，有韵。）蓋輕重之倫，不可不明其故；本末之分，不可不求其歸；權衡之用，不可不得其平；劑量之加，不可不合其則。（筆力堅凝。）今夫有物於此，兩不相合者，而雜然而投之，疑若其不齊矣。乃參伍錯綜，而有此不可無彼也，有彼不可無此也。其精華以互用而章，而其分數以並形而定，彼文之與質亦若是則已矣。（「彬彬」二字好摹寫。）今且有物於此，兩相須者，而紛然而陳之，疑若其難一矣。乃推移變化，而此之中已具有彼也，彼之中已具有此也。稱其名不妨兩存其象，而渾其迹實難各執其端，彼文之與質亦若是則已矣。蓋彬彬然也。（妙。）有所長者必有所短，其長也乃其所以短也，惟彬彬焉。而文非有餘，質非不足，其權衡於輕重之倫者審矣，夫是之爲君子也，而豈易也？有所得者必有所失，其得也即其所以失也，惟彬彬焉。而質非有餘，文非不足，其劑量於本末之分者素矣，夫是之謂君子也，而豈誣乎？其始也，學問之事，見端於損益之間；其既也，成德之時，自底於粹精之域。（本注意，分「學者」與「成德」而言。）假而有野者於此，（仍以野史相形作結。）其樸茂若可以風，而以對於君子之質，非猶是彼之質也，適形其陋而已矣。假而有史者於此，其緣飾若有可觀，而以對於君子之文，非猶是彼之文也，適見其僞而已矣。人奈何於文質之際，不務爲得中，而務爲相勝，卒自外於君子耶？

「彬彬」二字，朱子及蔡氏訓之甚精。此文刻畫亦極天工，非人巧可以膠離朱之目而攦工倕之指矣。（韓慕廬先生）

知之者　一節

學中之境，聖人爲各指其不同焉。夫知也、好也、樂也，三者不可無一也，而三者又不能無别也，學者其皆有以歷之而可乎？且夫學問之事至多端也，即時時有得，而要皆爲「不如」之候。（拈「不如」二字起，雋妙之甚。）惟遍歷乎不如之候，而循習於無窮，乃有以造其深焉。今夫人止此道也，存乎其所就而淺深以分，假使昨日之所能，至今日而猶誇爲故我之不失，有以知其竟無一得矣。抑恃乎其所學，而層累以見，是故終身之所恃，忽一日而不覺其自愧之頻生，有以知其所得益多矣。（二比虚籠大意，神致超然。）吾爲别而言之：有所爲知之者焉，人情往往於自有者而不之知，而反於不必知者求其知，於是遂以外之知而蔽其内之知矣。知之者，非其質之本明，則其惑之能辨也。有所爲好之者焉，人情往往於自具者而不之好，而反於不可好者求其好，於是遂以外之好而奪其内之好矣。好之者，非其私之悉屏，則其信之甚篤也。有所爲樂之者焉，人情往往於自得者而不之樂，而反於不足樂者求其樂，於是以外之樂而易其内之樂矣。樂之者，非其詣之已深，即其境之已化也。（「知」、「好」、「樂」三字實際還他三比。）然吾爲比而論之：知之者，不迷於是非之界，其去夫不知者固有間矣，然身尚在道外也，語之以親切之味，恐茫□也，則猶是不知而已矣，而好之者勝矣。好之者，不解於趨向之專，其視夫不好者相去遠矣，然道尚未與心一也，告之以饜飫之趣，恐不解也，則猶是不好而已矣，而樂之者勝矣。（題面還他二比。）然則道必以樂爲歸乎？夫不知無以爲好，不好無以爲樂，有不可躐之節焉。然則道必以知爲端乎？夫不好由於知之不真，不樂由於好之不篤，有不可强之機焉。其或數人同學，而一爲知，一爲好，一爲樂，各自領其趣，未必能相下也。有人焉從而指之曰：「爾不知，爾又不如。」（着筆「不如」二字乃爾超妙。）則恍然於參數之立睹曰：「吾之不如也久矣。」其或一人力學，而或則知，或則好，或則樂，各自因其時，未必取而較也。有時焉返而驗之曰：「此不如，此又不如。」則爽然於前後之殊觀曰：「吾之不如也屢矣。」嗟乎！世之爲學者，時時有其不如之候，（應小講。）而其於道也幾矣。

用意在「不如」二字，以虚神發實理，湍潤雲流。（劉大山）

知者樂水　一節

知、仁之所得者，聖人各有以形容之焉。夫知、仁之情不同，以其體之異也，而效亦因之矣，非夫子體知、仁之深，孰能形容其藴哉？且夫德具於躬而渾然無一端之可指者，其所感必有其兼美，而所效必有其兩得，此則天下之至人也。外此而性各有所近，則知者見之謂之知，仁者見之謂之仁，而所得固有不同焉者矣。今夫水，其性主動，而有浩浩不滯之機焉；今夫山，其體主静，而有安安不遷之象焉。（便帶起「動静」二字。）水流而山峙者，天地之仁、知也。今夫知者，無所不達，而浩浩者與水同之焉；今夫仁者，無所不包，而安安者惟山肖之焉。仁陽而知陰者，吾心之山水也。是故知者無所繫也，而亦不必無所繫也，而所繫在於水；仁者無所欲也，而亦不必無所欲也，而所欲在於山，動静之間可以得其故矣。（以「動静」爲樞紐。）知者行所無事，未嘗不静也，而流而不滯，則動之意爲多；隨事處宜，而疑阻之悉泯，故以動遇動而樂生焉。（綰上。）仁者萬物一體，未嘗不動也，而止而不移，則静之意爲多；心安於理，而歆羨之俱忘，故以静遇静而樂生焉。知者惟動也，則不第樂水而已也，明之所照，物不得而困之，第形其浩浩而已矣，則樂固必出於動也。（帶定「動静」。）仁者惟静也，則不但樂山而已也，私之所屏，物不得而傷之，第見其安安焉而已矣，則壽固必出於静也。夫常人之於山水，所愛亦或存焉，而不從知、仁而生，終爲扞格之境，（掃却□〔七三〕下一種好山水人。）觀於一動一静，而所獲之有必然，知天下之山水惟知、仁得有之耳。抑常人之於樂壽，得之者亦時有焉，而不從知、仁而得，何關於義理之微。（掃却天下一種樂壽人。）觀於一動一靜，而所好之有自然，知天下之樂壽惟知、仁始可當之耳。吾是以舉知、仁之所得者，而一一備形之也。

以「動」、「靜」二字爲樞紐，局法前人已有之，而淡思雋致，則惟作者獨擅矣。

（夏麟園）

知者樂水仁者樂山

德各有其專長者，樂亦有其分屬焉。夫知也、仁也，而豈有異於水也、山也，而豈有厭於水也、山也，樂之則已矣，各樂之則已矣。子若曰：吾嘗覽於儔類之中，蓋一望而已盡也。若夫一二人焉，不可以易盡也，吾殆能想見之矣。其人也，德之所成而各得其性之所近，性之所存而亦各得其情之所近，吾於其情之所近者而如遇其人焉。（還他兩層意。）噫！夫非知者也乎哉！（飄然。）天不獨以知厚夫知者，然而卒爲知者，質之所就也，吾爲舉似之：其清可以鑒物，似水；其質過而不留，似水；其汩汩然來，蕩蕩然而往，渺然而無際，似水。今夫境之所有，非其心之所有，則淡與泊相遭，或且望洋而失焉，何者？以其不類也。乃若遇之而睨之，而獨注其神，即未嘗遇之，而亦其意思之所寄，（「樂」字活潑。）則樂水也。夫彼亦一浩浩然者，此亦一浩浩然者，既類之，而安得而忘之、而去之？嗟乎！水常境也，人以爲常，知者不以爲常。人即樂之，亦非知者之樂。蓋知者之樂水，不從水生，從知生也。從知生，則知者矣。（精微。）噫！夫非仁者也乎哉！天不獨以仁厚夫仁者，然而卒爲仁者，亦質之所就也，吾爲舉似之：其象於《艮》而爲止也，似山；其安於土而能敦也，似山；其確然而不拔，凝然而不動，終古而不變也，似山。（發注意，明切。）今夫外間而呈一境，胸中而又一境，則扞格而不通，或且自崖而反矣，何者？以其不相肖也。（對工。）乃若對之而好之，而獨會於心，即未嘗對之，而亦其天機之所涵，則樂山也。夫彼亦一安安然者，此亦一安安然者，既肖之而安得而忘之、而去之？嗟乎！山恒區也，人以爲恒，仁者不以爲恒。人即樂之，亦非仁者之樂。蓋仁者之樂山，不從山生，從仁生也。從仁生，則仁者矣。

以《南華》、《楞嚴》手筆發揮宋儒名理，清辭雋旨，使人之意也消。（劉北固）

知者樂　二句

知、仁之所得者，各如其德以致其效焉。夫有知、仁之德而無其效者，未之有也。

一則樂，一則壽，斯以爲知者、仁者已乎？子若曰：「甚哉！知、仁之無窮也。」夫想像其情而概舉其體，似足以盡知、仁矣，而正於此中益得知者、仁者也。事有必至，理有固然，不可誣也。今夫天無不可致之於人，而獨靳予以自得之心，（名雋。）故群焉同處之中，而能樂之人甚少，即此能樂之人，其爲樂正有不足也。（翻去世俗之樂。）艱虞之既往，而憂患復來，求一怡然快然者而無一時也。宇宙亦甚寬矣，而人何其自隘歟？吾知之矣，其人必其識之陋者也，必其機之滯者也，必其質之濁者也，擾擾焉而無以自主，故雖平易之境皆成險阻耳。而知者不然，（反跌到「知者」。）有超乎天下之明，而物莫得而困之，舉世之所爲遇之而疑懼以生者，而知者直浩浩乎自適其天也。夫天時人事豈盡無憂患之時？而其爲樂者自在也。（「樂」字圓徹。）不然而世俗快意之舉，其於樂亦何有矣。今夫人無不可得之於天，而獨難有其不敝之身，故群焉同處之中，而得壽之人甚少，即此得壽之人，其爲壽正有窮期也。（翻去世俗之壽。）日月逝於上，形神衰於下，求一恒焉久焉者而無其途也。人生亦良難矣，而人何其易盡歟？吾知之矣，其人必其漓乎天者也，必其戕乎性者也，必其逐乎欲者也，役役焉而不知所止，故雖有用之日皆成虛費耳。（常人雖壽百年，何益於世？）而仁者不然，（反跌到「仁者」。）有高乎天下之德，而物莫得而傷之，舉世之所爲忽焉不知何往者，而仁者直悠悠然自守其常也。夫數窮勢極豈盡無不可必之時，而其爲壽者自在也，（「壽」字圓徹。）不然，而異學無爲之説，其爲壽寧足道矣！此吾所爲嘆想夫知者、仁者，而益見其無窮也夫。

只用翻法，遂脱盡谿徑。（陸同庵）

井有仁焉

可以難仁者，則井中之人也。夫人而入於井，此即聞者無不爲之動心也，況仁者乎？宰我所爲慮之也。且吾既有一術以自處，則凡紛紛者，皆爲吾術而至也，則凡岌岌者，皆恃吾術以生也，故有以井有人焉來告者。今夫天下之淪胥者多矣，（借形情致，極妙。）吾旁而觀之，而惻然其不忍，曰：「庶幾其甦之乎？」然此猶出於可急而可緩也。若夫一夫之陷溺也微矣，吾乍而聞之，而怵然其動念，曰：「奈何其至是乎？」則未知此際之或存而或亡也。且人之可以訴其困者，其困未爲甚也。至井中之人，愁苦止能自知，而其困不能向人而訴之也。（説得極危迫，纔逼得下句起。）蓋其勢誠急，而其情亦最可悲矣。人之死而竟絶望於生者，其死未爲悲也。至井中之人，智勇俱無所施，而垂死猶不能不仰而望之也。（妙能曲盡。）蓋失足不可悔，而天幸尚欲其邀之矣。於是徘徊於井之上者，相與咨嗟太息，束手而無可如何；往來於井之旁者，相與奔走號呼，撫心而未有决策。（逼起「□」字，有波瀾。）因有嘆斯人者，以爲何險不可履，而獨履乎井也？是坎皆難入，而况入於井也。因有咎斯井者，以爲入而不出，井既困井中之人也；救而莫救，井更困井上之人也。走告仁者，（樂轉「告」字。）而仁者必請以身從矣。

逼反又逼反，乃能□水生波，筆意兼臨川、嘉魚之勝。（韓慕廬先生）

夫仁者己　一節

聖人論仁之體，不外乎以己及人而已。蓋人己不分，固仁體之全也。不於此觀仁而徒求之於高遠，則仁者不亦難哉？且人以區區形骸者之爲己也，遂自私夫己，而視天下之人皆無與於己焉，而不知天下之人固莫非己也。私其形骸之己而忘其大共之己，則其所謂己者亦不過形骸焉而已，而其所以爲己者亡矣，吾於人己之間而得仁者之意象焉。己有心，人亦有心，己之心即人之心也，均此一心而忽有間隔焉。（方見得萬物一體。）一念有乖而萬念於焉不屬，此非仁者也。人有身，己亦有身，人之身皆己之身也，止此一身而復有區别焉。（痛切。）一體有患而百體爲之不寧，此非仁者也。夫仁者，情一動而人己並到，畛域所以盡化也，而本天命者不推而通。夫仁者，念一萌而立達互根，内外所爲兼至也，而憂天下者不一而足。（二小比本陳大士。）今夫立者，非一人之所得私也。己欲立，近於私矣，而不知非私也，而立人者即已在是也。己欲所處而安矣，而人有顛仆而號呼者，是即己之顛仆而號呼也，則己猶未能所處而安也，而仁者之欲立固無分於人己矣。（總是引「人」字在「己」分内。）達者亦人人之所公也。己欲達，鄰於不公矣，此乃所以公也，而達人者即已在是也。己欲所行而通矣，而人有消沮而窒滯者，是即己之消沮而窒滯也，則己猶未能所行而通也，而仁者之欲達亦無分於人己矣。造物之不可知也，窮通得喪往往不得其平，而平於仁者之心。己亦且未立，己亦且未達，而蒿目而憂世之患，即此一身不能自振之人。（痛快〔七四〕之極，精警之極。）蓋此心之藹然者，雖無位而思至焉，（對針子貢。）萬物不能食其澤，而固已食其意。夫仁者亦第能自必其意耳。是故生意滿於胸中，而固已周於天下。使必待聖人而後有以及於天下也，則天下之生意絶久矣。（快甚〔七五〕！）生人之多患也，險阻艱難往往不滿其願，而滿於仁者之心。假而已果立，假而已果達，而撫膺而赴蒼生之急，即此一身不忍自安之人。蓋此心之曠然者，雖形〔七六〕域而神遍焉，萬物未盡造其命而固已統其氣，夫仁者亦第能自流其氣耳。是故生氣充乎吾體而即已貫於寰區。使必賴聖人而始有以澤夫天下也，而天下之生氣塞久矣。能與萬物爲一體而不能使萬物之得所，而萬物囂囂，曾亦何病於仁；能合天下爲一身而不能分一身於天下，而天下擾擾，豈遂不可以爲仁！（名句。）彼區區自私夫形骸之已者，誠不仁之甚；而殷殷比擬夫人已之欲者，固求仁之方矣。

人人解對照上文，那能如此之沉着痛快也？議論足補宋儒所未及，而神氣豪邁，所謂「五岳拽力內，百川傾意中」也。制義中安得有此！（韓慕廬先生）

述而不作　一節

聖人明不作之故，而自比於古之述者焉。夫作則古已有作之者，信且好焉；述則古亦有述之者，竊以比焉。聖人即不作也，其述之功不更有大焉者乎？若曰：我生於今，而古人之不可作久矣，我蓋倏然有遐思焉。（起筆飄然。）理之所不易者，即欲加焉而不可也，事之所當任者，即欲謝焉而不必也。丘雖生也晚，亦嘗側聞長者遺風矣。

（用古入化。）蓋作者之謂聖，述者之謂明，明則猶可託也，而聖則不可幾也。（先將「述」、「作」平提，即帶出「古」字。）古之作者，莫不有以究天人之際，通古今之變，成一家之言，亦冀後世有能述之，旁搜遠紹，修明其説，勿致廢墜足矣。而世有淺學之士，喜爲無窮之名，類能著書立説，而往往煩言蕪辭，是末俗而非往古，自託於作，而荒經蔑古，此丘他日之憂也。（「妄作」一比。）亦或不思先王之緒，聽其若明若滅，而往往因陋就寡，微言絶而大義乖，自懈於述，而依違傅會，後之學者，其何所尋逐也！（「不述」一比。）凡此者，則以不信且好故也。（落「信好」句，直捷。）今夫古人之作，豈復有纖悉之未備，而見之未真？斯厭而去耳。我也上下千古，而精神與之流貫，則且以此終身焉。仰以古人有作，決不予後人以口實，而疑之未泯，斯怠而止耳。我也損益百王，而寤寐與之相親，則亦安有妄作焉？惟其如是，（且繳且渡。）是以網羅天下，論次舊聞，研精覃思，採摭群言，以約文申義，敷暢厥旨，庶幾有補於將來，而無慚於古之作者。古之人有老彭者，好古博雅君子也，蓋嘗如是云耳，則我亦竊比之云耳。（落「老彭」句，直捷。）老彭，商人也。商之時，典章制作，較今猶爲荒略，而已不敢私心自用，而汲汲如此。況我生當成周大備之後，其遺文往訓，炳炳烺烺，使其浸消浸滅而弗論述，墮先人所言，予甚懼焉。（結束精神。）若以云作也，天下後世更安有能作焉者？而我豈其人哉？（推開一筆，更妙。）乃知士生三代以下，即不得妄意文章之事，而猶幸生三代而下，可以縱觀帝王之書。嗚呼！老彭之後有老彭矣，我之後復有我焉，寧非古之作者之大幸也歟！（悠然不盡。）

義類錯綜，辭彩分布，而其中自含逸韻。（弟賓有）

不無多用成語，而氣不傷，由其運化入妙，故但見爲古色蒼然。（韓慕廬先生）

默而識之　三句

由自得以及於人，聖人歷想其無間之心焉。夫默識則自得矣，由是而以不厭者予己，以不倦者予人，非心之無間，烏能如是乎？且夫人之悠焉忽焉，（以首句作主。）而易有所忘者，必其未嘗得之也；既已得之矣，方且涵泳乎其意，反覆乎其辭，欣欣然而未有止也，而又安能有忘乎哉！吾嘗深思於義理之途，而知口耳之間必無學問；（上句。）亦嘗意揣於作輟之患，而知人己之際總無懸殊。（下二句。）則夫有所謂默而識之者，蓋恃講習之功，則聽睹之餘，何者是其一得？籍師友之力，則問難之下，猶是判然兩人。（先對面寫。）故識非難，而識出於默爲難也。不言而信，存乎德行，君子之沉潛淵靜者，止欲其自得而已矣。抑有所取，即旋有所棄，則過而不留，終非己有。徇於外必至牿於內，雖操之勿失，而居已不安。故識爲貴，而識出於默更貴也。中心藏之，何日忘之，君子之融會貫通者，其自得誠深耳矣。吾且見其自得，而不自以爲得也，則學而不厭也。（聯絡。）夫人惟是無所得者，其心易足，故止而不進，是自以爲得，知其必無所得也。（亦先在對面寫。）乃若用力於心之所得者，而循環往復，屢進而不窮，則心愈契乎理，而其理固有不能舉以告人者耳。（抱首句。）吾且見其自得，而必欲人之同得也，則誨人不倦也。夫人惟是無所得者，其情易私，輒匿而不予，是不欲同得，正其必無獨得也。乃若出其己之所獨得者，而殷勤教戒，有加而無已，則理已闡於心，而其理固又有樂於舉以告人者耳。如是而知其心之無間也。（總收。）心無〔七七〕理無二，而不必與口謀；人與己無二，而未嘗以形隔。則夫自强不息者，固可渾乎其迹。成己成物，不外冥心內照之中；有初有終，止是心解神會之事。則夫「純亦不已」者，固已立乎其基。以我自問，有耶否耶？

攝下二句於首句中，納首句於下二句中，他題不能通用一字去。有得之言，所謂「一出乎其誠，不隱其所已至」也。（方靈皋）

久矣吾不　一句

夢有不可復得者，故自嘆其衰也。夫周公而僅見之於夢，已可悲矣；並夢之不得，聖人能不自嘆其衰乎？且人心之所注者，即爲形之所接，豈必盡恍惚而無據乎？蓋吾之心，即古人也；吾心之所至，而古人亦至焉。吾今日而忽覺古人之不至也，（轉筆飄忽。）然亦不自今始矣。（醒「久矣」二字。）吾何以見吾衰之甚哉！昔也嘗思周公焉，思周公而不得見，而嘗遇之於夢矣。昔也嘗夢周公焉，夢周公亦何足異？且相忘於其夢矣。周公之道，自少壯而志之，周公其衰矣，而吾欲振其衰，此念在少壯而彌篤也。周公之道，雖寤寐而猶親之，周公其衰矣，而吾亦值其衰，此念竟寤寐之已忘也。蓋吾不復夢見周公久矣。憶吾生平，見公於羹，見公於墻，（「久矣」二字得神。）無事而不見公也。乃寢而又見公於夢，覺而自幸，以爲吾且爲周公之所爲也，其兆之於夢矣。且憶吾生平，誦《詩》而見公，讀《書》而見公，無日而不見公也。乃夜而又見公於夢，覺而又自嘆，以爲吾不得爲周公之所爲也，而徒形之於夢也。嗚呼！豈知並此夢之不復得也，已非一日乎？方其夢也，不知其夢也，覺而後知其夢也；今之不夢也，始思其夢也，是今之覺不如前之夢也。吾所生之魯，非周公始封之魯也歟？吾不能無心於魯，故不能無心於周公。今不復夢見周公，是無心於周公也。無心於周公，無心於魯也。吾無心於魯，而可悲者吾乎？魯乎？（□語自有無限深情。）吾所處之天下，周公所經營之天下也。吾不能忘情於天下，故不能忘情於周公。今不復夢見周公，是忘情於周公也。忘情於周公，忘情於天下也。吾忘情於天下，而可嘆者吾乎？天下乎？假而偶一不夢，則吾之意氣，尚可自驗其未衰，而吾不知吾之不夢始自何時，大約已久矣。（頓挫有情，「久矣」二字語氣欲□。）假而或夢或不夢，則吾之精神，尚可冀乎其復振，而吾已無意於吾之夢復有何日，則亦已久矣。（更妙。）鳳不復至也，圖不復出也，夢又不復見也。吾之衰，皆天道之衰爲之也。東周不復振也，明王不復興也，周公又不復夢也。吾之衰，皆世運之衰爲之也。已矣乎！吾其絶望乎？而吾之衰不已甚乎？噫！傅巖之夢不入，則聖人之所夢安得而不絶？兩楹之夢忽作，則聖人之不夢又並不可得。自是而天下亦常衰矣。

栩栩籧籧，莊生之幻言，此乃獨成精□，無他，所見者别也。（翟希顔）

子曰志於道　四句

歷言爲學之序，内與外之交勉焉。夫内而道、德、仁，外而藝，皆一之不可缺者也。交勉而無間，是在乎學者之得其序耳。且人之學，有淺焉深焉；而學之序，有先焉後焉。分之則各有其得力，而合之則互有其相資。（「於」字現。）此其際，遥而憶之而無當，淺而嘗之而無獲也。今夫吾心之理，本同條共貫，非必於此焉輕之，於彼焉重之也，然而其境詣有不容混者矣。（虛提二比，精理不磨。）而吾人之用力，又一時並至，非必今日爲此，而明日又爲彼也，然而其功候有不容强者矣。吾且爲學者歷歷言之，則一在志於道。夫境即甚美，而不能强其心之所不然者，不知所志故也，况道尤人所厭苦者乎？（「志」字先作一跌。）於是則有非所志而志者，而其去道也遠矣。夫人情於所愛慕之物，方且念莫之遷，而意莫之移，（即淺形深。）其於道也，何獨不然？審其是而不惑於非，貞其嚮而不撓於物，雖充實之詣尚待於他日，而所以立其基者端矣。（聯絡。）則一在據於德。夫事雖固有，而不能强其力之所不用者，不知所據故也，况德尤爲人所畏難者乎？於是則有非所據而據者，而其離德也遠矣。夫人情於所貪得之物，方且執之固而不使或失，衛之周而不使或侵，其於德也，何獨不然？躬行者心得之餘，踐履者篤實之地，雖純備之詣尚俟於積漸，而所以謹其守者嚴矣。由是涵養既深，人之盡而天見焉，則仁是也，而依必於是矣。依之云者，合一而莫之有二，附麗而莫之可離也。（「依」字諦當。）前此德爲虛位，一二端之得，皆可云德也。至於心德之全，則且臻於熟矣。要必渾融無間而身莫非心，常變皆存而欲不累理。不然而日月之至，不可爲依，即三月不違，猶之不可爲依也。（講得透徹。）若夫形下之器，理所寓而用須焉，則藝是也，而游必於是矣。游之云者，博其趣而以之永朝永夕，玩其義而以之爾游爾休也。（「游」字諦當。）前此立志以來，六藝之是通，何嘗姑置也？至於內美既全，則貴周於用矣，要必通其理而不徒習其事，應其務而亦以養其心。不然而玩物喪志，不可爲游，即寓意而不留意，猶之不可爲游也。是故綜始終而計之，小學之日，學藝爲先，而道、德、仁以次漸及者，由粗以入精也；合輕重而觀之，進學之序，立志爲本，而游在於據依之餘者，自本以及末也。學者第循其當先當後，而內驗其或淺或深，其得力之故，與其相資之益，必自知之矣。（應起講。）

襯托處，皆成實際，視他人游光掠影，何止天淵之別。（沈興之）

雖執鞭之士

士有所欲求，不必問其爲何如士矣。（「雖」字之神。）夫所貴乎士者，以其不求富也，不然而執鞭也耶？有是士也耶？子若曰：　世之富者多矣，何其中竟無士也？豈士必不富耶？豈士亦有不富之富者耶？（開口即喝「士」字。）然使士苟不忘情於富，則亦不得顧其所爲士矣。　富而可求也，設是心者必士也與？爲士毋寧富也。　爲是計者必士也，但論富，何論士也？（「雖」字便□□然。）嗟乎！士而如此也，則非猶是士矣；　士而如此也，而亦居然士矣。　將潔身以自高乎？此窮之招也。　士曰：「此士也，殆不通時變矣。」將厲節以矯俗乎？此富之所笑也。　士曰：「此士也，亦太自苦矣。」吾想其求之之塗必多也，無論其猶有名之可託者也，仰有取，俯有拾，雖至於追屬車之後塵，爲士之大辱矣。（「雖」字前一層意無人見到。）而此士也，以爲吾行且爲富人也，自是車塵馬迹之間有士矣。（扣住。）吾想其求之之術必工也，不必其專擇夫業之至賤者也。　窮其心，充其類，雖至於與僕役而分職，爲士之大耻矣。（「雖」字横竪逼出。）而此士也，以爲吾今且爲富屈也，自是辱身滅名之地皆士矣。　此之爲執鞭之士也，執鞭者豈有士也耶？

執鞭者而有士，自此士之執鞭始也。士也而遽至執鞭也耶？士也而執鞭，自此執鞭之士始也。執鞭者以爲己之所執者，鞭也，役於富也； 執鞭之士以爲己之所執者，非鞭也，富也。佇見有爲我執鞭者也。（善體物情。）蓋既已士矣，而執鞭是失之於士，而取償於鞭也，夫豈過計乎？執鞭矣，而猶號爲士，恐士有負於執鞭耳，執鞭何累於士，豈必再計乎？（情態逼真。）時而執鞭，而有指之者曰：「此士也。」時而士也，而有知之者曰：「此執鞭也。」是富能移執鞭之士，而執鞭之士且以爲己能制富之權也。浸假而化執鞭者而皆爲士，浸假而化士而皆爲執鞭，是富之局操於執鞭之手，而富之形時設於士之心也。雖然，吾恐鞭之徒執也。

「雖」字神理，往往爲□思尋味之所不及，微言動心，更益諷誡。（宋嵩南）

子在齊聞韶　一節

聖人嘆《韶》之美，若有非意之所及者焉。夫猶是《韶》也，自夫子之聞之，而三月之際，一嘆之餘，可以得《韶》也，並可以得夫子焉耳。今夫事有可得而心知之，可得而神會之，而口有所不能言，言有所不能盡者，孰有如聖人之於《韶》者乎？昔夫子上下百王，自唐虞以前，殷周以後，（陪筆。）其聲音之故，蓋莫不通之。而轍環所在，其所聞於樂者顧豈少耶？即以《韶》論，吾子平居慨慕，未嘗不喟焉嘆興也，而不能不惝然於在齊之聞之也，而不能不悠然於在齊之聞之也。（伏筆。）當其聞之時，其情之所深固可知也。（補筆。）乃時已易矣，日已久矣，而嚮之在耳者猶未絶也耶？抑義之在音者或愈出也耶？不然，子於《韶》之外何以一無及也？（妙在絶不粘帶。）且事已接矣，物已交矣，而數之在目者猶未去也耶？抑義之在器者難遽盡也耶？不然，子聞《韶》之後何以多不知也？二三子見夫子之三月不知肉味也，知其爲《韶》故也。（點得妙。）而夫子於此，不能不惝然於所聞，不能不悠然於所聞也，曰：「甚矣，向者吾不知《韶》也！私心自計，以爲可得之想像之間，夫孰知《韶》之□可以想像得也，舉其大略而已，而所遺於《韶》者不已多乎？乃今一旦遇之，而心解神會，忽失曩時之所據。然則幸矣，今日之乃知《韶》也！反覆循環，正無復有可形容之處，夫豈意《韶》之不可以形容述也，時時尋繹之不遑，而所領於《韶》者固已異矣。前日按迹求之而意度懸擬，何如觸目之更真。」噫！《韶》之爲樂至於斯乎！至於斯乎！不圖爲樂之至於斯也。他日季札之觀樂於魯也，至《韶》而嘆爲觀止，亦可謂知《韶》者哉！然如天如地，猶多其舉似之辭，而夫子固不能言其然焉。夫不能言其然者，乃真深於《韶》者也。（他人填寫作正面，此却借作波瀾。）

不十分摹寫，正是其十分摹寫也，吾於此亦嘆爲觀止。（朱天標）

冉有曰夫子 一章

即仁人可以斷衛事，得賢者之再問而其旨見矣。夫不仁如衛君，豈可與夷齊同日而語乎？然夷齊之論定，而衛君之論亦定，而夫子不爲衛君之論亦定矣，此子貢之善問也。且人世最不易處之事，必有其處之之方；而吾生最不易滿之心，必有其滿之之地。（四語精切之至。）此未可託一説焉以自解，而遂謂無愧也。昔者夫子與弟子冉有、子貢輩，（伏。）偶居於衛，適衛君輒新立之時，（提明。）以孫而禰祖，以子而拒父，悍然行之而不顧，其亦不仁甚矣。當是時，（史筆。）國人皆爲衛君以爲亡人得罪而出奔，嫡孫承祧而得國。彼既奔者不可以反，而既立者不可以讓，此其説似也。維時諸弟子亦疑焉，而欲折衷於夫子，不知夫子或爲衛君歟？或不爲衛君歟？（首尾二句雙提，奇甚。）子貢蓋將問之，而適因冉有之疑，而遂諾之曰：「子姑待我，我且出而爲子告也。」（點次變化有神。）於是遂入而置衛君不言，而以伯夷、叔齊爲問。既得其爲賢人，而又窮其心，曰：「怨乎？」蓋人有立千秋之義者，舉世方奇之，而彼不無自悔之心。（「怨」字透闢。）亦非必抱無窮之憾也，幾微略露之，而即難定前事之是。而豈知怨者有求而不得也，曾是求仁而得仁如夷、齊，而又何怨哉？兩人共商其志，而浩然□往，情之深即理之聖，遂可偕隱而不反。兩人各行其是，而决然舍去，盡其心斯還其天，又已並行而不悖。（「仁」字透闢。）以視父子之間，阻兵而安忍者，其爲人賢不肖，相去何如也？夫子爲衛君乎？夫子不爲也，而可以復於冉有矣。（點得神化。）蓋論人之惡者，必當誅其心，而稱人之賢者，亦必當推其心。是故以極相類之事而可以互證而得，以絶不相類之人而可以反照而明。故曰：「夷、齊之論定，而衛君之論亦定，而夫子不爲衛君之論亦定矣。」

筆鋒銛鋭，不費辭而題藴盡透。（徐壇長）

此題前輩儘多傑作，吾兄文出，遂一齊爲之俯首。（弟概愚）

「仁」字是最要緊字，只「仁」字刻露，而對面之不仁者，已不攻自透，其結構之謹嚴，悉得史法。（韓慕廬先生）

於我如浮雲

浮雲之境，惟聖人能見之也。（高渾。）夫人惟不知其爲浮雲，故輒有動於心耳。聖人視不義之富貴如之，豈以浮雲也而易其樂哉？且苟非我之所有，雖一毫而莫取。非不取也，自我視之，且熟視之，而知其果不足取也。（已取題神。）不然而我且失其爲我矣。富貴，人之所欲，而有時不可欲者，於人以爲可欲，而於我不以爲可欲也。（跟上，領出「於我」二字。）崇高，莫大於富貴，而有時不得爲崇高者，於人以爲崇高，於我則不以爲崇高也。於我如浮雲，然其殆不義之富貴乎？廓然太虛之中，無端而有浮於其上者，號之曰「雲」。而其形且百變，蓋幻甚矣。（摹寫浮雲正是摹寫不義之富貴。）幻者，方執之以爲真，俄焉而飄然已不知所往矣。人知太虛之有浮雲也，而亦知我身之〔七八〕亦有浮雲乎？曠然耳目之前，無端而有蔽於其上者，稱之曰「浮雲」。而其質竟無有，蓋輕甚矣。輕者，方據之以爲重，忽焉而邈然已不知所歸矣。人知我耳目間有浮雲之過，而亦知我性命間不可有浮雲之留乎？一觀世而浮雲滿前，一浮雲去，又一浮雲來。（純從「浮雲」二字〔七九〕着筆，題神宛然，不連上文。）浮雲本世所争，而人在浮雲之中，我自在浮雲之外，浮雲於我何關，而我常以動於中也。一舉目而浮雲環起，彼亦一浮雲，此亦一浮雲。浮雲亦人所造，而人自不見爲浮雲，我則自見爲浮雲，浮雲於我何有，而我不以釋於懷也。彼夫得一浮雲而喜，失一浮雲而悲。（旁襯更即靈妙。）浮雲也而動人固如是甚也耶？於我何如乎？而視之悠然，而視之漠然，即浮雲其如我何？且沾沾自喜者，浮雲之外更無浮雲；而戀戀不止者，浮雲之上尚有浮雲。浮雲也而悦人固如是甚也耶？於我何如乎？而熙熙然，而曠曠然，即浮雲其又如我何？（繳到上文「樂」字。）嗟乎！論其迹，即疏水曲肱，要亦浮雲之寄。而充其量，雖唐虞勳業亦不過浮雲之行，而況於不義之富貴乎？（就「浮雲」上打一圓光，名理疊出。）

襟懷浩蕩，實有一段浮雲富貴意象，乃能作此瀟灑無塵仙姿，絶世之文。每讀此，輒欲仙去。○妙〔八〇〕從「浮雲」二字着筆，影照「富貴」，故靈妙無匹。○以載上爲承上，無一字離根脱節，亦無一筆粘滯。（方靈皋）

加我數年

聖人不已之心，至老猶有餘望焉。夫常人即假之數年，猶是常人也，至聖人則必不同矣。故未嘗不知年不可假，而猶欲其假之云耳。若曰：「事有自悔其遲者，而猶幸其收之於遲，（從「學《易》」倒入。）則或未爲遲也，吾豈遂已已乎？終無望也乎？」（得神。）謀之終身而不盡者，必有其盡之之一日也；問之一心而難信者，必有其信之之一日也。然而今日者，吾哀則既甚矣。前此之歲月不爲不多，而何以我猶是我也？（落「我」字，情致生動。）後此之歲月原自有限，而我豈甘猶是我也？時不再來，而我所歷之時，惟望之於未然者也；天不可知，而我祈求乎天，但聽之於或然者也。其假我以年乎？其假我數年乎？我之不敢以年自寬也久矣，少壯不力，而姑待於遲暮乎？（方見前此未嘗不學《易》。）乃曾幾何時而老冉冉其將至矣。此身爲必敝之器，而我之約略自忖者，猶庶幾乎數年。（下面數虚字都照出。）我之不敢以年邀幸也久矣，失之於當前，而欲取償於後日乎？乃幾經輾轉，而日月忽其不淹矣，吾願無可息之境，而我之俯仰已足者，大抵不過數年。此數年也，自古今視之，直須臾耳。然人得之以爲少者，我得之以爲多。抑此數年也，自終身計之，亦須臾耳。然從前得之不爲多者，此後得之不爲少。設我不復年也，此生有涯不足惜，此志未畢可惜也。設我閱數年，又復數年也，過望之年有盡期，過望之業仍無盡期也。（此二意更出意表。）人壽幾何，傷悠悠之易逝；我生有命，豈孳孳之無成？（工□。）此所爲撫時而思，仰天而嘆者也。（應。）

語半而神全，古風仙韵，如觀窈眇之奇舞，聽雲和之琴瑟。（梅定九）

逆透下意倒入，乃爲痛切，此處勝黄貞父作。（韓慕廬先生）

妙是聖人心坎中語，絶非攀柯執條，泫然流涕一段光景。（江雅臣）

葉公問孔　一章

聖人好學之篤，無不可爲天下言也。夫且憤且樂，以此老焉而不知，其好學也篤矣，子路豈猶有未見於此歟？蓋夫子之在當時，天下固無不知有聖人矣，顧習而親之者能得之，而乍而見之者不能也。乃乍而見之者欲得之，而習而親之者不言也，是豈聖人之不可知哉！以故聖人雖非以自暴也，而亦不敢以自誣且匿。昔者葉公之問夫子，意中必有一孔子而以問也；子路之不對葉公，意中必有一孔子而不對也。子曰：由也，吾以女爲對之也必矣，而未然也；吾以女爲對之也悉矣，而竟已也。（如生。）女無亦將高視丘，夫丘則何敢？夫丘正恐人之高視丘，而反以失其實，丘滋懼焉。自丘與二三子周旋日久，而恒有皇然不敢即安之意，則於此中已得丘矣。女奚不曰，其爲人也，今已老矣。（攝起全神。）然其生平之所爲，孜孜而不已者，至今未嘗一日忘也，而非有他技能之足述也；　其生平之所爲，亹亹而不倦者，至今未嘗一念怠也，而非有他奇異之足稱也。　生知安行之名不敢居也，然而自棄於庸衆，亦有所不敢。　是故理有未得也則憤，敏以求於古也，學以達於天也，而不暇及乎他焉。　及夫理有既得也則樂，浹洽而無所於隔也，涵泳而無所於厭也，而亦不暇及乎他焉。　憤之極而食以忘，樂之深而憂以忘；　且憤之極而樂以得，樂之極而憤以生。　往復循環，不爲不久，而無有可窮之期；覃思畢精，幾經考驗，而無有已足之候：　而年亦且老矣。（發得「純亦不已」意□□。）猶不自覺其遲暮而所爲孜孜而不已者，猶是也；　猶不自覺其哀耗而所爲亹亹不倦者，猶是也。　然則數言而可畢矣，而已無餘也；　然則數言而可見矣，而無不可對也。　女其念之哉！人有問我者，其亦以是對。（如生。）

陳大士先生文，神致極飛動，但專向虛處着筆，而於「全體至極，純亦不已之妙」未能有所發明也。　逸才飄舉，馭風騎氣，其中却富有理實，此爲超絕。（吳荆山）

只諷詠語氣，咀味神理，而題解已透，先輩所謂「看書之法，以實字觀義理，虛

字審精神」也。（韓慕廬先生）

只如白話耳，遂成至文。（汪聖功）

三人行必　一節

得師於善不善之間，則無人而非師矣。夫人知善者之可以爲師，而不知不善者之亦可以爲師也，或從之，或改之，何患師之難得乎？且吾竊怪人日置身善者不善者之間，（就「善」、「不善」逆入，方不可移作首二句題文。）而何其倀倀焉，猶以無所師資爲患也，吾師乎！吾師乎！徒以爲偶爾之同行，而當前而失之者，豈可勝道哉！蓋人固莫不欲爲善，而恐其即於不善也，則擇一人焉，而奉之以爲師，（首二句不落空。）曰：「吾有善，惟師教之；吾有不善，惟師迪之。」師且耳提面命而不已焉，而師之爲師也難矣。人亦莫不欲從其善，而改其不善也，則擇一善者，而奉之以爲師曰：「世無善者，吾不當在弟子之列；世有不善者，吾不得受小人之浼。」師且千里百里而不遇焉，而師之爲師也少矣。而吾謂師之有也，無人而非是也，無地而不有也，即三人行乎？而亦無不可必也。蓋必之於一善而一不善也，（「必」字貫下。）吾方前追而後隨，吾方左顧而右盼，曰：「吾得之矣。」（寫下二句却就「三人行」中發出「必有」。）某也善，而吾何獨不然；某也不善，而吾得無似之。師也者，亦曰師其意而已矣，吾得其意而已，是師矣。且必之於一從而一改也，吾且環顧而熟視，吾且左宜而右有，曰：「吾知之矣。」自今有善，某之賜也；自今無不善，某之鑒也。師也者，有所以爲師之名者矣，吾得其所以名而已，皆師矣。（大士筆意。）天下雖有至奇極美，而不羅列於吾之前，則歡欣艷羡之意無自而生，夫爲師者，不過欲弟子之翻然而興，勃然而動耳，而今已得之，則舍是豈復有師乎？而吾身偶有至□□□，而不旁觀於人之身，則反視内顧之意，無自而動。夫爲師者，不過欲弟子之瞿然而悟，惕然而覺耳，而今已得之，則外是更何所事師乎？此善者之可爲吾師，而不善者之亦可爲吾師也，要在吾之有以擇之而已矣。假使行而尚不及三人，則一人者，亦有可從，亦有可改，不妨一人而兩居其師之實；假使行而不止於三人，則衆人者，亦多可從，亦多可改，不妨衆人而共擅其師之能。其或三人行，而彼二人者，有善而無不善，則善者之師已得，而不善者之師姑以俟之他人。（無意不到。）其或三人行，而彼二人者，有不善而無善，則不善者之師已得，而善者之師姑以懸之他日。嗚呼！專門之學，不名他師，而豈知行路之人，可入而與奉几奉杖之列？君子之學，就正有道，而豈知愚不肖之儔，其得力不減於請業請益之人？然則以師之難得爲患者，吾恐即有師焉，而未必能從其善而改其不善也。

不空疏首二句，而以下二句發首二句意，其局法不減前輩，而用筆之古雋，則過之矣。（汪武曹）

子以四教　一節

得聖人之所以教，約舉之而有其四焉。夫文也行也，忠與信也，皆切於日用者也。是故聖人之教，雖不泥乎四者，亦不外乎四者也。且吾黨日侍聖人，凡聖人之所與於二三子者，必謹志於心不敢忘，久之而知其大旨，亦非有多也。由博以反約，自外以及内，爲之有本末，而施之有次第，如斯而已矣。蓋嘗遊於聖人之門，而見天下之文章，莫大乎是也。（先將文、行、忠、信在夫子身上看。）夫且躬行有得於心，而出之以至誠無妄，其爲體用共貫者，直有以覆冒乎群倫，而非吾徒之可形容而仿佛。抑嘗觀於聖門之士，而見天下之文學舉萃乎是也。（又在學者身上看。）方且修行，不使其缺，而相勉以真實不欺，其爲知行交盡者，亦有以砥礪於生平，而爲聖人之所環顧而稱許。自吾窺之，而見聖人之未始不以身教也，而諸弟子之無不有以承夫聖教也。子之教蓋有四云，則文其一也。子以爲文之不講，則學何從而入？惟使之孜孜焉神明之内，莫非《詩》、《書》之所浸灌。而文有以爲行之基矣，則行其一也。子以爲行之不修，則德何由而至？惟使之凛凛焉，履蹈之間，無有愆尤之或叢集，而行有以究文之用矣。且夫物理所當然，而必盡其心以出之，此信之所以需乎忠也。己心所欲盡，而必循乎物以出之，此忠之所以兼乎信也。猶之未行也。」故又教以忠。子若曰：「二三子行則修矣，而心之未盡焉，子若曰：「二三子行則善矣。而物之未循焉，猶之未行也。」故又教以信。就衆人而觀之，則賢之所賦，詣之所就，各不齊矣。（「四教」就衆人身上看。）陋者教以文，惰者教以行，偷者教以忠，僞者教以信。四者隨人而予之，亦因事而導之，而人才高下，經聖人之指示而無不範圍而曲成。就一人而論之，則時有淺深，功有先後，亦不同矣。（又就一人身上看。）教以文而開於始，教以行而敦於繼，教以忠而立其體，教以信而盡其用。四者一人而成備，亦一事而旁通，而終身德業入聖人之鈞陶，而無不裁成而變化。子之所爲四教者如此，吾黨聞之熟焉，故能詳也，於是乎書之。

畫家，樹要四面俱有幹與枝。讀此，知時文亦不外此理。（吴七雲）

子釣而不　二句

聖人有及物之仁，而以不盡取者爲取焉。夫物而不有以取之，不得託於仁也；物而欲盡有以取之，亦大有害於仁也。是二者，夫子舉皆無之也，是爲聖人及物之仁。且夫天之生物也，生之機未嘗或息也，然而俄焉而生之者，俄焉而已窅然喪其生焉。夫既已窅然喪其生，而生之機卒未嘗息，則是其生也，以生爲生，亦以不生爲生。**（落老莊境界，然用筆超妙，不可廢。）**聖人之於物也，亦若是則已矣。蓋物原以效其材於人而無所憾，顧亦有幸不幸焉。取之以其道，是幸也；取之不以其道，是不幸也。聖人於此獨有以盡萬物之性，而無所於苟。且人莫不利其用於物而莫之禁，顧亦有平不平焉。無故而相棄，不平也；無故而相取，亦不平也。聖人於此獨有以立萬物之命，而無所於私。**（此比道理平正。）**則嘗見子之釣矣。釣也者，吾操其致之之具，而物適與之值焉，而遂從而貪之。夫貪於人者，必殺於人，此自然之理也。若夫游焉沫焉，而悠然而遊者，其自處固可以免也，而必欲以其族俱行，是絶其類也，物不可以遽絶，吾子固有不忍焉耳。**（只平平説便爲愛物之心，不必説到「以殺爲生」上。）**抑嘗見子之弋矣。弋也者，吾□其一往之技，而倉卒莫知所避焉，而遂誤而觸之。夫禍出於誤，而誤莫能追，此亦自然之勢也。若夫棲焉息焉，而飄然而集者，其自處可以無傷也，而猶欲以其術相試，是乘其不備也，物不可以相乘，吾子固有不忍焉耳。釣也而不綱也，弋也而不射宿也。是則物有不可以不取者，以身徇物，而不肯一有所傷，而惟異類之是徇，幾何而不化爲異類也。（此層不重，不過陪説。）然而物固有不可以盡取者，以身徇物，而一發而不能制，而惟異類之是徇，又幾何而不化爲異類也。聖人盡物之性即在漁獵之間，魚川泳而鳥雲飛，以是爲化工之浩浩，而取其不足，留其有餘，亦即等於隨物之賦形。聖人立物之命即在生殺之際，魚亂於淵而鳥亂於上，以是徵世道之日頹，而有所必殺，有所必生，此亦莫非二術之小試。（粹然儒者之言，氣象自然廣大。）吾黨見夫子之一釣弋間，而莫不有其道也，於是乎書。

題意但宜淺淺説去，不作張皇語爲佳。必對定浮屠氏戒殺放生，謂釣弋即儒者之仁，此是隔一層語，題中不重此意；必説聖人有心不綱不射宿，沾沾以此爲愛物之仁，則聖人亦私且小矣。聖人祇行其自然而然，魚鳥有可釣可弋之理，無綱與射宿之理，夫子行此，煞是平常，不過無心而循理，而萬物得所，氣象自見。此文

得之。（劉大山）

蓋有不知　一節

聖人不自託於知，亦不自安於不知也。夫天下之作者多矣，人以爲皆出於知之者，而不知其多出於不知者也。聖人無不知，而猶以爲次於知，此正聖人之知也。夫且道之難知也，（拈「知」字起。）豈不甚矣哉！人人皆以爲能知，此天下之所以無知者也。（一語破的。）夫入其中而茫然以思，博取於其外而皇然以求，而猶僅能以自慰，而不敢以自多，彼介介然侈其所長以傲物者，寧復有餘也？今夫知之一途，不可概而論矣。（是「蓋有」二字語脉。）盡宇宙之奇，窮萬物之變，而無艱難勞苦之態以有獲焉者，上也；（爲「次」字生波。）弇鄙固陋，一物而莫悉其情，一事而莫得其故者，下也。又其下，則無其實，而欲冒其名而已，上焉者不可得矣，下焉者往往而皆是也。（「蓋有」二字作許多頓挫。）又其最下者，以丘所見，豈無其人耶？聖人之道，未能窺其一二；帝王之書，不得究其源流。既無旁搜遠索之功，復無辨别默識之力，而遇事慷慨，遽以躬行自許。嗟夫！天下之知之者，不敢輕作，惟其不知焉，是以作也。（出「作」字如太行百折，忽到康衢。）以己之不知，而欺天下之不知，因相與群奉爲知之，而遂居焉而不辭，丘於此則知免矣。然而丘於此，又有所不能已也。蓋知既不可託，不知又有所不可居，而所以求夫知者，烏得不汲汲也？且夫不知者藉口於守約，以掩匿覆蓋其空疏。（仍從「不知者」說下。）然而聞見不多，將何以爲知之資也？（「多聞」、「多見」一股。）我則不敢專守一心之□也，游於無涯涘之間。而明辨其真僞，參驗其是非，以視夫天下之不知者，不庸有間乎？且夫不知者，亦嘗從事於浩博，而涉獵汗漫而無當，是故擇識不精，亦無以爲知之資也。（「從之」、「識之」一股。）我則不敢徒侈一時之得也，驗於獨寤寐之際，而遵循之必審，睹記之不忘，然以視夫天下之知焉者，抑又有間矣。（兩路夾出「次」字。）吾竊有以自識其分量之所至，而不敢以自誣，則知之次也，而我於此猶有所作否也。（收「作」字。）夫作，知者之事。即不然，亦不知者之事也，我豈以自期焉？（妙。）亦惟是日勉勉於知，而不以自棄，顧即不得列於上焉，猶不至爲其下，而何世之人之輕言作也，適以自明其不知而已矣。（迴環一氣。）

「樓根插迴雲，殿翼翔危空」，文有此景象。（方備嘗）

一氣奔注，滔滔不竭，而逸態巧構，皆於自然中現出。（韓慕廬先生）

互鄉難與言童子見

因其人而志其鄉，有難於見者焉。夫互鄉中而有童子，豈互鄉難與言而童子獨可與言耶？不然而童子何以見也？且夫習俗移人，賢者不免，而況在於幼稚之言乎？君子之惡不善也，既已遠之，而猶恐其類不絶於吾前。由此言之，則習俗之累人者正不少也。昔者夫子以大聖人講學於闕里，而諸弟子從遊於一堂，其來見者，皆可與言者也。（倒從「見」字入「言」字。）一日有人焉，叩門而請謁也，問其年甚少，總角丱兮，蓋童子也，此必出自鄒魯之儒，文學之家也，而不然也。問奚自，曰：「自互鄉來。」（亦從下句出「互鄉」。）噫嘻！童子自互鄉來耶？童子而互鄉人耶？俗之美惡，何處無之，而互鄉獨出於惡；人之賢愚，各居其半，而互鄉群習於愚。是故人有望見互鄉之人者，必避匿弗見，而恐其浼我也；即互鄉之人而有來見者，亦必辭謝弗見，而知其無益也。蓋人之相見也，必相與言也。（「見」字中發出「難與言」。）彼難與言者，即難與見也，彼互鄉非以難與言聞於四方者耶？而童子胡爲者也？童子生於其鄉，耳濡目染，習而忘之，當以爲互鄉之外，莫非互鄉；（妙。）童子長於其鄉，矜誇煽惑，不知其非，當以爲互鄉之外，更無互鄉。（更妙。）而胡爲乎見孔子也？夫天下難與言之人，偏自以爲可與言，（妙。）故特造孔氏之門，而欲有所言乎？而胡爲乎孔子之遽見之也？夫天下不難於可與言者而與之言，難於不可與言者而與之言，故特許童子之見，而欲與之言乎？吾想童子之來也，必告於其鄉之人曰：「吾將往見孔子。」其鄉之人必非且沮之曰：「爾往見奚爲者？懼變吾鄉之俗者，自爾童子始也。」（就「欲見」時發「互鄉難與言」。）童子之既見而歸也，亦必告於其鄉之人曰：「吾已得見孔子。」其鄉之人必笑且詬厲之曰：「彼孔氏何如人者？得無不可吾鄉之俗也？」（就「既見」後發「難與言」。）是故以童子而見互鄉之人，正自其類；以童子而見孔子，則非其類也。童子見而言童子之言，則猶是童子見也；使童子而言互鄉之言，則仍是互鄉人見也。既非闕黨之童子，可列將命之科，又非學禮之孺悲，更宜在不見之列。然且得見者，豈夫子不知爲互鄉人耶？（起下「惑」意。）然而里居姓氏，必已先通。豈不知互鄉難與言耶？然而氣息風聲，久已遠播。今夫一國不善不及一鄉，一鄉不善不及一家，一家不善不及一人，豈童子自不以互鄉累耶？（又推開一意。）然而門人不能不惑矣。

「山重水複疑無路，柳暗花明又一村」，文境似之。（左未生）

兩句滚作一片，層空自折，秋雲不知。（韓慕廬先生）

語語出人意外，語語在人意中。（李侗侯）

子曰仁遠　一節

觀仁之易求，而人不得以爲遠矣。夫人之遠視仁者，以其不至耳，而亦嘗試欲之否耶？己實不欲，而曰仁則遠也，其誣仁也抑亦甚矣。且夫人有其己之所固有，而爲乎己之所能爲，斯亦無有説焉以自解也。（扼下二句意倒起，勢最超忽。）然且有説焉而處之，豈真不可致耶？不然，則亦無乃因循推諉而致此也。今天下之仁者何其少也？詰之曰：「而有仁而且無仁也，何也？」（蒙莊筆妙。）則曰：「我非不知仁之爲美也，而特患其遠焉，我無奈何也。」天下之求仁者，其視仁何其難也。告之曰：「即而心以求而仁也，其可也。」（總用倒入。）則曰：「我非不用心於仁也，而特患其遠焉，仁且終困我也。」嗟乎！爲是説者，必其不欲仁者也，必其不樂仁之至者也。（緊出「欲」字、「至」字。）今夫遠之云者，（筆筆空所依傍，邈若凌飛。）兩物相對之間，於彼也，於此也，而不能渾而一之，則遠之境生焉。仁之與我本一也，（最得「求放心」之旨。）而故二之，且曰「是必不可一也」，是果不可一耶？今夫遠之云者，渺然無窮之際，可望也，不可即也，而不能强而合之，則遠之形著焉。仁之與我本合也，而故離之，且曰「是必不可合也」，是果不可合耶？故曰：「爲是説者，必其不欲仁者也，必其不樂仁之至者也。」且夫物有本在此，而忽焉去之者，其去必非其情也。（「至」字體認親切，朱子所謂「如《易》言來復，非自外而來也」。）去非其情，則來乃其情矣，時時可以復其故，（倒從□□意轉出「欲」字。）而特無所以引之，則必不能自至，仁之於我，亦若是焉斯已矣。物之既且失，而忽焉得之者，其得必有以轉其機也。得之既有以轉其機，則失之原所以逆其機矣，時時懸以待其求，而既有所以觸之，則且一至而無不至，仁之於我，亦若是焉斯已矣。（□□求則□□舍則失之。）雖仁之途無終窮，非一至遂以竟其量；（周匝。）即求仁之功亦無終窮，非一欲遂以畢其事。而欲之則至，不欲之則不至，斯亦見仁之不遠之明效大驗矣，而猶得沾沾曰遠也耶？則是人之不肯從事於仁者，果無説焉以自解也。

帷燈索影，筆筆傳神，故是褐夫擅場。○此題得此作，萬人辟易。（史千里）

朱子論「求放心」，謂「不是在外面求得個放心來，只是求時便在」。又云：

「非以一心求一心，只求底便是已收之心。」便此體認，乃得「欲仁」、「仁至」之義，自來文字都憒憒也。作者深入神奥，而出以飛仙之筆，人但覺尺幅間靈氣惝怳，驚嘆以爲飄飄凌雲，却不知其字字皆宋儒先生精理微言也。（吴荆山）

精微直穿溟涬，而瀟灑無塵，仙姿絶世，對之凡氣都除。（韓慕廬先生）

陳司敗問　全章

君與禮之兩全者，惟自任受過而已。夫因論君而善全乎君，因論禮而善全乎禮，此所爲君與禮之兩全也，而聖人之任過，其旨深矣。且禮者不可輕以予人者也，而獨以奉之於君，則未爲過。（即取「過」字。）若夫不幸而君非其君也，禮非其禮也，勢不得不移愛君者而愛禮，然而兩不存其迹，而適以兩全其道者，則人之所不知也。昔周禮在魯，而昭公有知禮之稱，蓋其平日習於威儀之節，而郊勞贈賄，無違禮焉，故人遂從而稱之。而有陳司敗者，素聞其娶吴一事，（此句先提出，老甚。）曰：「此焉得而謂之知禮乎？」是當奉教於君子，而相與斷其爲不知禮也，故以昭公之禮爲問。嗟乎！爲人臣子而其先君有知禮之稱，且使鄰國大夫殷殷而致詢，豈不幸哉！（取「幸」字。）以人言還人言，故曰知禮；以司敗之問還司敗，故曰知禮。斯時孔子意中並不復有「知我恒於斯，罪我恒於斯」之見也。而司敗者惝然失，啞然笑，曰：「君而知禮，孰不知禮？而顧云爾耶？噫！吾知之矣，此君子之黨也。」（仙筆。）將欲面折之，而孔子已退矣。當是時，巫馬期尚在外，乃揖而進之曰：「同姓可娶乎？孟子之稱可冒乎？其冒之也，君亦自知其非禮矣，而不虞後有君子之黨之也，亦異乎吾所聞矣。」巫馬期退，得無以夫子爲不幸而授司敗以口實乎哉！而夫子則深幸之，幸其過之必知於人者，何也？禮之名不可假，而自人奪之可也，自我奪之不可也。其不自我奪之者，以爲過則亦過也。禮之實不可誣，而自人明之可也，自我明之不可也。其不自我明之者，而過可受也。受過固非不幸也，蓋奉教於司敗矣。至於禮之知與不知，知禮之對黨與不黨，若自有說，竟亦可置之於不辨也。（絶高絶妙。）愛君而不掩君之名，以禮愛君，而又不掩禮之實，孔子之過，何莫非孔子之知禮也耶？假而司敗聞此言也，直以孔子爲屈服於其説，而不知孔子正欲司敗之以爲屈服也，而君與禮已兩全矣。（得旨。）

不煩繩削，自合文之化境。（汪武曹）

提掇收鎖，皆古文大家之法。（李鑑□）

子與人歌　一節

聖人之取善也，有無已之心焉。夫一歌之善，其善有義；而聖人之心，且如是乎無已也，以故記者詳誌之云。今夫人之善不在大，即人之取善亦不在大也。必大者而始取之，吾直謂其不能取。何者？善之途已隘，而取之量已盈，更無復有餘也。夫唯聖人於一事之善，而以取善之全量出之；於取善之一節，而以生平之全體出之。試觀諸子與人歌。夫以夫子而有歌也，或以倡歟，或以和歟，其必無不善焉固矣。（補筆。）其與人歌也，或一歌歟，或再歌歟，其有不善焉斯已矣。（補筆。）若夫歌也，而和平淡泊之聲，（嫌首句鋪敘過多。）如出金石也，而中宮商也，揚之而明，抑之而奧，無浮淫流泆之習，而士風亦足以鳴歡。且疾徐奮動之間，纍然貫珠也，悠然槀木也，以合殷勤，以通和悦，無桑間北鄙之音，而唱嘆皆能以生感。夫子於是賞其善焉，而欲得其詳也。夫恒情於人之善也，常患於不知，知矣又患於不好。不知者屢聞而亦無深情也，不好者一聞而已無餘思也，而夫子於此有不能已矣。（折出「必使」。）反覆以領其趣，曲折以盡其變。蓋餘韵徐歇而復起，而子之聽之以耳而會之以心也，不猶是前此者之戀戀乎？（語意深細，淡而不厭。）夫子於是得其詳焉，而益與其善也。夫恒情於己之善也，常急於自售，否則又甘於自藏。自售者，人之美未盡而已不能俟也；自藏者，己之美未宣而人無所得也，而夫子於此又有不能已矣。（折出「而後」。）致吾之意於彼，而彼之音不孤；接彼之氣於吾，而吾之情已出。蓋非比工而角藝，而繼吾之歌於後，正以暴人之善於先也，（妙解。）而又何足以竟其惓惓乎？達天地之和，而盡萬物之量，即在薄物細故之中；窮紛賾之態，而大化育之權，即在委曲從容之内。吾黨見夫子於一歌之中，而樂善之心，如是其無已也，於是乎書之。

取徑幽折，耐人尋覽。（李醒齋先生）

後二股於注中「氣象從容」四語能委曲寫出，他人取勢雖工，只是「必使」、「而後」四字空腔子，意味無此深至也。（何屺瞻）

文莫吾猶　一節

自審於文、行之間，爲其易而欲勉其難也。夫文非君子所貴，而行則衆人所少也，二者孰難而孰易耶？觀夫子之自審者，而可以知其所重矣。且事有非意之所期而至者，乃有意之所期而或不至焉。權於緩急之勢，度於輕重之間，至者至之，不至者亦不可不至之也。今夫衆人之所能者，君子無不能；而君子之所能者，衆人皆不能也。（他手「文」、「行」並提，或單提「行」字，此獨提出「人」字、「君子」二字，轉到「吾」字，纔入「文」、「行」，手法甚別，題神亦無不能吻合。）吾嘗入其中而比量焉，而難易以分，因徬徨焉，而得失以見，不可誣也。蓋人聲之精者爲言，文之於言，又其精也，世之學者，舉從事於此矣。詞令之間，從容盡變；著述之際，曼衍爲奇。然其人文章麗矣，言語工矣，倘猶是才人之習而無與於大道之歸，其文不重可惜乎？古之人往往無所著之書，而功蓋一世，名足千古，此曷故耶？（鈎起「躬行」。）而世之人，顧文是尚也。夫文亦何難？以丘之不敏，亦庶幾焉矣。（自然□□。）且夫體乎道者惟行，君子之於道，無弗體也，躬行君子，蓋不可意量矣。去其浮華，存其篤實；絶其緣飾，敦其踐履。然而其道已明矣，德已立矣，即不無德音之發，而要皆其積厚之流，則行豈可不得乎？古之人往往窮畢生之力，而書不盡言，言不盡意，亦不□耳。（迴顧「文」字。）而世之人，顧行是緩也。夫行何可輕？丘蓋有志焉，而未逮也矣。由衆人視之，自以文采風流，遠勝君子，而不知一行之敗，於萬言而莫贖。况無本之學，文亦罕有當也，所以百家衆説，禍世乃在文章。由君子視之，似覺所操暗淡，甘遜衆人，而不知無文之內，即至文所由生。蓋仁義之人，其言藹如，非世俗云云也，所以旨遠辭文，此事亦歸君子。（此二比用互説，更警策。）丘也，由是而勉勉焉，其猶在君子之後乎？而人然亦然，吾滋愧矣。（古淡。）

其韵在抑揚曲折之間，其神在滅没隱現之際，此二十年前所作，與余共拈得此題，□於敝簏中撿出，寄之入□，勿以少作而棄之也。（趙良□）

公西華曰　一〔八二〕句

賢者見聖人之深，即於其所自歉者而得之矣。夫至弟子學之而不能，非聖且仁而能若是乎？公西華誠有以見其深矣。謂夫人之度量相越，豈不遠哉？止此生平當盡之事，入乎其中者，居之而非難；　而出乎其外者，對之而若失。是故實之全者欲辭其名而不可也，己之優者欲概之人而亦不得也。今夫盛德者，其德難名，欲於從游之下，窺其一二而無從也。竟不知聖何在耶？仁何在耶？（逆承上文，領起「正唯」二字。）乃夫子之自言者，亦既如是矣。今夫大德者，其德不居，欲於内省之餘，求其自信而無有也。然而固已聖耶？固已仁耶？即吾徒之相擬，亦無加於是矣。在夫子或者曰：「吾豈有異能焉，與二三子共勵之矣。」（承「自言」句來。）及之而後知，履之而後難，其欿然之懷，不知何如而後有以自慊也。乃吾黨之士又曷嘗不願學焉？惟夫子之是依歸矣乎？（承「相擬」句來。）望之若無涯，即之而愈遠，其淵然之量，不知何如而後可以漸臻也。是故涉歷其途，猶時時形其不足之語，而旁而觀焉，即以此知其有餘，且知天下之皆無餘也。（空中飛出。）爲耶？誨耶？弟子已身試之矣。（妙語添毫。）且夫謙讓之情，實念念有其自失之處，而吾爲轉而思焉，即以此見其有得，且以見外間之都無一得也。厭耶？倦耶？弟子之所通患矣。夫功之未成者，其用力之艱，獨自喻之而已，其已成者不之知也。而人之安行者，其得力之故，亦自領之而已，其勉行者莫之窺也。（翻轉「有」，妙甚。）夫弟子苟有志，豈敢終自廢棄，而其不能學者，則亦不能聖、不能仁而已矣，信乎人之度量之果相遠也。

「不能學」只在上文，着一句詮解，即不得神。作者之妙，但將「正唯」二字傳出，更不添一點色相，循環諷誦，便覺身輕生羽翼也。（張日容）

何從覓其筆墨痕迹耶？仙乎！仙乎！吾固不能名言其妙，「空山無人，水流花開」，解者目領而已。（駱晉侯）

取題之魂而發迹無際，字不粘紙，真欲破空飛去。「苟非聖賢心，孰與造化該」，此事猶戴子一人耳。（韓慕廬先生）

民可使由　一節

民有可使不可使，聖人不能强也。夫或可使，或不可使，凡民大抵然也，聖人安能强由之者而皆知之乎？且王者之治天下，治其所能治，而不治其所不能治，而天下已治矣。夫治其所能治，而亦能治其所不能治，天下不更治乎？而卒不以是期天下者，凡以明於天下之情，而不强其所難焉，斯已矣。蓋聖人之於民也，彼自有其當然者，固不忍聽其相率而違之也，而必責其習而不察焉。民且曰：「聖人困我幾何？其不委而去之矣。」彼第赴其當然者，而其所以然者固自在也，又於其所以然者相□焉。民且曰：「聖人欺我幾何？其不疑而沮之矣。」（仍轉到「由」字。）是故聖人於可使不可使之間，而有以得其情也。日用之間，彝倫之際，聖人既以身示之準矣，（補出「聖人之身教」來。）而又設爲科條，其經綸之者，莫不備具，而民見聖人之導我以前路也，而靡然而從之矣。蓋至靡然而從，而民之事已畢，聖人之事亦已畢也。（下句意已透，語亦雋妙。）精微之蘊，天命之本，聖人既已探於其故矣，（補出聖人之知來。）於是著之政教，其開示之者，易爲率從，而民見聖人之不責我以不能也，而斐然而嚮風矣。蓋至斐然嚮風，而聖人之力無餘，聖人之心亦無餘也。是故民也者，惟視上之所轉移者也，上令之以如此，則遂如此耳，問其何以當然，有惘惘焉而已。然不聞王者之民以惘惘焉而損其治也。（雋妙。）民也者，亦不盡受上之所轉移者也，上令之以其所不能，則亦竟不能耳，以故觀其風俗，第循循焉而已。然正惟王者之時以循循焉而成其治也。（四股只如二股。）且夫天下有由而不知者，未有知而不由者。果能知之也，則又焉用吾之使之知也，則又焉用吾之使之由也？（快甚。）夫惟不知焉，是故使之由之也，得民之情而擾之，而何民之不可治乎？在昔三代之盛，遵道路者，惟稱會極歸極，順帝則者，亦屬不識不知。及至末流之際，怠荒者失其□民之□，狙詐者好爲愚民之術。噫！民之幸不幸者，可勝嘆哉！

純是清剛之氣，又時濟以雋妙之詞，去俗筆萬里而追矣。（汪右衡）

切實洗發，却自□□出□。（□□□）

如有周公　一節

才貴務爲其可觀，聖人爲有才者戒焉。夫曾有驕且吝而可謂之才之美者乎？此即才如周公且不足觀，而況不爲周公者乎？且人有無才之患，而又有有才之患，有才之患，反不若無才者之悠悠默默，循分而自守也。古之人有周公者，（先言周公惟不驕吝，故其才足觀。）後世無及焉，自以爲多材多藝，而未嘗涉之於驕，亦未嘗涉之於吝，是故其盛德大業，悠然於人意象之表，而豐功偉烈，爛然於人耳目之間，其才誠足觀，其才之美誠足觀也，而何爲乎有才美而不足觀者？（全題在手。）才也者，天下之無奇者也，不勝其沾沾之自喜，而以誇於人。我勝若，若不我勝，吾不妨以氣加於彼，而彼無如我何也，此以其才爲驕之具者也。以才爲驕之具，而已非才矣。才也者，天下之大共者也，不勝其區區之自秘，而以私於已。我能是，人不能是，吾有以輸於人，而吾又無如人何也，此以其才爲吝之具者也。以才爲吝之具，而難乎才矣。（二股極言「驕」、「吝」之爲害，便透出「不足觀」意。）之人也，自以爲其才足觀矣，自以爲其才之美足觀矣。今夫周公之才之美，吾固知其萬不逮也。然而其驕也，固將以周公之才之美自負也，而吾不靳之也。即如其意之所負者以予之曰：「吾不謂爾之不能有之也，然而吾且不欲觀止矣。」（**逆落「如有」，即滚出末句。**）其吝也，又殆以周公之才之美自私也，而吾不奪之也。即如其意之所私者以予之曰：「吾不謂爾之不能有之也，然而吾雖欲觀之不足矣。」蓋人之才，必其德足以化之。德，其本也；而才，其餘也。德愈大者才愈大，故雖天下之所驚，而自視之，淡然其無有。不然，而德之不足，尚何有於其餘之區區者乎？人之才，必其器足以居之。器，其要也；而才，其餘也。器愈大者才愈大，故雖千秋之所創，而自視之，止如其固有。不然，而器之不足，更何有於其餘之瑣瑣者乎？夫才之美如周公，吾誠未敢信也，才之美如周公而猶驕且吝，吾亦未敢信也，然則其才亦不過驕吝之才已耳。嗟呼！人即奈何驕其不足觀之才也哉！人即奈何吝其不足觀之才也哉！（**决絶。**）

此題口氣極緊，「驕吝」句與末句不可斷，「如有」句又與「驕吝」二句不可斷，然使從「如有」句説到「驕吝」，方發「不足觀」意，順題平衍，殊若轉折費力，而呼應不靈。此文中間先透發「驕」、「吝」之爲害，然後轉出「如有」以滚出末句，筆法極其敏妙。（汪武曹）

三年學不　一節

學不以穀爲志者，聖人難其人焉。夫穀者，人之所欲，而況積學之餘乎？故有不志於此者，聖人以爲難也。若曰：「以吾今目中所見之學者，何紛紛若是其多也？」（反振「不易得」句。）即而視之，殆皆志於穀者。」（雋甚。）其號則曰：「吾將以用世也，吾講求其具素矣。」爲之者有辭，而須之者甚切，其意亦無惡於天下。然而君子易其人者，何也？（落「易」字妙甚。）古人之爲學也，「正其誼，不謀其利」，若乃一心於學，又一心於穀，則是以學爲穀之階，而非穀之故，即無所事於學矣。古人之學之既成也，「樂則行，而憂則違」，若乃有爲而學，即有意於穀，則是以穀爲學之報，而得穀之後，斯可以棄其所學矣。之人也，學之所積於己者多，則穀之所欲得於人者亦多，若曰：「吾且操券而往也。」穀之所係於心者久，則學之所歷於時者亦久，若曰：「吾非鹵莽而求也。」若夫有人焉，於群情艷羨之物，過之而不顧也，食貧作苦，若將終身焉。或曰：「是必其未之學也。」或曰：「是必其學之未深也。」枵然無有，則宜其甘自廢棄耳。然而約略計之，其誦法先王者，積日累月以至於三年，其時爲已久矣，然則其人也，而豈猶是流俗中人也歟？（從「不志於穀」逆翻到「三年」，以抉出「所以不易得」之故。）於舉世紛攘之時，淡然而無欲也，泌水樂飢，吾何以富貴爲哉？或曰：「是必其待之於異日也。」或曰：「是必其欲獲之於勤苦也。」取償甚奢，則宜其先自淡泊耳。然而大概舉之，其被服古人者，已日就月將而至於三年，其時則已可矣，然則斯人也，而豈猶是功名中人也歟？彼夫粗有所得，而即睨人之穀於目中，而思甘之滔滔者，舉世皆是也。（竭力振「不易得」意。）而獨能匡坐弦歌，不敢僥幸於一試，其致則高矣。倏然自遠，夷然不屑，而我重而物輕，其於學且無時已也，此吾之所爲有意乎其爲人也。（所以「不易得」之故，透甚。）彼夫自謂已能，而即據人之穀於胸中，而思攘之擾擾者，不自知其非也。而獨能遺世外俗，不敢坐荒夫歲月，其風則清矣。定乎內外之分，辨乎榮辱之境，而受祿亦不誣，其於穀豈真不足當也？此吾之所爲有意乎其爲人也。（又進一層意。）用志不紛，乃凝於神，吾得其心之純焉，不易也。不言祿，祿亦弗及，吾得其力之定焉，不易也。嗟乎！以吾今目中之所見者，何紛紛若是其多也？而豈吾之所願得也哉！

授題於至遠，而始飛劈取之，遂爾文外獨絕。○「不易得也」句，人都略過，不知題神全在於此，此文獨能□出。（韓慕廬先生）

學如不及　一節

狀爲學之心，有進而無退焉。夫學期於必得而已，求之如不及，而猶慮其失焉，其心正可想見耳。且凡人之於事，其用心之專，無由而見也，於其用力之迫而見之，夫學亦若是而已矣。（即淺形深。）以進自期，而以退自策，其見於心與力之間者，何其孳孳而不已也？吾嘗仿佛其意境而得之矣。今夫學無可盡之程也，雖終身不息，而時時皆爲未造之域。此其故，旁觀者不知，而當局者知之，則及之難也。（精言。）學無可據之理也，雖終日自惕，而事事皆爲未保之詣，此其故，無獲者不知，而有獲者知之，則失之易也。（「及」字、「失」字雙提。）是故學莫貴乎其及，而莫患乎其失也。明明若有物焉在於吾前，（刻畫。）乃即之而遠，又即之而又遠，稍有休暇，而遂茫乎無望矣。從事乎其間而出之以踊躍而奮迅，而自視猶歉焉，（轉到次句。）曰：「吾不能進而顧退乎？」勤苦之餘，生其警惕，而所以不使失者，其勤苦真無時已矣。（抱轉首句。）明明若有物焉引吾使往，乃追之而逝，愈追之而愈逝，稍有間斷，而遂畢世不得矣。力行於其途而不敢安坐以熟視，而自慮猶切焉，曰：「吾不能前而乃却乎？」刻勵之中，加以疑畏，而所以不使失者，其刻勵誠無可間矣。如不及而猶恐失，學者之心大概如此。蓋自見爲及，而不及者多矣；自見爲不失，而失者抑又多矣。此學者之通患也。豈真不可及，而如不及，則已及也；豈真有或失，而猶恐失，則有不失也。吾爲學者望之也。前此之學，故我而非今我矣；後此之學，無待而非姑待矣；今此之學，且喜而且滋懼矣。竭吾才力以當之，而傍徨於意計，夫豈有一時之寬然也？學之苦也，或合而亦或離矣；學之艱也，時嚴而亦時弛矣；學之成也，能得而亦能守矣。竭吾精神以赴之，而敏求之弗怠，夫豈有一息之自安也？世之學者，亦有如是焉者乎？

或分講，或合講，「如」字、「猶恐」字，精神滿紙。（趙驂期）

舜有臣五　三節

紀才於虞、周，聖人於其盛而嘆其難焉。夫周才之盛，幾等於舜之五臣，然其難即因盛而見矣，聖人之論蓋爲周慨也。自古受命帝王曷常不需才？蓋有有其才而不以舉事者矣，未有無其才而能治天下者也。（便注「文王」。）每世之隆，則才生焉，而才用焉，自堯以前尚矣，靡得而紀云。故《書》道唐虞之際，（略挈。）《詩》述殷周之世，其盛衰難易之故可睹焉。昔者堯讓天下於舜，舜之天下，堯之天下也，舜之治天下之人，亦堯之治天下之人也。（「際」字於此處，梳櫛分明，後便可一帶過，此虚實互見之法也。）禹治水，稷治百穀，臯陶治刑，契治人倫，益治虞衡山澤，此五人者，先事唐，繼事虞，（於首節中見得「才莫盛於唐虞之際」。）其勳爛焉，莫不聲施於後世，嗣是而有夏，以迨有商，不聞以得人顯，豈遂無之？大抵無如此之盛也。（伏「盛」字。）周以來乃頗可著，蓋我周作人之化，始於文王，（竟提出文王，横甚。）詩人所爲賦《棫樸》也，天下士亦多歸之。武王伐商而有天下，其才皆克盡其用，與禹、臯等争烈矣。（映首尾。）武王嘗自言之曰：「予有亂臣十人。」蓋幸之也。其後數百餘年，而孔子以布衣論述六藝，序列古之仁聖賢人，於我周三致意焉，曰：「嗟乎！人亦有言才之難也。」今以周觀之，豈不誠然乎哉！（插此句，神妙。）天方令周平海内，非一手足之烈也，非非常之人又不能以樹非常之功也。當是之時而才出，且得十焉。十，盈數也，可謂盛矣。惟較之於唐虞之際，其數雖溢焉，而盛稍不及之，外此未有能及之者也。然吾嘗考其姓氏，十人者，得其九焉，其一婦人也。以婦人而與於其中，姑以備乎十之數云耳。夫不難於九而難於一，以此益見才之難也；夫莫盛於周，而猶有惜於周，以此益見才之難也。而况乎世之降與才之衰更微甚，不足數也。嗚呼！可不謂難哉？雖然，才之難也，其出固不偶也。太平之興，必有左提而右挈；奇才之出，不爲庸主與亂邦。商之天下，雖文王少延之，而安得不歸於武而定於十亂也？

敘首節處，即見得「才莫盛於唐虞之際」，敘「才難」二句即插出「周」字，則周才之盛，幾等於唐虞。與周才之難處，不煩言而皆解矣，至其用筆之古雋，段落之奇變，則固歐陽子之儔匹也。（汪武曹）

靈氣繚繞，逸情飛動。（□元功）

唐虞之際　二句

聖人極嘆周才之盛，徵之古而益見也。夫欲知才之難，觀於才之盛之時而可知矣；欲知一代之才之盛，觀於前代之才之盛而可知矣。夫子蓋重有嘆於周也夫。且夫天下如此其大也，古今如此其遠也，而其中之以才見者，何不數數覯也？雖然，亦嘗數數覯矣，得之於一代，又推而上之以得之於往代。蓋依古以來，僅兩見焉，則仍不數數覯矣。才難之語，吾何以信其然耶？儕偶之間，而有才以出於其類，造物豈有愛焉？

而時未至，不能生之；　時既至，不能抑之也。治亂之故，而有才以主乎其間，國家豈不幸焉？而無其人，思得見之；　有其人，又思廣之也。蓋嘗上下千古，而穆然有感於我周矣。（**先提出「周」，有識。**）周之造士非一君，長養而成就之也幾百年，乃始有此戡亂之佐也。帝賚之，岳降之，胡獨至此日而不見絀乎？夫明良之相須也，自古而然矣。而此數才人者，遭知己之英主，建不世之奇績，可謂聖賢相逢，萬世一遇，（**自然妙合，雖成語不嫌。**）而君臣之際何其盛也！（**頓出「盛」字。**）周之作人爲獨至，遵養而時晦也又有年，乃一旦成此太平之功也。（**暗照「文王」。**）天與之，人歸之，胡獨至此日而相與有成乎？夫明良之難遇也，又古而然矣。而此數才人者，或附疏而先後，亦奔走而禦侮，則夫有爲之上，有爲之下，而會合之奇可謂盛矣！（**周才之盛，先做二比。**）夫昔夏后氏亦以任賢而治殷，（**《集注》此意補在題後，文却用在題前，以襯□□□。**）先王亦非無輔而興，皆以振千秋之業，開一代之模，而以較之於我周，其孰盈而孰歉也？無已，其在唐虞之際乎？（**神致縹緲。**）兩聖人相繼而興，一堂之上，都愈吁咈，豈不極盛耶？然莫爲之前，莫爲之後，恐其所得必不至若是盛也。以兩朝而爭勝乎一代，宜見盈也已矣。（**是贊周，不是贊唐虞。**）數聖人應運而出，百年之間，迭相禪讓，又豈不盛耶？或及身而爲天子，或及子孫而爲天子，即不盡然而已不止佐命之才也。以將相而進擬乎帝王，宜稍絀也已矣。是則我周之才，幾與唐虞比隆，而近古以來，未嘗有也，而猶不能無遺憾焉，益知其難云。豈非然哉！豈非然哉！（繳到「才難」，文情宵邈。）

是贊才之盛，是嘆才之難，是贊周，不是贊唐虞。出落之妙，井然有條，亦復飄然流韵，在是題，欲凌前輩名墨而上之。（韓慕廬先生）

禹吾無間　一節

古聖之無間，歷數焉而可信也。夫夫子豈樂得聖人之間而議之？不求其間，不知聖人之無間也；不觀聖人之無間，不知聖人之奇也。且恒情往往刻於論後之人，（擒「間」字翻入。）而寬於論古之人，於古之聖人尤寬焉，徒以震於其久定之名而已。夫惟求之不厭其刻，而卒不予人以可議，而乃益以見古聖人之真。吾嘗上下千古，不禁於禹惝然以思，而悠然以嘆也。蓋吾無間然也。聖人舉事，自不予後人以口實，然一節或疏，使人指而目之曰：「某某，聖人之所短也。」則可惜矣。聖人積慮，自不予吾心以瑕隙，然偶有不當，使人曲而原之曰：「區區不足疵也。」然而已疵之矣。（更刻露。）今吾觀禹，今吾於豐儉之間觀禹。禹之德，天下莫不食之，納總納銍，豈有不足於飲食者？然而菲焉，使概從其薄，而等鬼神於自奉，則已間矣。（帶定「間」字。）而禹不然也，則見爲能致孝者又禹也。禹之功，天下莫不被之，貢絲貢縞，豈有不足於衣服者？然而惡焉，使概從其陋，而等紱冕於褻服，又已間矣。而禹不然也，則見爲能致美者又禹也。禹之績，天下莫不奠之，惟繇惟條，豈有不足於宮室者？然而卑焉，使概從其嗇，而等溝洫於築室，又已間矣。而禹不然也，則見以爲能盡力者又禹也。夫節嗇之君，患不廣大，儉者儉之，舉豐者而亦儉之矣。（兩義夾形極確。）若乃仁人享帝，孝子享親，以至敷土定賦，莫不極一時之盛焉。蓋執中之命，祇承於帝，而克儉克勤，即重華亦以此嘉其績，而遂受命於神宗。（典贍高渾，字字確切。）且恢張之主，患不歛約，豐者豐之，舉儉者而亦豐之矣。若乃罔遊於逸，罔淫於樂，凡其不自滿假，莫不隨所在而著焉。蓋都俞之象，揖讓虞廷，而無怠無荒，即伯益猶以此念其艱，而不遽忘於儆戒。吾之於禹，誠無間然也已矣，是故吾不禁惝然以思，而悠然以嘆也。

金石千聲，雲霞萬色。（趙良治）

如此乃可謂之清廟明堂之音，冠裳佩玉之度。今人以痴肥爲莊重，以猥鄙爲

典雅，安能知此種文之工耶？（韓慕廬先生）

子罕言利　與仁

記聖人之罕言，有相因而及者焉。夫利與命與仁，不類也，而夫子之罕言俱在乎是，則其理爲學者之所當謹可知矣。且人知聖人有有言之教，有無言之教，庸詎知亦有有言、無言之教乎？蓋事有不可不言者，反覆叮嚀，而其旨愈切；繁稱博引，而其義彌新，此子之以言爲言也。（由起講意兩路夾出「罕言」。）事有不可言者，愚者之所驚，每附會於智者之片語；流俗之所喜，輒口實於君子之一言，此子之以不言爲言也。若夫以言言之，又以不言言之，則子之罕言端有在矣。一在利，今夫正誼明道之事，一有計較之心，斯害生。夫天下亦無不利之義也，若置之不言，則世必無去利而趨害之情。（補筆。）然必就利而諄諄言之，則聽者至於忘倦，而貪者有以生心矣。（所以罕言之，故獨能抉出。）一在命，今夫窮通得失之故，一有推測之智，斯術窮。夫天下亦無難知之命也，若置之不言，則人昧於居易而俟命之事。然必就命而諄諄言之，則昏者一切自委，而惰者頹然自廢矣。一在仁，今夫性命精微之旨，一有易視之心，則理晦。夫天下亦無不當求之仁也，若置之不言，則人且無存理而去欲之學。然必就仁而諄諄言之，則妄者驟起而思託，而懦者數聞而生玩矣。（其意乃圓。）或謂利之得關乎命，失亦關乎命，似罕言利而不妨常言命，以淡其謀利之心。而與俱罕言者，命可知而不可知也，姑以介在隱顯者存之而已。或謂利足以奪夫仁，而命亦無與於仁，似罕言利與命而不妨常言仁，以勝其求利安命之説。而與俱罕言者，仁可爲而非易爲也，姑以介在語默者俟之而已。（二比串講，翻「與」字。）學者苟知此意也，（結到「學者」身上。）而敦仁之詣，即在審利知命之中，則罕言之教，較之言與不言也而更大。苟不知此意也，而謀利之私，何必不即在俟命求仁之内，則體罕言之教，較之言與不言也而更急矣。吾故備書之，使學者有以謹焉。

二者不言之固不可，常言之亦不可，故罕言之，顧麟士謂：「題竅只此在。」然所以罕言之故，不爲疏通證明，則於「罕言」二字，終成鶻突。此篇理法兼到。（沈緝之）

大哉孔子　全章

黨人之論聖者淺，聖人亦即以淺者自任焉。夫既美之而復惜之，黨人蓋淺之乎論聖矣。夫子於射御二者而擇其一焉，亦聊以謝黨人云耳。且人之有可名者，其名不已止此乎？（「名」字妙解，其説本陳新安。）故聖人未嘗有所事於名也，乃天下或欲以名求聖人，則聖人又無不可自託於名，以微示名之不足重焉。昔者，夫子生平無所不學，（從「聖人」全量説起，識在題巔。）而不必盡有師承之緒；夫子之學無所不有，而不必盡在六藝之中。雖其域外之觀，幽渺之事，莫不有以應天下之求，而給天下之望，一時共相驚嘆，莫或能名其爲何如人。於是大孔子而以博學當之，且以無所成名爲之惜者，厥有達巷黨人。今夫人之具衆長與具一長者，（從「博學」籠起「執」字意，而以「名」字貫注其間，巧妙之極。）其相去有間矣。然而具衆長者，則必具衆名。夫欲具衆名則已不勝名，乃遂至舉一以名之而不得，而一長之士反得藉藉以其名流播於人間，則是游思衆藝不如一藝之能工也，泛濫百家不如一家之擅譽也。（「執御」意已透。）黨人之意，其或出於此乎？有以黨人言聞於夫子者，夫子環顧二三子在側，乃謂之曰：「夫夫也，將欲名我矣，吾向不知學之中之有名也，繼自今可無念乎？夫夫也，殆欲名我而不得矣，吾向不知世之欲名我而不得也，繼自今可勿審乎？」今夫尋常之事亦非可倉卒而就也，其工力必專，其精神必寂，其日月必久，其服習必熟。是故技藝之名亦非可嘗試而成也，雖有紛華不移，雖有艱苦不倦，雖有毁譽不動，雖有才力不分。（二股只如散行。）如是者，則執之爲也。吾爲衡量焉，徘徊焉，審處而擇一焉，（安頓次節三層無痕。）其在射御二者之間乎？嗚呼！業之易者，名之所歸也；而業之卑者，尤名之所集也，則舍御奚執矣？（接更入神。）夫子之謂門弟子者如此，亦聊以謝黨人云爾。厥後夫子不聞以善御名，而王良、造父，亦止成爲御者而已，然則無所成名何傷？而煩黨人之惜之也？蓋其以博學大孔子，其譽之者已失之矣。若黨人者，不足以知孔子者也。

將宋儒先生之旨細細體認，而一洗從前時解，極有識力。至其篇法之變化，筆意之古雋，更不待言。（汪武曹）

精神圓湛，鎔鑄群義，幾於鍊花成密，可空前後作者。（宋嘉升）

固天縱之　一節

天縱有餘能，賢者之所見大矣。夫聖自聖，多能自多能也，而天縱之聖得兼之，奈何而以多能爲聖乎？若曰：「賜不敏，何敢自謂知夫子？」而就子之言思之，則夫子之所餘者，子且視爲無餘也。（敏妙。）賜也，躊躇擬議之間，而竊有以得夫子之全焉。今子曰：「夫子聖，夫子誠聖也，是則然矣。」子曰：「夫子多能，夫子誠多能也，是則然矣。」而顧有不盡然者。夫子之聖，子不得與窺也；夫子之多能，子不得獨重也。今夫人之限於天也，無如何也。同此理而有德者備之，無德者求纖悉之得焉而不能，莫或予之，斯莫或受之矣。蓋人之所造，必有所止，若吾夫子之聖，徑情一往而無所止，天固聽其自爲止，且聽其不自止也。（洗發「縱」字。）夫子之於聖，無厭足之期，而天偏有以恣其欲，即夫子亦殊出望外耳。（「將」字並出。）同此理而至聖者備之，□聖者求尺寸之加焉而不得，有所受之，斯有所制之矣。蓋兩間之藏，原無其盡。若吾夫子之聖，任意探取而與爲無盡，天固聽其必欲盡，且聽其不能盡也。夫子之於聖，無止息之境，而天故有以遠其途，即天亦自出意外耳。天縱之將聖也，固也。人情於其小者無所惜，而於其大者輒靳之，謂不以所重同所輕也，夫天何獨不然？乃既已於大者無所惜矣，而於小者又何愛焉？於是而夫子有與聖俱見者，亦天爲之矣。（「多能」在「天縱」内。）人情於其大者無所吝，而於其小者輒置之，（轉换靈妙。）謂不以所輕等所重也，夫天何獨不然？是故既於大者無所吝矣，而於小者不屑意焉。於是夫子之聖，天爲之，而夫子又有自爲之者矣，則子之所云多能是也。（「多能」在「天縱」外，二義奇妙。）（二股意匠空靈，「固」字、「又」字神理俱出。）無多能不足以貶聖，而聖無不通，則聖中之緒餘自紛出而各得，是故聖人不於多能求多能也。才人擅其一而足以名家，聖人集其長而止如固有，而子顧猶喋喋乎哉！有多能亦足以顯聖，而能無不具，則聖外之技倆遂動衆而驚世，是故聖人亦正可於多能見多能也。他聖人棄之而於聖無加損，一聖人妝之而於聖亦無加損，而子顧猶舉多能與聖而一視乎哉！固天縱之將聖，又多能也，子貢可謂知聖矣。

此題須用合發，則「固」字、「又」字呼應方緊，然又苦「天縱」之義不暢，作者極力洗發「天縱」句，雖用截講，而「固」字、「又」字神理，正能曲曲摹勒。（吴荆山）

吾少也賤　故藝

聖人因時人之稱而憶其昔之事，（古體。）門人即聖人之意而述其昔之言焉。夫夫子誠多能，然其由來也久矣。即多能之故，夫子之自白也又已久矣，而太宰顧猶喋喋乎哉？且人之知聖人，不若聖人之自知也。聖人之自知者，可以共信於師弟子之間，（帶得住。）而外間之論議，則又有不盡然者。聖人任焉，又謝焉。其任焉者，略述生平而已見也；其謝焉者，偶然嘗試而不居也。太宰之聖孔子者以多能，而孔子曰：「太宰知我乎？雖然，太宰知之矣，太宰之所知者，故我而非今我也。今吾則既老矣，（神致。）身居卑賤，尚無改於故常；　而風負□能，又且漸至銷滅，吾何能無感也？然而忽忽窮年，不知老之將至；　而悠悠衆論，亦動我之遐思，吾何能自已也？才華之發，多在年少之時，蓋可欣可嗜之端，經耳目之睹記而易入也，不甚愛惜之歲月，而泛濫於無足輕重之百家。君子常痛之，而斯時不覺也，吾固已身試之云耳。（層次融□。）而況艱鉅之任，不及微賤之身，凡一名一物之故，竭旦暮之取携而無禁也。匹夫常愛慕於名山之藏，而幽人多涉獵於紛□之態，君子常悲之，而斯時不顧也，吾固已躬習之云耳。（兩比只如一比。）然則太宰謂吾多能，誠如太宰言。嗟乎！能則多矣，而其事亦已鄙矣。（神致。）匪第吾鄙之，凡爲君子者，固莫不鄙之。（借「鄙」字帶下，捷甚。）何以知君子之鄙之也？於君子之不多，而知君子之鄙之也，則是君子固無傷於不多，而惟不多乃以見君子乎？假而太宰於吾之多能，而爲鄙之之辭，吾誠不能不引太宰爲知我者矣。」由夫子之言觀之，則是夫子未嘗不多，而不以多自居，而不以多爲貴，且任焉，且謝焉，此日之所云云爲太宰云，而有不爲太宰云者。疇昔之言，二三子猶能謹誌之於心，不敢忘也。牢曰：「是説也，夫子常爲我言之曰：『吾不試，故藝。』」（落末節，閒逸。）嗟乎！惟不試焉故藝，使其試焉，未必藝也。藝也於夫子何加？即不藝也，於夫子何損乎？夫夫子之不試，夫子之不幸也，於不幸之中而得藝焉，而不謂窮老之後顧，（顧「少賤」。）即以此見譽於人，而嘖嘖稱之曰聖。聖人方自鄙之，而人且從而聖之，是人之知聖人，果不若聖人之自知也。（淡宕。）

疏疏淡淡，正爾風神絶世，良由沉浸於古人而得其神理，故雖不經意處，自然落筆妙天下也。○凡讀古人書，須遺其糟魄，得其神理，苟唯唯於古人之字句，雖極精妙，皆糟魄也，況又專取其嶮劣不經見者，詫爲奇特，豈不令識者發噱耶？（吴荆山）

「水流心不競，雲在意俱遲〔八二〕」，昔人以爲杜老此語可以見道，田有此文亦然。（顧虞佩）

有美玉於　一節

觀聖賢之相與度者，而輕重之衡見矣。夫重者而不知所以重，是輕之也。聖賢之問答，其旨不已可睹乎？而豈玉説哉！且世有深自晦匿而無所示於天下者，其中本無具焉，而奈何不匿之以自文？而世且往往指目之曰：「是必有異也。」（用意甚别。）夫果其所具之非常，正不妨與天下相見，而特不知其所以見之者何如也。使其所以見之者有未善焉，是又與於無具之甚者也。（淡逸。）今夫獨知之契，聊以蓄於平居；而光華氣澤之流，即終古而常存不敝。相賞之深，不可望於庸衆；而孤芳幽質之投，閱世而一試無期。如是而有心者，遂不能無低徊審顧於斯矣，（落「斯」字，悠然神遠。）將超然高舉以全貞乎？寧從容委蛇與世浮沉乎？將懷瑾握瑜，自引去乎？寧輝煌廊廟以爲重器乎？將泛泛焉淪落塵埃，不自愛惜乎？寧擇人而獻，以邀一售乎？或韞匵而藏，或求善賈而沽。子貢曰：「是二者，夫子何以處美玉也？」（倒出「美玉」，窈眇不可言。）雖然，美玉何常之有？有時藏之而美玉如故，沽之而美玉如故，則真美玉矣；（先將「沽」字身分説得高。）美玉未嘗不可沽，乃一沽而已非美玉，則其所挾原非美玉也。（連用數「美玉」字，如《檀弓》「沐浴珮玉」句法。）子曰：「賜爲美玉計。」曰：「沽之，沽之，誠是也，豈必更計哉？」而賜獨奈何曰求也？夫亦既求之，則必無善賈。（翻得快。）彼以善賈至者，豈猶是庸俗之耳目？人固以不求而至，非以求而至也。就令求而至焉，而在己者，玉之瑕已有可摘；而在人者，賈之出旋滋其悔也。是惟待焉，不必絶人以逃世而静以俟之。其至也，玉且爲彼有也；其不至也，玉終爲我有也，是則我也。且既求之，則不必善賈。始也以善賈相期，卒阻於時命之不猶。於是乎少有賈而亦沽，即無有賈而亦沽也。就令不欲沽焉，而既以難必之賈徇其求，遂以無益之求喪其玉也。是惟待焉，不必希世以求合而無心聽之。其可以沽也，不必却之而去也；其不可以沽也，我亦無如何也，是則我也。而賜獨奈何曰求也？嗟乎！聖人之美玉，世未有以善賈至者。而碔砆之似玉，識者笑之，庸人寶焉，紛紛者皆是也。（遥應小講意。）而或者不察，謂是聖人之緘縢而守之，亦已固矣。（宕甚。）

説「藏」字、「沽」字，用意迥不猶人。講「待」字，轉從「善賈」着筆，而美玉身分愈見，亦復超而又超。其前路倒出「美玉」，後幅點醒「我」字，兩兩寫照，妙於離即遠近之間，别有微會，可謂文外獨絶，故吾每嘆作者爲文中仙也。（何屺瞻）

不作瑰奇譎怪之語，而温潤清栗，莫掩其寶。（陸麟度）

求善賈而沽諸

再設爲美玉計者，有沽之一説焉。夫沽則必須善賈，而善賈恐非不求而得也。子貢之設爲美玉計者又如此，其意曰：「吾不敢執一説以處美玉也。夫玉也，以其有用也而美之，乃以其無用也而置之乎？雖什襲以藏之，猶之乎置之也。夫然則賜也，竊更端以請焉。」夫蓄之於家，徒自睨之，而世顧弗貴也，以爲是雖美好，無與於我也。一旦公之於世而不吝焉，則莫不欲得之以歸，而風塵之中各目誇其賞識。（入情。）且私之於己，雖自珍之，而世亦不信也，以爲是瑕瑜，皆不可知也。一旦出之於世而果奇焉，則莫不欲握之以去，而某氏之璧遂名於人間。（古雅。）吾是以轉爲美玉計，而有沽之一説焉。沽則必讎其直，物之多者其直少，物之少者其直多，而美玉則其直甚多也。是故徒手而來者，不過嘆息而去，即稍有所挾者，亦不敢輕出之口也，何者？其賈不善也。（説盡「賈」之難得，以見得「當求」。）沽則必視其時，物有非其時者，時所賤；物有當其時者，時所貴，而美玉則其時甚貴也。是故有不訾之息者，必取不訾之償，即稍有所贏焉，亦不肯遽出之懷也，何者？其賈欲善也。雖然，吾愛玉，而人亦愛賈，吾之玉尚欲捐以予人，而彼之賈偏欲嗇之於己，如是而美玉將何時得沽乎？（説俗情乃能如此古雅。）人即不愛賈，而未必不愛善賈，吾方不滿志，而彼則以爲□遇其情，吾方拒其請，而彼則相率望望而去，如是而美玉將何人能沽乎？則或者求善賈而沽，亦無不可乎？且夫世俗愛憎之情，僞者易售，而真者莫知。碔砆之似玉，爭以善賈購之，而咨嗟愛玩以爲奇。

及良玉當前，而顧盼曾不一及。（可慨。）是故權一時之宜，而不妨執人之裾而視之也。處於庸耳俗目之間，（「求」字有斟酌。）而稍露其光華，以使之知所貴重，而善賈其或至矣。不然，則被褐懷之而已，而孰愈乎？（繳轉上句不測。）抑流俗耳目之際，習見者以爲常，而乍見者以爲怪。市肆之所鬻者，以善賈雠之，而共知共見而無所疑。至於良玉在璞，即相顧駭愕而不敢决。是故俯就一時之情，而不妨泣血以相明也，雖不至自衒自媒之污，而稍親其蹤迹，以使之知其端倪，而善賈其或可得矣。不然，則草莽委之而已，而庸愈乎？（可慨。）夫子必有以處之矣。

太史公《貨殖傳》説市肆鄙瑣事，皆成千古至文，不意時藝中亦有此筆意。（汪右衡）

逐層脱卸，深淺相生，是先輩遺法。其曲中人情，則先輩不能到。（方百川）

琅琅大雅，絶非人間韵也，讀者换却世上心，乃能得其旨趣。（韓慕廬先生）

沽之哉沽之哉

聖人决於沽，故不覺其辭之再也。夫非美玉而曰「沽之」、「沽之」云者，（承便作意。）豈誠可沽乎？玉既美矣，如之何而不沽？此聖人所以沽之决也。且夫事之可以宛轉而商者〔八三〕，雖商之而不敢决也〔八四〕，即决之而猶有可商也。（開口便得兩「哉」字神情。）若夫事有必至，理有固然，則原不必别設一念，以躊躇於其間矣。賜也以美玉爲問，而其説有所爲沽者，豈不誠然乎哉？儒者爲席上之珍，寧以知希爲貴，假而深自晦匿，是草莽委之也。榮光方滿於天下，而想望空切於斯人，即安用是美玉爲乎？匹夫有懷璧之罪，烏得獨擅其奇，倘或故爲秘惜，是碱砆視之也。精神已見於山川，而大寶不登於朝廟，吾爲有美玉者惜矣。（先反頓二股以養局勢，意調亦新。）是故吾一聞沽之言，而不覺有當於余心也。吾久有沽之之一念，而〔八五〕至是不禁其决於口也。有是哉！懷寶者之不可不一試也，固若是哉！玉人不世出，誰爲賞識之深？然不得並此玉而疑之也。（雋妙。）將以爲重器也，則沽之；將以庇喜穀也，則沽之。蓋自有美玉，而思所以處此玉者，更無他圖也。沽之沽之，而恐其晚矣。（是兩句神理。）有是哉！（先揭起兩「哉」字。）抱璞者之不可獨自私也，固若是哉！三代不可興，誰作圭璋之選？然不得並此玉而料之也。内度之已也，宜於沽之；外度之世也，宜於沽之。蓋自有美玉，而求所以無負此美玉者，止此一策也。沽之沽之，而何必疑矣。（摹寫兩个「沽之哉」，誰能有此筆妙？）事有出於兩可者，一以爲沽，一以爲不沽，此必非美玉而後可也。美玉未有不沽者也，雖沽之之時未有期也，（含下意。）而沽之之念曷嘗一日忘也哉！（扣住本句。）理有出於一定者，既以爲沽，豈或更以爲不沽？此誠美玉也。美玉未有不沽者也，雖沽之之人未可必也，而沽之之理豈可一日易也哉！不以求爲沽，而以待爲沽，此我之所爲沽之〔八六〕也。

筆筆是疊句神理，渾身機趣，絶世無雙。（韓慕廬先生）

吾自衛反魯　一節

魯之樂與詩，非聖人不能正焉。夫樂之不正也，《雅》、《頌》之不得其所也，豈細故哉！自夫子正之，而惜乎其不久而又亂之也。且天地之和與人心之故，皆不能鬱而不泄也，而達之於聲。或聲之於廉肉豐殺之間而爲樂，或聲之於語言唱嘆之間而爲詩。（「詩」、「樂」並起。）夫詩與樂既出於聲之不容已，則又以其聲相從焉而相應焉。（「詩」、「樂」串說。）是故賦詩以見志而不能無樂，作樂以審音而不能無詩，是二者固相因以爲用者也。自世衰而政廢，先王之迹遠矣，其可見者尚存於樂與詩。然而浸尋變亂，豈復能安其舊、守其常哉？（先出「詩」、「樂」轉到「魯」，鋪叙都是古法。）雖以魯秉周禮，猶不能免焉，其他則又何説耶？世無好古博雅君子爲之整齊考訂，以故其散亡日日已甚，吾恐歷數十年，更歷數十年，不復有樂，不復有詩矣。（爲「吾」字起一波瀾，沉鬱頓挫，興會入古。）吾嘗有慨焉於此而欲釐正之，然而徬徨道路，卒卒無須臾之間，私心自計，以爲能行先王之道，即盛世之音可復作，而太史之陳可復睹也，而今已矣。於是遂從事於樂，以及樂之章。蓋自衛而歸然後舉也，樂之章爲何？曰《雅》、曰《頌》是也。（倒點首句，古絶、妙絶。）夫習常蹈故，吾不敢也。何者？所任何事也？抱殘守缺，吾不敢也。何者？所失已多也。（又頓二小比。）吾爲考之於古，證之於今，度之於義理，參之於見聞，於是陳其器數，察其聲音，調其節奏，補其缺失，理其性情，序其次第，去其訛謬，按其辭章，别其格製，而樂非復前日之樂矣，而《雅》、《頌》非復前日之《雅》、《頌》矣。（此《左》、《國》排句，非東漢排句也。）正者如彼，各得其所者如此，此則吾之區區不能以自已者也。嗚呼！余窮於世久矣。所如不合，困而歸，歸而著書，而詩與樂猶得睹其全焉。後有志者，守而勿失焉，斯幸已矣。（「曲引向闌，衆音將歇，改韵易調，奇弄乃發。」）

「桐間露落，柳下風來」，則此文之清幽也；「驅馭陰陽，裁成風雨」，則此文之奇横也；「宛雲霞之在目，眇江海而爲心」，則此文之風神也，百餘年無此作矣。（汪武曹）

詩者，樂之章，詩得其所，樂得其正，自是相爲表裏。然此章詩、樂並重，「樂正」，「《雅》、《頌》各得其所」兩句平列，《集注》亦詩、樂並舉，無側重之説，時文詩、樂糾纏，一種謬悠不通之論，傳染不可止也，得此正之。（韓慕廬先生）

後生可畏　一節

勉後生以及時，無使可畏者不足畏也。夫畏後生者，畏其四十、五十也，早知其至是而無聞，則向之畏之者，其何爲者耶？故後生不可不勉也。今夫時者，難得而易失也。然人固莫不嘗有其時矣，乃有其時而不能及時以自勉，致令以人所難料者，即反爲其所可料，則是其患固在虚有乎其時，而非時之果難得而易失也。嗟乎！天下之不足畏者豈少也耶？而非所語於後生。夫後生之在今日，則猶無所聞也，則猶不如人也，而且以爲可畏者何與？後生之歲月無涯矣，倘乘其年之富，而不安於今之不如，則一奮迅間，而聲稱固已籍甚矣，而人且以有涯者對之，安得而不畏也？後生之材力有餘矣，倘因其力之强，而不限於今之不如，則一振興間，而譽望固已藹然矣，而人且以無餘者對之，安得而不畏也？然無何而忽焉四十矣，（雋快。）時可以聞矣，然而已坐而縻之矣，至是而不如人，殆終不如人矣。而忽焉五十矣，時更可以聞矣，然而又瞬息而去之矣，至是而不如人，則真不如人矣。垂老而方向學，則精力已衰，即竭蹷以從事，固不敵前此之暇豫矣。況浸尋荏苒而至此者，其人豈復有志乎？寸長曾無可録，亦寂寞自傷，雖期許於疇昔，固不償今此之賤簡矣。乃徒悔恨悲思於往日也，其時豈復可再乎？（似晉魏間人吐屬，其字字警動，讀之如冷水澆背。）斯亦不足畏也已。嗟乎！夫非向者可畏之後生也耶？而奈之何出於此也。後生之後，復有後生，可畏之年竟無足畏，是故君子惟日孳孳，不敢暇逸，固已道積於當年，譽流於百代矣。嗚呼！後生其念之哉！

上下照合寫來，説得「可畏」、「不足畏」一時俱到，最爲警切，神摇意顫，環身電飛。（劉大山）

凡爲後生，當各書一通於座隅。（白楚惟）

子曰法語　二〔八七〕段

言之感人也不同，而人之聽言也有要焉。夫聞言而不從且説者，其言必不善也，乃亦既從矣説矣，猶未爲貴焉，聽言者其可苟而已哉？今夫人之聽言也，有其所必然，亦有其所當然。必然者存乎人，當然者存乎己，必然者人之所同然也，亦第盡乎其所當然者已矣。蓋人之有過也，而吾旁而觀焉，徐以俟其自改，不可也。（同□倒入，用意更超。）是莫若使之改之，使之改之奈何？曰：「其蔽已深，而淺以言之，恐不相入也；其勢已急，而緩以言之，恐不相及也。」其道蓋在於法語之言矣。正議直指，而叮嚀以戒，痛哭以陳，在吾非以□直鳴高也。雖有拒諫者於此，將欲覆蓋之而其情已彰，將欲□置之而其理已逆，將欲辨難之而其辭已窮。吾固預知其從也，而果從也，夫從之是矣。然而進言者且曰：「吾之所冀於彼者，不第從焉而已也，而翻然，而勃然，其愧悔生於兩人質對之下，而轉移在於一時震動之間，則改之也，則真能從之也。」蓋至是而聽言者無餘憾，即進言者亦已無餘望也。抑人之有過也，而吾熟而視焉，無故欲其自繹，不能也。是莫若使之繹之，使之繹之奈何？曰：「其機可引，而特患以激之者塞之也；其情可通，而特患以驟焉者傷之也。」其道蓋在於巽與之言矣。從容委折，而義可旁及，旨亦多風，在吾非有齟齬不入也，雖有至愚者於此，聞其説而深喜其説之能工，諒其情而不覺其情之爲我，浹其意而不禁其意之自開。吾固遂知其説也，而果説也，夫説之是矣。然而進言者且曰：「吾之所冀於彼者，不第説焉而已也，而穆然深思，而睪然高望，得其意思深長於語言之外，而竭其神明領略於反覆之中，則繹之也，則真能説之也。」蓋至是而聽之者無餘責，即進之者亦已無餘念也。非是者，從而已矣，説而已矣，吾無貴焉。（點得變。）

語無泛設，字不妄下，題句中實處疏得確，虛處鈎得醒，奔軼絶塵之才，政難兼此細膩工夫也。（何屺瞻）

一往御風，筆筆起北海入南海，坌□霾霧，爲之悉浄。（姚君山）

與衣狐貉者立

與立者而非其倫，常情之所難也。夫衣即狐貉，而與之立者，亦何傷乎？自衣敝緼袍者處之，則極難耳。今夫人之相與，（從「與」字起，方能截上。）未有不從乎其類者也。

非其類而相從，則或有難以處人，或有難以處己者矣。 袍而緼耶？緼袍而敝耶？夫夫何獨至是耶？境處其窮則心易足，此亦未嘗不安也，目無所觸則感不生，此亦可以自適也。（題前頓跌，切中人情。）即天下豈少若人耶？兩者相遇則必相憐，亦可以自慰藉也； 兩者相習則必相忘，亦可以自優游也。 然而不能無所與立者矣，所與立者，居然衣狐貉者矣。 天下之富貴者必章其身，彼豈能於單寒者而一有所庇耶？（雋冷。）而其衣則亦既麗且都矣。 假使彼人者而獨立無與，則第自顧矜重已耳，而以貧寠者之介於其側，曾不足一當其顧盼矣。 天下之富貴者，其中未必有，安得不於被服者而盛其飾耶？（更妙。）而其衣則因已安且燠矣。 假使彼等者而相與立焉，則有互爲誇耀已耳，而以鶉結者之處於其旁，適足以佐其驕倨矣。（未經抉摘。）以人情之好靡也，見一衣之貴者，輒耳而目之，未必其人之可貴也，而莫不貴之矣。 乃又有賤者與之相形，則衆人之耳目不更有難堪者乎？（從旁觀者襯起「耻」字，筆勢凌厲。）見一衣之賤者，輒輕而忽之，未必其人之果賤也，而莫不賤之矣。 乃又有貴者與之相形，則衆人之輕忽不更有甚焉者乎？（兩面寫「與」字。）嗚呼！ 狐貉者，未必賢於緼袍，而當其與立之時，賢不賢非所論也。（趨下「耻」字，一□緊□□。）狐貉者，未必加温於緼袍，而當其與立之時，温不温亦非所論也。於此而能不耻者，不亦難哉！

每一落筆，輒雋色遠拂，含醖不窮。（汪紫滄）

此題季重、正希皆有名作，正希於法尚有疏漏，而季重累句更多。得其風神，去其疵病，不能不心折於斯文矣。（韓慕廬先生）

不忮不求（八八）

舉《詩》之詠不忮求者，賢者已有合焉。夫或忮或求，貧者之常也，非子路而誰能免乎？且夫人之所耻者，莫過於貧富相形之際，我不能甘於所耻，而其情激矣；我更欲去其所耻，而其志貪矣。此或忮或求之所以紛紛然交乘而不已也，吾兹於由也有異焉。由也非必有所矯强而爲之也，而炎凉之態不以累乎其心；由也固已迴出乎沉溺之徒也，而人我之間不以動乎其念。豈非《詩》之所稱「不忮不求」者耶？且夫人之所以多所忮者何也？豪華之境，誰不慕之？有得者焉，有不得者焉，而不得者，遂生心於其際矣。彼獨何人歟？而吾莫之及也。吾不能如彼，則冀彼之如我耳，是所爲忮也。（□語辭□。）而人之所以多所求者何也？時命之窮，誰不悲之？有得者焉，有不得者焉，而得之者，因顛倒於其間矣。我乃至是歟？而人曾莫之援也。彼有以加乎我，吾不能不屈於彼耳，是所爲求也。而以好義者處乎其間，則固舉此心而絶無之矣。吾之困窮，非彼之所爲也，彼之通顯，非奪之吾者也。（可□□世之憤憤者。）人嗜之而從而羡之，羡之而又轉而妒之，是數者，好義者舉皆無之也，而何忮焉？而以有勇者處乎其間，（都切子路講。）則又舉此心而盡泯之矣。若慷慨者耶，而吾不受其憐也；若齷齪者耶，而吾詎又佐其傲也？人自悲而轉而自輕，自輕而又轉而自貪，是數者，有勇者舉皆無之也，而何求焉？則是由之心豈復有所累，而其念豈復有所動也？何用不臧，吾爲由也美之矣。

微情雋氣，傑爾孤標，自正希先生後，不復有此種筆意。（汪武曹）

唤醒俗情，點化□態，清姿雋致，觸緒紛□。（弟□聞）

子路終身誦之

賢者之誦《雄雉》，有若將終身者焉。夫《雄雉》之詩固宜誦，而何至誦之且終身也？子路之爲終身計者，豈竟無出於是詩耶？且夫人沾沾而自喜者，則必戀戀而不能忘。（畫出題神。）故雖一日之事，而一似永矢弗諼焉者，其志可謂勤矣。而其自喜抑已甚矣，如子路之誦《雄雉》是也。想此詩也，子路蓋久已肄業及之矣，而不知其與此適合也。及知其與之合，乃恍然曰："「此二言者殆爲我賦也。」不禁其欣欣而色動矣。抑此詩也，子路又必以古人視之矣，而不知其身已至此也。既知其已至此，輒惕然曰："「此二言者庶幾勿忘也。」（從「自喜」翻出「自警」一層。）不禁其念念之在兹矣。（起二股輕叙題面以後，反覆抉出其所以然。）凡古人之言，有誦之而等於不誦者矣，在《詩》、《書》者一人，對《詩》、《書》者又一人，則雖誦之而不知其旨趣之所存，有倦而思去耳。（承起二股意暢發。）以子路而誦《雄雉》，己之所能者而爲之吟諷其文，真覺反覆有餘味者，一日二日以至於日日，心與口之間，莫非《雄雉》之兩言矣。凡古人之言，有誦之而不但一再誦之而即已者矣，其所刺或中吾之疾，其所稱或開吾之蔽，故必常常誦之而以爲箴銘之自警，則雖久而不可或釋耳。乃以子路而誦《雄雉》，身之所歷者而爲之歌詠其懷，亦覺服之而無斁者，歷月逾時以至於久，寢與食之餘，莫非《雄雉》之卒章矣。在子路不自覺也，而自旁人見爲如是；在子路不自以爲過也，而在旁人見之熟矣，是殆將終身以之者也。津津自幸，豈必真到於終身而驟有快於心，遂常以形於外，其勢直且循習於無窮。（「終身」説得活。）默默自會，豈必時形諸口耳而舉念更無他念，則一時遂若多時，其情必至終身而後止。（「誦之」説得活。）蓋人生過人之事原不能多，偶一有之，則睥睨顧盼，必且展轉而故欲示之，而不勝區區之自得。且人情於閱歷之地原不能忘，偶一過之，則低徊宛轉，必且熟視而不忍去之，而不覺時時之在目。（就「人情」上泛説，是推開一層，波瀾更覺不窮。）子路之終身誦也，猶未免若是也。前此未嘗不誦，亦止誦之云耳。自今誦之，而忽覺輟業之無期，後此何必不誦？誦之亦無譏也。但自今誦之，而何至萬事之俱廢？子路得無曰：是道也，果足以臧也耶？

先輩論作文，須設以身處其地，目擊其事，體貼一段精神出來。觀此篇之體貼子路，並體貼記者目中之子路，真有十分精神，昔賢惟正希能辨此耳。（韓慕廬先生）

以仙筆寫人情，百讀不厭。（汪獻其）

歲寒然後　一節

物有不遽知者，不遽知而物非常物矣。夫能爲可知，而不能必見知，及其知之而知已後矣。松耶？柏耶？亦若是焉則已矣。且夫世俗之情，止目前之爲見也，而所失於目前者顧豈少耶？不久而敗者，而名且歸之矣；愈遠而常存者，而人且皆去之矣。假而非其所見者之自爲暴，著而不可掩也，則其情直與之終始焉已矣。（又翻入一層。）嗚呼！知豈有定哉？而又曷嘗無定哉？知有互更之勢，倏而不知，倏而知，非好爲是展轉也，庸耳俗目，有使之者也。知有難易之分，或不可知，或可知，非果有所隱顯也，情見勢出，本無心聽之者也。（方是「松柏」身分。）今夫松柏者，不與物同其榮，亦不與物同其辱；即與物同其榮，而不與物爭榮；即與物同其辱，而不與物分辱。試指以語人曰：「此後彫者也。」而人不知也。彼與松柏並時而出者多矣，人且環顧熟視，而相與慕艷其芳華。至於松柏，則遇之而不睨。或曰：「是落落者無奇也。」或曰：「視他草木庸愈乎？」而松柏自若也，非是無以爲松柏，此松柏之所以奇，此松柏之所以愈於他草木遠甚也。夫人而不知，不知矣，然亡何歲寒矣。（出「歲寒」神妙。）天之所以試物者，物遇之而困，其所積者薄也；天之所以成物者，物當之而摧，其所發者盡也。（吐屬總別。）不有松柏則飄零摧敗，人豈不歸咎於歲寒之爲禍暴矣哉？噫！衆芳之摇落也久矣。前日之鬥巧矜靡者，忽以澌盡銷滅於無遺，而當此蕭條寂寞之際，獨以其幽姿勁質，相與力抗於荒墟朽壞之間，此豈可不爲之愛惜而貴重歟？夫此之松柏，非有加於向之松柏也。(詠嘆淫液。)松柏不言,而觀者太息,蓋至是而乃太息也。夫向之松柏,非有異於後之松柏也。松柏如故,而稱者神往,蓋至是而始神往也。而松柏亦自若也,知不知何足以輕重松柏,吾獨惜夫人之莫知,即知之亦莫能早知。夫知之於後,孰若知之於先,使非歲寒松柏則已矣,人其如松柏何哉?嗟乎!風塵世路之中,而沉没乎奇才異質;憂患困窮之内,而感嘆乎志士仁人,豈有異於此乎?世之君子常守後彫之節,不改歲寒之心,即不知何傷,不知固松柏我也。

煉得氣清,則凡骨自化,此等文亦唯有輕清之氣,往來紙上,其筆與《南華》爲化也。(何屺瞻)

蕭然高寄,古筆深情。(丁木公)

唐棣之華　全章

逸其詩而存其説,欲以借其言而立之訓也。夫詩之説在思,而言之旨在遠,自聖人斷之,而知天下之無遠,而思之不可以託也。且夫人之言,其不可以有所託乎?有所託以自解免也,而卒其不可以解免者,即於其所託之言而知之。(清亮。)蓋人之心,可以無所不及者也。今曰不及者，終困於莫之及也，是失其所以及之之具也，而姑以及之者自託焉，烏得以解免乎哉！今夫詩人之致，每感慨而流連，賦家之心，多纏綿而委曲。（一派幽光集於紙上。）乃若感慨流連之内，而寓窘窮無計之情；纏綿委曲之中，而有淡泊相遭之意。蓋睹逸詩可異焉。彼其寄興於「唐棣」，而移情於「偏反」，而後自言其所能爲者曰「思」，其所不能爲者曰「遠」也。若曰：「已矣，吾之思有弗至焉，吾之咎安辭也？既思矣，而遠實阻之，如之何矣？吾之思有弗至焉，猶可用其思也。既思矣，而遠實阻之，吾無望矣。」由此觀之，是遠之足以困思，而思之無以致遠也。後之君子，倘亦有讀其辭而悲其志者乎？子曰：「是詩也，吾嘗誦之云耳，而豈然哉！而豈然哉！（古文化境。）夫聊試一思焉，而即以爲不遠，吾不敢必也；若夫深用吾思焉，而猶以爲遠，吾不敢信也。（本圈外程子二語，先頓二比。）是故思之所之，而天下不復有遠，何者？吾欲如是則已如是也，無遠境也；使爲遠之所域，必吾心不復有思，何者？吾不欲如是則已不如是也，非思咎也。」（四股只如一股。）夫詩人之所以云然者，意將以自謝也，而何可謝也？事本屬於未然，雖有易及之途，而不能得於心之所不至；心苟至焉，而後知天下之無難也。且詩人之所以如此云云者，又若以自悔也，而何可悔也？境既由於未涉，雖有徬徨之語，而不能掩其情之所不深；情苟深焉，而後知吾心之無滯也。（二比爲題中數虚字摹神。）讀是詩者，其毋爲此所惑也夫！（結出「立言」本旨，又遥應中間「後之君子」句。）

程子謂聖人此語「極有涵蓄，意思深遠」，作者妙得神會，其文境之妙，如曳冰雪於半空。（汪武曹）

偏其反而

咏華之致，詩人之寫物則工矣。夫偏耶？反耶？不已足以盡華之致耶？詩人之欲寫其心而先寫物者如此。且天下之情生乎動者也，果其能動也，則無情者亦見爲有情也。（照注「摇動」意起，貼切「偏反」。）夫無情者，孰有如物態乎？而吾試取唐棣之華而觀之。華之美者，其質也。而質必具〔八九〕夫韵，而其美乃章。夫韵〔九〇〕不生於静而生於動也，一動而飄然流韵，其妍麗有倍於平時者矣。（工雅可喜。）華之媚者，其色也。而色必兼夫態，而其媚乃顯。夫態亦不生於静而生於動也，動不一動而紛然作態，其靡曼有予人低徊者矣。於是爲之流連俯仰，且復爲之輾轉旁皇，則見以爲偏耶？反耶？

其斯華也耶？吾方以疑〔九一〕愁之目對若華，而正睇以寫其心憂。（隽色遠拂。）不料正睇之而不能盡者，轉側覷之而使我且憐而且疑也。豈零露瀼瀼而弱不能勝，零露瀼瀼〔九二〕而困不能支，故乃爲是掩映者耶？（描寫工絶。）吾方以欣賞之心對若華，而一覽以求其無餘。不料一覽之而不能詳者，迴旋視之而使我欲離而欲即也。豈風其吹女而力不自持，風其漂女而蕩不自禁，故乃爲是歷亂者耶？草本〔九三〕無知而其華必向人而開，（妙絶！）此物理之一奇也。而令〔九四〕之若向而若背者，獨有參差不偶之形，何爲者乎？（影照〔九五〕下意，風趣無窮〔九六〕。）予之所邁〔九七〕亦有如華焉者乎？臭末〔九八〕相親而其生〔九九〕必依人而快，此物情之可念也。而兹之若就而若避者，獨有形影相吊之憂，何爲者乎？予之所見亦有如斯華焉者乎？忽抑忽揚，乍前乍却，不止同桃李之不言；而如墜如遺〔一〇〇〕，且傾且側，何自比管茅之相得？（下意宛然可思〔一〇一〕。）在人情於得意之時，賞心僅領其大略。而每於無聊之日，輒刻用其尋求。華之偏反，非吾之懷抱不能見也。（下二句於此句中做出，雙管齊下。）何者？志不在此，故在此也。（妙！）在人情於群囂之地，美景亦或忘乎咨賞。而每於寂處之鄉，偏能工其摹寫。華之偏反，非吾之境況不能知也。何者？意在於此，故不在此也。（轉换尤妙！）嗟乎！人遠不見我，獨伊何哉？

就詩人意中摹寫情事，姸悦之中亦復悽婉，尤妙。字字關照下意，情生文耶？文生情耶？令我百讀而不厭也。（李鶴君）

物色生態，菁葱滿眼，「世間何物似情濃」？我欲起若士先生而問之。（魯亮儕）

花花相對，葉葉相當，轉折動蕩，盡態極姸。（范深源）

其言似不足者

言之不敢肆也，見於過位之時焉。夫言似不足，則其言之謹可知矣，豈曰此虚位也，而可肆焉以過之耶？且人之對於君也，（以對君時襯起。）天威咫尺之下，往往有不能盡其辭者。而至於君之不在，則雖素不足於言者，至是而亦若有餘於言，何者？地遠則出之於口而甚便，敬弛則捫之於舌而甚難也。（精切。）夫子之過位，色容足容之無不敬矣。其言則何如？當其言之於鄉黨也，疑之爲似不能言。不能者，不僅不足而已也。而此之過位，其言不必若是也。及其言之於宗廟朝廷也，擬之爲便便。便便云者，無不足之辭也。而此之過位，其言必不若是也。吾則見其似不足云。言脱於口而後若無以繼之，口豈不能文？（刻畫工細。）而口之含吐，若甚拙於文，一似出之而輒跆也，儼如君之臨其上焉，而留其不盡者，以茹之於口。言寫其意而若困於無以達之，意有餘於言，而言之分數，往往少於意，一似出之而易窮也，儼如君之立其位焉，而慎言其餘者，以凛之於心。故此時之言也，不難於足，而難於不足也。且此時之言也，不足猶不見其敬也，惟似不足而乃見其敬也。其或與下大夫言歟？而至是則似不足於侃侃矣。彼之言者，得無有盡□而無所忌者乎？而夫子忽焉絀於辭也，下大夫所不料也。（筆致甚妙。）其或與上大夫言歟？而至是則似不足於誾誾矣。彼之言者，得無有盡出而無所難者乎？而夫子忽焉吶於口也，上大夫所不解也。平日之謇謇諤諤者，一過位而近於唯唯諾諾焉，嗫嚅之態，夫子有所不自知。他處既言之緘其口者，一過位而更覺耳之屬於垣焉，過此以往，而夫子之言又當何如其慎？吾志夫子過位之敬，見之於其言者如此。

「似不足」三字，用意刻畫，不著一筆，詞采高绝。（汪武曹）

上如揖下如授

擬手容於所執，見高卑之得宜。夫如揖如授之間，心之所在也。聖人之執圭也，而手與心齊，其高卑之無或過也如此。昔春秋之時，有執玉之俯仰，而識者遂以卜其爲咎徵，（開口便擒定題面。）此在人主之自爲執者，且不可以不謹，而况執君之所執者乎？子之鞠躬而如不勝也，以言乎其身也，而吾更以形乎其手也。手不能無揖，有爲天揖，有爲時揖，有爲士揖，即出使行禮之時，安必無揖？而執圭之時，則揖非其所有事也；（跌「如」字。）手不能無授，或啓櫝而授宰，或屈繅而授賈，或述命而授介，即出使行禮之時，安必無授？而執圭之時，則授非其所有事也。然而揖也，授也，吾於夫子手之上下之間得之。（倒從「揖」、「授」二字轉出「上」、「下」二字。）吾聞執玉有上衡，有平衡。夫子執國君之圭，則衡從乎其平也，亦安有所爲上也者？特較乎下，而覺有上之形，姑以爲上耳。（「上」、「下」二字用互筆，看得活。）又聞大夫綏之，士提之。夫子執國君之圭，則又無取乎其提與綏也，亦安有所爲下也者？特因乎上，而加以下之號，姑以爲下耳。是故夫子未嘗上也，而自人擬其上，則以爲如揖然。圭首與紞綖平，（語本鶴灘。）而無或失於過高，遥而望之以爲揖也，即而視之知其非揖也，(「如」字活現。)非揖而如揖，則是究未嘗上也，(妙。)亦未嘗下也，而自人擬其下，則以爲如授然。圭末在膺襟間，而無或失於過卑，遥而望之以爲授也，即而視之而知其非授也，非授而如授，則是究未嘗下也。上近於恭，惟如揖而恭不形，無褻吾君之嫌矣；下近於慢，惟如授而慢不形，無獲罪於鄰之嫌矣。不上不下，手與心齊，此聖人之自然而合度也；亦上亦下，手與心齊，此吾黨之旁觀而擬議也。而其色與其足容，亦莫不稱是矣。

兩語相關，謂之關動題，定須互説，乃能形容語妙，前輩如鶴灘作，摹寫最工，然猶嫌其入手數行寬泛，此篇吾無間然。(趙驂期)

食不厭精　一章(其一)

聖人飲食之節，食不食各有其道焉。夫人莫不飲食也，有如夫子之一無所苟者哉？故記者詳而書之。且古之人之始制爲飲食也，非徒以果其腹也。食不食之間，有至理焉，是惟聖人能一一擇而謹之，而非飲食之人之所能知也。蓋自飲食興，而滋味亦以漸備，人之極口腹之欲者本以衛生，而適以傷其生，可勝道哉！即未必盡爲傷生，而欲心之勝，固有所不暇擇矣。（先寫反面，便已籠罩全題。）吾黨於食不食之間，觀夫子而得其自然之節焉。夫子嘗自言之曰：「飯疏食飲水，樂亦在其中。」固知子之不厭疏食菜羹也，（插「疏食菜羹」，自然。）而況食之精，膾之細，其不厭益可知矣。雖然，食精矣，膾必不厭乎？（即從首節串出二節。）其或饐也餲也，雖精不食也。膾細矣，膾必不厭乎？其或餒也敗也，色與臭皆惡也，雖細不食也。其或臭味之未變，而水火之失宜，與進之不以其時，亦傷生之具也，凡此者皆其所不食云耳。然有不至於傷生而亦不食焉者，（藕斷絲連。）割不正耶？不得其醬耶？此非餒者、敗者、色惡者、臭惡者、失飪者、不時者，而均之不食焉。（挽二節。）聖人不苟於嗜味，雖疏食菜羹，固將安之，（又插「疏食菜羹」。）豈以其不正不備而等之於精且細者耶？且夫食不厭精，與膾不厭細，固有分矣。（挽首節，就勢以趨下節，巧密之甚。）食則使勝肉也，肉則不使勝食也，同一不厭而多少異焉。維酒亦然，酒則餘於量也，量不溢於酒也，不至於不食，亦不至於不厭，不及亂而已矣。（從「不及亂」串「不食」、「不厭」。）酒不敢亂，而況其沽乎？肉不敢勝，而況市脯乎？（串下，巧妙。）然則酒出於沽，脯出於市，必且撤之。不撤者，薑食耳。（串下，俱極神妙。）雖不撤，亦不至於多食也，不獨薑爲然矣。且有爲夫子之所不食，（以「夫子之不食」串出「不食之」矣。）而即爲人之所不食者，則祭肉之宿，而出三日是也。蓋其色亦或惡矣，臭亦或惡矣、敗矣、不食之矣。（挽入二節。）知乎幽明之故，即通乎晝夜之道，君子以慎言語、節飲食，觀頤之道然也。（串入「食不語」二句神妙。）食不語，猶之寢不言，其以類而及者也。然食不語未嘗食不祭也，古之人始制爲飲食，（應起句。）而滋味以漸而備，奚必精細之爲敬，而疏食菜羹之爲菲，遂不致敬乎？（又挽首節。）是故有爲衛生者，食焉而或不厭，而或不撤，而或不多，而或不宿；（總收不□。）有爲傷生者，而皆不食，有不至於傷生者，而皆不苟，以至鬼神之理，言語之節，寢處之道，報本之誠，皆於飲食見之，飲食豈細故哉？而飲食之人烏乎知之哉？（應小講意收。）

一綫穿成，纍纍如貫珠。○此等題，作者多張皇立論，窮大以爲高，秀才眼孔低，要看得聖人大，反看得聖人小也。又或總叙，或凌駕，皆非體，當仿韓文公《畫記》、歐陽文忠公《醉翁亭記》、秦淮海《羅漢記》、晁補之《捕魚圖序》，此篇吾無間然。○循題挨講去，自有貫串，自有結構，從前不乏名作，終嫌以凌駕失體。（方靈皋）

食不厭精　一章（其二）

紀聖人之於飲食，有自然之節焉。夫以之養、以之祭，而日用之必需者，飲食也，聖人一一有以謹之，要無失其自然之節而已。且飲食者，人之大欲存焉，然而失其節者皆是也。口腹之人，所養者小；而餓渴之害，並及於心，是惟聖人無往而不得其宜也。今夫滋味之變，和於陰陽；而飲食之用，合於神明。賚予之意，齊乎人己；而出納之宜，通乎晝夜。此其去取之故視乎其物，而多寡之數裁乎其心，如斯而已矣。（總挈大意，自具精理。）是故聖人於此，有食者，有不食者，有食之而不厭者，有食之而不多者，有推以予人而惟恐其不食者，有食而不及乎其他者，有食而不忘乎其本者，莫非自然之節也。（又將「食」、「不食」總挈一番。）食之精，膾之細，不厭矣，而失於饐餲，失於餒敗，失於色臭，失於飪時，失於割烹，則食有戒。肉之食，酒之飲，薑之食，不廢矣，而傷於勝，傷於亂，傷於沽，傷於市，傷於多，則食又有戒。（二股化碎爲□。）□水火者，味之齊也；酸辛者，味之和也；烹飪者，味之變也；多少者，味之紀也。此聖人之不以養生者害其生也。（名理。）如是而齊乎人己之道亦備矣，公胙之不宿，祭肉之不出三日是也。而通乎晝夜之道亦具矣，言語之必慎，寢處之必安是也。而合於神明之道亦在矣，薄物之必祭，祭之必誠是也。徹乎幽明之故，合乎語默之宜，而盡乎報本之心，孰謂飲食爲細故乎哉？縱口腹之欲者，時時在醉飽之中，而不知天下之正味，聖人何嘗廢飲食哉？（發揮小講之意。）而卒不得爲飲食之人，何也？處饑渴之餘者，物物皆饕餮之具，而未得飲食之正，聖人何必不饑渴哉？而卒不受饑渴之害，何也？吾故取聖人飲食之節，不失於自然者，一一著之，使後世得以覽焉。

散者整之，然亦是如題叙法。（胡汝聞）

沽酒市脯不食

聖人衛生之嚴，即市物亦不苟焉。夫取物於市，其常也，而聖人亦有所不食，其衛生何其嚴哉？且夫百物皆聚於市，以故百用皆取於市。然而以市之人存市之心而售市之物，君子懼之矣。（小題發出名論如許。）今夫我有旨酒，式飲庶幾，酒固家之所必藏也，乃遊於市，而市亦有酒，且有酒如澠矣。我有嘉餚，式食庶幾，脯固家之所必儲也，乃觀於市，而市亦有脯，且有肉如陵矣。（切「有物」。）市之酒，未必其美也，而售之者曰：「酒盍余沽？斯旨酒也！」（絶有風趣。）於是懷瓶挈榼而至者紛紛矣。市之脯，未必其潔也，而售之者曰：「脯曷余市？斯嘉餚也！」於是持盤載匕而往者攘攘矣。（古秀。）室中之所適賣者而取之於市，豈不甚便哉？而聖人以爲此便於口也，而不便於身也。市中之所臚列者而致之於室，豈非所急需者哉？而聖人以爲此需之以害生也，非需之以養生也。蓋一物而工聚焉者，莫若酒，麴蘖必治也，水泉必香也，火齊必得也。今之沽之者果出於是歟？不然而吾何敢苟也？抑一物而味備焉者，莫若脯，醯醢必飾也，甘辛必調也，燔炮必謹也。今之市之者果出於是歟？不然而吾何敢嘗也？（前二比虚，此二比實。）從來列之於肆者，取其易售耳，幾見有知正味者而向市人而求之乎？貯濫惡以致贏餘，而爲其所傷者，不問而知其爲飲食之人矣。（發揮起講之意極暢。）從來果之於腹者，取其頤養耳，幾見衛生之事，而可與有市心者謀之乎？飾猥褻以爲淫巧，而爲其所欺者，不問而知其爲饑渴之害矣。（屬對亦工。）是故聖人無量之飲，非所施於沽酒也，即肉亦不使多，而况市脯乎？（意趣無窮。）淡泊可以明志，何必酒之設而脯之陳？疏水足以自娱，可當釀之良而肉之食。此夫子「不食」意也。

秀氣成彩，豐肌亦倩，在《意園集》中又是一格。（趙驂期）

寫瑣事，何其名雋！夫惟《大雅》卓爾不群，名家手，固無小題也。（韓慕廬先生）

鄉人飲酒　一章

記聖人之居鄉，無在不致其敬焉。夫於鄉人之中而敬老，又或因鄉人而敬先，而何莫非所以敬鄉人乎？且孔子之在鄉黨，既志其恂恂，似不能言矣，然此乃聖人之所以自處，未及其所以處鄉人也。夫聖人者亦猶之鄉人也，（從「鄉人」二字着筆。）以鄉人處鄉人，而無非以鄉人還之鄉人，則聖人之於鄉人，固又有可法而可書者矣。吾夫子客遊之日多，而居鄉之日少。夫人之情，去國旬月，見所嘗見於國中者而喜，況其鄉之人乎？況身已在於鄉乎？故有時還轅息轍而至止於鄉也。巷陌依然，桑麻如故，而人之少而壯、壯而老者，不知其幾矣。（文情古宕。）在鄉人固不能無情於夫子，歲時伏臘，相與宴飲，又或因天時之變而相與修舉古禮焉。夫子環顧其人，皆童子時之所熟習，而少壯之所與共遊處者也，其安能無情於鄉人也哉？吾姑舉鄉人飲酒及鄉人儺之事，以觀夫子之致敬焉。其或鄉人飲夫子以酒歟？抑鄉人相與□而夫子亦在歟？（就「鄉人」二字總挈一段。）少長咸集，賓主酬酢，而夫子之心與目獨注於杖者。杖者坐，亦坐也；杖者飲，亦飲也；杖者起，亦起也；杖者出，亦出也。（陪襯却是補筆。）蓋杖者無不當敬，而况鄉人之杖者皆吾祖吾父生同時而巋然尚存者也，可勿敬乎！杖者出，斯出矣，而鄉人飲酒之禮以終，其他所以待杖者，（補筆。）可類而推也；其他所以待鄉人者，又可類而推也。（起下。）今夫飲酒之事，非大禮之所在也，又以合人情之歡，而非所以通幽明之故也。且在於鄉，而朝服無所用之，乃有必以朝服從事者，則於鄉人之儺也。（串下巧妙。）儺以驅除邪妄，而神明未必爲之驚。而夫子胸中之神明，則惟恐其驚。以驅除邪妄之故而驚其神明，非鄉人意也。朝服而立於阼階，神所憑依既已在是，而端拱嚴肅，鄭重乎儺者，亦所以鄭重乎鄉人也。視飲酒加嚴焉，而敬先與敬老，固因鄉人而更篤焉。（總以「鄉人」作主。）嗚呼！自禮之衰也，而俗之壞自鄉人始，老者不勝杯勺而舍其坐遷，載號載呶者，皆少壯者也，誰復一出之必謹？而至於世俗相沿之禮，彼鄰於戲，而此亦以戲出之，相與爲戲，而古禮且廢。孔氏之鄉，不聞有此也，則孔子之所以處鄉人者，誠可法而可書也。

此記孔子居鄉之事，故宜從「鄉人」二字着筆，他人貪發「飲酒」及「儺」，失其旨

矣。文亦古淡絶俗。(韓慕廬先生)

色斯舉矣 一章

聖人知幾之道，物亦能得其意焉。夫幾者，動之微也，知幾其神乎？非聖人其孰能之？而不謂得之於雌雉。今夫有機心者必有機事，然亦不必待其事之著也。(清淺數筆，已虛冒通篇之意。)衆人之所忽，而賢者見焉；明者之所懼，而愚者昧焉，此所以禍福見於事後，而得失決於幾先者也。嗟乎！世網之密也，於彼不可，於此不可，常苦一身之爲多；禍機之伏也，不敢不跼，不敢不蹐，真覺置身之無地。(以《詩》入文，風流更佳。)此其害及於禽鳥矣。山林藪澤之間，不與市朝相逼也，而亦不能免乎？一飲一啄之常，不與人世相争也，而亦無可脱乎？(如説人，如説鳥，用筆最妙。)然而寥廓之遊，而羅者不得而視也；冥冥之飛，而弋人不得而摹也。色斯舉矣，而舉豈敢後也？翔而後集，而集豈敢先也？彼夫人之趨利者，莫不争先，而不知其害也；人之避害者，莫不處後，而不知其利也。何其智出禽鳥下哉！(就「人」説，止淡淡數筆。)夫子嘗徘徊山梁之間，維時從之者，則有子路，顧瞻雌雉而嘆興焉，曰：「時哉！時哉！」蓋美之也，蓋感之也。時飛而飛也，時鳴而鳴也，世方相尋於禍敗，獨此山梁猶有黄農之象也，則時之爲義大矣；時飲而飲也，時啄而啄也，人方共苦於傾危，獨此雌雉猶爲太平之鳥也，則時之爲義大矣。（屬言雋妙，非時手所能。）嗚呼！禍必避世而後能免，則安得無人之境而居之？且庸知空谷之中，不無械機之發耶？禍必儕俗而後可脱，則安得有浮沉之術而處之？幾見有網羅滿前，竟舉足之不一蹈耶？（「時」字又進一步，得聖人「仕止久速」之意。）何其昧於時也！（挽「時」字。）乃若衆方鼓翼而就，此已自引而逃，忽且一伎之安，忽且千仞之上，君子觀於雌雉，可以知時焉。且夫時亦無常也，山梁不逾時而已變，雌雉不逾時而已翔，未有去來之可定，則亦豈有轍迹之可尋？雌雉能避子路之色，而子路不能避衛國之色也，後雖欲舉，豈可得哉？（入「子路共之」二句，波瀾極妙。）仕止久速，各當其可；用行舍藏，皆視乎天，此聖人之時也。宇宙之間總一樊籠之寄，明哲之士别有山梁之棲，此聖人所爲即鳥以示意乎！（精於涉世之言。）

撇開題目，竟就人事上發議論，此俗筆也。要得詩人比興之體，泳嘆淫液，流連咀味，而物理人事皆具，此文得之。（汪武曹）

題乃六義中之比體，説雉即是説人，「時」字即就「飲啄得其時」言，便是「用舍行藏」之理，一添補直露，便無味矣。文情徙倚遥思，宜笑宜涕，有騷人之遺意。（劉大山）

「哀民生之多艱，常太息以掩涕」，作者其有憂患乎？「時」字本變動不居，言外得夫子「仕止久速」之理，更爲超絶。（白藍生）

有《史》焉，有《易》焉，有《詩》焉，有《騷》焉。（韓慕廬先生）

色斯舉矣

鳥之舉也，色告之也。夫何在無色，而知避色者獨鳥也耶？可以人而不如鳥乎？且側身天地之中，而網羅高張，機械滿前，人曰：「此難免也。」吾以爲猶可免也，蓋其形已見而易察也。不可免者，其無形之網羅，難察之機械乎？其色乎？（「色」字警動。）心欲取之，即形爲取之之色，其形爲取之之色，更毒於取之之心也；心欲取之，必故爲不取之色，其故爲不取之色，正乃其取之之色也。然心方萌而色已忽然沮，（「色」字中做出「舉」字，妙絶。）色方動而心已惝然失者，此何也？曰「舉矣」。（落「舉矣」二字，仙筆。）戛然長鳴，而飄然遠逝，望之而不能見也，而此時之殺機，猶不去於懷。翩翩以起，而冥冥以飛，逐之而不能及也，而此時之色，或又轉而之他。嗟乎！鳥之善觀色也，一至是乎？早則涉於逆億，鳥不爲也；遲則涉於因循，鳥不爲也。色一動而舉隨之，不疾不徐，有數存焉於其間。機不必即發而不得，俟其將發也，禍未必即罹而不得，幸其不罹也。色甫形而舉已遠，絶迹無行地，此亦飛之至也。夫物之全其天年，或以材，或以不材。今而知不必以材，不必以不材也，但以色而天年全矣。（二義襯「色」字，妙絶人間。）夫人之感於滔滔，或則避人，或則避世。今而知人亦不必避，世亦不必避也，（經對子。）但避色而滔滔亦易矣。今夫色何在而不有，而可不知舉也耶？色何人而不有，而舉者獨鳥也耶？十步一飲，百步一啄，鳥一切無欲於人間。（借物理□形□□□。）夫有欲者，其智易昏；而無欲者，其神常静，静故處處得其空虚，而明生焉。夫色者，自非明者不能見耳。廣莫之野，莽蒼之間，鳥一切無争於人世。夫有争者，其巧成拙；（吐辭爲經。）而無争者，雖迫亦閒，閒故時時處其曠蕩，而慧出焉。夫舉者，自非慧者不能決耳。嗟呼！色之爲害也甚矣！當其未舉之先，原利其無色也而已，舉之後猶虞其有色也，蓋又「翔而後集」云。

「體高方得勢，理到自然奇」，此先輩論文之訣也，作者得之，妙在渾融不露色相，如水月鏡花，而其中却核事切理，神彩煥發，其妙際殆非淺學之士所能窺尋。（汪紫滄）

詞意高遠，便可以當著書。（祝仕安）

後進於禮樂

禮樂有出於後進者，其於先進不同矣。夫均之禮樂也，何以先進者又轉而出於後進乎？先進者不得不退而處後矣。且時不能有古而無今，而禮樂亦因之。夫禮樂之興也久矣，自日盛日益以爲文於前世，而不知又有日盛日益者之随其後也。人入風會之中，則精神視聽俱有以自易。（先爲後進畫一影子。）此時之所爲也，而品受浮華之轉，（數語本大士。）則好尚制作不覺其相符，此亦勢之必至也，於是而禮樂亦有所謂後進者矣。後人之目中不見先民之軌範，（從後進起，仍帶定先進。）或得於《詩》、《書》之所睹記而不足以滿其心，乃思所以滿其心者，而居然曰禮矣，曰樂矣。世代何常？（警動。）生其時者因而用事。蓋一禮樂也，至是截然而分今昔之界，方且恐其浸淫而入於古耳。

後人之胸中不貯先王之制度，或得於父老之所傳聞而不足以美其觀，乃思所以美其觀者而儼然名禮矣，名樂矣。名理無主，附於人者俯而受權。（可嘆。）蓋一禮樂也，至是忽然而有取舍之分，方且恐其扞格而不宜於今耳。大凡制作屢變而益善，（從周監二代翻出。）先進之在當日亦自處於後進，蓋已無可復加矣，沿至於今而從而加之。因據其已陳之迹而論，則固已參差形之而拙矣。且夫人心屢遷而必倦，後進之在異日亦或有視爲先進，惟其無可復加也，其流極必且決而去之。（此春秋之所以降而爲戰國也。）然自其變古之始以觀，則固已耳目爲之一新矣。宇宙之氣脉薄於人事之過靡，精氣不足以相配，物力不足以相支，衰之極者而偏爲極盛之形，（沉痛。）先進豈至是焉？而彼且得無笑野人之不之知[一〇二]也。朝廷之綱紀淆於人心之無限，理義不足以相維，名分不足以相律，替之極者而處於必驕之勢，先進豈有此焉？而彼且得無譏野人之莫之及也。（打轉野人，起下君子。）蓋以爲君子云。

上觀千古，下觀千古，洞悉流弊，可與論世。○在夫子語氣中不便即極詆後進，又含糊不得，須看其經營心苦，處處以先進伴説，此一定法律。（王芳若）

能透出所以變爲後進緣故，非觀物察理之深未易道其隻字。（張山來）

出筆精鑿，惟其用意巉刻〔一〇三〕也，不斷時人不是，而言外之意隱躍楮間。（范尊堯）

政事

才有適於用者而以政事著焉。夫政事之才固難其人也，然而聖門之相從於陳、蔡者，豈德行言語之皆備而此焉獨缺耶？且蒿目而憂世之患而思有以自試者，此聖與賢之所同也。期月三年，聖人有能易天下之具，（政事先粘在夫子身上説。）故周流列國，冀得一當以操政。而行事而不虞，有忌之者而困之也，是亦政事爲之灾也。（切陳、蔡發論。）一時相從者，如德行、言語，皆有其人矣，而亦有以政事著者。彼其學於夫子，而素所講明者必本之於才與分。某可以當某任也，某可以辦某事也，用則無其期，而平居之揣摹熟矣。（頓挫絶佳。）彼其從於夫子，而素所睹記者必酌之於時與勢。若何而亂者以理也，若何而廢者以舉也，身不與其間，而事外之閲歷深矣。嗚呼！春秋之政事何如哉？（展開一筆。）國則有政而家則有事，君臣皆壞法亂紀而政則横也，事則僭也，未聞有奇材異敏者之出而救之也。（二句轉入題面，妙筆！）政則爲綱而事則爲紀，大小皆廢墜隕越而政則息也，事則嚚也，未聞有舉賢用能者之舉而付之也。或且謂政事實難其人，以故弱國不可使强，貧國不可使富，此世無才之患也。（照冉有、季路。）而豈知政事實有其選，往往有才無命而絀於時，有志無力而窮於遇，此世不用才之患也。是故出其才略，足以安一世而不能振其一身，（二股淋漓痛切，可與正希一節題文並傳。）既不得有尺寸之柄得以自見，而熟視昏庸之人散布於高位而執其進退之權，才之惟彼，不才之亦惟彼，甚至赫焉憑怒，而使經營四方者委之草莽而幾無自全之策，此日之天道豈可深言耶？抑且試其技能足以濟艱難而不足以謀其朝夕，既不能忘斯世之故，懷才以老，而親見齷齪之徒自命爲才賢而受其叢脞之咎，言之不信，救之不能，乃一旦病不能興，而抱此經綸天下者，率之曠野而幾無以脱一日之命，此日之人事豈可復問耶？（真是恨事！）假使夫子得時從政，則政事者皆附疏先後之儔。而今師弟患難相隨，則政事者皆致患招爲之具。噫！彼何人哉？則冉有、季路是也。

風神頓宕，詞氣激昂，用筆全是《史記》得來。切陳、蔡事發論，却無一節通套話頭。（汪武曹）

「天地入胸臆，吁嗟生風雷。」讀一再過，爲之涕滿眶而横流。（查德尹）

其歌也有思，其哭也有懷。（韓慕廬先生）

魯人爲長 全章

聖賢皆以言維魯，魯之衰，可嘆矣！夫長府之改作，非出於不得已也。聖人稱閔子之言，亦即以閔子之言爲其言矣。而魯之衰，不已可嘆乎！且人之行事，往往不可已者而已之，於可已者而不肯已焉，甚矣！其喜事也，真可謂不仁之人哉！夫天下事，有心者處於事外而難爲，而齷齪者壞之；（落筆慨然。）旁觀者感於一時而浩嘆，而當事者昧之，大抵如此矣。吾嘗讀《春秋》而有慨於魯也。非時之役，無藝之征，屢書於經，不一善而已也。一日者相與謀爲長府，夫魯之有長府也舊矣，（點「舊」字，入「改作」字。）此胡以改作之也？君子於是乎責魯人，書曰：「魯人爲長府。」人之者，微之也。或曰：「不然。其辭無所主名，而姓氏已可以意度。其謀不止一家，而斷決必由於執政。故以人之者諱之，即以人之者彰之也，此《春秋》之法云爾。」（古筆。）當是時，孔子在魯，（先伏孔子，得《史記》筆法。）其門有閔子騫者，聞而傷之，乃言曰：（插「言」字。）「惜哉！其不講於因革之宜也！夫舊所未有而創之，固不經也；舊所已有而新之，愈無謂也。吾爲魯計，曷如其已之？」夫子聞而美之，乃稱曰：「善哉乎！夫人之爲是言也，是能權其輕重，較其勞逸，而洞悉乎時勢之宜者也。」蓋他人不言而夫人言之，不可不思其言也。夫人不言而此忽言之，誠不能已□言也。觀夫子之稱閔子者如此，則夫子之言固亦猶夫閔子之言也。彼魯人者方鋭意爲之，亦曾知一聖一賢相與私心擬議而咨嗟不置者正未有已耶？（文勢漾宕，即以咏嘆爲收題之法。）夫其長府之改作，本以浚民也，而先以斂民，是交困也；本以聚財也，而先以傷財，是兩失也。（前面如題空運，此方補出「不必改作」之故，虚實兩得。）閔子不直指魯人之非，而夫子亦第著閔子之是，其辭愈婉而其情愈切矣。他日長府之作不見於經，或曰魯人以斯言故止云。

埋伏照應，其源出於古文。自《左氏傳》、《太史公書》及《歐陽公史》皆以提挈映帶爲筋脉，此慶、曆諸公得之，爲文章之寶鑰。今人不能從古文中變其胎骨，猥以前後字面轉相呼喝，索之茫然不得其義理之所在，而世遂以穿插之法爲呰謷，是但懲其流失之差，而不究其原本也。似此横斜整散，筆力頓挫，風神盎然，使我懷古之情愈深矣。（劉大山）

韓宗伯云：看之無奇，此其所以奇不可及。世俗閲之，鮮不以爲平矣。（魏禹平）

夫人不言

大賢未嘗不言，正惟不言而更可念也。夫閔子豈以不言重哉？不言不足以重閔子，則不言亦不足以盡閔子矣。夫子何念及於其不言也？若曰：事有因目前而憶及於往日，（籠下句發端。）因一端而念及於其平生者，蓋情有其所觸而神即爲其所移，則吾之於夫人是也。今非猶是夫人乎？夫人之可稱者多矣，而今日所見之非其類者，則亦不必舉而述之也。今豈猶是夫人乎？（蕩漾「夫人」二字。）夫人之爲夫人者久在吾意中矣，而適有出乎意料之外者，則安得不追而念之也？嘗見夫同堂聚處之時，相與爲商論者有之矣，相與爲辨難者有之矣，而夫人獨吶吶然如不出諸口也。始以爲夫人暫如是耳，屢而見之而無不如是，乃知夫人之終如是也。（倒撲下句。）抑嘗見夫稠人廣衆之中，撫心而慷慨者有之矣，撫時而浩嘆者有之矣，而夫人獨循循然似不能言也。初以爲夫人偶如是耳，既而窺之而頗意其不如是，然而夫人卒莫不如是也。以吾觀之，夫人豈漫然而已者哉？其不言也，必有其可以不言也，雖有幽懷而無所感觸，（含吐下句，何等工妙！）則茹之而不必吐之矣；　可以不言而遂不之言，故不言不得疑夫人之恝也。且以吾觀之，夫人豈徒然而已者哉？其不言也，必有其所以不言也。雖有謀猷而非其時勢，則待之而不必其亟之矣。有所以不言而遂不之言，故不言不得昧夫人之意也。然則人之所爲而能使夫人不言，則其所爲可知矣。（滿目靈機。）何者？夫人既不言也，而何慮也？然則人有所行而夫人處之以不言，即在夫人亦安矣。何者？夫人而不言也，固所樂也。嗟乎！音之寂者不可謂其寂也，（下句隱躍。）寂之久焉而音安往乎？特無以動之耳。衷之鬱者詎能終於鬱也，鬱之深焉而衷安託乎？特無以導之耳。夫人不言，然而夫人言矣。

時時有「言必有中」四字盤旋繚繞於紙上，却令人於筆墨之外尋之。（汪武曹）

盤旋飛舞，光彩凌亂，正如項莊之劍，處處向沛公凝注也。（吴鶴沙）

人皆知含下句，有如此迴旋盤繞、一塵不驚者乎？心花怒生，藻思綺合，趙夢白、歸季思之所難，又何論世人耶？（韓慕廬先生）

由之瑟　之門

音有屬於其人者，不可不自審矣。夫夫子之門宜有由，不宜有由之瑟，故聞其鼓瑟而警之也。若曰：甚矣！夫聲之不能掩人也！蓋聲未有不與其人之心相應而與其人之品相似者，則非聲之爲之而人之爲之也。遊於丘之門者多矣，（先提丘之門。）壹唱而三嘆，豈無其人？丘聞焉而不以爲異也。欣喜而歡愛，豈無其音？丘聞焉而亦不能定誰之操也。今日者，丘之門有奮焉讙焉者鏗然而入丘之耳也，其瑟也，夫誰爲之者？（一氣流轉。）乃於丘之門一彈再鼓焉，恍然而動丘之思也，其由也耶？（逐字清出，俱有神韵。）夫聆其音亦必親見其人，而後知爲某之音也。至於由，則第聆其音而已如親見之矣。蓋非由無以有是瑟也，抑試其技即必曲肖其人，而後傳爲某之技也。今由也但一試夫技而已，不患其不曲肖之也，知非瑟無以傳吾由也。謂聲在由乎？（「之」字乃有如許低徊唱嘆。）去瑟而由寂然，操瑟而由又讙然，是聲仍在瑟也。謂聲在瑟乎？鼓瑟而由如故，舍瑟而由亦如故，是聲仍在由也。丘之門自有由也，而君子之音將於是乎望之，而奈何由自有由之瑟也耶？丘之門自得由也，而先王之節衆且於由乎睹之，而豈謂由別有由之瑟也耶？假使丘倡而由和，則調不相同，安能比音而合志〔一〇四〕？即令盈門而迭奏，（映下門人。）而聲不相應，安望異曲之同工？由能寫瑟，瑟亦能寫由，兩相寫也，而丘旁而得之。由能變瑟，瑟亦能變由，兩相變也，而丘佇而竢之。不然而由之瑟絶響於丘之門也，其亦無不可矣。（雋妙。）

抑揚低徊，絶不説破，妙絶！（顧有常）

淡香冷韻，如芳蘭一枝；幽梅數點，絶世而獨立。經甫作不得專美於前矣。

（韓慕廬先生）

由也升堂矣

明賢者之所造，非使人不敬者也。夫堂之升也，豈易言哉！而子路顧已如是，門人之不敬，其謂之何哉？子若曰：二三子，吾語汝以由也，由殆有不可忽者。設一境而環顧吾門，誰能造之？（輕婉入神。）乃屈指而得由也。丘於是已甚幸乎其能然也。自丘之門有由也，以由之聲驗由之人，似爲不得其門者，直徘徊於宮墻之外也。（借上「門」字襯「堂」字，自然入妙。）然丘之門有由也，棄由之短，取由之長，非泛然遊吾門者已不止在户庭之内也。正大之情可見，以視夫狹隘之子，其差數懸矣。夫正大孰有如堂，而衆人方逡巡而不敢進。（借他人不能升者作襯。）遥視由也，而儼然升焉。蓋由事事不肯後人，（切定子路身分。）一舉足而前，遂已歷階而上矣。而正大者已屬之由矣。高明之象可觀，以視夫淺陋之家，其等級分矣。夫高明孰有如堂，而衆人方趦趄而不能登。仰視由也，而居然升焉。蓋由時時不肯自下，一奮袂而起，即已攝齊而升矣。而高明者已屬之由矣。（虚照不敬意，起下二比。）夫既已升堂，而一事之失，由似不無有累於升堂也。然既已升堂，而一事之失，由豈真有累於升堂也？假使二三子而同爲升堂之人，則宗廟之美，百官之富，皆得而見之，初不得以相傲，亦何得以相輕也。（對針「不敬」，雋妙。）假使二三子而非爲升堂之人，則及肩之窺，數仞之蔽，何由而知之？幾見有堂上之人，而見短於堂下之人也。（妙。）是故由也，令人對之而生敬者在此升堂矣，不然而丘之門奚爲有由也？

字字對照「不敬」，妙！從「升堂」二字着筆，掃除一切膚泛語，又切定子路不是他人升堂境界。（昝仲緒）

上文下文俱攝入此一句中，措辭又極古雅。（劉若千）

季氏富於　全章

聖人切責賢者，所以嚴黨惡之誅也。夫季氏之惡大矣，而冉求爲之用，是黨惡也。揆以《春秋》之義，安得獨嚴季氏而寬冉求哉？且夫吾徒而處於亂世之末流，亦極難耳。（通篇以「吾徒」二字作眼目。）既不獲大行其志，又不能自没其才，姑有託而試焉，以稍稍有所補救於其間，於義未爲不可。然或以爲自竭其力而陷於黨惡之罪而不自知，此聖人之所絶也。蓋吾徒者，志周公之志，而欲行周公之道者也。周公之所怨且恫者，吾徒必務絶之；周公之所膺且懲者，吾徒必務斥之。天下之大義賴有吾徒而得中〔一〇五〕，而宇内之小人亦恃有吾徒而知警也。如冉求也者，獨非聖人之徒乎？而爲之聚斂而附益者，季氏也。昔者周公以王室至親，有大功，富有魯國。其後子孫漸以凌夷衰微，國日益貧，而權在私室。於是季氏之富乃過於周公，此吾徒之所爲扼腕拊膺而嘆息者也。彼其家豈無一二私人爲之棓〔一〇六〕克而攘奪者，而君子不之責也，以爲此非吾徒也云耳。而求也爲之乎？吾徒爲此而何以摧權奸已熾之焰？（淋漓盡致。）吾徒爲此而何以對周公在天之靈？吾徒爲此而何以對聖人函丈之前？吾徒爲此而何以入同學諸子之列？子謂小子曰：非吾徒也，此亦小子之耻也。同爲吾徒而容有非類者入其中乎。此亦小子之所當絶也。同爲吾徒而聽非類者之負其惡乎？從容諷議無以警聚斂者之耳，即正議直指亦無以聳附益者之聽，鳴鼓而攻之，庶幾以聲罪致討者。絶之於吾徒，亦以絶之於周公云耳。然則季氏奈何曰國有權臣？吾徒之所無如何也。但使吾徒之所爲者適還其爲吾徒而已矣，安有吾徒爲權臣之用者哉？

着筆「吾徒」二字，前人已有此意，而恢奇嚴正，自謂覺有微長。（自記）

以「吾徒」二字作眼目，信筆所之，自然成文。較陶庵作殆有仙凡之别也。（汪武曹）

夢寐周公，宣尼一生心事，記者大書富於周公，自是特筆。文以周公關合「吾徒」，便覺栩栩生動。（韓慕廬先生〔一〇七〕）

回也其庶　全章

聖人定兩賢之詣，而優劣形焉。夫一則近乎道，一則億而中，皆聖人之所許也。而受命不受命之分，則顔子爲優於子貢耳。且人之生也，皆有莫之爲而爲者，不可强也。

君子第盡其人事而已矣。故有盡其人事而安之者，又有誤以爲盡人事而與之争者，而得道淺深之候，於此可驗焉。吾門有回也與賜，（並提。）而吾竊有意乎其爲人也。回貧而賜富，回之命似不如賜之命也。回賢而賜亦智，賜之姿亦不大遠於回之姿也。回之終日不違，（分講。）吾嘗以爲如愚，求其所謂聰明才辨者而無有也。然而庶幾於道者卒得之回，蓋回有回之命焉。回之道何莫非天命之，而回受之。竊恐回之遇亦天命之，而回未必受之也。乃回之道誠不當貧，而回也安焉。回也果不受命，亦或可自免於貧，而回也安焉。回之聽於數者，回之聽於理也，然則其屢空也，回亦且自忘其爲受命，而回之近道者不在此而亦在此也。（分明。）假使賜之命亦同於回之命也，（聯絡。）雖貨殖猶之屢空也，賜其何以堪之？然則賜之富，賜之命也。貨殖亦富，不貨殖亦富，而賜以爲其富也，貨殖之所爲，而非命之所爲，故可以自造其命。而視夫回之屢空，（迴盼。）賜必笑其竟安然受之矣。夫人之智力能勝乎天而卒不能勝道，（從不受命串出末句，妙義環生。）不能勝道，其爲不能勝天也明矣；能洞乎數而卒不能洞理，不能洞理，其爲不能洞數也明矣。賜之所能者不過料事而中耳，然亦屢矣。回之數數然者空也，而賜之數數然者中也。屢空之與屢中則必有分矣。（兩「屢」字串得妙。）嗚呼！天能富賜而不能富回，天能貧回而不能貧賜，天亦在氣數之中，而特是人能受焉。而天或至或不至，皆天之所許也，人不能受焉。而天或至亦或不至，即或〔一〇八〕至焉而亦非天之所許也。賜之屢中之才而能處之以屢空之心，則亦何必定居屢空之境，而賜之命何足以累賜？（一結更見絶議。）而顔氏之子豈其有賜之命而遂足以累道也耶？

語意多本大士，去其蕪而擇其精，然尚非此題正格。（自記）

頗重在「命」字着筆，然上下節各清還兩層本義，未嘗蒙混也。其筆意更瀟灑可愛。（汪武曹）

何必讀書

以書爲不必讀者，非賢者之初念也。夫子路亦讀書者，而奈之何以讀爲不必讀也？豈其使子羔之初念已然乎？其意若曰：師弟朋友之間，有相與從事而必不可廢者，而無有人焉。（發端便妙。）敢曰此所事者之可以不必也，而由也既確然有所見，則何妨自由也發之曰：此所事者之竟可以不必也，則讀書是矣。夫子於夫人之子，蓋欲教之以讀書耳。向也何嘗不讀書？然亦猶是夫人之子也，由方惜其曩日之精神獨用之於讀書矣。蓋又責由之使彼不得讀書耳。彼既不讀書，然亦猶是夫人之子也，由方恐其後此之精神仍用之於讀書矣。書之中所以治民人之道畢載焉，以故無民人之責者莫不讀之而講明其道，此以見讀書者乃無所試而出於無聊之計。因借空言以尋其實用，則實用之急於空言明矣。（甚言讀書之無益，「何必」二字自透。）書之中所以祀社稷之具畢載焉，以故無社稷之事者莫不讀之以講求其具，此以知讀書者乃不得志於時者之所爲。因借陳言以求其新得，則新得之不在於陳言明矣。且夫書之所貴者意也，如以意而已矣，則何在無意？故但得其意而已是讀書矣，而何必讀書？（即透下文意。）書之所存者迹也，如以迹而已矣，則何在非迹？故第得其迹而亦猶之讀書矣，而何必讀書？況世之讀書者拘牽於文辭，而試之而寡效，使當世笑其迂疏，則揣之於虛者誠不若按之以實也。抑世之讀書者懷抱其技能，而試之而無期，致吾身終於瓠落，則了然於心者誠不若暢然於身也。故舍讀書而無可爲也，則書不可不讀。乃舍讀書而正有可爲也，則書之讀也贅矣。抑不讀書而遂與讀書者相去遠也，則書如之何其不讀？乃不讀書而適與讀書者之更無别也，則書之讀也拘矣。信斯言也，則由今日之舉非賊之也，正所以教其以不讀書者讀書也，安知日令〔一〇九〕其讀書者之非賊之也耶？（妙！）

説不必讀書之故，實有一段至理，乃所謂佞也。筆意亦清拔可喜。（汪武曹）

清空如話，白描聖手。（翁汝復）

子路曾皙　全章

聖人探諸賢之志，各隨所見而許之焉。夫諸賢各懷其志，夫子或哂之，或與之，究無不有以許之。其所以進諸賢者，豈其微哉！且聖人之道大而難名，其中固無乎不具也。而一時及門之士，各以其性之所近而得其一端，其氣象遂因之以殊焉。叩而發之，比而論之，而聖人之情倍深矣。蓋吾黨事聖人久，其匡居往復議論，大都有心當世，而卒皆鬱鬱不得志。其放達者或不屑屑於此，然亦各有所見而非泛然漫託之於狂。（虚籠大意。）乃一旦共侍聖人，則其情畢出，而所學乃以互見，嘗觀之於子路、曾皙、冉有、公西華侍坐云。夫子以爲：「吾欲觀二三子之志，不若使之自言其所以酬知者而無所隱也。」（一句括兩節。）而子路首以其志對。觀其辭貌，亦太率爾矣。（點得入化。）千乘之多難，三年之忠勇無難爲也。夫子哂之。其哂之故，夫子不言也。次及求。小邦之足可期也，禮樂之興可俟也，求之志也，夫子無言也。次及赤。冠裳之會可願也，朝廟之禮可學也，赤之志也，夫子無言也。當是時，三子各鳴其懷，夫子各得其隱。（此一段如「春水渡旁渡，夕陽山外山」。）而悠然者何聲耶？何人耶？春風沂水之間，童冠詠遊之際，安往而不自得也？噫！異矣哉！甚矣，點之志似夫子也！夫子嘆之，乃且與之。其與之故，夫子不言也。迨夫點問之於三子既出之後，而夫子因以明其哂由之故：哂之而未嘗不與之也；若求，若赤，其志在爲邦，固與由均也，皆有以與之也；而與點之故，卒不得言也。夫三子之爲志也實，而點之爲志也大。而夫子或與之，或哂之，而未嘗不與之。或一時相與無言而卒皆有以與之，而聖人之志亦從此可想矣。

叙題簡凈，醖藉甚深。入曾點一段尤覺神來情來。（汪武曹）

重者輕之，繁者簡之，以「夫子不言」四字爲針縷，此法得諸慶、曆間人。（劉大山）

連用兩「不言」、兩「無言」、一「不得言」，勢如重峰疊巘，俯視萬壑，雲氣鬱蒸，此景令人神往。（向子久）

忽來忽止，惝怳莫測，疑有靈旗風雨。（瞿敬六）

子路曾晳　三節

聖人志在天下，於諸賢之侍坐而發之焉。夫用世之志，聖人未嘗無也。數子者豈有不然乎？宜於侍坐之頃而發之與。且天生聖賢，非以自有餘而已，凡以爲天下也。其在一堂之上，若甚忘情焉者，而要不能不暴著於私居之際。夫得聖人而師之，而猶有懷而不宣，將孰爲爲之而孰令聽之耶？蓋昔夫子之時，天下之才衆矣，懷抱利器，鬱鬱無所試。於是夫子起而收之洙泗之間，齗齗如也。而一日者而侍坐，侍坐亦偶矣，此何以書？因其人而書之也。（將三節一氣滚出。）其人爲何？曰子路，曰曾晳，曰冉有，曰公西華。外此無侍坐者乎？曰：「有一〔二〇〕。」則此何以書？曰：「以夫子使之言而書之也。」夫子之使之言奈何？曰：「以其各有所懷而不遽言也。」其不遽言奈何？曰：「之數人也，以夫子誠長者，蓋難言之，故不遽言也。」子曰：「是二三子之過計也，其無然也。（二句接得神妙莫測，譬諸畫龍。上文皆肢體耳，此則點睛飛去矣。）況爾等當匡居之日，爲慷慨之辭，輒嘖嘖然而有深嘆也。時事而日非矣，庸人散布於高位，積爲世道之憂，而奇偉磊落之士，懷奇見而不得施設，而且謂天下無才，於是有心之士俯仰於天人時命之故，慨然自許，黯然自傷。吾嘗微觀二三子平居，其言不必盡述，其意大略皆曰：不吾知也云耳。所以如此云爾者，必非漫爲是説也。（都是古文轉折。）窮通者命也，出處者機也，得爲而爲者時也，可行而行者道也。吾與二三子豈遂殆哉？豈遂困哉？（扯〔一一一〕入自己講，妙！）設爲不必然之遭，（「如」字。）而得以快其生平之願。當其微賤，輒視天下事無難爲者；及其一旦而籌畫措置，且以爲知己者之報。古之人草茅數語，而一代之規模以立。何則？其積之已厚也。不知爲誰何人之舉，（「或」字。）而忽以授其宰制之權。平時顧盼，往往以天下事非余莫任者；果竟得之而張皇紛擾，且以貽知己者之羞。古之人揣摹所在，而終身之建立不易。何則？其養之已豫也。如或知爾，則何以哉！」於是子路首以其志對，而曾皙，而冉有，而公西華以次對，且以俟夫子之論斷云。

吾絶愛其中間忽接「子曰：『是二三子之過計也，其無然也。』」非熟讀《公》、《穀》、《南華》萬遍，必不能脱口而出。此二句可以仙矣。（劉大山）

一氣貫注，毫無段落痕迹，前半〔一一二〕如駭浪驚波，後半〔一一三〕如風止雨霽。○起處將三節一併滾出，似極放胆文字，實則精於前輩法律。（汪武曹）

居則曰不吾知也

以莫知爲嘆者，諸賢之平居則然矣。夫人不知，固無損於諸賢。而在諸賢亦自有不能已於言者，此意固聖人所微窺耳。意以二三子雖以吾之長而有難言，然而二三子固不能無言也。（從上虛徐引入，婉得題神。）即二三子不必爲吾言，而二三子之意吾固能見之。（此亦未必是當面言者，妙解。）見其意而懸知其有是言，在二三子亦不得謂無是言也。嗟乎！以丘之窮於世久矣，（從自己說入，有情致。）用行無期而不見知而不悔，然而不悔於心者豈能不悔於遇也？歲月如流而不見是而無悶，然而無悶於心者豈能無悶於言也？是則丘之平居何嘗不以「不吾知」爲嘆也？即二三子何莫不然？（咄咄怪事。）蓋平居之仰觀而竊嘆者正不少也。彼蒼之悠悠，而吾黨適生其世，則不吾知者天使之也。天生吾而即生不吾知之人，（「居」字順起。）吾復何望？一撫膺而形爲嘆息之聲，丘也亦略聞之矣。（如生。）平居之觸目而增悲者又已久也。天下之滔滔，而吾輩適逢其會，則不吾知者人爲之也。人棄吾而吾亦以棄不吾知之人，豈無本願？一聚首而相與爲憤激之辭，丘也亦心傷之矣。彼得時而駕者誰氏之子乎？中主所羞而有至奇之遇，何惑乎覆餗者之相繼耶？（借他人旁襯，即反映下文「以」字。）其所謂賢者不賢而誹俊疑傑，人心果不可謂也。吾雖不敏，而莫知余之所有，（出《懷沙》。王逸曰：「謂猶説也。」）此所爲匡居自問而含憂未能自釋者也。（「居」字倒煞。）且夫求忠以自爲者何國蔑有乎？聽之不聰而反發無人之慨，何惑乎有心者之熙熙耶？彼受不知人之禍而懷瑾握瑜，吾道果不可行也。吾豈無情？而世混濁不吾知，此所爲窮居自念而壯心猶未肯即已者也。嗚呼！見可憂而不憂，是置其身於事外也。既不肯爲事外之人，而中心之激昂，雖長者之前而有不禁其欲吐者矣。（迴盼上文。）不求知而果不知，難以置其身於事内也。既不能爲事内之人，而無端之喟嘆豈出於偶然而有不覺其遂忘者乎？（暗趨下句。）吾是以欲使爾自言也。

諸賢深情如揭，即聖人深情亦具裹許。神化之筆。〇「知」字易走下文，看作者筆筆留住。（汪紫滄）

鬱結紆軫，《離騷》之怨亂。（趙駿期）

夫子當日直代諸賢説出，壯心白首，感慨之言，惟此文適與之合。（弟華永）

子路率爾而對曰

志賢者之對，其急於言志者可想也。夫不率爾無以見子路，觀其率爾而對，而其所對之言亦可想而得之矣。且夫人之言動，未有不與其人相肖者也。其人而謙以下人也，則必有迴翔容與之思；其人而鋭於任事也，則必有果敢直前之氣。是皆出之於自然，發之於不覺，而旁觀者爲之摹其意而狀其情，而固已宛然相肖矣。夫子教二三子以言志，斯時也，諸子皆逡巡未對，而有一人焉，蹷然而起，慨然而前，非他人，必子路也。（暗取「率爾」意，逆出子路。）夫子之言甫終，而子路之響已應。（神情逼肖。）即子路之言未宣，而子路之情已迫。心未嘗與容謀，而先已畢傳之於容。不必飾其情也，亦不必飾其貌也，既已誠中之形外矣。口不及與心謀，而早已欲自寫其心。茹之而不能茹也，吐之而又不及吐也，若懼他人之我先矣。（天然。）則亦猶是對也而獨見其率爾也，則非猶是對也而固已形其率爾也。吾想子路之鬱於中者久矣，旁觀孰視，（題前摹寫。）以爲某國而某敗之，某事而某憒之，感慨太息，非伊一日而無從而告之世也，鬱之久斯欲宣之急，苟一旦而有可宣之機，則翻然色動，勃然神往，而何必爲之躊躇，爲之四顧也？吾又想子路之蓄於中者富矣，平居竊嘆，以爲某事非吾不可，某位非吾莫當，私心屈指，亦非一端而無從而告之子也，蓄之富斯欲發之暢，苟一旦而有可發之會，則口不暇擬議，心不暇徘徊，而何必自謝不敏，自慚不文也？此一率爾也，有以知子路襟期之浩蕩也。師弟朋友之間，有懷即達，是非一聽之他人，（映「哂」之句。）生平不易之，一旦坦然其可衆著，斯著之而已矣。此一率爾也，有以知子路任事之激昂也。俯仰身世之際，有事即當，人自擇其紓徐，（映求、赤。）我自居其切直，毅然其可共示，斯示之而已矣。矜心勇氣之發，固知其一往而情深。言辭意象之間，又可卜其終身之究竟。夫子之哂之者，固在此率爾矣。

遺貌追神，直覺勃勃如生，栩栩欲動，如此寫生不數虎頭矣。（汪武曹）

臨川之佻巧，山陰之詼諧，皆以小題擅場。此種文出而兩家之雲霧盡掃矣，何況餘子！（劉月三）

寫「率爾」二字，真覺收袂而電舉，奮衣而雲翔，此種筆意，三百年作者皆在函蓋之中。（韓慕廬先生）

吾與點也

聖心有自得，因賢者之言而有契焉。夫聖心之自得，不知於點何如。乃自點觸之而有動矣，宜其深與之哉！且夫造物之予人者無窮也，而人入其中而失之以咎。夫造物者之有私也，往往而然也。若夫不争其所，固然而行所無事，斯其意不已遠乎？於今乃睹子之志矣。（忘其爲古人語，斯爲入化。）異哉！夫點耶？點顧若是耶？（根「異」字，唱嘆「點」字。）天下猶有能窮點者耶？異哉！夫點之志耶？點之志竟若是耶？天下猶有能域點之志者耶？事之不本性情而出者，即其所樂終非自然之天，而凡屬形氣亦豈能有感通之故？事之不本當前而行者，即其所期俱在莫必之數，而稍有扞格亦豈得爲順應之方？而不謂點已異也，點之志其使吾思也。（此句亦用得入化。）役役者何爲乎？區區者何恃乎？點其有終身焉者乎？不以己喜，不以物悲，亦何者不在意量之間矣？熙熙者時物乎？浩浩者天壤乎？點其有同遊焉者乎？取之無禁，用之不竭，（對伏天然，皆無用古之迹。）亦何往不得流行之趣矣？宇宙遼闊，君子亦有不滿之願，而誠如點也，其安有不滿者也；　化工幽渺，古今亦有不盡之藏，而誠如點也，其安有不盡者也。數語也而直有包舉萬類之象，夫吾人亦第得其象而已爾；（得神。）一時也而直有神遊千古之意，夫吾人亦貴得其意而已爾。點耶顧若是耶？點之志耶竟若是耶？而異者真異矣，此吾之所以嘆也。（句句用得入化。）

實發注意，在夫子口中仍極渾涵，詞約意遠，古風仙韵，獨步一時。（汪武曹）

海涵地負之概，而以烟雲縹緲之筆寫之，天趣盎溢，如聞缑嶺笙鶴。（王蒼平）

顏淵問仁　一章

爲仁不外於克復，非大賢不能以自任矣。夫一於禮之謂仁，而視聽言動間有己焉克之，斯禮復而仁全矣。由己之功，固惟顏子爲能任也。且夫深於仁者而從事於仁，則其晰幾也必審，而其任道也必決。夫理欲之界甚微，晰之不審，將有失於疑似而不覺者矣；制養之功甚密，任之不決，將有失於依違而不斷者矣。自聖人之語之也加詳，而爲仁之功固非異人任矣。顏淵之事於仁也久矣，至是以仁問子曰：回欲爲仁，去其仁之所本無，全其仁之所固有而已矣。假吾身之所便者以行其私而有己焉，仁之所本無也。（克、復平講。）人情於所本無者而忽來，必冀其去焉，顧物爲本無而忽來，其力甚堅，未有不深相拒者，是貴有以克之也。因吾性之所閑者以爲之節而有禮焉，仁之所固有也，人情於所固有者而或失，必望其反焉，況物爲固有而或失，其勢易轉，未有不戀其故者，是貴有以復之也。而爲仁何獨不然？嗟乎！己之誘人甚〔一一四〕矣，而禮則從而束縛之。故人恒樂夫己而畏夫禮，禮與己豈能並域而處〔一一五〕乎？惟知其爲己而毅然絶之，則一端之己克而一端之禮復矣，（克、復串講。）萬〔一一六〕端之己克而萬端之禮復矣。抑知其爲己而决然去之，則即克而即復，邪者去而正者遂無以傷之矣。且既克而又復，邪者去而正者亦有以養之矣。由是而一日之間天下歸之。世有己不仁而自謂仁者矣，未有己不仁而天下皆曰仁者也。由是而爲仁之功由己决之。世有他人之事而可以代謀而成者矣，未有他人之心而可代謀而成者也。顏淵聞夫子克己復禮之語，而當知所以從事矣乎。而其目猶未詳也。今夫心所以役其身也，（虚講。）而身適以役夫心；身所以事其心也，而身適以蔽其心。則亦於視聽言動間謹其非禮而可乎？仁爲踐形之學，（實講。）踐乎形斯爲禮。非然者斯爲己也，己豈必其大乎？纖悉之非禮即爲纖悉之己，而知之倍難，勿以内而動於外，勿以外而誘夫内。精詳之至而勇决以生，則視聽言動之己克而視聽言動之禮復矣。禮爲物則之恒，協乎則斯爲仁。非然者斯爲己也，己豈必其久乎？偶然之非禮即爲偶然之已，而防之不及，勿以天而濟於人，勿以人而憂夫天。是非既審而力行不怠，則視聽言動之莫非禮，而視聽言動之莫非仁矣。於是而仁者視聽而天下歸明聰焉，（挽合前節，絶大神力。）仁者言動而天下歸敬信焉。於是而視聽不由人而耳目由己歛也，言動不由人而律度由己成也。斯語也，惟顔子知之。誠明而外於克己復禮，而非顔氏子，固不足語於此也。

理精法老，洋洋灑灑，大家之文。（江雅臣）

富貴在天

有聽之天者，雖富貴亦然矣。夫以爲在人則可憂，以爲在天則不必憂矣。即富貴亦然，豈獨兄弟哉？且人情有所慘怛，未嘗不呼天也。（拈「天」字。）非以其有可冀而呼之，正以其無如何而呼之也。既已無如何矣，而奈何乎呼之？而奈何乎憂之？（對針「憂」字說，得旨。）蓋不可知之爲天也，夫不可知者而豈能爲吾釋其憂乎？以商所聞，則又有在天之説焉。骨肉之際，生人之至樂存焉，至痛亦存焉。（從兄弟說入。）而天多以至痛者予人，亦猶之貧賤者多，而富貴者少也。兄弟之間，遭其常者不覺，而遭其變者多憂。而天偏以可憂貽賢者，亦猶之不當貧賤者而貧賤，不當富貴者而富貴也。蓋富貴亦在天也。富貴，人之所欲。有不富謀富、不貴謀貴者，有已富而尚憂不富、已貴而尚憂不貴者，此皆由於不知天，直爲是擾擾也。富貴，人之所難。有貴而憂不富、富而憂不貴者，有以其富而欲得貴、以其貴而欲得富者，此亦由於不知天，故爲是役役也。天者，人之所恃，而君子獨不能恃之。蓋天之所富所貴者往往不可問矣。然而富貴，天爲政，而不憂富，不憂貴，則我爲政，天亦不得而難我也。（妙。）富貴者，天之所惜而於小人輒不惜之，蓋天之所富所貴者往往不得其平矣。然而富貴則在天，（映四海之内句，靈妙。）而不富而等於富、不貴而等於貴者，則在我，此亦天之所以與我也。（更妙。）人[一一七]無事不可以自主，而至於富貴，則知勇俱無所施，蓋天常執富貴之權而顛倒而不可測。自人視之真夢夢然者，而氣數之窮，天亦何必盡爲其昭昭也。（可與論天道矣。）人無事不可以自必，而至於富貴，即躁急亦何所用？蓋天亦輕富貴之選而付授不必其[一一八]當。（對更奇快。）自人視之，真悠悠然者，而悔禍之舉，天或亦有時而赫赫也。富貴之在天如此，而況於兄弟乎！（又轉到[一一九]兄弟作收。）猶是兄弟也，而天或使之同惡，或使之獨賢。天亦大矣，而何以於一門之内倍施其酷如是甚也！夫豈可與之爭乎？

猶是兄弟也，而天或使之得福，或使之受福，天亦大矣，而何以於一人之身偏窮其所往如是甚也！（更切中。）夫憂亦安有濟乎？故商更以富貴在天之説廣子之意也。

詁題之精確，從來未有。而於題之前後玲瓏映徹，又移掇上句，去不得，通篇淺深虚實，一氣渾成。○死生有命，富貴在天。言外見得兄弟之有無，亦天命也。此意定須補出。○富貴在天，要説得天道不可問，意乃切。此章引證之旨。（汪右衡）

既欲其生

生而惟其所欲也，當其欲而已不可恃矣。夫其生非吾之所能欲也，而顧且欲之也耶？既曰欲之，則何者不可欲之耶？且夫人惟有私也，而後有欲。欲在於是，欲即專在於是，（拆得真。）而爲其所欲者懼矣，謂其愛我以私也，而私豈有極乎？（恰好扣住。）而私豈有恃乎？愛之欲其生較之於惡之欲其死者，相去何其遠也！（承上用側筆。）兩人並在側，而一人獨鍾其愛，在被愛者可謂幸矣，而被惡者且曰：彼何獨於我薄也？彼雖無情，而於若人則無負矣。（取「既」字。）生死未可定而有時偏欲其生，縱或欲之，豈遂生乎？而欲其生者且曰：我故不於彼靳也，我雖多欲，而於若人則已决矣。凡事有往者則有來者，來者何如乎？還亦問之往者乎？此之欲其生也，固出於往者也。亦既生之於我之口，亦既生之於我之心，而我常此心與口也，則亦常此欲也，固其情也。（逆跌「天」字。）有留者即有去者，去者何故乎？曷若仍爲其留者乎？此之欲其生也，尚待於留者也。亦既生之於彼之或然之天，亦既生之於彼之未必然之數，而彼常此天與數也，則我常此欲也，固其恒也。人有明知其情之誤用，（二比仍用倒撲，筆勢凌空飛動。）而既用乎其情，勢不得而減之，而且增之，何者？不如是則無以處物，並無以處己也，則今之既欲其生，當亦若是已矣。人有不自知其情之太過，而既過乎其情，勢必不至於疑之而益信之，何者？業已如是則市德不妨其盡，而深愛何病其竭也，則今之既〔二二〇〕欲其生，當亦若是已矣。然而欲者願之虚也，天下惟實者有轍迹可尋，而虚者則惝恍難詰，既欲其生，殆亦涉於惝恍者耳。且夫生者事所難也，天下惟易者殷勤可致，而難者展轉莫憑，既欲其生，（四字疊出如累丸。）殆亦易於展轉者耳。乃亡何而已欲其死矣，不亦惑之甚乎！

能用意外意下字外字，使「既」字盤旋出没，時時刺影得血，能事直上掩慶、曆諸公。（韓慕廬先生）

君君臣臣父父子子

政不外於人倫，本正而無不正矣。夫君臣父子，政之大本也，於此〔一二二〕克正，又安有不正者耶？意曰：「公以政爲問，知公之有意於政也。顧政將自舉乎？抑必待人以舉之乎？」夫有其人，不必憂夫政矣。人各如其人者，政即無失乎其爲政矣。蓋國事之理歟，否歟，不必他求也，觀其君與臣而可知也；家道之正歟，否歟，亦不必他求也，觀其父與子而可知也。人莫樂於爲君，而不知君之難也。赫然而臨於臣之上者，非君；薾然而處於臣之下者，亦非君也。（重此句。）擁君之資，（實發俱對照。）循君之度，（景公。）盡君之責，制君之命，而君固已能君矣。人皆習於爲臣，而不知臣之難也。唯然而貪於君之位者，非臣；侈然而侵於君之分者，更非臣也。（重此句。）守臣之職，盡臣之禮，勤臣之官，遵臣之節，而臣固已能臣矣。其一又在父父，孰不爲父？而父必有父道焉，其源在夫婦之間，（父父子子在夫婦兄弟之間，言之最切事情〔一二三〕。）而其事關宗社之大。勿以少凌長，勿以小加大，如是爲父，而後可以語於能父矣。其一又在子子，孰不爲子？而子必有子道焉，所處在兄弟之際，而其事關繼嗣之重，寵之而不驕，諍之而不憾，如是爲子而後可以語於能子矣。且夫報施之說，非所施於君臣父子之間。臣臣矣而無所責望於君，子子矣而無所責望於父，此臣子之事也。然而感應之理，亦莫捷於君臣父子之間。君君矣則無不得之於其臣，父父矣則無不得之於其子，此亦君父之責也。（此君君則臣臣、父父則子子之說。）如是而元首以明，（應前。）股肱以良，而國事已理。厥父菑畬，厥子播穫，而家道已正，此致治之具也。（繳轉〔一一三〕問政。）操其具以從事，而禮樂法度無不可次第而行，此爲國之本也。握其本以涖政，而綱舉目張，何憂乎禍患之至？政固莫大於此，政亦莫先於此也。公自度君也何如乎？君之臣何如乎？父也何如乎？父之子何如乎？舍是蔑問政矣。

君臣則照陳氏，父子則照陽生，的確不刊。（劉大山）

季康子患　一節

無欲爲弭盜之本，則所患者不必在盜矣。夫盜有欲，康子亦有欲，（是一篇議論柱子。）等欲也，則亦等盜也，康子當何患也？今夫人之異其類者乃可以相服，而人之同其類者不可以相詰。昔者魯多盜，魯之人多患之。獨季康子不宜患，何者？以盜患盜也。

康子詰盜曰：「吾患汝。」盜亦詰康子曰：「吾患汝。」（妙。）兩相患也，而患卒無時已，則盍亦反其本而已矣？且夫康子之爲盜也大矣，而其心猶以盜爲患，是康子不知己之爲盜也。康子曰：「彼盜也，吾治盜者也。」夫天下惟盜易治，而治盜之盜難治。（淋漓噴薄，極文之豪。）是故善治盜者不治盜而治治盜之盜，且吾爲治盜之盜計，亦不治盜而自治。」自治奈何？則盍亦反其本而已矣？孔子曰：「子大夫自今勿患盜，且賞盜，而魯乃自是無盜。」此其權在子矣。子亦知盜之起也由於欲乎？人生也有涯，而欲無涯。是故在上者而有欲則竊位，（「竊」字洗刷。）則竊禄，則竊禮樂征伐；在下者而有欲，則竊名，（「名」字於此題不切，作者例而入之，讀者不以辭害意可也。）則竊利，則竊貨賄財用。欲不同而欲同也，竊不同而竊同也。故吾爲子計，不患盜而自患，不治盜而治欲。今子行其邪，肆其貪，舉非己之有者悉攘取之，而民有辭矣，曰：『此士大夫也耶？夫且如是。而尤而效之，其又何誅焉？』苟子清其心，澄其慮，舉向之取非其有者悉謝去之，而民知勸矣，曰：『此有道之國也耶？吾不可以見矣。』而利而誘之，其敢即安乎？雖賞之不竊矣。」夫天下豈有賞盜者哉？（洗刷。）蓋欲莫欲於賞，至賞之而不欲，則真不欲也。以此知盜之欲之易治也，而獨患康子之欲之難治也。（「患」字結。）

痛快爽朗，子瞻得意筆也。（韓慕廬先生）

君子之德　二句

擬君子小人之德而各有其象焉。夫從乎其德而言之，則君子不同於小人也。觀之風與草，可見矣。子曰：吾告子以子欲善而民即善，則是子不欲善而民即不善也。吾子儼然君子也，彼小人者且肖之。且肖其所然而不肖其所不然。吾子試自念其故，又爲彼小人者念其故，則吾子今日者之言固已過矣。吾子君子也，吾爲子言君子之德。吾子之欲殺者小人也，吾爲子言小人之德。（並提君子、小人之德，極合。）今夫大塊噫氣，其名爲風。（「風」字一段。）而獨不聞之翏翏乎？前者唱於，後者唱喁，風如是焉已矣。雖然，其來也無端，其去也莫知所之。其爲質也，過而不留。夫不留，有留之者也。（映下「偃」字，妙慧。）嘗試與子覽於大荒，（「草」字一段。）而蒼蒼，而茫茫，其爲類也甚多，其爲質也甚柔，其爲物也安其常而無知，又若挾其具而有待。嗟乎哉！是殆所爲草也。今夫君子之德，（二段極其靈妙。）其處勢也高，其入物也微，其及物也遠，擬之風也，得無象之然乎？然而風同也而風不同也，噓之噏之者風也，摧之敗之者亦風也。

（對「殺」字。）且夫風有時殺物，而物莫能與之争，物亦且與之争，則亦還問其所爲風而已矣。今夫小人之德，其處勢也卑，其動之也速，其應之也易，擬之草也，得無象之然乎？然而草同也而草不同也，暢茂條達者草也，憔悴枯槁者亦草也。且夫草有時被殺，而創之而莫知所痛，即創之而亦不必知所痛，則亦共念其所爲草而已矣。今之無道者小人也，草也；今之欲殺無道者君子也，風也。草則不堪矣，而風則猶是風矣。（尖冷。）

人但見其前幅用《莊子》數語，以爲得《南華》筆意，而不知其後二〔一二四〕股未嘗用《南華》一語，乃真《南華》神髓也。奇矯莫測，剽鋭無敵，初學讀之，下筆無窒塞拘滯之病矣。（汪武曹）

物色動摇，形似之工，猶接比興未亡賞，斯神雋。（朱履安）

層折敘次亦與人同，但一經作者筆墨，使離奇飄忽，異樣超雋。（黄際飛）

居之不疑

聞者之自是，與達者之自下相反矣。夫不可居者而居之，可疑者而不疑之，聞者之心如是，而豈達者之所敢出乎？且學者莫患乎有自是之心，而中之拘〔一二五〕於外者實甚，則必不能更有進也。夫果其是者，一自是而已不可爲，而況其本不是者而自是之乎？如聞者之於仁，行違而色取，既取之則必居之矣。今試有物於此，（一開一合，曲中人情。）其實有之於己者必且藏之深，固惟恐其露於外也。亦或見爲尋常，不覺其有異於己也。人視之若一無所有者，此其所以無不有也。而其人方且默默以處，雖有叩之者，貶損辭讓而絕未嘗以自多。其實未有之於己者，則必以僞者易售而不必真，然不可不以真爲號也。假者可暫而不可久，然不可不以久爲期也。自己視之若無所不有者，此其所以無一有也。（妙。）而其人方且沾沾自喜，雖無叩之者，張皇炫耀而必不肯以自晦。此二者，一則可以居之而不居，且並無可疑而或不無自疑也；一則必不可居者而居之，且無一不可以自疑而皆莫之有疑也。揣聞者之心，以爲事非其所素居，（照上「色取仁」。）則人不以是窺我，而我亦不以是自名。（抉出其所以不疑之故。）雖栩然無有，無傷也。既已居之，則其勢不可以復反。偶一反之，則生平之緣飾者而敗之於俄頃之間，非其情也。吾自疑之，則人之疑之者益甚，吾從而張之，使人皆出吾之下。（所謂專以意氣加人。）即遇夫人之真有者，而吾亦以意氣加焉。如是而吾之居之者益固，而庶無隙之可乘矣。且事果其所應居，（照上「行違」。）則彼無所虞於人，而人亦不能有以窮乎彼。雖歙然自下，其可也。吾之所居，則其心不容以或降，使一降之則作僞之最工者而或露之於偶然之真，悔之何及也！吾自不疑，則人之疑之者必且泯，吾當有以堅之，使人皆屈於我之氣。即遇夫人之明哲者，而吾亦以此術試焉。如是而吾之居之者常不失，而庶無情之可窺矣。蓋惟其中之甚怯，則其外必驕。故當其傲睨顧盼之時，其意態可畏，而不知其方寸之間萎薾不振者久矣。（痛切。）抑惟其敵之甚多，則其勢難退。故用其洞疑虛喝之計，使窺伺漸消，而吾知其夙夜之中周防自衛者苦矣。本以欺世，適以自欺，而支吾粉飾，聞者之伎能止此耳。始焉陽爲不疑，繼且真爲不疑，而深思極慮，惟聞者之精神能辨此耳。而安有不聞者哉？

聞者情事何其曲盡，腕下疑有照妖鏡也。（昝元彦）

此作實有所指，借題發之。（自記）

樊遲從遊　哉問

遊猶有所問，故聖人取焉。夫崇德、修慝、辨惑之有問，而乃於舞雩耶？遲之善問，即其善遊者耶？宜夫子之取之也。且夫弟子學一先生之言，曰登其堂，曰侍其側，（襯舞雩。）而曰諄諄焉請業請益而莫之已者，亦不可不謂之好學。而其師弗善也，何者？以其舍此則遂未必有所問也。（反撲得妙。）今夫德之何如崇也，慝之何如修也，惑之何如辨也，此爲己之切務，而學者之所日從事焉者，聖門如樊遲，豈其於此而獨未之聞耶？而何爲乎問於舞雩之下也？（首節倒點。）何以舞雩之下也曰「遊」也？何以遊也曰「從子遊」也？且夫問必即乎其事，問仁問知，此日非其事也。問必視乎其地，問農問圃，（天外飛來。）此日乃其地也。嗟乎！遊而不問遊事者，（自云數語本亡友貽孫。）固真得遊趣者耶？不然，而何其津津也？（絶有風趣。）遊而有問於遊所者，殆即欲勉之遊所者耶？不然，而何其汲汲也？子曰：「遲不亦善乎而問之也，是能從吾遊者也。（即綰「遊」字。）蓋學問之事無時可去於心，（二比神致超遠，字字飛動。）一旦得之於遊，而山川之風物不以易吾懷抱。遲也有味乎其言之，而壇墠之間何必非講學之處？平生之疑亦或偶置於懷，一旦觸之於遊，而光景之流連頓以起吾記憶。子也有樂於其問之，而提命之切先見於嘆息之聲。吾以知問不妨遊，（二小比亦本貽孫。）崇德、修慝、辨惑以爲問，在在問可也。吾以知遊不妨問，問崇德、修慝、辨惑以爲遊，日日遊可也。」（妙。）

故曰遲之善問即其善遊者也。

「遊」字、「問」字左縈右拂，上下情致便爾生動，似脱胎於張元長作。繆太質稱張作點染處似空似實，若遠若近，諷諷乎幾於化矣。吾謂此篇足當此評，視張作殆過之。（朱師晦）

作者欲仙，讀者亦換凡骨。（韓慕廬先生）

先有司　一章

爲政莫要於任人，而賢才尤當以公心任之焉。夫有司而先也，小過而赦也，皆任人之事也。賢才之舉又出於至公，而政之體無不得矣。且政無論大小，皆用人而不自用者也。不自用而人始無所謝其勞，（大氣包舉。）且欣欣然有以自奮而無自棄之意。在下者各以能獻於國，而在上者各以人事其君。得人之盛，雖宰天下可也，區區家宰云乎哉！子謂仲弓曰：爲政有體，體不可褻。有司者，庶務之所分也。此而不先，則其綜核之過遂成叢脞之憂。是故己不勞而事無不舉者，先有司之道得也。行政有法，法不可濫。小過者，有司之所難免也。此而不赦，則君子或以微眚而難避，而奸人反得以無過而呈身。是故刑不苛而人無不悦者，赦小過之道得也。輔政有人，人不可遺。賢才者，備有司之用者也。此而不舉，則衆職之效無人，而蔽賢之罪莫逭。是故官不曠而政無不修者，舉賢才之道德也。夫曰有司宜先，則一先無不先也。不必曰焉知之而焉先之也。（靈巧。）夫曰小過宜赦，則一赦無不赦也。不必曰焉知之而焉赦之也。以賢才之衆，以賢才之舉之不可緩，焉知之而焉舉之。仲弓之緦緦焉而以此爲慮者，其引賢才爲一體而若己有之，（不説壞仲弓。）惟恐或失之心，於此亦大略可見矣。而子曰：惜也，其用心之小也！爾慮不盡知，然而知主（一二六）；爾慮不盡舉，然而舉矣。人之欲善，誰不如我？賢才者，天下之公也，而爾焉得而私之？是故以天下之耳爲耳，則無不聞也；以天下之目爲目，則無不見也。使必出自一己，則微特勢有所不能，而本欲用之，適以舍之，未必非私之之心所爲矣。人臣之義在於得人。舉賢才者，亦天下之公也，而爾焉得而私之？是故爾以人之知爲知，則人之知無異於爾之知矣；爾以人之舉爲舉，則人之舉無異於爾之舉矣。試爲易地而觀，而凡才有所必須，（靈妙。）人所不知，爾其舍諸？亦可見公之心大概然矣。然則賢才而無論在有司與不在有司也，既知之，而必舉之也。（大氣一結。）賢才而無論在小過與不在小過者，既知之，而亦必舉之也。

而何必以焉知賢才而舉之爲慮哉？名不必自受，恩不必自歸，而後責其成效，捐其微疵，此爲政之要而任人之道也。

過文及掉尾二處出人意外。（汪聖功）

則民無所措手足

極言名不正之害，而民之受之者深矣。夫至於無所措手足，而民之害不已極乎？則皆名不正之所致也。且爲政者，凡以爲民也。民之所望於上者，非有他也，但求上能容〔一二七〕之，而彼亦有以自容而已。上有以容其民，而民亦有以容其身，不過決之於一號令之間而定之於一稱名之際耳。若夫名不正以至於刑罰不中，則民之害不可言矣。（截去上文。）網羅之張者，環民之旁，勢必人人而入其内也。然已在網羅之中，固無以堪其命；而欲在網羅之外，又無以托其身。桎梏之設者，（二股有淺深）滿民之前，亦未必人人而被其毒也。然有形之桎梏，其創未鉅；而無形之桎梏，其痛更深。（更妙。）蓋至是而民之手足且無所措也。家之不能完也久矣，仳離愁痛，常覺一身之爲多；（本杜詩。）而一身之中，又覺手足之爲多。蓋一摇手，一失足，（方切「手足」。）而禍隨其後，是一身之禍皆手足之所爲也。身之不能保也明矣。幽憂輾轉，嘆人之大患莫過於有身，而身之大患又莫過於有手足。（工絶。）蓋一舉手，一投足，而世無其地，則一身之困又手足先受之也，聞其惡名而耳爲之傾，見其穢德而目爲之笑。耳目猶自有快之一日，（處處洗發「手足」二字。）而拘攣維摯，手足獨甚其辜心，則非之而誅其凉德；口則謗之以鳴其不平。心口猶自有陽之一時，而羈囚束縛，手足更遭其慘，手一失所措而方決之而泣，齕之而啼，而足又見縶矣；足一失所措而方驅之罟擭，納之陷阱，而手又見螫矣。（史對子。）天地甚寬，而曾一身之莫容。四顧茫茫而不知棲泊之所，惟有束手屏足以待疾威之至耳。即吾身無幾，而曾手足之莫容，世路悠悠而竟無立命之所，誰復能手舞足蹈以自幸寬政之及乎？朝廷有曖昧難言之隱，（照顧名不正。）其害在骨肉之間。而民之痌瘝者見於手足，未見民之危。而朝廷之獨安也。國家有倉皇未定之謀，其患在腹心之内。而民之愁苦者僅見於手足，吾見民之危未爲甚，而國家之危乃爲甚也。名一不正，其禍遂至於此，可勿懼哉？

骨格棱峭，神似高邑。鄭謙止則有此巧雋，而氣象薾然矣。（方百川）

子謂衛公　一節

即居室而歷指其善，衛大夫不可及矣。夫人盡居室者也，乃以善聞者誰乎？是向者公子荆之羞也，且人既卓然不類乎世俗之爲，而初終異境，先後異辭，則疑其皦然獨往之意猶未至也。然心無所役則任其自來，原非有意以迎之，安必廉潔者之盡長貧賤也？（先斡旋「有」字一筆。）如衛公子荆其人者，誠足風矣。春秋之時，去古寖遠。世家公族類皆盈盛相夸，政以賄成，而國家已相循而至於敗也。官之德失而寵賂已相習而至於章也。原其故，不過室家滋之累耳。（跌落「居室」。）且夫宇宙亦甚寬矣，而跼蹐自隘之意，在富貴者爲更深。當其無也，（跌宕「有」字。）惟有之是望。迨有之矣，而其望猶未歇焉。其無厭足如是甚也！蓋人情往往而然也。吾夫子行遊天下衆矣，至衛乃得一公子荆，獨能善居室，斯亦賢矣。其意蓋以吾之承先業而幸其無敗也足矣。（三个「曰」字歸併一處。）今茲世禄之積盈盈焉，屢盛於初，而保以無失也。聊足娱焉耳。且以吾之守厥官而無負於其禄食也足矣。今以國家之恩恢恢焉，大饒其蓄，而封以自殖也。誠不敢焉耳。始有曰苟合矣，少有曰苟完矣，富有曰苟美矣，推其心即終身無有與。（補得好。）夫有而不必多，皆置之，區區不足較也。夫公子荆之他事不多見，季札見而悦之，（閒筆收局。）曰：衛多君子，未有患也。其居室卓卓若此，顧闕然無稱，何耶？嗟乎！魯衛之政，兄弟也。（餘波亦好。）禄之去公室，五世矣。比之於衛，猶有不逮焉。事勢之流，又安有極耶？悲夫！悲夫！

句句切世族説，不泛作《貨殖傳》，是其得頭腦處。文亦古雋，令人尋味無窮。

（汪武曹）

子適衛冉　全章

聖賢之爲民計，有加而無已也。蓋以富加庶，以教加富，而後民之庶可保。夫子所爲，因冉有之問而發之哉？且善爲治者，即人民鮮少，致治無資，猶有道以來之，而況處憑藉之基，有易爲之勢，其需治也亟矣，而奈何不爲之所也。昔吾夫子經綸之具，卒老於道路之馳驅，而康濟之情，備見於師弟子之往復，蓋嘗適衛而有「庶哉」之嘆焉。夫當此之時，非時之役，無藝之征，誰復念生民之況瘁乎？父老子弟已無望君王之賜，而悉索敝賦之餘，所存有幾也？（將「富」、「教」二字反透入「庶」字中。）獷悍之習，淫侈之風，誰復拯生民之流極乎？仁讓敦厚已無復三代之遺，而流沔沉佚之後，蕭然略盡也。而孰意衛之民，乃猶幸而有此庶哉。蓋昔肇封之始，保乂恫瘝，宅心知訓。越數百載，而生息猶蕃於東土，亦自濟河，而後務財、訓農、敬教、勸學，不一二年，而車乘已盛於舊都。（**再將「富」、「教」二字正透「庶」字中。**）惜衛之君臣，不聞有推其所自來，而爲之計其安全者，此夫子之所以嘆也。今夫民之散聚，視乎貧富。然而户口既多，以之生財也易，以之耗財也亦易。無以富之，如之何不携而去也？立其經制，導其儉勤，通其有無，寬其繇役，如是而庶常不失矣。此夫子因冉有之問而所以加之庶者如此。（**到此方點冉有，得法。**）今夫民之安危，又視乎貞淫。然而財用既足，以之爲善也易，以之爲惡也亦易。無以教之，如之何不淪而胥也？本以倫紀，倡以躬行，董以師保，勵以廉耻，如是而富常不失矣。此夫子因冉有之再問而所以加之富者如此。漬而漸之，而期月三年，其效可睹。優而游之，而百年必世，其治彌神。外此豈復有加焉者乎？（**「加」字餘波，正見其富教不可不加處。**）然是道也，自夫子言之，而衛莫之行，天下莫之行，即至後世亦莫之有行者，而民之時盛時衰，聽之適然而已，可慨也夫！

題中塵坌山積，一掃空之，直覺桃花流水，別有天地。（何章漢）

高文典册，照映六經。寒儉者對之，自病其瘻；癡肥者對之，自苦其穢。（韓慕廬先生）

爲臣不易

臣不易爲，而益見爲君之難也。夫臣第分君之職而已，而且不易爲焉，則爲君之難不益見哉？夫子述人言曰：甚矣，君之難爲也。寧獨君哉？即下逮一二臣鄰，業已分君之任以爲任，亦即分君之難以爲難矣。吾是以因君而更及於臣。念君之授職於臣也，君固曰國事惟〔一二八〕艱，惟子大夫是賴，而君之所焦勞者於以轉屬臣工矣。（處處帶上句。）念臣之受命於君也，臣亦曰國家多故，敢不惟克艱是任，而臣之所拮據者無以異於人主矣。爲臣詎易言乎？嘗觀古之大臣兢兢業業以將事，彼豈願爲其不易者耶？蓋誠見國有天工，君主之臣輔之，（將上句納入此題中。）而王臣蹇蹇，日盡瘁焉猶恐不遑矣。夫己之事而自己僨之，不可言也；君之事而自我僨之，更不可言也。以此思之，易乎？不易乎？抑思有志之士乾乾惕惕以自處，有不敢遽出而爲臣者焉。蓋誠見國有庶績，君作之臣終之，而王事靡盬，日殫力焉猶恐不足矣。夫君之事而自君壞之，臣亦與有咎也；　君之事而自臣壞之，臣罪更安逃也？以此思之，易乎？不易乎？今試有重任於此，彼一人者負荷之而不克勝也，（仍歸重君上。）與吾共負荷之而其勞均矣。彼之任吾不能代之也，而吾之任彼亦不能減之也。安見任於彼者偏重而任於我者獨輕耶？且彼一人者獨當之而不以諉諸我也，自我欲與共當之而其責一矣。與其事則不得復辭其瘁也，同其患則不得不同其心也，豈其以重焉者予彼而可以輕焉者自予耶？爲臣之不易也亦若是而已矣。百爾在位，各自有其不易者也，而況於君乎？且百爾在位，各毋忘其不易者也，而況於君乎？

題是爲臣不易，做底仍是爲君難，却字字還他爲臣不易底本面，所謂雙管齊下也。（沈元珮）

他人非粘則脱，固知小題文亦須出自大手筆也。（鄭友白）

唯其言而莫予違也

以莫違爲樂者，人亦有此一言矣。夫言而莫違，以爲不樂則不樂矣，以爲樂則亦樂矣。而有以此爲樂者，故有此一言。且言者出於口而甚便，而不能必人之從與否也。

有人於此焉而違之，是必直諒之士也，是必忠鯁之臣也。違之何病？違之而後君得以常保其樂也。乃人之言不然，曰：予之無樂乎？爲君者以其有至樂者存也，至樂者不在多也，（從上句取「唯」字神情。）以其有至樂者，而他樂畢舉之也。他樂畢舉之，則有此一樂已足也。下一令而有疑之曰：是殆不可行也，憊甚矣，不可以終日矣。人生以行樂爲期，况既已富貴，乃爲此拘拘翦翦者乎？號於衆而有沮之曰：是必不可從也，憒甚矣，不可以入耳矣。忠臣能探主之微，况業有戒命，乃爲此謇謇諤諤者乎？予以爲凡言而有違之者，必非爲君者也；言而莫予違者，此爲君之所以可樂也。予嘗笑夫古之爲君者，出一言必占之蓍龜也，詢之芻蕘也，謀之卿士也，衆論盈廷，環而争之者無非違之之言。於是乎吾有懷而莫之遂，何自苦至此也？師則有箴矣，矇則有誦矣，工則有諫矣，前後左右，環而向之者莫非違之之人。於是乎彼有言而我且不違，何其不近人情也？而予不爲是也。（以下四股細細摹寫「莫違」。）予雖偶然之言，而臣下不敢不奉之爲謨誥，其孰能違之？未命而唯唯，未召而諾諾，當予言之未發，而早已辦，一莫違者以俟予言矣，微爲君之故而何能如此也。（繳上句。）故曰「至樂者不在多也」。予雖咄嗟之言，而臣下不敢不榮之如袞冕，其孰得而違之？（果然。）俱進而俱退，共走而共趨，

（天然的對。）當予言之既出，而群然爭，以莫違者博予歡矣，微爲君之故而安能有此也？故曰「有此一樂已足也」。由是而予得以行其意矣，醉飽之餘，其言必喜；震怒之下，其言必厲。乃四顧臣工，莫不屏息而聽命，而恣予之取，供予之求，予於是仰天而嘆曰：「予今日乃知有土之貴也。」且或言之而奉行不肅，則有誅；言之而稟承惟謹，則有賞。故遍視國中，莫不聞聲而應響，而予左之則左，予右之則右，予於是拊心而自喜曰：「大丈夫不當如是耶！」不然而予何樂乎爲君也？（筆頭上挽得千鈞起。）嗚呼！樂不可極，樂之極而悲以生，其將在斯一言矣。

就「莫違」説出可樂，處處與上文呼應，「唯」字意飛動之至。（汪右衡）

描寫聲口宛然如畫，熟於史事者知之。（蔡瞻岷）

無欲速無　四句

政有所當戒者，聖人窮其弊之所必至焉。夫政自有其體，而欲速見小利者顧昧之，亦烏知其弊之不可勝道哉？且夫治道雜而多端，何者得，何者失，往往而是也。乃第指其失，而其得者一。反觀而見，（奏刀砉然。）而亦可以有所辨乎其際也。商也問吾以政，吾固不知莒父之宜先宜後者若何也。爲者大都相其機宜，審其緩急，權其多寡，布其輕重而已。（古文氣脉。）今夫爲政臣爲細者有幾也。然良有司之自盡其職有二患：其一見才太急而不能持以久也，（警切。）其一居心甚隘而不能見其大也。古之人嘗守其一官以世其族氏，謀其一事以逮於數傳。（舉義宏闊。）即奈何取效於旦夕之間乎？莫大之功，必倉卒而即就；艱難之業，未累日而思成。若而人者爲欲速，吾願子之深戒之也。古之人欲有所取必有所棄而不屑，欲有所得必有所忍而不爲，即奈何動情於目前之快乎？區區咫尺之地而謂其奇功之立，沾沾纖悉之務而侈其綜核之能，若而人者爲見小利，吾又願子之深戒之也。夫其所以深戒之者何也？（直捷。）蓋欲速者將以求其速也，然愈惶急而愈覺其遲鈍，阻於勢之莫可並舉，惘惘焉而無所措其力也。迫於心之必欲驟獲，恐恐焉而無以遂其願也。是故充其心必無一事之廢，而按其實仍無一事之理。（語足爽心。）政之不達也，每每然矣。且見小利者將以求其利也，然愈瑣屑而愈滋其叢脞。萬全之利，以小不便而棄者有之矣；百世之害，以小利而不顧者有之矣。是故事之出，不勝其效之收；而失之數，則多於得之數。大事之不成也，斷斷如矣。爾往哉！第反是以行之，而政達而事成也，其無愧良有司之風乎！（古宕。）

淡筆清思，題義自舉。他家多作腴詞，遜此超超風骨矣。（黄際飛）

句句還他反面，止於章末一句正結，自是先民法程。（汪紫滄）

曰今之從 一節

從政者不可謂士，賢者問之，而聖人嘆之焉。夫人也而至於不足算，顧猶可列之於士乎？子貢之問於是爲益下矣。且士之品雖有等也，然有與士絶不相及而忽焉及之，則爲士者懼矣。以彼其人固居然從政者，亦或不屑意於當世之士。（冷筆。）而當世之士原非其類也，奈之何同類而共稱之也？子貢問士而屢及於其次，無可問者矣。又以今之從政者爲問，是欲士之也，抑猶將次之也？而夫子曰：「賜也，（「噫」字聲情俱出。）而之意中猶有今之從政者乎？賜也猶將今之從政者置之於懷乎？賜之問士也，曰：『士何如？』吾則曰：『士如是而已。』至今之從政者而吾誠不知其何如也。』賜之一再問其次也，曰：『其次何如？』吾則曰：『其次如是，又其次如是而已。』至今之從政者而吾誠不知其何如也。而賜曰：『今之從政者何如？』噫！是殆欲予算之也耶？（落「算」字，如萬丈危巖，一木飛渡。）吾將算其志，而其人之志則已卑矣；（將通章攝入，爲斗筲之人寫一影子，痛快之至。）吾將算其材，而其人之材則已陋矣。吾將從其庭闈算之，則逆倫敗紀者斯人也；吾將從其言行算之，則多尤多咎者斯人也。噫！賜也猶欲予算之也耶？（複句有神。）賜也獨不見夫斗筲乎？尺寸之長，所效有幾？升斗之量，所容無多。斯人也殆斗筲之人也。夫以爲斗筲也，猶有適於用之處；至斗筲而人也，則求其有一適用者而不得矣。既已爲人也，豈遂無可比數之處？至人而斗筲也，則求其有可比數者而不得矣。斯人也而以之從政，政必壞。授之政者之過也。斯人也而以之冒士，士類必紊，是亦品爲士者之過也。賜也猶欲予算之也耶？（看他出題不使一徑直之筆。）斗筲之人何足算也？噫！賜也不於今者從政之中而求士，賜可以爲士矣。」（冷筆。）

只就一「人」字跌宕生波，處處有「噫」字神情在裏許，而斗筲者已如圖畫而出，不必極口罵詈也。通篇精神全在轉換過接處。（汪武曹）

君身自有仙骨，故舉筆飄飄凌雲，下視塵世，俱在游氣混茫中耳。真文中飛仙也。（韓慕廬先生）

不得中行　一節

聖人有所欲得之人，轉計焉，而道亦有所屬矣。夫所欲得者而竟不得，雖不得而未嘗無可得也。狂耶？狷耶？何遽不逮中行者哉，而寧能不與之乎？且凡謁吾徒而來請者，類皆不欲棄於斯道者也。然而其人不一矣，有上焉，有次焉。其出不偶矣，有難焉，有易焉。輾轉於意計之中，躊躇於有無之際。而吾之望雖虛，（含毫邈然。）而吾之思有寄也。今夫吾黨之中亦極一時之選，不可執一途焉以概之也。是故端居深念，遥遥而難據即者有之矣，歷歷而可指數者有之矣，（婉折得神。）丘則低徊焉矣。大道之歸不可謂其無人，奈何執一説焉以處之也？若夫環顧熟視，某某則能如彼也，某某則又能如此也，丘則欣幸焉矣。蓋吾意中固於此有人焉，未嘗無甚高之志，而不可目之爲狂；未嘗無至堅之守，而不可目之爲狷。（寫「中行」句插「狂狷」，寫「狂狷」句帶「中行」。）不必有激厲裁抑之權，而且進以涵濡從容之化。若而人是爲中行也，豈非吾之所願得而與之者耶？而無如其不得也。然吾意中抑又嘗計之矣。中行有其志，而亦有有其志者，是亦中行之流亞也；中行有其守，而亦有有其守者，是亦中行之匹儔也。雖無其調劑損益之能，而可俟其變化薰陶之致。若而人者豈非狂狷乎？是固吾之所已得而且俱得者也。而如之何不與之也？人莫患其志之卑也，雖有巧譬善道，不能引而進之，吾無如何耳。乃若其遥情勝概，一往而不可遏，何其取之屢進也？迹其氣蓋天下，庸人驚且疑焉而不顧也，惜未有以得其歸也。然而已有其具矣，則亦何必中行之是望矣？（回顧首二句。）人莫患其守之失也，雖有誘掖奬勸，不能厲而耻之，吾無如何耳。乃若其耿介拔俗，一定而不可渝，何其不爲者之多也？迹其篤信深謹，庸人笑且非之而不顧也，惜未有以廣其趣也。然而已有其資矣，則亦何必不得中行之爲憂矣？此兩人者，即世有中行，吾安能遽遺之乎？雖其所以與狂狷者不同於與中行，即與狷者亦不同於與狂。（更看得好。）而舍是固無足與矣，故予於二三子端居深念，不勝低徊而環顧熟視，又不勝欣幸也。

着眼題中數虚字，低徊婉曲，極得夫子慨想神情。○狂狷皆有過不及處，皆須激勵裁抑。他家以裁抑貼狂，激勵貼狷者，非。（黄際飛）

中行、狂狷裁對二比，於上下呼應，口氣尚未爲合。至其筆情之駘宕，文法之悠揚，倏然絶俗，如藐姑射之仙。（韓慕廬先生）

鄉人皆好之　一節

求士於鄉以知鄉人者知之而已。夫皆好皆惡，未可以定其人也。觀好人惡人之人而因以知所好所惡之人，此則真可以定其人矣。且夫世之相士者，非失於自用，即失於用人；非失於用人之所信，即失于〔一二九〕用人之所疑。夫不爲之定其衡而精其辨，而徒逐逐焉惟衆之是用，抑何其亡具之甚也？今夫士之自見必有其端，而狎而習之者或往往得之。凡以地近，則耳目不失其真。而士之受知亦自不易，而近而親之者或往往失之。凡以情私，則是非自爽其實。是故觀士於鄉而已可知，而知之又自有道也。今夫名高物之所尤，氣盛物之所忌，甚矣，得好於鄉人之難也！而顧好之而顧無不好之，鄉人何人乎？（呼動「善者」、「不善者」。）乃皆好若此乎？子貢以爲何如？而子果曰：「未可也。」抑道高而毀來，德修而謗興，甚矣，得惡於鄉人之足貴也！而竟惡之而竟無不惡之，鄉人何人乎？乃皆惡若此乎？子貢以爲何如？而子亦曰：「未可也。」夫不問其人之何如人，（筆性戛然傲人。）而雷同相從，隨聲是非，此則真鄉之人也。而吾又不問鄉人之何如人，而或則徇之，或則矯之，是亦猶之乎鄉人也。且夫奇〔一三〇〕傑之流往往孤行其意，初不計人世喜厭之何如。而一旦愛之者幾人，譖之者幾人，正恐愛非所愛，而譖非所譖，吾滋懼矣。乃善相慕也，不善相絶也。於此中一參驗之，而其人之生平可以立睹矣。且夫愛惡之來悠悠然一任之，世士豈以流俗輕重之而傳？而忽有善者與爲賞，不善者與爲嫉，視夫群然而好與群然而惡，亦太落落矣。（**將上截來**〔一三一〕**翻，更好**。）而好之真好也，惡之亦真惡也。於此中一審酌之，而衡鑒之得失可以互見矣。蓋懸擬其生平，而一切好惡之間舉而棄之，固不足以與於知人。輕試其從違，而一切賢愚之見混而同之，其安以望於得士？鄉人之善者好之，不善者惡之，以較夫皆好皆惡，其可不可何如也？即以是而相天下士，亦安有失者？況鄉人也哉？況一鄉之士也哉？

李白詩云：「右軍本清真，瀟灑在風塵。」文品之貴，爲有此意。世人漫誇「大篇璀璨，健論抑揚」，此境要之未夢見在也。（何屺瞻）

其妙〔一三二〕處只在題前、題後、題縫中用意，是題文不難於熱鬧見長，「爲取山水意，故作寂寞遊」。去煩濁奚啻萬里？（韓慕廬先生）

有德者必有言

由本可以信末，即德與言而可見矣。夫言固不能無，特不可不問其有之者爲何人耳。言從德出，斯言足貴，而德乃尤貴矣。且夫華之與實，有本末焉，有輕重焉。本之既得而末亦舉之，則本重而末亦未始輕也。是故觀於實之所存，而可以知其華之所著也。夫實之所存則德是矣，夫華之所著則言是矣。然言亦極難耳，千百年而著述無人，一再傳而英華已歇。於是有流連而嘆者曰：「言何其難也！」（**文機生動。**）而弗然也，古之人創人間未見之書，而不以爲難者，是必有其由矣。且夫言又極易耳，古今所傳不止一家，《詩》、《書》所載不止一説，於是有慷慨而任者曰：「言何其易也！」而亦不然也，古之人無新奇可喜之論，而卒不以爲易者，夫必有其道矣。蓋其言從何出？從德出也。（**與下句「言」字纔别。**）理之非己有者不能指以告人，有德者其得於己者深矣，而胡不可著之於世乎？雖書不足以盡其言，言不足以盡其意，而自有不得而終秘之者。其旨遠，其辭文，則固已洋洋爾，灑灑爾矣。境之非親入者不能懸以相揣，有德者其積於中者厚矣，而何難深言其義乎？雖心之精微，口不能言焉；言之微渺，書不能文焉，而亦有不得而或遏之者。本深者末茂,實大者聲宏,則固已津津然,亹亹然矣。人之挾其所有者必自匿之而不肯彰之也,然而匿之愈甚,而固已彰之愈甚矣。(鏤刻入微。)何則?有諸内者必形諸外也。是故一見有德之人,雖未聞其言而決其必有言者,於其德而決之也。抑人之挾其所有者每欲私之而不肯公之也,夫使其所有而私之,即知其所有而必不可以公者矣。(雋妙。)何則?誠於中者必形於外也。是故一聞有德之言,雖未見其人而知其必能踐者,亦於其德而知之也。由此觀之,德顧不重哉!如以言而已,則世之有言者豈少耶?

逸情雋旨,灑然自遠。後二比尤爲超妙。(韓慕廬先生)

南宫适問　一章

賢者較言德力之報,而聖人即以德許之焉。夫於〔一三三〕德力之報而確然信其不爽,此君子之言也,不可因是以知其心哉!且欲知今者,必宜鑒於古;而善言人者,必有驗於天,此有志之士所爲俯仰百代而生無窮之感,而聖人不言之隱與言外之意亦未嘗不可共見也。昔者孔子之門有南宫适者,桓之裔也,孟氏之良也。(超然神遠。)居平與夫子問答者不少，一旦有慨於天人之際，古今之故，遂入而以請於夫子也。（伏「出」字。）蓋其所問者，曰羿，曰奡，曰禹，曰稷。此四人者，成敗異變，功業相反，而並及之者，何也？今夫羿、奡者，其初固可以得其死也，乃挾其技之雄以横行於天下，若忘其身之有死然者，而早已不得其死矣。迹其善射蕩舟，誠足以摧靡乎一世，不旋踵而身亡名辱，向之鷙猛咆哮者適足爲殺身之資。羿死於前，奡死於後，而後來未死之奸雄更復何望？况權力不若羿、奡者乎？（其音冷冷。）其覆亡又曷可勝道哉？今夫禹、稷者，其初固未嘗有天下也，乃修其德之盛以勞悴於田間，豈料其後之有天下也，而固已有天下矣。迹其躬稼，何異於窮巷之匹夫？無幾何而揖讓征誅，向之服勤恪恭者遂皆爲受命之符。禹王於身，稷王於子孫，而後來未王之聖賢夫復何懼？况艱難更甚於禹、稷者乎？（不説破，自有味。）其獲報又豈可預料哉？嗟乎！惠迪吉而從逆凶，理固可信而不可疑也。天道遠而人道邇，事固可知而不可知也。吾意夫子於南宫适之問，必與之往復議論，爲天下共明其故。而何以不答也？其不答也，以不答答之也。南宫适出，蓋已知其意矣。夫子一再稱之，因其一時之論而重許其平生之賢，略其發問之端而泛及其品詣之美，（問意、贊意隱然相關處，曲爲摹寫。）曰：君子哉若人！尚德哉若人！蓋雖不答之於方問之時，而已答之於既出之後矣。嗚呼！爲善未必獲福，而善自不可不爲也。（收得味足。）爲惡未必得禍，而惡自不可爲也。觀於南宫适之言，而知天之報施又有其較然不誣者，此夫子之所默契也。聞善而不喜，（妙語。）必其人與善相遠也；聞惡而不惡，必其人與惡相類也。觀於南宫适之言，而知其心之慕尚獨有其卓然不群者，此夫子之所深許也。要之聖賢皆一尚德之意而已。

化去矯翼厲翮之氣，只淡淡咏嘆淫液，使人言下領取。寫無形之影，傳空外之聲。（劉大山）

澄江如練中，四眺遠山，烟樹依稀，憺然神往。（韓祖昭）

儒者議論，才子文章。（范道源）

見利思義

惟義是思，異乎今之見利者也。夫今人之於利，止見有利耳，而亦曾思及於義乎？此見利思義者之爲可貴也。今夫人於一事焉，往往爲之躊躇，爲之四顧，而目且注之而心且營之。（入手即收「思」字精神，極其警動。）即而視之，殆有所思者。嗟乎！若而人也，可以處義利之間矣。利與義反者也，利之所在即義之所去也，是故見利者恒不見義。義與利反者也，義之所在即利之所去也，是故見義者恒不見利也。（轉得捷。）利所當取何必非義，而特其見之時仍是利也。（妙。）利所不當取即已非義，而無奈其見之時儼然利也。人情之於利也，未見而思之，（「見」從「思」來，曲中常情。）其誠一之所致，果見利焉。既見利而又有思，思其尚有不利焉否也。至於義之有妨於利，亦莫非其思之所經矣。君子之於利也，不思而見之，其義命之自然，亦見利焉。（見利亦自義出，剔得清醒。）既見利而乃有思，思其或有不義焉否也。雖其利之無妨於義，亦必其思之而乃安矣。是惟其平日之精義者深，故其見利仍不見利也。（思義即不見利，妙甚。）當此之時，其精神之專寂無在而非義。蓋其疑似之辨，非思之不出也。思之而出，猶恨多此一見耳。（入微。〔一三四〕）抑惟其平日之好義者至，故其見利即其見義也。當此之際，而意念之徬徨無不之於義。蓋其微茫之辨，非思之不得也。思之而得，正樂有此一見耳。（精義之學正要歷試乃得。）今夫利之爲物，見而即思；而義之爲物，思而後見。自非嚴於義利之界，鮮不動於利也。彼夫紛紛擾擾，獨非徇利者乎？而生平之敗缺已見端於此矣。（反映成人。）且夫利有時難求，思之不見；而義無人能喻，見之不思。（「見」字、「思」字翻騰盡致。）自非審於義利之故，鮮不背夫義也。彼夫潔廉自好，豈非殉義者乎？而終身之品概已定於此矣，則今之成人者此其一也。

「見」字、「思」字瀾翻不窮，正如層層之雲，布滿空中，頃刻百變，莊子之所謂「疏瀹而心，澡雪而精神」，於此種見之矣。（秦龍光）

久要不忘平生之言

言有不忘者，至於久而乃見焉。夫平生之言則已久矣，而未之或忘也。非有忠信之實者，烏能如是乎？且夫人有所命於己，與有所許於人，類不能無言以志之，亦不能不指他日以爲期也。然往往出於氣之太盛，而太盛者則亦易衰。亦往往出於心之自信，而自信者還亦自疑。故見利思義，見危授命，不足以盡其人也。平生以義自許，（從上二句折落。）而要於人曰：「吾不爲利奪。」於是有心者且引領以俟之，俟之而既久也，而其思義之言猶在耳也。平生以授命自許，（「久要」反〔一二五〕「平生之言」，剔得醒。）而要於人曰：「吾不爲威屈。」於是有心者因翹足而望之，望之而既久也，而其授命之言尚如新也。蓋其言平生之言也，而要至已久；亦唯平生之言也，而忘之亦易。當其慷慨自矢，（二股寫「不忘」對面，極其痛切。）何難旦夕而赴之。顧事勢未形，世不吾信也。久之必知吾言之不謬耳。乃久之而何其所赴者之不在此也？問其言，忘之矣。而前之與後若出兩人，其爲平生也亦何堪矣？當其悼嘆物情，若舉人言而皆妄之。雖彼此共期，未必人能無負也。久之獨有吾言之能復耳。乃久之而何其妄者之即在己也？問其言，雖不忘，亦佯爲忘之矣。（更深。）而終之於始，亦豈堪追悔？其爲平生也，亦良難矣。而有人焉能慎之於先，而有其自任之事。即能持之於後，而有其介然之守。其忘不忘不可知也，（二股透發「不忘」二字，亦極親切。）但見其所蹈者皆平生之言也，則知爲不忘耳。時已移矣，勢已易矣，而寸心之耿耿者常如一日，雖前之要於人者，人亦且忘之，而吾心口自證之事，豈因人之忘而易我初念之發也？（「不忘」二字刻露。）抑其忘不忘未可定也，必歷之於久，而見其所行者果平生之言也，則真能爲不忘耳。事已過矣，響已絶矣，而數語之凛凛者奉以終身，雖前之要於人者，人亦皆不忘之，而吾寤寐不欺之事，豈因人之不忘而懼有食言之誚也？回首平生，恍如昨日，而片言半辭即以盡吾性命。追數平生，懷抱有幾，而歷月逾時無非堅我神明。故有布衣之一言而重於千乘者，（影子路。）非重其一言也，重其不忘也。無留宿之一諾而信於人人者，信其不留也，即以信其可留也。噫！此其人何如人也。

「久」字、「平生」字逐層挑剔，抉摘殊透，洗發「不忘」二字，不作踐言套語，較前人更爲精切。（汪武曹）

子問公叔　全

聖人於衛大夫有疑辭者，終不敢於衛大夫有信辭焉。夫前之所聞既不足信，後之所聞又不敢信。夫子卒不得文子之生平者，而已可得文子之生平矣。且聖人之待人也寬以厚，而其衡品也核以嚴。夫事不目見而臆斷其有無，語屬傳聞而輕決其疑信，非失則刻，即失則誣〔一三六〕也。而聖人之寬以厚與其核以嚴者，於問公叔文子見之。公叔文子者，衛之賢大夫也。昔者衛多君子，如伯玉、雝由輩，夫子嘗友之，顧獨未得過從文子游也。（補筆。）因不識文子何如人，有來告曰：「夫夫也，有奇節焉。不言也，不笑也，不取也。」（伏「告」字。）子聞之惑焉，曰：「是果然乎？抑猶未然乎？當問之知文子者。」有公明賈者，衛人也。（好接筆。）子曰：「以丘所聞，夫子如此，是果然乎？抑猶未然乎？」對曰：「是孰云云哉？（古趣。）然而爲是說也，亦有由矣。事之所難，輒見罕焉。人之所思，望未歇焉。夫子未嘗無言，無不時之言；未嘗無笑，無不樂之笑；未嘗無取，無不義之取。而人遂以云云者當之，亦已過矣。」子曰：「吾向者聞夫子如彼也，今又聞夫子如此也，是果然乎？抑猶未然乎？」嗟乎！有是哉！賈知人之以告者過，（縈帶自然。）而不知己之告者亦過也。夫事適其可，物順其則，豈徒然而已哉？而猥以稱文子，文子豈安焉？於不遽信之中而有望之之意，於不盡疑之中而有絶之之辭，（看得好。）是則聖人之寬以厚也，是則聖人之核以嚴也。（應前，法密。）

立格了不異人，只於閑冷處傳神寫照，孤高絶俗，振衣千仞。（黄際飛）排場結束，俱是太史公本色，非時文本子中所有。（王安久）〔一三七〕

子貢曰管　全章

以相責伯佐者，不知其不爲諒也。夫管仲惟不爲諒也，故出而相桓公，而子貢以是疑其不仁。試亦思相〔一三八〕桓公之功爲何如乎？且夫論人於功罪之間，蓋已難矣。功與罪之不相掩者，論其功而亦不得寬其罪也。至於有大功於斯世者，而反以此罪之，其亦不可與論世矣。如子貢之責管仲之不仁者，以管仲相桓公故也。蓋欲管仲引匹夫匹婦之義，而舍溝瀆之外，更無位置管仲之地也。（提起末節，筆〔一三九〕極古雋。）子曰：「嗟乎！管仲相桓公，此春秋以來之一大義也。而賜也顧竊竊然議之乎？當是時，周室而既東矣，諸侯自相侵伐，天下擾攘，而莫知所定。蓋其患尤莫大於戎狄。自東遷而天子躬其禍，辛有見其微，其勢且蔓延天下，使非桓公霸諸侯，一匡天下，民到於今不知更何如哉！而其所以致此者，則全在於管仲相桓公。（處處提掇此句。）當是時，管仲内度其身，外度其君，以爲非桓公不能相我，非我不能相桓公。今吾與子端委以服先王之服，伊誰之賜也？而顧竊竊然議管仲之相桓公乎哉？管仲之功，天下莫不知之，後世莫不知之。如子之言，必使管仲引匹夫匹婦之義，而溝瀆之中有管仲，則桓公無管仲。天下諸侯無管仲，民到於今無管仲，吾與子方將被髮左衽而自外於先王之教。即賜也亦何從而知有管仲，而竊竊然議其仁不仁哉？」（筆如屈鐵。）是故無論管仲可以不死，即宜死而不死而有一匡天下之功，君子猶將並存之，不以罪而没其功，而況子糾當日之死，固其所也。管仲之初事之者，已失之矣。至是安得而死之？而又何害於相桓公？（總以首句作眼目。）管仲斷不爲是諒也。嗟乎！尚論古人者，當觀其所遭之變，所遇之時，審其緩急，綜其始終，以論其人之仁不仁也，斯可矣。

淡淡着筆，却正以此勝陶庵先生作。（汪武曹）

微言精義，揭日月而不刊。（朱字緑）

全章題文，曩時推陶庵擅場。凡所作題〔一四〇〕，田有亦皆作之，非有意勝前賢也，一則直而一則曲，一則粗豪而一則精細，遂覺後來者居上。而要之，其爲端人正士之文，則一也。（韓慕廬先生）

公叔文子之臣　一節

紀衛大夫之軼事，難其與之者也。夫僎也，臣文子也，又大夫於公也。孰與之？文子與之也。君子曰：此其事不可以不書。且人之事君也，以身事之不若以人事之也。以身事之則第一身而已矣，以人事之則人者身之貳也，人又轉而各以人事其君，則是吾身之所以事其君者無窮。蓋春秋之□〔一四一〕，僅僅而有也。昔者衛有大夫兩人，（**太史公作傳筆法。**）曰公叔氏，曰僎。（**只此一句，通節俱已縷解。**）此兩人者，衛之人皆賢之。厥後公叔氏歿，衛之人相與思之而謚之，而遂從而文〔一四二〕之曰「公叔文子」云。曷爲其文文子也？曰：「以其修班制也，而以交四鄰也，故文之也。」外此無謚文子者乎？

曰：「有之矣，曰貞也，曰惠也，著文□貞惠者，從其重也。」僎也者，何人也？（以下如龍行空際，東雲見鱗，西雲見爪，真是靈異之筆。）衛之朝無僎也，公叔氏朝其家宰。有人焉，巋然而雜於衆之中者，誰歟？則僎也。僎在下位，得事大夫文子，僎已幸甚。他日者，公叔朝其家宰，向之人有不列於其班者，誰歟？則僎也。僎曷爲不列於其班也？曰：「僎大夫也，公叔文子亦大夫也，僎胡爲列於其臣之班也？」夫僎也，向非大夫也，今且大夫，今且與文子同爲大夫，一日者諸大夫集於朝，文子在焉。有人焉，巋然而雜於衆之中者，誰歟？則僎也。或曰：「文子朝，而其臣胡爲其隨之朝也？」或曰：「不然，僎今且非公叔臣也，僎今且大夫也。」問僎何以大夫，曰：「有升之者。」升之者誰也？曰：「即公叔與之升也。」公叔召其臣僎而告之曰：「□不才，不能臣子也。子賢過我，請以子爲大夫。」僎曰：「唯唯。」公叔且以颺言於衆，而且以告其衛之君曰：「有賢者辱於下位，請以爲大夫。」衛之君曰：「唯唯。」於是文子之家無僎，而公朝有僎也，於是文子少一臣，而公朝多一大夫也。前日者班相臨也，今日者班相等也。（亦是史公家數。）君子於是乎賢文子。

筆在空中跳蕩，真文中仙也。（劉紫函）

連山斷嶺，烟雨迷離，五花入〔一四三〕門，風雲變化，觀止矣！無以復加矣！（韓慕廬先生）

蘧伯玉使　全

聖賢之相知，得使者而益彰也。夫伯玉賢矣，復有賢使。寡過未能，此伯玉之心也。夫非使者，其孰知之？且昔吾夫子所至諸侯之國，輒與其賢公卿游於衛，説蘧瑗〔一四四〕，有道君子也，夫子嘗稱之矣。既相見，則歡甚。其相與面質平生，殷勤告語者必多。（題前先透「夫子何爲」意。〔一四五〕）有而闕然不傳，其詳不可得而記聞云。亡何别去，蓋時時不忘於懷也。一日者，伯玉進使者而告之曰：「孔子去衛久矣，吾顧念之，獨不知其家居之進修若何？（反將伯玉念孔子所爲引起。〔一四六〕）其於吾也，又懸懸若何？（又先透「何爲」句。〔一四七〕）子爲我往而致念焉。」使者曰：「諾。」乃駕車騎，登孔子之堂，坐而道伯玉意。及承「夫子何爲」之問，乃作而對曰：「小人不敏，豈敢知君子之生平哉？顧嘗事夫子日久，猶頗能識之。（言語妙天下。〔一四八〕）夫子時時自見爲過，亦時時自欲其寡；時時自求其能，亦時時自以爲未也。夫子之所爲如是而已，請以奉教於君子而加之以訓詞。夫子其有幸乎？」言已則再拜辭出。子曰：「使乎！使乎！」賢使者，賢伯玉之深也。而使者亦可謂真〔一四九〕能使矣，使者歸而以致命於伯玉，伯玉將如何也？

題本重在「夫子何爲」及「寡過未能」句，然呆疏便拙。篇中精神全注於此，却起處兩從題前説來，及説本題處，亦更無一滯筆。舉此雜之慶、曆諸公集中，正無以辨也。（汪武曹）

夫子欲寡其過而未能也

衛大夫之心，自使者言之而益見焉。夫有寡過之學，而猶存未能之見，過之不寡也，其亦鮮矣。伯玉雖賢，不得使者而益彰哉？對曰：「余不敏，而辱在行人，聊以將事而已。（如脱於口。）若夫君子之生平，非小人之所得知也。雖然，其何敢重違長者之惓惓而匿不以告？蓋嘗得其心矣。以吾子辱臨敝邑，其與夫子交有日矣。而偶相遭，遂乃相慕也，意氣之真，固不待人言而後知。以小人趨承左右，其與夫子處又久矣，而欲知其人，當寫其心也。恭承下問，敢辭曰擬議之無當？蓋衛國褊小，而新遭多難，凡所爲未可苟耳。夫子曰：『吾其有即於戾乎？』（「欲」字洗刷得靈妙。）恍惚之間，則曰：『吾過矣，吾過矣。』人弗言也，己弗怍也，戾且日甚也，可若何？縱夫子力學而位望實重，凡所爲亦極難耳。夫子曰：『吾庶幾免於咎乎？』商度之際，則曰：『其能耶，抑猶未也？我友既已遠也，我心又弗覺也，（並關照夫子身上，妙。）咎且日滋也，可若何？』是故身者過之府也，而自以無過，又過之階也。夫子之閱世也深，而我先君之訓，奉以周旋以求無憾而後即安。乃欲之則真欲之矣，（「而夫也」三字亦如生。）而中心耿耿求其自慊之日，則吾儕小人蔑復見之矣。是故過者學之累也，而因以寡過，又學之藉也。夫子之積慮也周，而於是非之辨，（暗用事。）罔敢冒昧以取罪戾而虧盛德。乃能之則竟不能矣，而中心養養未有自信之期，則憂勤克治愈不可已矣。此心也，正欲親質之故人以得所從事，而道里間之，其何以惠然幸教焉。此心也，正欲就正於有道以識所依歸，而一介之使，亦庶以無失其素耳。今而曰『何爲』爲如是而已，（繳到「何爲」句。）不知其他也。」

絶妙辭令，風神在鄧文潔作之上。（韓慕廬先生）

子曰驥不 一節

物有其所重，勿僅以其輕者當之，則得矣。夫力也，德也，皆驥之所有也。而特其稱爲驥者，在德不在力焉。（「稱」字二解。）德與力之輕重可無辨哉？且夫持論者而於庸庸之中指而目之曰：「此其奇也，必有所以獨著其奇者也。」若乃問夫奇者之所挾，即庸者亦可庶幾其有之也，則猶是庸也，而非奇矣。蓋天下有至美之名，世之所愛惜貴重而不肯輕予者，寧虛懸其名以待之未然，而不可妄託其名以至於相冒。何者？凡以存其真也。天下有兩端之美，（虛籠德、力二意，方是一節題作法。）世之所急需並用而不可姑緩者，乃或具其美而美猶有憾，或具其美而美無可加。何者？凡以審其大也。今夫驥必有以稱之，而後一人曰驥，人人皆曰驥也。意者其力耶？馳之驟之，奔之逐之者，則力之爲也。夫天下之想望夫驥也久矣，而未之見也。（莊、蘇之筆。）一有力者出於其前，因顧而喜之，乃稱曰：「此殆驥也夫！」然而泛駕之才，出於無力者少，出於有力者多。竊轡之智，既以力困其身，復以力患夫人。（實發出力之不足貴。）如以力而已，則天下之齕草飲水、翹足而陸者舉皆驥也，而豈復有驥乎？然則驥之所稱者可知矣。稱之者曰：上駟之選，天之生是使獨也，其情調良，其性健順，此德也，此真驥也。是豈竟無力哉？稱其德而力不足稱矣。即其力豈猶夫力哉？有德之力，其力更美，而猶不足稱，況於無德之力矣〔一五〇〕。（無意不到。）如是而無力無德者不得託於驥，有力無德者亦不得託於驥。驥之實不可以矯飾而能，而驥之名不可以僥幸而得。驥之生或可曠世而不遇，而驥之稱不可一見而輒加。嗚呼！稱不稱之間，而驥之爲驥於以見焉。夫亦可以識所輕重矣。一得之長，雖出其可喜以娱物；而大端既失，即何憾於無所知名？絶世之資，豈恃其所有以驚人；而餘技能工，亦且付之夷然不屑。然而駑駘之質，踸踔之才，莫不思附於驥，世無能辨别其是非，或遂從而稱之。（轉出餘意。）至於絶塵之足，則往往連之以羈馽，編之以皂棧，顧寂然無稱焉。即稱之亦且置其大而取其小，以爲空群之目，盡在是矣。（一氣數轉，淋漓激宕，無限烟波。）是其稱之反不若無稱。嗚呼！夫驥亦止求爲驥而已，豈嘗仰首鳴號以求世人之稱者哉！

託寄遥深，興會飈舉，低徊俯仰，往復纏綿。作者亦不自知其所以然。（劉言潔）

他人於「稱」字上感慨嗚咽，只是駑馬之鳴耳，非驥也。尚德不尚力本旨，惟此文發得明透。（韓慕廬先生）

賢者辟世　一章

世無以處賢者，則避之亦有其等焉。夫或避國，或避人，賢者誠不得已而出於此也。賢者則已矣，而爲其所避者，豈不亦深可嘆哉？且古之時，以賢治不賢，未有賢者而不在位者也。賢者而不在位，其世之衰乎？嗚呼！自世之衰也，不賢者散布於高位，其勢足以困賢者，而使之不容於天下，不容於邦國，惟恐賢者之不遠也。而賢者亦遂翻然變計，曰：已以吾亦從此逝矣。蓋賢者舍避之之一策，幾無以自處焉。（先提出「避」字，情致淋漓。）滔滔者皆是矣，蹙蹙者靡騁矣，吾不可以入其群也，無寧超然高舉以藏身乎？彼自亂於朝市，吾自治於山林。倘或天下之清也，猶可出也。（補筆。）此則賢者之辟世者然也。危邦不可入矣，亂邦不可居矣，吾奈之何濡其迹也，無寧飄然遠適以免害乎？危亡之景象自難忘，於去後之悲思，而異地之淹留，聊以聽將來之用舍。倘或此邦猶有虞也，豈能久也？（補筆。）此則賢者之避地，蓋其次也。又其次則有色之避矣。非有非常之遇，而徒區區於禮貌之間，賢者亦無可如何而就之，乃並此之不得，則亦無復可望矣。於此而不避，且有不止於色者。雖所避之處，未必其果無倦色也。（補筆。）然而目前之遠難固宜早矣。又其次則有言之避矣。未有虚懷之受，而徒沾沾於言語之合，賢者亦遷延委曲以俟之，乃並此之不得，則終不足與有爲矣。於此而不避，且有不止於言者。雖所辟之處，未必其果無違言也。（補筆。）然而當前之見幾固宜決矣。（四比中字斟句酌，其圓如珠，其潤如玉。）則信乎賢者之在今日，舍避之之一策，誠無以自處焉。（「避」字復筆總收。）宇宙至大，而賢者獨無所容其一身；生人至煩，而賢者偏不如其時命。力可以致太平，而翻令我躬不閲；心未嘗忘斯世，而徒然卒老於行。嗟乎！是孰使之然哉？（長歌以當泣。）

風神意度，行乎其自然而然，有一唱三嘆之意，其歐陽子《一行傳》之流亞乎！（劉大山）

情致蒼凉。〇妙處全在補題。（韓慕廬先生）

子擊磬於　一章

聖人爲其難，而知心者終不能知其心也。夫荷蕢者，果者也。己爲其易，而聖人爲其難，乃猶復用此爲譏議耶？且聖人之所爲，極難耳。（挈「難」字直入。）世有已知之人而莫之已焉，非其所難也；　世無己知之人而即於是已焉，又豈其所難乎？彼隱者若將傲聖人以所難，而不知固遜聖人以所難矣。昔孔子之道大，故天下莫能知。（提得有筋力。）而孔子之憂深，故終身而不已。一日者擊磬於衛，乃磬之聲泠然聞於門之外也。（一路點次，有水行山麓與石曲折之妙。）而門外之言又諄然聞於門之内也，始則曰：「有心哉，擊磬乎？」夫夫也，知音也，知心也，豈得謂荷蕢者無人矣乎？於是徘徊門外不忍去。（爲「既而」二字生波。）少間而鄙有心者爲硜硜矣，窮於遇而莫知，決於行而不已。何其味於深淺之宜也！爲之歌匏，有苦葉而去。（古雋。〔一五一〕）子聞之曰：「夫夫也，是以果教我也。（入末句，字字頓挫，字字飛動。）夫夫也，是爲其果者也。將以是爲難乎哉？天下本吾一體，而坐視其阽危，吾何以爲心也？明知知己之不世出，而東西南北方奔走之不遑，以視夫巖居而川觀者，孰難乎？天道無往不復，而日望其變通，誠無一刻而忘於心也。然亦既知己之不可期，而仕止久速亦展轉而無定，以視夫潔身而忘世者，孰難乎？彼爲其易，我爲其難。彼猶議我之皇皇也，寧爲其鄙，勿爲其果。（吐屬乃爾雋妙。）我亦笑彼之硜硜也。」蓋聖人之有心與隱者之無心，其不同〔一五二〕有如此者。記者書其事，記其言，使後世得以考焉。

心神妙遠，落墨曠然，故淡淡數筆，使人尋味不盡，想見陶淵明倚杖聽水聲時也。（劉大山）

冷冷若仙語。（徐行甫）

似不欲深作，而綿邈清遐，矯然墨瀋之外約取大致，此風骨之最高也，在詩家其陶、韋之流乎？（韓慕廬先生）

君子固窮

聖人不以窮爲意，而若其所素有焉。夫君子不宜窮，而亦何必不窮也，而何以慍爲哉？子若曰：由也，而奈何以窮爲意乎？（起筆便超。）夫窮非意外之事，亦非人世必不可有之事，何獨於吾黨而異之，以爲不當有也？吾恐由之未得爲君子也，天豈私窮我哉？世之不窮者少，而窮者多。目之所見，大抵皆窮人而已矣。而欲於窮人之外以求君子，則安所得不窮之君子而爲之也？（即取「固」〔一五三〕字意。）君子豈好爲窮哉？然而不窮者少，而窮者多。身之所歷，大抵皆窮日而已矣。而顧於甚窮之日始疑君子，則安所得不窮之日而處之也？況既爲君子，則必爲窮人。君子者，窮之招也。故有一君子即有窮一君子者至，有數君子即有窮數君子者至。在窮君子者，以爲己且一旦能窮君子而出於君子之不料，而不知在君子之意中久矣。（處處得「固」字神情。）且既爲君子，則必多窮日。君子者，窮之府也。故有一君子即有一君子之窮，又或因一君子而致數君子之窮。在數君子者，以爲己且一旦而分一君子之窮而必爲君子之所不釋，然而不知在君子之度内久矣。惟窮何病？窮然後見君子，窮固其所也。即〔一五四〕不爲君子，亦未必不窮。而不窮又不足以見君子，窮固其所必然也。君子窮，而舉世皆受其窮。以理言之，君子不宜窮也。然而理之不可以〔一五五〕勝數也，君子之所無如何也。古之君子數逢其厚，今之君子數逢其薄，而古與今遂若中分於窮通之運，而君子安於數也，亦信於道也，則所以處窮者固自有道耳。（對下「濫」字。）君子窮，亦惟君子始哀〔一五六〕其窮。以人觀之，謂君子不當窮也。然而人之不可以〔一五七〕勝天也，亦君子之所無可如何也。天之道德付之君子，天之福澤不付之君子，而君子與非君子遂若截然於窮達之界。（妙論。）而君子以天自慰也，以人自證也。則所以處窮者固自不同耳。由也，奈何而以窮爲異乎？

「固」字在聖人口中正極和平，如云只分内事耳，非感激怨懟口吻也。此文於痛快之中却有委婉之致，於聖人地位，故自絲毫不失。（汪武曹）

賜也女以　全章

聖人以一貫多，可爲學識者勉也。夫聖人之多貫於一，而子貢之多果貫於一乎？然學識如子貢，亦可語以一貫之旨矣。且吾心之理無窮，而知之不可以不盡。第恐求其知焉而泛濫而無所止，則亦不勝勞矣。要非勞於其際者久，而將有得焉，則聖人亦不能轉其機而告之以其故也。聖門如賜，具明敏之資而又窮探索之力，蓋多學而識之者也。夫子嘗以多見多聞教天下，豈非以心不一其理，而人即不一其學？（返逗「一貫」。）多學而識，即夫子或亦出於此，而子貢之所素信爲然而不疑其非者也。（敏妙。）夫子知子貢之以爲然也，仍以其平日之成見者予之；（「然」、「非」就夫子看出。）又知子貢之不遽以爲非也，又以其胸中之乍開者奪之曰：「賜也，女以予爲多學而識之者歟？」而子貢果且信而且疑。（此處應點。）夫子以爲其疑可用矣，曰：「賜以爲非，誠非也。蓋予固一以貫之者也。理原於一，隨事隨物莫不有一焉。然而予見爲一，學識者自見爲多。夫非多無以見一，多固不可少也。而獨是逐逐焉於其多，吾知其會通之無日，勢必汗漫而忘返矣。殊途同歸，而無不可以引伸而觸類，是則予也。理足於一，萬事萬物不出乎一焉。然而予即一而得多，學識者喜多而忘一。夫非一無以貫多，一則安可不知也？而猶是役役焉於其多，吾知其歸宿之無期，勢又必厭怠而思去矣。一致百慮，而無不可以曲盡而旁通，是亦予之所望於賜也。」蓋天下之理，其多者自一而生。（名言名理。）而吾心之知其一者，由多而返。聖人從源溯流，而會萬殊於一本；學者從流窮源，而見一本於萬殊。自是而子貢已可以去其然之見，信其非之説，而猶沾沾焉以夫子爲多學而識之者歟！

説理名雋，一語勝人千百，將「然」、「非」二字點化在首句内，叙致靈敏，無一平筆，此種文自有仙風道骨也。（吴荆山）

知德者鮮矣

德不可以不知，必有德者而始能知也。夫知德而其守定矣，苟非自有其德，何由而知之？此德之所以不可不修，而夫子以爲子路告也。若曰：人之於外執之甚深者，則必其於内入之甚淺也。（照注爲「愠見」發意。）夫苟其於内之境深造而自得之，將有日尋味焉而不厭者，而奚暇於外至之紛紛乎？則夫德固不可以不知也。今夫瑰異之境有人焉，身入乎其中而一覽無餘，夫且盡其曲折，窮其變態，得意會心之下，以爲天下果無有勝於是也，則必徘徊而不能去。而雖有引之使出者，弗爲之動也。然而絶異之區有人焉，身處乎其外而見之不親，則亦不過震於其名，貌於其事，臆度懸擬之餘，以爲天下果未必無勝於是也。（二比一開一合，即淺形深，蘇、曾得意之筆。）於是趦趄而不遽進，而忽有亂之以他事者，不覺其移也。此蓋德之知與不知之説也。德有於己，非一朝夕之所致，其〔一五八〕由淺而深，工力亦已多矣。暢然於身，而即了然於心，沉潛反覆，而此外非其所知者，故歷得喪而不驚，而苟非實有於己，則雖告之以其故，而亦茫如也。德具於己，非鹵莽之所能成。其自〔一五九〕粗而精，閲歷亦已熟矣。心識其然，而口不能言其然，極深研幾，而此外皆不必知者。（「知」字一語勝百語。）故試以非常而不懼，而苟非實具於己，則雖導之以其趣，而皆惘然也。吾素以德之不修爲吾憂，而顧嘗試之，雖履險犯難，而吾之所守不渝，吾知有德而已矣。吾方虞吾之所知者猶未必盡乎德之境也，而不知者顧可晏然矣乎？（得策勵子路意。）吾嘗以德之當崇爲吾黨勖，（二比取「鮮矣」遠神。）而顧嘗觀之，雖不無深情壯氣，（對子路説。）而彼其所守不堅，由於德之莫知而已矣。吾方慮德之盡知者猶難必於涉乎事之變也，而不知者顧可率爾而前乎？

（皆〔一六〇〕暗照子路。）事之所少，正有志者之所必争；（「鮮矣」二字亦用刻畫。）衆之所難，正勇行者之所必赴。由也，爾之於德何如乎？由而誠知德也，而吾不嘆其鮮矣。（點〔一六一〕「鮮矣」二字變。）

注云：「此章蓋爲愠見發。」蓋知德則禍福生死不亂其所守，所以破其愠見之惑。通篇照此意立論，其詮解入微，殆伐毛洗髓之候也。（周柯雲）

爲子路痛下針砭，奇思若創，好句如仙。（韓慕廬先生）

立則見其參　二節

存誠者不可有忘，而賢者已不欲忘之矣。夫一立而不忘，一在輿而不忘，則是無之而或忘也。子張之書紳，其即此意也夫！且人心之誠不誠，而外之行不行繫焉，則是存誠之功要必有道矣。外慕者誣也，襲取者僞也，嘗試者淺也，偏舉者滯也，而其要在不可有忘而已。夫欲不忘於心，又當不忘於目，此視乎善學者之知所從事焉。夫子以存誠者示子張，若曰：「天下之無窮不可勝應也，（起筆超忽，能截住上文。）而吾心之無窮亦不可勝用也。是故心能立象，而象不離於須臾。吾欲有之，則既有之矣，蓋時時呈之矣；　心能造境，而境不涉於惝恍。吾欲睹之，則真睹之矣，蓋事事將之矣。今夫一念而有忘，其端甚微，而其漸無已；　即一息而有忘，其失甚暫，而其害無涯。蓋倉卒之間不可以有所取必，出之於一日者而原本於生平，是故莫貴於豫也。而吾心之理不可以有所依違，持之於平日者而放失於俄頃，是故常敗於偶也。（字字宋儒精理，如此寫參前倚衡，題之四面俱徹。）乃若隨在皆有見，而其參於前，立則見之也；　隨在皆有見，而其倚於衡，在輿則見之也。則是無形之形，乃心之不息而不見之見，乃機之常存。今夫操之無本者達之所以不順也，積之不厚者施之所以未化也。（一路承接，全以神行。）亦既忠信之無或忘，而以此爲言，言有不誠者乎？而天下有不信其言者乎？亦既篤教之無或忘，而以此爲行，行有不誠者乎？而天下有不服其誠者乎？汝亦行乎？其以吾言思之，勉哉！毋怠乃力也。」於是子張者聽受之下，不覺怡然得也。而宿昔之見，忽已惝然失也。爰有紳焉，於是乎書之。蓋以語即會心而不久而輒忘者，目之所寄，固已失於茫無睹記之間。人即自肆而觸焉而輒動者，心之所存，固已惕於有所瞻顧之下。（句句着實，不涉影響。）是故以物之狃而忽焉者爲我之所習而察焉，是亦猶古者銘盤銘几之意也。以今日之所耳而聞者爲後此之所目而見焉，是亦猶聖言參前倚衡之意也。

（綰上不測。）蓋子張至是始知行之非易也，而夫子之所以示之者切矣。

褐夫文專以空靈恣肆取勝，到此等題却又沉細着實乃爾。能空靈恣肆而不能沉細着實者，非真能文者也。（劉言潔）

體會真切，細入無間。通篇小股鱗淪一氣相引，正覺行神如空，精確高妙，殆兩得之。（吴荊山）

意故經榮，筆能揮灑。初望如江流一瀉，讀百回乃覺雲烟沙嶼，步步着勝，豈非至文！○融題處更無筆墨之痕。（張日容）

不曰如之何

無自求之心者，一臨事而已然也。夫一臨事而即思而處之，則後無慮矣。而有不知自〔一六二〕求者，豈復猶有望乎？子若曰：「始吾弗知事之可以任意而爲也，始吾弗知任意而爲其事之有人也，乃今而知任意而爲者已不待其事之終，而並不待其心之懈也。」（是第一个「如之何」。）今夫人所恃以研天下之幾，獨曰：「如之何耳。」或度之於己，曰：「如之何？」或謀之於衆，曰：「如之何？」蓋自其一曰「如之何」，而吾揣其勢殆難即決矣。（並跌第二个「如之何」。）人所恃以成天下之務，亦曰：「如之何耳。」當局者而曰「如之何」，是無窮之想也；旁觀者而曰「如之何」，（映末句「如之何」。）是無望之辭也。然界其能曰「如之何」也，吾觀其意無俟少緩矣。蓋曰「如之何」，是舉其精神思慮而畢注之於此也，心與口甫一相商，而即已知世事之難，安得不兢兢乎？（此等摹寫，化工之筆。）蓋曰「如之何」，是舉其窮理精義者而肇端乎此也，時與勢方一經心，而即已知物情之變，安得自悠悠乎？甚矣，人之大惑也！（轉「不」字，機神一片。）百用其思而不盡者，一用其思而且斬乎？夫斬乎其思，則無往而不斬也。而吾猶且望之，望其曰「如之何」也，而不曰「如之何」。（半口氣煞得住，大奇。）甚矣，人之自棄也！故吾日試其謀而不竭者，初試其謀而豈難乎？夫謀即難也，或不於其乍而即難也。且夫研天下之立而俟之，（末句精神都到。）俟其曰「如之何」也，而不曰「如之何」。且夫研天下之幾，僅曰「如之何」而已耶？僅曰「如之何」而可研也，則其研已淺也。蓋擬議之端，必有所由開，而此固已開之矣。不曰「如之何」，是擬議之端無自而開也。抑成天下之務，僅曰「如之何」而已耶？僅曰「如之何」而可成也，則其成已易也。蓋折衷之計，必有所由入，而此固已入之矣。不曰「如之何」，是折衷之計無從而入也。悠忽之意態令人一望而知，（句句切第一个「如之何」。）夾輔之難施不必更端而決，豈非大惑難解而自棄不足惜者乎？

仄徑窘步中游行自在。（郭馨阡）

寫本句並寫次句，雙管齊下，仍不犯手，巧妙之甚。（韓慕廬先生）

君子不以　一節

論君子取舍之心，至公而已矣。夫人與言，其相符也則大善也。而不然者，君子之取也、舍也，以至公出之，又安有失哉？且夫國家之事，非言無以謀之也，非人無以行之也，二者兼之爲難。是以古之明王嚴以用天下之人，而寬以用天下之言。（蘇文氣味。）使天下無必得之由，亦無必不可得之道，夫而後可以收其成而無誤也。今夫人主懸爵禄以奔走天下之士，士赴之者孰無意於朝廷之進取，而言則亦其具也。故其慷慨直陳，未必無當於國是。然而帝王之書，其讀之者未必能用也；（爽快明暢。）國家之故，其言之者未必能行也。蓋愚者或出於其所偶然，奸人亦出於其所嘗試，而吾未知其身之賢否，徒以區區之論而奇其才，而授其任，致國家未享其言之益而先受其人之害，豈非君子所大懼乎？是故慎重爵賞，愛惜名器，必徐觀其所試之效，以塞乎競進之階。而人之得於意外者，其亦鮮也。蓋必先治其心而後可以知人，能知人而後可以無誤於舉矣。（標出原本。）則未用人者其可概舉也哉！今夫人主策群言以商度機務之繁，凡言之者皆有意於朝廷之採納，而人則未可信也。持其從容諷議，誠亦有所折衷。乃若薄乎其素，雖有忠信，不以察也；（對伏天然。）録乎其瑕，雖有至計不以用也。夫盈廷不能決，而忽有片言定其是非；忠良未及知，而忽有一人別其利害。而吾不論其言之當否，徒以平日之疑而姑置之，而重屏之，致天下〔一六三〕惜其言之善而並忌其人之奸，豈非君子所深患乎？是故兼收博〔一六四〕採，公聽並觀，必不因乎登進之嚴以沮其獻納之氣，而言之壅於上聞者，其亦鮮也。蓋必先窮其理而後可以知言，能知言而後可以無誤於廢矣。則夫聽言者其可概廢也哉？

一筆掃去，渾灝流轉，千迴百折，有排山蕩海之勢，穿雲裂石之聲，知其得力於蘇氏者爲多。（汪武曹）

灝氣流行，無所不舉。田有文多超逸，而此復雄邁無倫，大家故不可測。（孫子未）

有一言而　一節

行貴得其要，得恕之一言而已足也。蓋恕也者，求仁之方也，推己及人，而施之不窮，安在一言之猶未足乎？雖以之終身可也。且夫吾之一身，而涉於世者非一日，接於事者非一端，環於旁者非一人，蓋甚矣。夫處此之不得其平也，有道焉，而可以通物我，免悔吝，歷久遠，此必存乎知要之學矣。今夫閱世深而知世途之難履也，蓋擇一術而輒阻，易一術而又阻，亦何道而可操也？積時久而始覺我生之多變也，少焉而貽一悔，又少焉而貽一悔，亦何日而能安也？子貢思所以終身行之者，乃欲得之於一言。子曰：「言不可以若是其幾也。」然而亦有之矣，大抵不外乎應違之際，施受之間，明乎內外之分，辨乎人己之情，而於此中得一言焉，曰恕也，如斯而已矣。心不可有私，然正不妨有私也，以己之私體人之私，而公心以出焉；境不可有逆，然正不妨有逆也，不安己之逆即不安人之逆，而順境各得焉。人情每鰓鰓然於同異取舍之間，同一心也，於己則戚然，於人獨怡然乎？以其自便之身，觸夫不平之人，傀焉而不終日，空其推之而不通也。惟是以心度心，一準而得其理，而吾心之理，愈用而愈無窮，則今而後賜其知真有此一言也。人情每屑屑然於身世形骸之迹，同一事也，在己則去之，在人獨當之乎？險阻生於無故，畛域分於當前，擾擾焉而不可以終日，豈其爲之而能久也？惟是由己及物，一推而得其平，而吾身之事，愈推而愈不竭，今而後賜其常守此一言也。是故己有所不欲，人亦有所不欲，雖曰受之甚難而施之甚易，然亦第勉强以行之而已矣。於是而己有所欲，人亦有所欲，既於所不欲勿施，詎於所欲而不施，此亦可推類而得之也矣。故夫恕之一言，誠可以終身行之而不弊也，向也無加之説，不嘗以安仁自任乎？而取譬之方，不嘗以求仁相勉乎？顧不能於此二者之中，而悟恕之一言焉，何也？而多識如子貢，至是求一言而奉以終身，蓋亦窮而思反矣。

議論警快，神致亦復雋永。（朱天標）

吾之於人　一章

聖人以直道待天下，即三代之猶存也。夫毁與譽之俱無者，直道也，聖人亦猶行古之道而已矣。其有懷於三代也，思深哉！且是非之公，本之乎天，而見於與人相接之際，要皆率其自然，而行所無事已矣。豈曰前有聖王？既然矣，處今日而安得不云爾乎？（從源頭説起，翻入下節。）夫理之所不易者，即千古而莫之易也，而吾何以驗之身世？考之古今，而竊倏然有遐思也，豈非以直道之不行已久乎？（伏下。）直道不行而毀行，人雖有不善，而稱之損其真，其人反得以有詞，而無以警之。以吾自度於心，求所爲毀者，而豈有其人可指耶？直道不行而譽行，人雖有善，而揚之過其實，其人反有所不安，而難於別之。以吾自度於心，求所爲譽者，而豈有其人可指耶？是則吾之於人也，然而譽則或有之矣，有所試之而度其必至是，但言之不過略早焉耳。至於毀則必無之矣，或亦有所試而度其必至是，乃知之又若不能早焉耳。（補法亦別。）是道也，直道也，蓋吾之不忍薄待斯民也，古之人有行之者矣。斯民蓋有公非者存，而於人之不善，自不得而溢一辭也。由有夏以及我周，中間勢幾更矣，而所以行其罰於民者，無異道也。有一不善，從而惡之，又從而懲創之，雖盛世豈能以罰不當惡者而服人也？今非猶是民乎，而奈何枉之？（抱上。）斯民蓋有公是者存，而於人之善，自不得而溢一辭也。由禹湯以至成康，政治各不同矣，而所以行其賞於民者，道不變也。有一善，從而好之，又從而獎勸之，雖聖王豈能以賞不當善者而勵俗也？吾非猶是道哉，而豈其昧之？王澤微而人心競，以不直行之於民，而且曰：「時非三代，古道不宜於今。」不知有聖王者起，而平康正直之風依然盛也。大道之行也，丘未之逮也，而有志焉。亦惟以無毁無譽者，無慚於三代而已矣。前徽遠而風俗漓，舉世皆行其不直，而且曰：「民本不直，雖三代無如之何。」不知有盛王者作，而群黎偏德之化猶如昨也。文武既墜，吾將焉歸？從吾所好焉，亦惟以無毁無譽者，無負於斯民而已矣。（二比雅思古筆，屈曲情深。）吾不以吾爲非三代之吾，即不以人爲非三代之人，豈敢謂斯民之不可以古治治乎？

前輩名墨，盡在函蓋之中，故是此題絶調。（吴綺園）

吾猶及史 一節

時之益偷也，聖人因傷今而憶昔焉。夫史之闕文，馬之借人，其事爲已微矣，乃並此而無之，聖人能不嘆哉！子若曰：不閲人之多，不知得失之故也；不涉世之久，不知盛衰之變也。蓋吾之一身，不過數十年間，而耳目聞見遂若異世然者，此吾之所爲俯仰低徊而不能自已者也。始吾之生也，以爲不幸，而不際文、武、成、康之世也。流風餘韻，不過存十一於千百，安在其滿吾志也；始吾之生也，以爲尚幸，而略睹平康正直之遺也。環顧熟視，方欲尋墜緒於將來，又何必增吾感也？（**二股抑揚開合，方是本文**

「猶」字、注中「益」字之旨。）乃吾立乎今日，（先提「今」字。）以追溯夫曩時，而古人不敢自恃之意猶及見之，則史之闕文是也；（只如此輕點，極是。）古人不敢自私之意猶及見之，則馬之借人是也。嗟乎！以今而觀，竟何如哉！文章之事，古人以缺略爲工，而今人以詳贍爲美，臆度懸擬，而以荒經蔑古之心胸，欲補前人之散軼，其妄無乃已甚乎？貲財之事，古人以無用爲有用，而今人以有用爲無用，虚縻坐擁，而以倫類日用之需求，難破平生之纖嗇，其心豈可復問乎？（二股仍有實義，妙甚。）嗟乎！今之時復何時哉！蓋至是而先王之治蕩然無餘矣。夫吾也懷古之情甚篤，雖多焉而不以爲足，苟非今日，幾何而不以當日爲可悼也？（「猶」字、「益」字意醒甚。）夫吾也憂世之心無已，愈變而安知所極？閲至後日，不知視今日復何如耶？曾日月之幾何，而人風頓易，况於百世之遥；慨明王之不作，而大道莫行，徒抱寸心之痛。吾豈圖其至此也耶？吾遂無望矣夫！

聖人傷時俗之益偷，而即此二事見之，若貪將「史闕文」、「馬借人」二事鋪排，便失題旨，此文絶不费詞呆疏，而又却能還他精義，所以爲妙。（汪武曹）

悲歌嗚咽，覺「黄農虞夏，忽焉没兮」之歌，猶不能有此悽切動人。（韓慕廬先生）

耕也餒在　二句

事有出於所謀之外者，則謀不可不務審也。夫必謀之而得，不謀之而即失，則耕也何以餒，學也何以祿乎？彼天下之餒者多矣，豈必盡有道君子也？則謀者過也。且夫人事之得喪，何常之有？而要其故則無不可知者。（**起講只二三句，不説盡，乃前輩法。**）道也，食也，一則謀之，一則否，而人且竊竊然爲君子慮之矣。他途可以捷得，流俗者兢趨焉，而一意孤行，不無太自苦之疑。且厚實惟人自致，落落者何裨焉？而正誼計利，不無兩相妨之勢。夫君子抱道而居，就令如是，亦非其不幸也。若但以好學深思，博庸人之一飽也，則亦何以異於天下之汲汲營營而食之是求者？是君子之所羞也。（**又作一翻。**）然而事有必至，理有固然，食之得不得，初不係於謀不謀之故也。今夫天下之謀食者，莫過於耕，然而餒矣。即未必盡餒，而餒在其中，則非謀之不工也。天下之謀道者，不外於學，然而祿矣。即未必盡祿，而祿在其中，則亦不得謂不謀之竟無獲也。（**還他兩股正面。**）人生所不及料之境，往往與吾意相左而至焉。假而所得如所求，所求如所得，則是人人皆可挾一術以遊於世。而快其無負而淡泊者，迂也。惟平日之伎倆，自視爲得計，而忽阻於無可如何，反不若無意於此者，不勞而獲報多也。彼何以失？此何以得？而後知有可恃、有不可恃也。人情所不經意之事，往往無端而受，而不可豫定焉，是故所得非所求，所求非所得，不必時時設一境以期其然。而出於不覺而作意者，非也。惟身外之嗜好，初不以移情，而亦不妨安於自至。以視夫有意於此者，其所獲不啻什百也。勞者自勞，逸者自逸，而亦非真有幸、有不幸也。（總發大意，二股結撰神奇。）（前比從「耕」説到「禄」，此比從「禄」説到「耕」。）故夫謀食者，食未必得也，而所損於道已多，是兩失之數也。無益之求，因於難满之願，其亦可知所以淡其情矣。謀道者，食未必不得也，而所得於道已多，是兩得之數也。自然之報，並無或然之求，其亦可知所以用其心矣。（繳轉「謀道」、「謀食」。）然在君子，即長貧賤何傷？而禄之不得，原非其所憂也。

得失皆不關於謀，愈見食之不當謀，此是立言本旨，故作者顧上句，又顧下句，不貪發本題也。中二股從空中寫大意，直「横絶南斗，超凌北垠」。（汪武曹）

若使兩句各自判開，屑屑分疏，神氣便索然矣。文妙在就題中「也」字、「矣」字，領取指示大意，互相映發，淋漓宛轉，而題之上下皆動，其慧心真歷劫不宿。（劉大山）

子曰當仁　一節

勇於爲仁者，天下無可讓之人也。夫讓則莫宜於師矣，然而吾之仁，吾當之，可曰吾師也而讓之乎？勇於爲仁者不如是也。且凡爲學者，不可有上人之心，固也。然是心也，有時存之而人不以爲恭，有時不存之而人不以爲泰者，何也？事有所必爲，則吾難諉於不爲也；而人有所不争，則吾又不嫌於争也，若此者其爲仁乎？今夫天下之物，私者不難公之也。吾以其所有者分之於人，人亦以其所有者推之於我，所爲公之也。夫至於私者公之，則其居之也不必多，曰：「吾惧其鄰於吝也。」（翻「讓」字隽妙。）（吴橙閩欖，文情酸澀矣，而其味愈長。）抑人之情，公者不妨私之也，人人之所有也，而吾據爲獨有；人人之所事也，而吾引爲己事，所爲私之也。夫至於公者私之，則其趨之也無所待，曰：「吾惧其後於彼也。」嗟夫！即是説也，可以觀當仁者矣。當之云者，若重任焉而吾負荷之，其難易自審，其甘苦自知，其功候自定。（刻劃「當」字精妙。）誰實以是付授於我，而我獨當之也耶？天下尚有當之如予，而遂欲與之競者耶？當之云者，若大美焉而吾矜重之，其途吾往焉，其趣吾領焉，其旨吾秘焉。誰實以是遜謝於我，而吾得當之也耶？天下尚有當之如予，而予又不敢與之競者耶？蓋當仁者，環視天下，無與爲讓者也。以吾論之，雖師亦無所於讓，而况其他乎？夫吾之所以求師者，凡以爲吾仁也。吾有師而吾以爲仁讓之，則是師者，仁之害也。平生接物之道，無事不逡巡貶損，而獨至於爲仁，則其一往莫禦之勢，且不知師之在前，即己亦從而靳之曰：「吾舍其所以爲仁者，而固已無不讓也。」（反托語，妙。）然而吾之所以爲仁者，亦所以事吾師也。吾爲仁而以師固讓之，則是不爲師者，即無往而得仁也。（故作拗語，宗旨劉樊。）學業有成之日，自歸美於師承指授，而當其爲仁，則其奮勇直前之氣，師且莫之能敵，即師亦顧而樂之曰：「彼之所以求仁者，何其過我實甚也。」凡所以如此者，仁之一途，讓無所施，而讓之爲德，獨不宜於爲仁也。蓋凡事有讓之者，即有受之者。惟當仁之讓，未必有人焉之遽能受之；有不讓者，即有從而奪之者。惟當仁之不讓，竟無有人焉超而奪之。由此以觀，雖上亦不讓於古人，下亦不讓於來者，而奚但師也？（無義不搜。）嗚呼！人人各私一仁，仁者天下之公也；人各私一仁，遂自私其爲仁，此亦天下之公也。（應起比「公私」二字。）惟托爲不自私，而遂以失其公矣。丘於仁，未之敢居也，然亦豈敢多讓焉？既以自勵，且以告二三子。

「師」字固宜活看，然不可不一洗刷，不然，則幾於脱漏矣。惟憂菴此篇，作法最得。（鄭居仲）

君子貞而不諒

事有相似而實非者，惟君子得其正焉。夫貞之與諒，相似也，而其實相反也。貞而不諒，斯以爲君子已矣。且人之處事，不可以無守也。期於始，莫必於終；之乎此，復移乎彼，而茫然未有適主也，此人之大患也。然人既患其無守、有守矣，而其中又有别焉，不可不察也。今夫立一事於此，此也執之堅，彼也亦執之堅，豈復有得而有失乎？然而得失已大異矣。（總發「貞」、「諒」大意。）立兩人於此，此也有所執，彼也亦有所執，豈復有是而有非乎？然而是非已判然矣。若是者，則貞與諒是也。（「貞」、「諒」二字並提得法。）蓋貞則吾之所據者正，必不奪於他岐；吾之所見者明，必不惑於浮議。（勘透「貞」字。）是故成敗有所不計，利害有所不問，而第毅然以全吾守者，貞也。衆人議之而不辭，舉世争之而愈厲，而第介然以行吾是者，貞也。而諒則出而與貞類矣，觀其一往不反之概，儼然貞也，而非也。（「而」字亦出。）彼以爲吾言之不可不復也，而必欲復之；使其言而斷不可復也，亦將必欲復之乎？惜哉！其不講於君子之言也。（股尾即帶「君子」，篇法極精。）諒則起而托於貞矣，觀其始終不渝之操，未嘗不自號曰貞也，而非也。彼以爲吾行之不可不就也，而必欲就之；使其行而斷不可就也，亦將謂必欲就乎？惜哉！其不講於君子之行也。君子窮理之功，其先事已積之久矣。理之是者，從而居之，即從而守之；而理之非者，不得以混於其内也。蓋君子止論理之當與不當，而不論信之成與不成，而信卒亦無不成也。（破的。）彼憑臆以往，而曉譬之而不能者，所全者小，而所傷者大，其害庸愈於浮游無定者乎？君子精義之用，其臨事又擇之審矣。義之真者，可以據之，即可以永之；而義之似者，不得以介於其間也，蓋君子止論義之合與不合，而不論信之失與不失，而信自不至於失也。彼負氣以行，而膠滞焉而不解者，不能研其幾，而何以通其變？其害不更烈於變還無常者乎？（透。）則信乎惟君子爲能得其正也。

君子精義之至，要亦起初决不輕易，不是後來辨别是非，即不信亦不妨也，此處最宜精晰，後比「卒亦無不信」句故妙。（史千里）

湯霍林謂：「此題必宜『貞』、『諒』並提。」此文入手即合法也，其通篇局法次

第，亦純是先正風範。至於説理之精確，用筆之雄健，吾直欲列之震川、大士兩先生之間。（汪武曹）

章法通篇直如一股，題中字字俱有着落，又却字字飛騰，絶非印板先輩者比，「貞」字屬智，切窮理精義上講，尤確當之極。（劉大山）

季氏將伐　一章

魯大夫之欲，有任其過者焉。夫顓臾之伐，欲之也。主其謀者季氏，而成其欲者冉有也，故夫子以過歸之也。且有國有家者之患，莫大於有欲，而貧寡不與焉。欲未必即遂，而憂且隨之。此在自有其欲者，固不能逃其罪；而將順其欲而不爲之救者，其過更難辭也。昔者季氏專魯，而冉有用事，季路亦與焉。季氏有謀，必告二臣。（《史記》提掇法。）當是時，邦之分崩離析久矣，魯之所有者，大半屬之於季氏，獨附庸之國如顓臾者尚爲公臣，而季氏遂生其心矣。與冉有謀之，而欲廢先王之命，欲亂邦域之中，欲剪社稷之臣，蓋干戈駸駸乎動矣。其欲之之意，則患寡患貧也。而其欲之之言，則曰：「吾以憂子孫。」夫子正告冉有曰：「何以伐爲？」而冉有諉其欲於季氏，則將焉用彼二臣矣。且求獨不欲乎哉？假使求而不欲也，則今日者季氏危矣、顛矣，而求且持之，而求且扶之，不能，則飄然而去，如周任之所稱者，而豈有過歟？（一氣滾出，不可界畫。）今季孫也危，而求也亦危；季孫也顛，而求也亦顛，則是季孫也欲，而求也亦欲矣，而安能辭其過歟？且夫今日之出於柙者誰歟？毀於櫝中者誰歟？而坐視其出且毀者誰歟？季氏者，是亦求之虎兕、龜玉也。求之言曰：「虎兕欲出，吾二臣者皆不欲也；龜玉欲毀，吾二臣者皆不欲也。」（打成一片。）過矣，過矣，此已爲君子之所疾矣。而且爲之辭曰：「季孫之憂，蓋在顓臾也，爲其固也，爲其近也，爲憂其子孫也。」是既曰「夫子欲之」，而又舍曰「欲之」也，一舉而季氏傾矣。不均不安，而以貧寡爲患。豈知上下不和乃憂也，遠人不服非憂也。（帆隨湘轉。）且夫遠人之不服，不服季氏也，非不服魯也。德之不能修，邦之不能守，而欲伐之，欲取之。相夫子者誰歟？則將焉用彼相矣。而且相其謀，而且成其欲，東蒙之下，邦域之中，岌岌乎干戈其動矣。嗚呼！不憂已之憂，而憂子孫之憂乎？不憂蕭墻之近，而憂顓臾之遠乎？是皆欲之一念爲之蔽也。君子以爲是舉也，伐在顓臾，憂在季孫，而欲在冉有，謀在冉有，過在冉有。夫子屢責之，而冉有果卒無辭以對也。

曲折變滅，筆墨之痕都化，東雲見鱗，西雲見爪，真如神龍之行空。（韓慕廬先生）

丘也聞有　一節

舉所聞而復爲解之，凡以爲有國家者訓也。夫患寡而即無寡，患貧而即無貧者，未之有也。均耶？和耶？安耶？有國家者可不知所以用其患耶？今夫人心之欲無窮也，每厭少而喜多；而天下之勢無常也，每因利而得害。是故意外之事，君子不求，懼其失分内之圖也；無故之福，君子弗取，謂其階無望之禍也。（吐辭爲經。）顓臾之伐何爲乎？欲之也。欲之者，患之所爲也。（從「欲」字出「患」字。）計較於大小强弱之間，而勃勃焉動於心也，斯患之矣；輾轉於富貴權位之地，而皇皇焉若不足也，斯患之矣。患之者何？曰「寡」，曰「貧」。吾取多焉，則必有受寡之患者；吾所取愈多焉，則並有不能保其寡者，而吾不顧也。（並借映「傾」字。）吾取富焉，則必有受貧之患者；吾所取愈富焉，則並有不能保其貧者，而吾不顧也。（即從「患寡」、「患貧」看出「不均」、「安〔一六五〕」來。）若是者，斯亦可以無寡矣、無貧矣，（擊破下截。）而不知其患正未有艾也。始也患貧患寡，而其既也且不免以傾爲患。（穿出「傾」字。）嗟乎！自古之有國有家者，往往傾覆相尋而不已，豈其皆寡與貧哉？患寡患貧之所爲耳。而以丘所聞，則不患此。雖然，患亦有之矣。有國者之數常處盈，有家者之數常處絀，若鄰於不均也，而不知此乃均也。不然而據非其分，人思奪之矣，此可患也。有國者之勢常處强，有家者之勢常處弱，若鄰於不安也，而不知此乃安也。不然而權或倒置，人皆有競心矣，此可患也。（又從「貧寡」意看出「均安」來。）不患寡而患不均，不患貧而患不安，丘之所聞者如此。嗟乎！是豈迂闊之計，而貧寡卒不能免者哉！蓋貧之患，由於不均，有如國如其國，家如其家，而無侵奪之事。（處處不脱首句。）各有其有者，自各足其用也。斯曷嘗患貧哉！亦曷嘗貧哉！故曰：「患不均也。」（繳轉上截，筆筆跳脱。）均矣可不患貧，並不患寡。何者？以其和也。（蟬聯而下。）寡之患，由於不和，有如以國俯家，以家仰國，而無猜嫌之漸。同德有以一其心者，同力自有以厚其勢也，斯曷嘗患寡哉！亦曷嘗寡哉！故曰：「患不均也。」均矣則必和，既已無貧，復且無寡。若是者，何其安也？國家之傾，由於不安，有如國安其國，家安其家，而無震動之虞，有百世之□者，自無一朝之患也。斯即貧，貧豈傾？斯即寡，寡豈傾哉？而况乎不貧不寡哉？故曰：「患不安也。」嗟乎！有國有家者，不可不聞是言也。今之有家者，往往欲傾其國，而不知國之既傾，其家未有獨完者也。且夫國之未傾，其家未有不先敗者也。以患寡故不均，以患貧故不安，以不均故不和，以不均且和故不安，以不安故遂至於傾。（累丸而不墜。）而向者不貧不寡之人，夫即患貧患寡之人，而終至於爲不能自保其貧與寡之人。窮其故則由於欲之也，欲之爲害不亦甚矣哉！

上截以「寡」對「均」，以「貧」對「安」，下截字字回易，又增出「和」、「傾」兩字，求其安頓妥適，指畫明淨，如董思翁作，已不易得，乃更瓏玲變化，鬼設神施，或如貫珠不絶，或如連環忽解，吾疑其有千手目。（何屺瞻）

樂道人之善

稱人之善而出於樂，其好善之心誠矣。夫人有善而不稱，於人無傷，而吾之心不可問矣，則樂道人之善者，其心可想見也。且凡見不善而無譏者，必悦其事也，悦其事必且以身爲之矣；見善而無譽者，必不悦其事也，不悦其事必且以身遠之矣。（從「道」字中發出「樂」字，即籠「益矣」意。）蓋人情於名之所在，則靳而不肯相予，彼有善而吾彰之，自此赫赫然聲施於世，吾即奈何以此至美者相餉遺也？抑人情於善之所在，則又惧其與我相形，彼有善而我聞之，且恐恐焉若不便於己，吾即奈何與此至美者相酬對也？（反「道」字即含「不樂」意。）故人有善而道之者難也，即道之而亦非其所樂也。有一善而聞於耳，則必以爲偶矣。夫偶有一不善而即訟言之，何獨於偶有一善而遂棄置之也？（以□人之惡者看出樂道人之善，十分透闢。）有一善而出於人，則必以爲僞矣。夫聞人之不善，而遽信其真，何獨於聞人之善而即疑其僞也？秉彝之未絶也，雖行路亦知欣艷於仁人君子之事，而常不能以動近習遊處之人，其精神原不相屬也。若夫道人之善，而津津然、亹亹然，真有味乎其言之也。（方是樂道，不止是道人善。）假使此一事不著，則此一事鬱結於胸中，而不能忍之須臾，此其道之誠有快然於心與口之間者耳。（此一折更醒「樂」字意。）公論之未泯也，雖匹夫亦知誦説於義烈非常之行，而常不入於學士大夫之口，其臭味原不相合也。若夫道人之善，而孳孳焉、汲汲焉，不啻若自其口出也。夫苟此一人之不彰，則此一人宛轉於吾懷，而安能遲之齒頰？此其道之誠有躍然於論與議之表者耳。夫不欲道人之善，遂覺天下幾無善之可道；苟能道之，而道之有不勝道者矣。夫不樂道人之善，遂覺道善亦無可樂；果其樂之，而樂之有不勝樂者矣。（皆就「道」字做出「樂」字。）將宣之於口，則發藏攄臆之時，其藴盡露，而非僅暢吾之説。將筆之於書，而形容仿佛之間，其人如在，而實以寫吾之心。生平他事多略，而一至於善，則不覺其臭味之自然而合，而茹之不可，吐之不及。即生平於他事多默，而一至於道人之善，則不覺其精神之勃然而生，而無厭於心，不倦於口。（「樂」字透甚。）雖在人者，不言而自芳，而自吾樂道之，覺懷抱之間，莫非善之浸灌矣。（「益」字意已透。）雖在於世者，好善有同然，而自吾樂道之，覺口耳之際，無非善之薌澤矣。故曰益也。

「樂」字是章旨，若呆講道人之善，便是拙手。然「樂」字又不可空疏，又不可説成「樂人之善」，此文實就「道」字中發出「樂」字，極爲合法。其運筆之古秀，更不待言。（汪武曹）

《莊子》云：「至言不出，俗言勝也。」又云：「文之所貴者意，意多斯爲至文矣。」而俗玩誰能近之？此意惟漆園知之耳。（韓慕廬先生）

見善如不　二句

誠於所好惡者，亦聖人之所深念也。夫見善見不善，而好惡之不能盡其誠焉，是亦猶之乎不見也，聖人之所深念者，蓋在於「如不及」、「如探湯」者耳。若曰：「吾嘗曠覽於無窮，而入吾懷者何多也？固已極不忘情於潔身之士矣。」（□然。）夫使旁觀者，貌其神而寫其意，而不勝其仿佛擬議焉者，是惟潔身之士爲然。今夫天下有善，昭然可見也。而有昧於理者，則莫之見；有蔽於欲者，則莫之見，蓋見善若斯之難也。雖然，見善者有之矣，而未必好也；好善者有之矣，而未必篤也。譬如有物於此，熟視之，明明在前也，而趦趄而不能進。當此之時，雖有掖之使前者，而不能助其力也，則惜乎虛此一見也。（「如不及」反面，刻畫最工。）久之並不復能見善矣，則見善當復何如者乎？善在是也，而我即之，宜不遠矣，乃自此益遠也。得之甚難也，甫至而又或離；追之甚疾也，雖疲而不遑息。（刻畫「如不及」正面。）蓋見一善焉而如是，又見一善焉而又如是，是無日不見善，而善即無一不爲其所有也，此真能見善者也。今夫事有不善，亦昭然可見也，而有溺於私者，則莫之見；有汩於習者，則莫之見，蓋見不善若斯其難也。雖然，見不善者有之矣，而未必惡也；惡不善者有之矣，而未必篤也。譬如有物於此，熟視之明明有害也，而濡染而不能脱，當此之時，雖有指之使去者，而不能祛其惑也，則惜乎虛此一見也。（字字雕鏤工巧。）久之並不復能見不善矣，則見不善當復何如者乎？

不善在是也，而我知之，宜無污矣，乃愈恐其污也。無形之痛更深，故畏之也；無故之累易染，故避之也。（「探湯」二字，誰能有此形容！）蓋見一不善焉而如是，又見一不善焉而又如是，是無日不見不善，而不善即無一不爲其所絶也，此真能見不善者也。好善惡惡者，其迹也；而好與惡所不能盡者，其神也。爲善去惡者，其事也；而爲與去所不能畢者，其意也。斯人也，而有貌其神，而有寫其意者，曰：「見善如不及，見不善如探湯。」

其要言雋旨，在摹寫「如不及」、「如探湯」數語，如畫工之寫生，如化工之肖物，非讀書窮理之深，不能道一字。（汪武曹）

神鏤天劃，摹難寫之狀，如在目前。（金閬客）

此庚午夏，戴子在余邸舍，與亮工輩同作者，是日成七藝，工力悉敵。（李醒齋先生）

隱居以求　二句

聖人志在天下，於所述而見其用世之心焉。大隱居與行義，非可苟而已也，而求其志，而達其道，乃爲貴耳。觀夫子之所述，可以知其用世之心矣。且夫身世之故，止一二途焉，而人之所争託而處者也。苟循循焉爲衆人之所爲，斯亦衆人而已矣。蓋天下事，其始不立，其卒不成，而吾儒之學，必可以處，始可以出。夫是故天下之急於自見其才而恐不逮者，及其用之而又往往無成，即奈何不審所以自處也。今夫泉石之流，藏之惟恐不深；而功名之士，用之惟恐不及，二者交譏而莫之定。吾以爲處而不能出者，非真能處者也；出而不能處者，非真能出者也。（確是「樂行憂違」之理。）吾見夫世之隱居者矣，耕於寬閑之野，釣於寂寞之濱，不過借高遁之名，以自掩其無能爲而已，即何益於國家之用乎？古之君子，知事非素習，不可以應天下之務也，當其窮居約處，未知夫天竟何如？命竟何如？而特不敢以無具之身，幸於卒然之嘗試。（方是伊、吕身分。）夫太平之失，其紛亂何止一二端？而當其任者，顧悠悠焉，昧昧焉，乃深山之感慨良多，必不偶矣。（韻折。）讀聖人之書，匪以爲名也；遭時數之窮，匪敢以憾也。天之生我，既非無意，肯與夫碌碌者等乎？吾固有志焉，而混混與世相濁，吾不爲也。仰觀天心，俯察人事，而已覺其責之莫逃，求之而已耳。丘也蓋嘗深念乎此，而不禁悠然也，則曰：「隱居以求其志。」吾見夫世之行義者矣，緣飾焉以爲名，因循焉以卒事，不過貪榮利之資，以自安於其位而已，即烏得爲有本之學乎？古之君子，謂才不大受，不足以當長者之知也，故有英君察相，或一旦假之事權，寬之歲月，而豈敢有苟且之圖？謬其生平之自許。夫在廷之臣，其等夷何啻千萬輩？而遇一事也，遲之數歲不能決，更之多人而愈紛，乃一出則從容而就，必有由矣。曩時之籌畫，必非虛談而無用也；此日之馳驅，固已甚閑而不亂也。世之望我，既若神明，肯以其小試者畢乎？吾故有道焉，而泛泛焉浮沉於其際，吾不爲也。前人既去，後人未來，而自覺其功之難諉，達之而已耳。丘也蓋嘗情深於此，而不勝嘆想也，則又有曰：「行義以達其道。」嗟嗟！天下之求志者，亦或不少，動爲當世所擯，志不獲伸，而庸人在高位，曾無毫髮之補焉。是以高材多戚戚之窮，而盛位無赫赫之光，致使絕德之莫覯，而予且徒誦往訓而悵然也。

清矯之中，別具一種勝致。（劉木齋先生）

力勁氣孱，自以爲大家者，比比皆是；獨仗清剛，乃近古人風格也。（何屺瞻）

此與《子夏子游　二段》題文，係己未年學使者劉木齋先生月課首取之作也，二義極蒙先生咨賞，明年遂入縣學，距今逾二十年矣。偶定舊稿，此篇頗欲棄去，念當時文風卑弱特甚，余以文不諧俗蒙詬厲，外間知吾文自兹始。後來督學知余者，惟

今大司農李公，此外小試及場屋之文，無一不落者，存此志知己之感也。（自記）

來

自幸其遇聖人者，故一見而欲其來也。夫貨不往而欲孔子來乎？子即來，而肯爲貨用乎？然貨至是固自幸其相遇之巧矣。想其意若曰：有心而求見者，吾之所以竭其誠也；無心而相遭者，天之所以假之會也。以吾往日意中之有子也，時時舉踵而企之，不敢暫忘也，曰：「庶幾其一來乎？」（「來」字先用陪襯。）然而莫我肯來，想亦無因至前，子之所不欲也。即吾前日蒸豚之有餽也，亦時時倚門而望之，不敢輕出也，曰：「今而安得不來乎？」已而惠然肯來，而適他事相左，貨之所不料也。不謂意外之相遇，固可以傾蓋而訂交；而異日共事之相歡，莫非此道周之作合矣。（妙。）吾固願子來前也。凡人可以不必留意者，則來亦可以不必關懷，而吾則有不能恝然於子者也；凡事可以不必覿面者，則來亦可以不必急需，而我則有不能稍緩於子者在也。（二比已含得下意。）以吾之出也，或辟人於道，或揖人於車，不命之來，誰敢來者？（聲情逼真。）而子則固吾願見者也。吾遥而望之，而疑爲子也；即而視之，而果爲子也，則來自不必爲吾之難之矣。（是「遇諸塗」光景。）以子之出也，獨行而踽踽，獨行而夐夐。無召之來，亦何爲來者？而吾則子所爲往拜者也。子既失吾於家，必悵然也；子今遇吾於塗，必決然也，則來固不必待吾之趣之矣。疇昔之踪迹闊絶，似乎相避之深，而一旦與子邂逅，豈可交臂而失之？我且持車而待，子亦傍車而趨。（如畫。）此時而不來，將待之何日也？造門之請謁徒虚，已絶今朝之望，而忽焉道左殷勤，豈其漠淡而視之？以心懷之如結，覺咫尺之尚遥，此地而不來，更需之何所也？子而未來也，彼此之交尚淺，亦或躑躅而不前；子而既來也，兩人之意已投，必且悲喜之交集。（直映到「日月逝矣」等句。）（滿腔心事，已於一兩「來」字中托出。）與其徘徊歧路，作悠悠行路之人，孰若携手同車，慰渺渺相思之素？假使窮途之不反，我亦自笑其多情；倘肯中道而就余，子應自悔其已晚。不惜數武之步趨，一聆平生之謦欬，其在此矣，來！

如聞聲應響，真是傳神妙投，辭亦多工雅可喜。（王雲衢）

子之武城　全章

賢者之所用者大，聖人喜之至而因以戲焉。夫以道治其一邑，子游之所用者大矣。

笑之而因以戲之，而因以嘉之，而喜可知也。今夫人之所用，視乎其大小，而大小亦未有一定也。或大者而大用之，或小者而小用之，又或小者而大用之，而要之與其用之小也，無寧用之大也。至於小者而大用之，則聖人平日之所正言莊論者，（伏。）至是而明效大驗可睹也，而聖人之情，亦從此深矣。在昔子游嘗宰武城，武城，小邑也；宰，微吏也。一日者，夫子驅車往焉，而二三子從，蓋將以觀人風云。而胡爲乎弦歌之聲，渢渢乎聞於耳也？是固歷聘諸侯之邦，而未見有用此者也，而子游用之。嗚呼！其邑之人，蓋知學道矣。道莫大於禮樂，而禮樂不可一人而不學者也，夫子平日正言莊論，爲二三子言，而子游亦得與聞焉者。（剔「戲之」句。）有曰：「君子學道則愛人，小人學道則易使。」（在題前提「學道」二句，絶不犯實。）之二言者，爲天下言也，非徒爲一邑言也，乃不能用之於天下，而用之於一邑，此亦猶之牛刀之操，而用之以割雞云耳。斯言也，蓋戲之也，且莞爾而笑云。（即逗「戲」字。）然而學道之言，爲天下言也，而即爲一邑言也，治一邑之與治天下，其理固無以異也。子游曰：「武城雖小，亦必用之以治其君子小人。」此亦猶行子之言也，而子豈遂忘諸乎？夫子顧二三子而言曰：「斯言也，果吾之言也。偃也能言之，斯即偃之言也。偃之言也是，而吾今日之言也戲，吾幾失言矣。」

蓋偃也，得解牛之術矣，提刀四顧，未嘗見全牛也，恢恢乎游刃有餘地矣，而奚但割雞乎？（涉筆皆成妙境。）二三子其志之。嗚呼！禮樂之崩壞也久矣，子游小試其技，而夫子善刀而藏，不能用之於天下，而一邑之弦歌，適足增悲耳。然則夫子之戲也，何必非夫子之正言莊論者乎？

前後點□□□《史》、《漢》敘事法，而筆意則又自《南華》得來也。（汪武曹）

夫子莞爾而笑

記聖人之笑，而其情可見矣。夫心有所喜則形爲笑，夫子之喜，喜武城乎？喜宰武城者乎？且以人生之多悲而少歡也，一月之間，開口而笑者，不能以數日，而況聖人之憂心斯世者乎？（便擊動全神。）蓋吾夫子所至之邦多矣，聞暴慢之音，則爲之悄然以思；聞愁嘆之聲，則爲之蹶然以起。於是感慨於生民之故，則傍徨屏營，往往聞其太息；而憂時念亂，先已見諸形容。此其大較也。（陪襯有波致。）今日者，洋洋乎入夫子之耳者，此何聲也？夫子不聞此聲久矣。人情有所鬱者，不必其盡泄也，但稍一泄之，而已不勝其歡。人情有所喜者，不必其盡露也，第微一露之，而已可知其意。（「笑」

字一比，「莞爾」一比，雋妙之至。）故吾黨見夫子之笑也，其笑也，特莞爾也。且夫笑亦不同矣，有深非其人而笑之者，（陪。）有甚愛其人而笑之者；（主。）有笑而出於慢者，（陪。）有笑而出於莊者。（主。）然笑曰「莞爾」，是猶不成乎其爲笑也。不成乎其爲笑，得無有不足於笑者乎？正惟不足於笑，乃知其有餘於笑也。（夫子之喜，夫子之戲，神情都見。）誦其言而可以知之也。

摹情綴景，風趣無窮。（張闇成）

意豐於辭，氣斂於法，韻餘於格，其根源亦出於《南華》、《公》、《穀》。（韓慕廬先生）

不曰堅乎　也哉

聖人有一境焉以自處，而即有所不處者焉。夫既有所以自處，則雖以入之世可也；而謂其不可以入之世，是聖人之所不自處者也，而欲漫以相擬乎？告子路曰：「由也，述予前日之言，而論予今日之事，由之責我良厚矣。然而由之待我，亦已淺也。夫前日之言，是一說也；今日之事，又一說也。由前之說，不失其爲自守之人；而由今之説，不至爲自棄之物。（便帶得下句。）我蓋徘徊於處不處之間，而有以自信其生平矣。」今夫天下之磷者皆是也，故堅者貴焉； 然而天下之磨之者又皆是也，則堅者又危焉。 何者？謂其磨而磷也。 夫既堅矣，而猶以磨爲患，磨之害不亦甚矣乎？而弗然也。此之堅必非堅也，非堅而奈何與磨相試，試之未有不敗者，則不磨可也。 獨不曰有堅者乎？（頓跌出「不曰」二字來。）未嘗磨之，而堅如故； 既嘗磨之，而堅仍如故； 磨之而後知其堅，不磨不知其堅也。 天下之緇者皆是也，故白者貴焉； 然而天下之涅之者又皆是也，則白者又危焉。 何者？謂其涅而緇也。 夫既白矣，而猶以涅爲患，涅之害不亦甚矣乎？而弗然也。 此之白必非白也，非白而奈何以涅相試，試之未有不污者，則不涅可也。 獨不曰有白者乎？未嘗涅之，而白如故； 既嘗涅之，而白仍如故； 涅而後知其白，不涅不知其白也。 今日者由之云云，是將謂其磨我也、涅我也，即必磷我也、緇我也，何由之不堅我、不白我也，是匏瓜我也。（折落末句，筆到意到。）由之從予游也久矣，予無不可入之群，而由曰：「如之何其入也？則必頑然者而後可也。」由殆以我爲頑然者矣。 予操可以入之具，而由曰：「如之何其入也？則必枵然者而後可也。」由殆以我爲枵然者矣。 是匏瓜我也，吾豈匏瓜也哉！堅白者，不敝之器也； 磨涅者，難禦之勢也；磷緇者，瑕隙之乘也；匏瓜者，濩落之材也。由也究處吾何等也？

鉛筆洗盡，淡掃蛾眉，故自天真爛熳。（許亦士）

閑閑淡淡，若無意於爲文，而神致如生，脉縷甚緊，此文章中之倫境也。（何屺瞻）

子謂伯魚　一章

聖人教子以「二南」，而深恐其不爲也。夫修齊之理，莫備於「二南」。爲之則受其益矣，不爲則受其損矣，故予以之教伯魚也。想其意曰：吾嘗教女學《詩》矣，然使女既學之後而無異於未學之前，是猶之未嘗學也。而吾今之爲女望而爲女慮者，□又不必《三百》，而在「二南」。昔者文王德既形爲肅雍，而后夫人行又侔乎天地。（先提出「二南」根源。）於是被之弦歌而有《周南》，且有《召南》。蓋性情之正，家室之宜，推而至於風俗之移，教化之洽，莫不備於斯焉。是固所以啓乎百世之顓蒙，（先透「面墻」意。）而以之導其終身之措置者也。（如脱於口。）女知吾之望女爲之也乎？女試嘗爲之，而謳吟諷誦之餘悉得其修身齊家之理，何以正吾心？（中有「矣乎」二字神情。）何以和吾情？曰三復焉而如對古人。女試嘗爲之，而從容涵泳之間悉得其中正和平之節，何以宜夫家？何以宜夫俗？曰效法焉而儼如古人。（頻呼疊唤，神吻如生。）甚矣吾望女爲之也！天下雖大，安足以阻女？萬物雖紛，安足以蔽女？而况日用之際，安足以困女？密邇之地，安足以窮女也乎？故吾望女爲之也。夫不爲，則亦有人矣，（落「不爲」句，如江水出峽。）舉其辭，津津然也。然而人自人，「二南」自「二南」。蓋性情之不治，志意之有乖，是且自無如其身何矣。之人也，何其舉目茫如也，而豈不可嘆哉！視其所之，倀倀然也。「二南」非不能治其人。其人自不能如「二南」。蓋推之而輒窒，行之而輒阻，更且無如世何矣。之人也，何其舉步失措也，而豈不可惜哉！猶若面墻然。故吾望女爲之，不願女不爲之也。（收得完足。）列國之《風》不去也，而玩味宜先乎南國。《雅》、《頌》之音不廢也，而體察莫切於《正風》。嗚呼！女小子其勉之哉，毋墮乃力。

一落筆，即神氣滿紙，淋漓欲濕。安得不以仙才讓之？（劉大山）

末二句正見當爲之意。若止發「女爲」句，而於後幅將「不爲」意硬裝上去，便是拙手。篇中於「女爲」句前後，即打通「面墻」意，極爲得解。「女」字千呼萬唤，亦如見叮嚀囑付光景。（汪武曹）

禮云禮云　一節

不得禮樂之云者，未可輕云禮樂也。夫以敬云禮，而已是禮矣；以和云樂，而已是樂矣。不然而徒求之玉帛鐘鼓之間，夫豈禮樂哉？且天下事有失其真而僅存其迹者，但使其迹之尚存，而其真者猶未至於亡也。（其義在《餼羊》章。）乃有執其迹而遂指以爲真者，而其真者竟亡矣。今夫理有内有外，皆人心之自然。外之未始非内，而内之未始非外也。此事原不毁於天地之間。而人有意有物，皆一時之並到，意不可以無物，而物亦不可以無意也。此事常紊於人心口之際。（着筆「云」字。）噫！其禮樂也夫！（落「禮樂」二字亦別。）禮之始也，中有所主而不得將。乃將之以儀，而玉帛興焉。一時之云禮者，不徒云玉帛也。久之儀且盛，而云禮者因之變矣。樂之始也，中有其情而不得寫。乃寫之以音，而鐘鼓作焉。一時之云樂者，不徒云鐘鼓也。久之音且繁，而云樂者因之變矣。不見玉帛則不云禮，一見玉帛而云禮矣。舍玉帛無可以云禮，諄諄然而云之不已者，不過玉帛云也。不聞鐘鼓則不云樂，一聞鐘鼓而云樂矣。舍鐘鼓無可以云樂，諄諄然而云之不置者，不過鐘鼓云也。嗚呼！人心之最精者，而寄之於器。其精者存，則其器亦精；　其精者不存，則其器亦粗。（理精詞達。）均是器也，而精粗分焉。器既不能主其事者，器即不得居其號也。　而今也，器且專其號。　設玉帛不陳，鐘鼓不作，而所云禮樂者，竟澌然盡耶？庸詎知器即亡而禮樂自在耶？則無乃所云者而非其所云耶？人心之難傳者，而托之於象。　有所以傳之者，而象爲之用；　無所以傳之者，而象即不爲之用。　止此象也，而用不用分焉。　象既不能操其常者，象即不得冒其實也。而今也，象且亂其實。　設玉帛並陳，鐘鼓交作，而所云禮樂者，遂燦然盛耶？庸詎知象即存而禮樂自亡耶？則無乃所云者而非其所云耶？　一云再云，皆云玉帛。（處處鈎住「云」字。）彼云此云，皆云鐘鼓。　是云玉帛鐘鼓者皆在禮樂之外也。　禮云禮云，豈云玉帛？樂云樂云，豈云鐘鼓？則云禮樂者不當在玉帛鐘鼓之中也。　是故世俗之於禮樂也，曰：　吾欲云云，（用古恰合。）不求其本，而執之以爲是，遂致異端之於禮樂也，曰：彼不過云云，竊笑其不情，而去之以爲高。　然則亡禮者玉帛也，亡樂者鐘鼓也，此亦云禮樂者之過也。

着筆「云」字、「乎哉」字，以實義寫虚神。（丘邇求）

前半從容安頓，入後精邃，至理未經人道。（張洵安）

鄉原

原稱於鄉，則亦居然原矣。夫鄉人中而獨以原稱，豈真原也耶？則亦不過鄉之人原之已耳。且人之生於世，不必其盡諧於世也。有好之，即有惡之；有是之，即有非之。君子正借外人之論以驗在己之實，未有群然一辭。（先從「鄉原」對面發大論，具見根柢。）而有好而無惡，有是而無非者也，則鄉原是也。今夫有志之士，雖與鄉人立而猶去之，蓋懼鄉之浼我也。（欲寫鄉原，先寫「鄉」字，妙絶。）抑有志之士，自謂猶未免爲鄉人，亦恐鄉之我囿也。而鄉原之得志者正在於鄉矣。（妙。）以鄉人之習於陋也。有君子者惡其異己，（「原」字□「鄉」字中做出。）小人者又惡其許己，於是有人焉與之俯仰□□，而鄉之人樂其近己也，相率爲美名以奉之，而惟原之爲言可以得其仿佛也。自是而原之號遂擅於一鄉。以鄉人之亦自知其陋也，目自好者曰：「夸而虞其形已。」（皆對針「原」字。）目正論者曰：「刻而恐其議己。」於是有人焉爲其厚貌深情，而鄉之人樂其親己也，亦即如其所欲得以予之，（鄉原處心積慮，不過所得此名，正抉出他心肝。）而曰：原之爲名正可以相酬答也。自是而原之號亦播於他鄉。（妙甚。）鄉原之意蓋曰：「引義甚高者非所以自爲也，所往而齟齬不合，吾何取焉？人生世間，但得鄉里稱善人，足矣！」（二比暗用《孟子》。）且曰：「事必師古者非所以處今也，所往而扞格不入，世何賴焉？志莫能遂，先爲鄉黨所莫容，迂矣！」（中二比，「鄉原」只虛摹一筆，隨用代字。□二比撇開「鄉原」意中之所不然者，此二比乃實寫「鄉原」正面。）於是苟焉以逢世，而行不爲過高，亦不爲過卑，但有一説以處之，而人人皆如其意之所欲。其不駭俗者，正其所以駭俗也。於是偷焉以取悦，而行莫得而非，亦莫得而刺，自有一術以赴之，而人人適合乎其心之所同然。其不動衆者，乃其所以動衆也。自以爲巧，而亦不過巧於用鄉之人而已；自以爲是，而亦不過並見是於鄉之人而已。衆好亦何益，而奈何遂生其心乎？（刺入髓。）以斯人而在國，國猶之鄉也；（馮道輩後世猶有稱之者，不特天下也。）以斯人而在天下，天下猶之鄉也。人世本可欺，而安得不售其技乎？（鄉原尤乘世衰道微而出。）人或以爲是人也，賊世甚矣，而不知其賊德之禍之更烈也。

孟子發揮鄉原情狀，可謂盡矣。朱子云：「鄉原是不做聲，不做氣，做罪過的人。」此更發孟子之所未發，次第鏤刻，悉無遁形。蓋兼孟子、朱子之意而暗用之。（季弘舒）

推勘入微，令同流合污一輩人無立脚處，此爲扶樹道教之文。（張漢瞻）

惡紫之奪朱也

聖人惡奸正者，已見之於色焉。夫色之正者莫如朱，然已爲紫所奪矣，天下之爲紫者豈少哉？且人心之眩也，往往眩於目。目失其官，而物之邪者，目必慴之；則物之正者，目必拒之矣。心與目交眩而未已，使人追其禍之始，則物實爲之也。君子不能不嘆息痛恨於物矣。今夫色之有朱也，物情以此爲貴，而獨居正位於五色之中。而色之又有紫也，物理以此爲賤，而獨竊餘艷於五色之外。（朱、紫先並起。）有朱可以無紫者，章采之用，原以正大爲得其情。而有朱即必有紫者，造物之理，往往純雜各居其半。既不能廢紫而存朱，亦不致遺朱而尚紫，而奈之何其相奪也哉？（次將朱、紫二字串説。）奪則必有不能奪者也，其爲所奪者處勢原自尊。然奪則必有所以奪之者也，其爲所奪與奪之者，其托體亦相近。（「奪」字妙義。）蓋淡之不勝濃也久矣，黄之中也，紫不屑奪也，爲其已淡也。（襯一筆。）不謂朱之不勝也亦同於淡，而人之目之在於朱者，移之於紫。朱不以此減色，而紫之横亦太甚矣。托其身於燕私媟褻之地，固其所也。（妙。）而浸假而横奪於縉紳黼黻之間，吾惡之，惡其以濃争勝也。質之不勝文也久矣，白之賁也，紫不屑奪也，爲其已質也。不謂朱之不勝也亦同於質，而人之而好之在於朱者，轉而之紫。朱亦自是弗貴，而紫之權亦太重矣。本其初不過龐雜冗散之姿，固無奇也。而浸淫而陰奪乎人心人目之用，吾惡之，惡其以文自命也。（妙。）有謂五色令人目盲者，而非然也，特紫之所爲耳。以紫而盲天下之目，又嫁其禍於五色，而憒世者之所爲笑侮又不在於紫，紫之藏身亦巧，而害且不止及於朱。（妙。）有謂滅文章而天下始人舍其明者，而亦非然也，特紫不可不去耳。以紫而喪天下之明，因流其毒於文章，而淫於色者之所爲貴重，獨紫仍受其利，紫之欺世已極，而朱又何妨退而自安。世有明者，必能辨其邪正，以爲好惡。而紫正乘人之不能辨而出而奪之，是奪朱者非紫也，人也。（又轉出一層意。）而吾又何爲於紫是惡哉！

此是爲文章之事以僞亂真者而發，雖一國皆衣紫，而朱亦可以吐氣矣。（王崑繩）

正議直指，筆有秋霜。後幅引老氏家言，非孔子意中語也。然借題一抒憤懑，自驚快非常。（韓慕廬先生）

予欲無言　全

聖人有不言之教，可即天以悟之也。夫夫子即不言，小子豈遂無述？其可述者，是亦聖人之時行物生也，奈何日游於其天而不知乎？且聖人之道無窮，而其機亦不息，自有隨所在而各見者，而所以爲教者已不外乎是也。（寫出聖人學不厭、誨不倦全身。）是故聖人有無窮之教，而教亦有不息之機。彼二三子相與沾沾然而日求聖人者，顧獨以言而已。而所失於言之外者，不既多乎？且是又烏知道之不以有言而顯，不以無言而晦也？夫言豈徒言而已哉？必有其所以言也。然言之而所以言者在，即不言而所以言者亦在也，是道果不以言爲顯晦也。且是又烏知教之不以有言而存，不以無言而廢也？夫言豈足以盡教乎？必有其不藉於言也。故言之而於教無所加，即不言而於教亦無所損也，是教果不以言爲存廢也。（二比全旨已暢。）而何小子之莫之思而徒求述於言也？曰：「吾師乎！吾師乎！其使吾述也，其必不有愛於言也。」子曰：「予欲無言，小子者必疑且懼。」而子貢果㦜然以起，曰：「今而後將無望於述矣，可若何？」（首節將全題一氣滚出。）嗟乎！賜知有言之言而不知無言之言也。有言之言易盡，無言之言無窮。蓋雖無言而已不啻其言之矣，方其有言而未嘗無無言之教。就令無言而無異於有言之教，然則無言誠可以無言矣。子曰：信如賜言，謂不言何述？然而固已不勝述也。賜獨不見夫天乎，天之運量者神矣，未嘗自明其故。而氣機之動，有莫知其然而然者。行焉者相禪於不窮也，生焉者雜出而不齊也。凡屬覆冒之下，嘆天之運量如此其神，而天無言也。無言，而天之文已著也，天之磅礴者大矣。未嘗有問其故，而絪緼之理，有發於自然而不容已者。時有四而循環無端也，物有百而性命各正也。凡屬形氣之倫，共推天之磅礴如此其大，而天無言也。無言，而天之象已昭也，而又何疑於予乎哉？賜如知此，而固已述不勝述矣。（挽合首二節意。）乃知聖人之教，有言可也，無言可也。寂無付授之中，非有恍惚莫據之象，而實而可循，執而有要，日用動靜之際，一身已具有化工。吾人善學，有言亦述也，無言亦述也。隨在體驗之益，不必語言文字之間，而意喻色授，心解神會，從容質對之中，恍若身游於大造。而何小子之莫之思而徒求於言也？

無言之旨，發揮明暢，文勢如大鵬鼓翼，天風迅發，一息萬里。（韓慕廬先生）

四時行焉　二句

聖道自有其可見者，而特即天以指之焉。夫人日遊聖人之天，而不知聖人之時行物生者安在也。雖然，獨未觀行焉生焉者於天乎？且夫天不以言示之人，而人亦不以言求之天也，固也。（撇。）然天亦豈能冥焉而無所示於人，而人亦豈能恝焉而無所求於天乎哉？天無所示於人者固無所不示於人也，無所求於天者固無不可求於天也。（一往英鋭之氣，辟易萬人。）今夫天之行不可見，而天之所行者，則皆可得而見也。新與故之相乘，往與來之相閲，如是其無紀極，而不過四時爲之流轉於其間。一動一静，而止此陰陽之消長者，互爲其根也；一闔一闢，而止此於穆之不已者，常爲之宰也。是故剛柔之理默移於無迹之内，遂遞相禪而爲古今。不然，而天之運行，其息也久矣。且夫天下之有所待與無所待者，其相去固甚遠也，有所待者則必有所窮。使天必有所待而時乃行，人有所待而時乃又行，而時之行焉者少矣。（妙絶人間。）循環之數，出於自然而不可禦。如是而天之心已見，而天之文已著也，則見其四時行焉。今夫天之生不可知，而天之所生者，則皆可得而知也。乾元以資其始，性命各安其正，如是其無盡藏，而無非百物爲之變化於其中。親上親下不同，而各具一天者，無分於上下也。爲靈爲蠢有殊，而共戴一天者，無分於靈蠢也。是故化育之機流形於不已之際，遂迭相生而成宇宙。不然，而天之發育，其息也久矣。且夫天下之有所爲與無所爲者，其相去固有間也，有所爲者則必有所止。使天必有所爲而生一物，又有所爲而又生一物，而物之生焉者寡矣。（此是至理，妙語解頤。）造化之理，出於必然而不可窮。如是而天之命已定，而天之象已昭也，則見其百物生焉。化工浩渺，其與時俱進，而與化偕往者，豈其尚有留餘？衆萬紛□，其取之無窮，而用之不竭者，豈復形其不足？而賜猶且沾沾然日求天於時行物生之外也乎？

實理只在當前，惟明眼人指點得□。（□□□）

吾老矣不能用也

齊君不能用聖人，而以老自解焉。夫景公即不老，亦豈能用孔子者？而以老爲辭，君子是以知齊之不復振也。想其意若曰：人之欲大有爲者，既商所以待人，亦必思所以量己。（從「待」字落下。）己之不量，而漫欲大有爲於世，試反而思之，未有不啞然而自笑者也。吾之待孔子者，蓋將欲用孔子也。情亦知孔子之必當用也，他人不能用，而吾用之。苟非不能，亦何至不用乎？情亦知孔子之欲爲吾用也，世無能用之者，而望吾用之。果可用也，豈其不能乎？而惜哉，吾之遇孔子之已晚也！（轉落有神。）使早遇孔子，而季孟之間，豈待今日而始處之耶？而惜哉，孔子遇吾之已晚也！使早遇吾，則大道之行，不待今日而遂之□□。嗟乎！精力向衰，已無復曩時之意氣。而日月不居，何望於異日之功名？蓋吾亦既老矣，雖期月三年，爲日亦似無多，而吾垂暮之年，安能待之？（點題亦古。）況百年必世，爲期尚且遥遥，而吾既衰之身，嗟何及矣。昔在先君，奄有此土，已在耄年，而吾則非其人也。（筆筆古雅。）人老則意多悲，而前此者悠悠一擲，後此者茫茫難知。（情致悲惋。）雖知孔子之賢，亦止嘆息於歲不我與耳。即吾亦有言，古而無死，其樂何如？而世則無其事也。年老則得宜戒，而旦夕之娱不爲倫，子孫之業不必慮。雖辱孔子之至，亦止悵恨於時不再來耳。（以經對詩。）從來舉事者，期於享其成，吾今即用孔子而已不克享其成也。人壽幾何，而欲發憤爲雄於有限之年，不已妄乎？且夫養老者必遺之以安，吾今即用孔子而反自遺其不安也。大福難再，而欲焦勞自苦其必敝之軀，不已迂乎？然則吾不用孔子，而固有辭於孔子也。何者？吾老矣。

孔子不見用，而亦無憾於吾也。何者？吾老矣。世之老者，多不自知其不能。且反自諱其不能，而勉强以爲能，此老者之常態也。而吾雖老，尚不至此也。吾之不能用孔子，吾則自知之而亦不必諱之矣。有以吾言告孔子者，孔子其必以吾言爲然也。

摹情欲活，遣句欲飛。（韓慕廬先生）

齊人歸女樂　一節

齊間魯而聖人行，有受其間者也。夫孔子長爲政於魯，桓子之所忌也，齊人知之矣，故女樂入而孔子行也。且敵國之相圖也而用間，（即擒「季桓子受之」句説入。）未有無故而能入者也。内之間已開，而外之間乃入，内外相與爲間，而君子不能安其位，而人之國空而權臣重。是故權臣之罪甚於敵國，如季桓子是矣。魯當定公之時，齊與晉皆季世矣，而三家皆憂於其臣。外無强鄰之擾，内無跋扈之患，固可以有爲之日也。國有聖人，久不能用。（從孔子説入。）至定公十年而始大用之者，季桓子主之也。（擒季桓子。）桓子擅權自恣，而一旦以魯之政付之孔子者，何也？自季平子卒，政出家臣，執桓子而□之，且辱之於晉，陷之於齊，桓子僅而獲免。當是時，季氏亦自不能支矣。桓子欲救目前之亂，不得已而用孔子者，亦所以自爲也。（道出桓子心事。）及孔子威行鄰國，反汶陽之田，而齊大懼。齊之君臣相與窺其間，而所以覘之者不知其幾矣。（略叙首句。）已有晏嬰而不能用，鄰有聖人則又思所以沮之，既不俱興，即與俱敗，此齊人之本謀也。（妙論。）且夫魯之爲齊弱久矣，悉索敝賦，其賂遺於齊者，冠蓋相望，而齊至是忽以女樂歸於魯。夫以齊之强，何懼於魯？而無故而爲此舉者，何也？無故者，必有其故也。蓋季桓子之意，齊人果已覘之矣。夫魯當治化大行之時，君臣之交方固，桓子之志未移，而齊人乃以區區之冶容淫聲，謂足以間孔子而使之行。（即逗末句。）齊人善謀好功利，計必不爲此。然則齊人之爲此也，必已得其間矣。季氏專魯於今數世，一旦孔子得志，而桓子拱手而授之政，方且强公室，墮三都，桓子豈無介介於懷者？顧以積弱之餘，藉之振起，令外侮既消，紀綱已定，非復前日之魯。而桓子向之所患者，既無不釐舉而更張之。桓子意已滿而欲已足矣，而恐其後有不利於己焉，復思收其權以自固，雖無齊之間，亦豈能一日而忘孔子者？然欲驟去之而無名，即孔子亦知之，亦欲行而無名也，而齊之間適入。（遥接。）桓子曰：吾今可以行孔子矣。乃爲周道遊觀，君臣荒嬉，三日不朝。於是乎孔子果行。（「果」字應前。）及其出境行歌，懼其以女謁敗者。（實事化作波瀾。）若以此爲齊罪，而不欲明桓子之本志也。而桓子問之師，已而喟然以群婢爲嘆者，亦若以此爲己罪，而不欲自明其本志也。嗚呼！桓子不可間，則齊不敢來間也。桓子之間，即用齊之間。而齊之間，即以桓子爲間。自古君子之在人國，而外有强鄰，内有權臣，其去位未有不由此者也。《書》曰：「季桓子受之。」罪桓子也。

徵事揣情，落筆皆成妙論。大開大闔，忽起忽滅，烟波繚繞，何減眉山父子之文。（韓慕廬先生）

楚狂接輿　一章

記楚狂之事，聖人之所深念也。夫夫子聞楚狂之歌，以爲可與言者莫楚狂若也。然正惟可與言，而已不得與之言矣，此聖人之所爲深念也。且聖人之可已而不已者，非不知既往之無補，而將來之莫冀也，特其心不忍忘天下，而並示天下之避世者，如潔己以明高，不得謂爲德之盛也。苟有知聖人之志者，當得之於不言之表，而且以出處之義來商之也。然而難其人矣。昔孔子周流列國，未有以從政之任付之者。一日驅車適楚，孔子方傍徨於車之上。（貫通下節。）而有人焉，趨而過於車之下。其人也，何人也？狂者也。何以狂之？於其前之歌而狂之，於其後之避而狂之也。彼蓋有深情於天下，而傷天下之不可爲也。曰：吾可以已矣。（先逗「已」字。）聞東魯之國有鳳焉，不爲千仞之翔，而欲爲羅者之視，是將殆矣。欲與之言而不得，而適孔子之來楚也，託爲歌以諷之，不啻與之言矣。（將欲「與之」及「不得」二字串在楚狂身上。）爲之歌鳳而嘆其衰也，憫其往也，追其來也，勸其已也，憂其殆也。楚狂若曰：吾之所欲與之言者，既已言之矣，吾之事畢矣。鳳兮，鳳兮！當自今斂其翮兮。而胡爲乎欲戛然而長鳴也？（即就「鳳」字滚至「欲與之言」。）於是趨而避之。彼蓋望見孔子下車，曰：是殆欲與我言矣，彼之所欲言者，吾已知之矣，吾不願聞矣。（以楚狂作主，運化「孔子下」二句。）吾想孔子聞接輿之歌，爲之玩其辭而悲其意，曰：微是歌，則吾不知斯人之可與言也。至欲與之言而不得，而夫子望見其趨也，若有所悗焉者。於是徘徊於車之下，四顧而躊躇，而其人已杳不知所之矣。嗚呼！其歌聲猶在吾耳也，而吾安能恝然而已哉？其人也，非狂也。其人也，真狂也。前之歌者聲可得而聞也，狂也。（應前。）後之避者形不可得而見也，狂也。鴻飛冥冥，弋人何慕？而鳳於是乎不得不翱翔於人間矣。（就「趨避」挽合「鳳兮」，神妙。）維時孔子卒無可如何，爲之俯而深思，默然不語，復上車而去。（古文結構。）

起伏、轉落、照應，都非尋常蹊徑，真飛仙之文也。（汪右衡）

此題向來頗多名作，然亦只是尋常之鑒，照影不照神也。咀味此篇，樂而忘倦。（韓慕廬先生）

鳳兮鳳兮

狂士欲諷聖人，爲之歌鳳焉。夫春秋之時，孰有知孔子之爲鳳也者？而楚狂能鳳之，且長言以歌之，斯其爲狂也歟！想其歌之之意曰：予今有不能忘情者，苟非世之所希，曷爲徬徨低徊而莫能禁也乎？蓋嘗遵彼渭濱以求之，則已非熊非羆也；（襯筆。）抑就其率彼曠野而觀之，則又匪兕匪虎也。吁嗟乎！生之者之不常也，禀之者之獨異也，出之者之有時也，其鳳也夫！（單行一段出「鳳」字，筆勢飛舞。）以凡鳥之衆也，孰是其高舉而遠逝兮？或爲幕上之巢，或爲樊籠之寄，載飛載鳴，夫亦何往而得其宜也？不謂於燕雀啁啾之中而有此鳳兮！以鷙鳥之多□，孰是其戴仁而纓義兮？或其借翰於晨風，或其争食於鷄鶩，矯翼□翮，夫亦安在而非機之伏也？不謂於鷹鸇搏擊之餘而有此鳳兮！（字字切凡鳥。二比映下「殆」字。）吾聞夫鳳之盛也，蓋嘗儀於虞氏之廷焉。（對下「衰」字。）上有垂裳之主而莫之出，則無爲貴鳳矣。不然，世無梧桐而誰棲兮？又嘗鳴於岐山之上焉，世際休明之會而莫之見，亦無爲貴鳳矣。不然，世無高岡而誰托兮？（二比反照下「已」字。）且夫鳳亦何患於時也，龍則能見也，蠖則能屈也，各有其時而不可謂非其時也。安見行之爲是而藏之爲非耶？鳳兮！獨不見夫居於杳冥之上，而籓籬之側夫焉有擬之者耶？（二比正逼下「已」字。）且夫鳳亦不可謂無其侶也，鴻則能漸也，鵠則能舉也，各有其侶而不可謂非其侶也。（打入自己身上，更雋妙。）安見彼之爲是而此之爲非耶？鳳兮！獨不見夫翔於寥闊之間，而藪澤之中尚猶有視之者耶？（反映「殆」字。）異日者，吾聞鳳之聲，而各無從而置吾喙也。今日者，吾睹鳳之容，而不徒欲吾之斂吾翮也。鳳兮！鳳兮！

增華點絢，組織絶工，可謂清韵秀出，芳名獨步者矣。（丁桓□）

楚狂言中之意，與意中之言，無不活現紙上，而仍含蓄不露。大雅久寥闊，得此高情遠致，真可凌轢風騷。（韓慕廬先生）

長沮桀溺　一章

聖人心在斯人，非隱士之所知也。夫長沮、桀溺，獨非斯人之徒歟，而奈何以是譏孔子？彼烏知孔子之心哉？且夫有易天下之具，（拈「易」字起。）斯有易天下之心，而天下卒不可易者，時爲之也。無其時，不可無其心也；乃若無其具，復無其時而並無其心，則其人而出於耕也固宜。（落到沮溺，不測。）當春秋之世，天下無道，有志者各審所避焉。避世之士，則長沮、桀溺也。之二人者，以耦耕爲避。避人之士，則孔子也。孔子者以轍環爲避，此亦不同之極致矣。吾想長沮、桀溺兩人，平居必輟耕太息而相謂曰：「嗟乎！安得天下有道乎？吾聞魯有孔邱，率其徒而棲棲皇皇欲以易天下，獨無有以天下之滔滔告之者乎？顧安所得從吾游乎？」（此凌空中着筆，運實於虛，飛行絶迹。）至是，孔子過之而執輿於車中，使子路問津而徬徨於水側。長沮曰：「此其是耶，而果是也。」桀溺曰：「此又是其徒耶，而又是也。」（點得飛舞之極。）長沮曰：「津則彼自知之，而烏容問我爲也？」桀溺曰：「世則誰能易之，而烏容昧所從也？」當是時也，而長沮之意泰然，而桀溺之耰紛然，而子路之行惘然，而夫子之心憮然。嗟乎！獨無有以天下之滔滔告之者乎？（針鋒相對。）彼之無心於天下，而其耕澤澤者，以天下之無道而日滔滔焉故也。邱之有心於天下，而其行勞勞者，亦以天下之無道而日滔滔焉故也。假使天下既已易也，則擇數畝之地，而與由也耕之，豈其所難哉？邱也與斯人，而彼也群鳥獸，津即不余告，其何傷焉？嗚呼！馳驅而失路，即此已不若田家之安；從容而荷鋤，即此已不顧斯人之困。避人、避世，將何去而何從？迷渡、迷邦，果孰非而孰是？彼長沮、桀溺者，其風豈不高哉！惜未聞聖人之道也。

文有畫意，以空幻爲奇。（劉大山）

運題之妙，真是飛天仙人，不食人間烟火。或有疑此文爲虚寂者，爾輩毫端萬斛塵，安能識蓬萊仙島境界乎？（韓慕廬先生）

子路從而後　一章

隱者無志於仕，而行義獨屬之君子矣。夫因道不行而隱，而孰知君子正因道不行而仕也？丈人之風誠高矣，而惜乎君臣之義曾未之得聞也。且士而生遭世之衰，苟有志欲自潔其身，則不得不出於隱。是故君子之仕，隱者之所譏也。嗚呼！吾身者，天下之身也。顧第欲自潔而已乎？而將置大義於何地也？春秋之時，天下失太平久矣。其時非無賢人君子也，而道皆莫之行，於是多有不仕而隱於農家者。（將末節隨手埋伏。）獨夫子與其弟子不能遽忘於君臣之義，而歷聘列國，棲棲皇皇，不敢潔身以鳴高。一日，夫子驅車而行，子路從之，而相失在後，遇一隱者，遂宿於其家。（以「子路行以告」句驅駕上三節。）明日追及夫子而告之曰：「由之從而後也，方徬徨於道左，而適見一人焉，有所荷而來前。即而視之，蓋篠云。其年則既老矣，由知其爲農家者，當時時芸於隴上，往來者皆得見之。因倉卒以夫子爲問。丈人持杖釋篠，熟視由而嘆曰：『孰爲而夫子者？（古甚。）而耕鑿不事，而菽麥不辨，而僕僕於天子之後塵乎？吾方勤吾四體，而分吾五穀，子去矣，無混長者爲。』遂植其杖而以芸。由知其非常人也，立其旁唯謹，且再觀其行動何如也。未幾，而日之夕矣，暮色蒼然，由復何往，而丈人仍以杖荷篠而歸。因止由曰：『吾農家亦可以宿客。』由隨之往，至其家，爨烟徐起，蓋食我以雞黍。復召二子出見客，長幼之節甚謹。（即帶起「長幼之節」二句。）越宿而由乃行也。夫子以爲何如人？」子曰：「嘻！此非常人也，隱者也。而由也何爲不告之以君臣之義乎？由也其反見之，且述吾語。吾且停車而待子。」頃之，子路反告夫子曰：「行矣，杳不知其所之矣。而君臣之義竟不得聞於丈人之耳矣。」(以「使子路反見」二句運化末節。)嗚呼!隱者之不仕,以爲欲潔其身也,而不知其無義也。無義,是亂大倫也。迴思二子出見,瞻拜肅然,是君臣之義不如長幼之節也而可乎?隱者則廢之,而君子則行之,行義者將以行其道也。道行而行義,道不行而亦行義,而義於是乎存而不廢,而豈可勤四體,分五穀,甘爲隱者以没世哉?由與夫子兢兢守此義,而隱者之事,丈人輩爲之而不知返,如之何!如之何也!

以「明日子路行以告」句驅駕上三節,以「使子路反見」二句運化末節,結構之巧妙,直從《史》、《漢》得來。(汪武曹)

章法之妙,直使讀者視聽易常主,心魂互相迷。筆有化工,胸無宿物。(韓慕廬先生)

逸民伯夷　一章

前之逸者各著其節,後之逸者自明其異焉。夫世有逸民,其世之衰乎?至孔子而亦逸也,亦又甚矣。然諸子各成其逸,而孔子固獨成其逸耳。昔者夫子有懷大道之行,其意豈欲以布衣終已耶？（從夫子説入，有主腦。）即古人之奇節偉行，未嘗不嘆慕之，曰：「其風則已高矣，而其遇則已窮矣。異日者，吾庶幾非其匹儔也歟！乃困不得志者久之，而卒不能不自附於其列云。」（蕭疏淡遠。）嗟乎！商周以來，世變多故，君子處其間，亦安有定耶？得志，則起布衣爲王者師可也；不得志，則逃於山焉可也，避於海焉可也，淪於夷焉可也，浮沉於卑官散僚可也；即其事滅没荒涼，其時其地無所考據，而其軼猶時時見於地〔一六六〕説，或僅以姓氏流傳人間，亦可也。若是者，蓋民也而已逸之矣。伯夷、叔齊者，棄其有土之業而逸；虞仲者，採藥不反，又已先採薇者而逸。至於其爲民也逸，其命名也亦曰逸者，是爲夷逸。（此句亦不害其老成。）朱張者，不知其所以逸；柳下惠，或仕或黜而逸；少連者，次其名於柳下氏之後，知其如柳下氏之逸。夫子論述六藝，序列古之仁聖賢人於逸民，有深感焉。曰：其志高，其身潔，而不降辱者，果何人歟？（叙次皆古。）其伯夷、叔齊歟？柳下惠、少連，此兩人者，將無亦近之否耶？而子謂不然。獨是其言善，其行芳，中倫中慮者如斯，吾有取焉。第不知視虞仲、夷逸何如也。謂虞仲、夷逸，其身之隱也，其清也；其言之放也，其權也。他若姓氏徒存，而孤踪久没，無從而論著者，豈少也夫？繼諸子而起者，乃有我也。（落「我」字雋□。)諸子之逸，不同而同也。何者？有可有不可，則一也。我之逸，同而不同也。何者？無可無不可，則異也。我也不敏，其猶在逸民之後乎？行無轍迹，不必仕止久速之可執爲常期，而情有獨深，不必山農野老之相引爲曹偶。異哉！夫子之逸，固逸民之所不以爲逸者也。逸民之所不以爲逸，而夫子固已逸民〔一六七〕，而夫子固已異於逸民矣。嗟乎！民耶？逸耶？民而逸也，非逸民之所得已也。孰逸之而孰民之？君子以是嘆世之衰。而聖賢之不用，爲可惜也。

不用《伯夷傳》一語，却無一語不是《伯夷傳》。兼亦有南□風致。(左未生)

蕭然自遠，其古在風神氣味之間，此等文知之者絶少。(何屺瞻)

雪澗霜松，凄神寒骨，亦文中之逸者。(朱履安)

駘宕摇曳，韵味在語言之外，歐陽子之文也。(陸天驥)

敘次諸人，如「春水渡旁渡，夕陽山外山」。閒情遠韵，文家逸品。(韓慕廬先生)

謂柳下惠　二句

逸民而出於降辱，斯世之愈下矣。夫降志辱身，而可以爲逸民乎？乃柳下惠、少連，則有然者，而所遇又不逮夷、齊遠矣。且夫其志高，其身潔，凡爲逸民大概然乎。有時無損其爲高，而固已不能遂其高；無損其爲潔，而固已不能遂其潔。如子之謂柳下惠、少連者，兩人繼伯夷、叔齊而起，其芳踪豈不能一轍？（以夷、齊伴講。）然而命衰之嘆，夷、齊自以爲難堪者在，兩人已羨爲邈不可及之遭逢。（落「降」、「辱」爾許感慨。）兩人聞伯夷、叔齊之風，雖異世豈不欲同軌？然而黄、農之殁，夷、齊自以爲無歸者在，兩人又視爲遠不可追之時代。何者？其降志辱身，夷、齊初未嘗有此也。（出得妙。）志在千秋以上，而今人之名氏不以貯之胸中，乃不得不與今人處而日與之周旋，凌厲之氣既無所施，而若以忍尤含垢者示其志之無異，斯其志不已降乎？身生三代以下，而濁世之爵禄何嘗入其度内，乃不得不爲濁世出而且聽其用舍，孤孑之軀既無所用，而若以和光同塵者示其身之可浼，斯其身不已辱乎？（二比讲所以降辱之故。）觀於柳下惠，而少連可知，兩人不約而同也。（少連無實事，此句斡得妙。）既有柳下惠，而復有少連，兩人接踵而興也。志以不降爲高，高之不得而出於降，降矣猶不失爲逸民焉，其爲逸也亦良難矣。身以不辱爲潔，潔之不得而出於辱，辱矣猶不失爲逸民焉，其爲逸也亦良苦矣。然惟其志降也，故不降也。（妙。）降以自處，非降以徇物。志固以屈抑之而反伸。惟其身辱也，故不辱也。辱於居世，不辱於求人，身固以卑賤之而益尊。（誰人解得此義。）是故降志辱身者，與夷、齊之不降其志，不辱其身，均之爲逸民也。（仍結到夷、齊。）然使非言行之中乎倫與慮，則真降志辱身矣，而可以爲逸民乎？（此節重「言中倫」二句，故結還節旨。）

逸民中有降志辱身一種，此段道理，正不可無以發明之。古人可作，應與我相視而笑，莫逆於心。（自記）

太師摯適 一章

紀樂官之去魯，而魯之衰可知矣。夫樂官相率而去，必有不能安於魯者也。其在夫子正樂之後乎？而魯之衰不已可嘆哉！且昔夫子嘗嘆周公之衰，而又曰：「吾舍魯何適？」蓋舊國舊都，望之暢然。雖在遠方，猶欲還轅息轍而決於歸也。若乃易去其主而輕背其鄉，其或有大不得已而出於此者乎？蓋自周衰樂廢，而魯之樂亦非其故矣。夫子自衛反魯，嘗一正之。而一時伶人樂工皆能識之，各習其器，而各居其官；各奏其技，而各知其義。渢渢乎，盛世之音，其在魯矣！然而《八佾》且舞於季氏也，《雍》且歌於三家也，於是諸伶人相顧而嘆曰：「吾等雖賤工，然義不可以居僭侈之邦而辱先王之樂，我安適歸乎？」蓋相率而去者紛紛矣。嗚呼！世之衰也，危亡之象不必即在目前，而潔身去亂之事，往往感於有心者而不自知。（所見者遠，而自切題。）禍患之多豈必人皆身受，而憤時疾俗之爲，往往觸於同志者而不容已。是故逃之諸侯之國而適齊者，太師摯也；適楚者，亞飯干也；適蔡者，三飯繚也；適秦者，四飯缺也。各擇一地以自安，而迴視魯國，已在關山渺渺之間矣。且逃之寂寞之濱而入於河者，鼓方叔也；入於漢者，播鼗武也；入於海者，少師陽、擊磬襄也。各指一途以托足，而回視魯國，已在烟水茫茫之外矣。身處異地而繫情於父母之邦，亦或一彈再鼓以寫心憂，而土風之操，我知其必爲魯吟也。心懷怨懟而甘心於羈旅之間，亦或器亡音歇以志不反，而不平之鳴，我知其必爲魯輟也。（更妙。）其或獨往者，則他邦之人豈能告以隱憂？屈指而數舊遊曰：某在某也，某在某也，其羈窮當亦若是耳。其或偕往者，則遐荒之地亦可藉以相依，並坐而談舊事曰：某尚留否也，某已去否也，吾兩人真當偕隱耳。（曲中人情。）凡此者，商周之間往往有之，如仁人、逸民是也。不意清風所激，而吾魯樂工亦能追其踪也。凡此者，楚蔡之郊亦往往有之，如楚狂、沮溺是也。不意肥遁可懷，而吾魯樂工亦且繼而起也。蓋自是夫子雖終老於魯，而太息而絶望者亦猶之太師輩已矣。（與起講相應。）

偶以此題課生徒，檢閱吴次尾先生此題文，絶有風致，而惜其頗沙包[一六八]蔓，乃援筆爲此。中間「世之衰也」二股及末二股，語意本吴作。（自記）

慷慨傷懷，欲歌欲泣，具此種肺腑，此種文筆，何圖今日乃有斯人。（韓慕廬先生）

子夏之門人　一章

兩賢之論交，一以嚴而一以寬也。夫子夏主於嚴，而子張主於寬。其所以告門人者，何其不同也。豈知寬嚴各有攸當，而不可以或偏者哉？且夫交之義於何而起乎？起於人之各從其類也。（得題之間，破空而入。）是故賢與賢相親而善與善相慕，此交之常，不待問者也。若乃有與吾類，即有與吾不類。夫既已與吾不類而交之，固非。不交之，又恐非也。於是而人之處此者，固各挾其一説而交之，論迄無所定。昔者子夏、子張兩人從夫子遊也，各尊所聞而行所知，其後各以其學教授弟子，而往復論辯之語，往往有云。子夏之門人嘗聞交之説於子夏矣。（先着此句，好。）子夏之言，豈遂忘諸？而又以問於子張，蓋將借他人之言以證其師説。門人之問，不厭其詳也。子張於此當以交之説告門人矣。（對法絶異。）門人之舊聞，豈必問之，而又以詰夫子夏之云，蓋將去其夙昔之見而語以新得。子張之問，意固有在也。迨門人述子夏之語，（接落徑净。）子張亦以述己之所聞，而兩人之言有同焉者矣，抑有異焉者矣。其同焉者，所以待有道之士也；其異焉者，所以處不肖之流也。（提挈處綫索在手，亦正與起講照應。）子夏曰：「交之道不可以不嚴也，吾既以忠信者結長者之知，而復以寬假者來匪人之比，吾能無損乎？蓋吾之嚴以律人者，正其嚴以律己。可不可之間，烏得無決擇也？不然而概徇夫流俗之意，後雖悔之，而豈有及乎？」子張曰：「交之道不可以不寬也，吾既以歡然相與者收豪俊，而復以寬然大度者待庸流，於吾何傷乎？况吾之所以處人者，即其所以處己。（影對自然。）賢不賢之名，亦未有適主也。不然而堅執夫拒之之説，何其所見之不廣乎？」由子夏之言觀之，孤踪高寄於人區，而襟期落落，有倏然獨往之思焉。然而近於隘矣。由子張之言觀之，深情遍及於天下，而收覽殷殷，有超然大公之志焉。然而近於濫矣。嗟夫！交之難言也。由子夏之言而不失之隘，由子張之言而不失之濫者，豈無道也夫？（含藴無窮。）

不騁才情，不立主意，平平敘述中自有綫索，自有分兩。其文境疏老瘦硬，如桐高百尺而無棱。（劉言潔）

絶不求奇，亦無一筆不奇。（張日容）

斥言巧密，而期於以題還題，此好高着魔之見，轉便於無所用心者也。然若此文之隨物賦形，天然神妙，實非巧密所得與。蓋化工肖物，以視夫巧人織綉，其懸絶固已甚矣。然則爲彼説者，又奚從而窺其妙哉？（吴荆山）

相題之間而入，布局之妙，真有神工鬼斧。前輩惟荆川有此法律。（劉□譽）

百工居肆以成其事

業精於專，即曲藝亦有其地矣。夫專則不遷於異物，而其事可以成矣，豈獨百工有肆哉！子夏若曰：夫人之所爲，未有不欲其成者。（就尹氏説翻入。）然其所爲，固必要於成。而其成也，不於其成之之日，必有其所以成也。即以百工之事言之，初以爲備物制用在利其器耳。（借襯，句句皆有來歷。）然使手之與器，扞格而難操。器雖利，無如何也。初以爲殫奇竭能，當進乎技矣。然使人之於技而無以爲之質，技雖操，莫能工也。吾常見其事而善之，斲輪削鐻，何其巧也！及嘗入其肆而觀之，躊躇滿志，何其專也！乃恍然嘆曰：「事之所以成者，其以居是也夫！」（出題有神。）蓋肆也者，工之所托焉，非是則無以居其身，亦無以居其心也。手之所觸，足之所履，而無他物焉，以汩且亂之。於是乎其心静而耗氣以泯，其巧專而外誘以消。（二比點化用筆，語句自然確切。）故器合乎天而人疑以爲神，事成而百工慨慨乎有餘地也。抑肆也者，工之所聚焉，非是則無以居其侶，即無以居其業也。視而不見，聽而不聞，而止此一藝焉，以經且營之。（工對。）於是乎其形骸忘而物化，其聰明黜而神全。故物無自入而乃通乎物之所造，事成而百工亦不能以喻之於人也。且夫事必以相形而見，楛者不自知其楛也，形之以良而楛者立見。肆者，良楛並集之區也，誰則甘爲其楛者乎？得於心而應於手，一居肆而事已早知其成矣。事又必以相激而成，惰者固自安於惰也，激之以勤而惰者立奮。肆者，勤惰雜處之會也，誰不勉爲其勤者乎？壹其性而守其天，一居肆而成已早必之於肆矣。（工對。）（前二比從居肆起，此二比從成事起。）然豈無居肆而優游置其事不習者，夫亦思肆何地？居肆何爲？舍業以外，肆之所不容也。（轉入尹氏説，照注入説相須，其義始備。）故百工之事，必責成於其肆也。然則居肆而專精以從事而不已者，蓋以事不易成，成事亦不易。遷於異物，肆之所必無也。是故百工之事，非居肆蔑由成也。今夫學者，君子之肆也。而道者，君子之事也。可不求所以致乎？

不必規規映下，只盡力發揮題意，而下句已透，所謂盡堊而鼻不傷。○一部《南華》，供其驅使，而皆令人不覺。荆川曰：「文章稍不自胸中流出，雖若不用別人一字一句，只是別人字句。差處只是別人的差，是處只是別人的是也。若皆自胸中流出，則鑪錘在我，金鐵盡鎔。雖用他人字句，亦是自己字句。」如此篇之用《莊子》，却是以《莊子》差處爲自己是處，運化天然，所謂自胸中流出也。（劉大山）

鑪煉前言，如金之在冶，一似引筆行墨，而昔人語□與之會。（蕭瑞木）

君子之道　誣也

教有先後之序，所以不敢誣門人也。夫先後之序，非君子之故爲區別之也。如子游之言，則是誣之而已，故子夏以爲嘆也。若曰：游也，薄予小子以所先，而厚責我以所後，微游也言，吾豈不知耶？（如聞如對。）顧既已知之矣，而一則先之，一則後之，是必有説焉。吾與子共學也久，詎猶昧昧於此乎？不意當復用此爲譏議也。今夫教者之心正復無窮，無窮則何施而不速也？而往往困於力之難爲，難爲焉而遂已也，君子曰：固矣。（此比賓。）今夫立教之具亦自甚多，甚多則何人而不成也？而往往鋭於進之無待，無待焉而如故也，君子曰：驟矣。（此比主。）蓋天下之理有本有末，而授受之機有後有先。其所先也，人皆曰：此君子之傳也歟！而爲之徒者赴之而即至，未嘗曰：吾師悦我以易云耳。其所後也，人皆曰：此君子之倦也歟！而爲之徒者皇之而難即，未嘗曰：吾師限我以程云耳。（就受者説，以便接落「草木」句。）由是觀之，則其後先之序，非君子之爲之，而爲其徒者之爲之也。君子不欲其有所後，而學者樂得其有所先。君子止欲其有所傳，而亦無妨乎其有所倦。蓋物之難齊也久矣。游也，獨不見夫草木乎？（承接俱以神行。）良枯異質，大小殊形，造物者雖以化工之浩渺而不能混其類，設教者欲以旦夕之裁成而遽以盡其能，必不幾矣。假而如游也之論，曰：吾先焉而已，莫有後也。吾傳焉而已，莫之倦也。則凡遊於其門者，必困頓而不前也，必恍惚而無據也。本之既失，而末亦不得焉。是欲成之，而適以誣之。（落「誣」字，帶定先後。）商也不敏，竊嘗奉教於君子矣。（落得有神。）君子之道焉可誣也？蓋以末先者必不以末止，是勤於末者正以爲本地也。（二比透發注意。）以本教者必不於本而起，况末之中正復未嘗無本也。(句句對子游説,得神。)游曰: 區區者抑末也,是誠末也。不如是則已誣也。游曰: 本之則無是非,竟無本也。本其後焉者也。商也不敏,其猶在君子之後乎?若游之云云,則且等小子於聖人。聖人者,必不竭吾徒而來請矣。

風韵極其古淡。此田有少時摹震川之作,視世之學震川者何如?(方靈皋)

隨題句各自起頓,而神理融成一片。文理自然,恣態横生,如金石叩而風水遭。(韓慕盧先生)

仕而優則　二句

仕、學各有所重,則其所重者宜先也。夫心不可岐而用也,仕自仕,學自學,各務其所重焉,可未優而他及乎?且夫人有所及,有所不及,有及其所不及,惟各因乎其時而已矣。於所及而怠之,於所不及而騖之,於及其所不及而只置之,皆昧乎其時之所宜者也,吾得仕與學之道焉。今夫仕之與學,其理本無不同也。人情每於所不同者而恐其有遺,故往往旁借焉而欲爲其兼得。既已同矣,則精其一而已足,而何所旁借乎?(虚影之中皆實理。)其事則又有異也。人情每於所不異者而視爲一轍,故往往並營焉而皆引爲局内。既已異矣，則分其事而各任，而何所並營乎？吾非謂旁借之必不可，並營之必不可也，亦待其優而可耳。人必有得於學也而後仕，是則未仕之先，固早已學矣。（題前翻起，萬竅玲瓏。）學者，終身之事，豈可因仕而廢之？然當其仕則重在仕，居官而不能盡其職，曰：「吾方學焉，而未之逮也。」則雖號爲博物而何取乎？獨不思仕固有優時乎？慮周而神漸閑，業就而事稍簡，於是乎從容講習，以潤色乎吏治，是亦經綸之助也。蓋君子之仕也，欲學之資乎仕，而又懼學之妨乎仕，其重乎仕者如此。人必有意於仕也而後學，是則方學之時，固不忘仕矣。仕者，用世之大，豈可因學而置之？然當其學則重在學，謀道而不能窮其變，曰：「吾欲仕焉，而未之暇也。」則即身列朝端，而何賴乎？獨不思學固有優時乎？内顧己而所藏已厚，外顧世而所見已明，於是乎優游涖政以發抒其蓄積，是亦道德之光也。蓋君子之學也，欲仕之驗夫學，而又懼仕之妨夫學，其重乎學者如此。蓋一心止可以謀一事，分用焉則兩無成。精神之所注，而暇豫自生，第當漸俟夫優耳。（着筆「優」字，極其精警。）抑一心既有以謀一事，合用焉亦兩相濟。功力之所用，而循環無已，斯爲善用其優耳。學者得仕、學合一之説而務專致之也，則幾矣。

極兜裹斡旋之妙。（湯予懷）

灝氣孤行，雋色遠拂。（夏雨蒼）

夫子之墻　一節

聖不易窺，而亦取譬於墻焉。夫惟其宫之廣，故覺其墻之高也，而何從見之？幸也有其門可入也，而其如不得其門何哉？且以天下不常有之境，而苟有涉於其途者，必能出以告人曰：其中之所有如此也，又其中之所有如此也。方且津津然而形容仿佛之不已，而外此雖有可觀之境，必且置之而以爲不足數。若是者，彼固確有所見也。如叔孫者，僅能見賜已耳。（先寫「見」字，落筆飄然。）賜之墻，不必有門也，無所爲美焉，亦無所爲富焉。（借上□形出。）環堵之室尚思恢廓，而已爲淺識者之所羨，以此而擬於高明之家，則陋矣。即見賜者，不必得其門而入也，或見以爲美焉，或見以爲富焉。窮巷之人忽有贏餘，而遂爲行道者之所指，以此而擬於多藏之子，則愧矣。（妙能曲盡。）賜試得以夫子以墻爲子言之。墻所以稱乎宫也，而夫子之宫，宗廟則巍巍也，百官則濟濟也，而墻安得不數仞也？墻所以藪乎宫也，而夫子之宫，其宗廟難遽見也，其百官難遽見也，而門安可不得也？今夫境之絶者必於其深，不於其淺。深則不可至也，使人人而得入焉，則其中已可知矣。詣之至者必於其藏，不於其顯。藏則不可窺也，使其門而人人可得焉，則其墻亦可知矣。（不必鋪張宗廟百官，只寫上二句，便得神。）在夫子非故高其墻也。墻之高，宫爲之也。夫子亦非阻人之入也。人之不入，以不得其門故也。是故得其門者，墻不能爲之隔也。彼處於墻之外者，方共爲擬議，而此則已見之歷歷矣。（對照武叔，妙。）不得其門而入者，止見墻不見門也。彼遊於門之内者，方共爲驚嘆，而此則雖語之不省矣。蓋夫子之道廣大，不爲世俗之目而睚以就之也。故自常人視之，一似無所有者。其無所有者乃其所以無所不有者也。彼見聖於墻者，夫何人乎？且夫子之道平易，亦爲入門之難而常開以誘之也。故自常人視之，一若有可及者。其有可及者乃其所以莫之有及者也。彼循墻而走者，不已多乎？（二比更爲深透。）（直走下節。）乃叔孫也，以墻外之人而欲爲門内之言，則亦終不得其門而已矣。

「疏影横斜水清淺」，似此文神境。（伍芝軒）

語語對照前後文，絶不犯手。精微妍妙，經營委至。恐讀之者亦不能窺見富有。（劉太乙）

不知命 一章

知不可以不致，列舉之而得其全焉。甚矣致知之學，君子之所貴也。命也，禮也，言也，烏可以不知哉！且吾人之學，以知爲先，而知不於知之日，其前乎知者必有由然矣。（從源頭説起。）窮理精義之餘，而其明不蔽，其智不鑿，於是乎有知其在天者焉，有知其在己者焉，有知其在人者焉，而知無一之或遺矣。今夫命之所在，不可無定見焉，則知其在天者是也。微茫難辨之中，即寓精切易明之理，於此而知焉，則内不爲外之所役，理不爲氣之所奪，窮通得喪，安往而足以動心者？斯有以爲君子也。而不然者，覬覦之極，轉生其怨尤；回惑之多，遂試其僥幸；趨避之工，反成其拂逆。（筆力沉着。）所謂君子者，不爲威惕，不爲利疚者也。而此何望乎？是故不知命者，衡乎命固非，即任乎命亦非也，知其在天而有定見焉，吾願學者之有以爲君子矣。今夫禮之所在，不可無定守焉，則知其在己者是也。緣情性而作爲禮儀，即因禮儀而養其情性，於此而知焉，則神明居於不傾之地，德性植於不拔之基，耳目手足，安往而不自得者？斯有以立也。而不然者，失其據依，而進退皆蹟；逾其範圍，而出入皆危；逸其身體，而履蹈皆亂。所謂立者，肌膚有會，筋骸有束者也。而此何望乎？是故不知禮者，越乎禮固非，即飾乎禮亦非也，知其在己而有定守焉，吾願學者之有以立矣。今夫言之所在，不可無定衡焉，則知其在人者是也。彼固一自寫其心胸，而吾非别開其明哲，於此而知焉，則外著而驗其中藏，當前而卜其異日，得失邪正，安往而足以淆我者？斯有以知人也。而不然者，一辨一訥，或同類而收；一賢一愚，或顛倒而視；一取一舍，或易地而乘。（不十分透快不已。）所謂知人者，視遠惟明，聽德惟聰者也。而此何望乎？是故不知言者，信其言固非，疑其言亦非也，知其在人而有定衡焉，吾願學者之有以知人矣。合而觀之，在天者，天之所以制我者也，而有知天之學焉；在己者，己之所以自制者也，而有知己之學焉；在人者，我之所以制人者也，而有知人之學焉。致知之事莫大於是，而非窮理精義之深，其孰能與於此乎？（應起講收。）

無筆不轉，無意不到，真窮理盡義之文。（薄聿修）

不知命　一節

人不可以不爲君子，而不知命者難也。蓋人各有命，而不知之，則欲爲君子而無以爲之矣，命之不可不知也如是夫。今夫事有莫之爲而爲者，天下人之所同也。而有人焉，德即以此而成，學即以此而進。而外是者，紛紛藉藉，冥然而無所適從，終爲小人之歸而已矣。蓋人不可以不爲君子，而亦知何以爲君子也。或以爲君子者，天之所生，而非也。或以爲君子者，分之所定，而亦非也。所以爲君子者，知有命而信之焉耳。命也者，精切可知之理，即在渺茫不可知之中。（反題正起。）（入微。）知之，則修其在我而無愧於天。窮通得喪，置之區區不足計矣，君子矣。命也者，過此以往未之或知，然過此以往正已可知。知之，則盡其在已而無所幸於天。升沉榮辱，聽之悠悠不復道矣，君子矣。且夫命有小人之命，有君子之命。小人之命常逢其厚，君子之命常逢其薄，此亦天道之不可深言者也，惟君子知焉，而居易以俟之。不然者，而顛倒眩瞀於其間，幾何在不沉溺於世俗也。亦有有道時之命，有無道時之命。有道時之命，以道爲憑也；無道時之命，以數爲憑也。此亦運會之出於自然者也，惟君子知之，而順受其正。不然者，而惝怳冒昧於其故，幾何而不背棄於性天也。（二比論「命」字真切，前賢不曾道出。）不知命，則見害必避。安知害之果可避乎？安知所避者之不更爲害乎？世之懼禍而反得禍者多矣。所以爲君子者，窮理盡性以至命也，而顧若此乎？（眼快。）不知命，則見利必趨。安知利之果可趨乎？安知所趨者之未必利乎？世之貪得而反有失者多矣，所以爲君子者，樂天安命而不憂也，而顧若此乎？平居泛論，亦以爲事皆有一定之遭。及稍涉之於利害，而計較之心且百變。（意本朱子。）旁觀他人，亦以爲人皆無順受之道。及親臨之以禍福，而回惑之意且更多。夫且自造其命，而欲與命争衡。情見勢絀，不能出於命之所定，則人歸怨於命，以爲命實爲之，無如何也。已則不知，而欲命任其咎。吾不知其將以何而進德，將以何而修業也。夫且自誣其命，而欲爲命轉移。浸尋反覆，不能逃於命之所賦，則又幻妄其命，以爲命實無常，不足信也。已則不知，而欲輕疑夫命。吾不知其欲爲不僭不忒者，而何所以欲爲；不憂不懼者，而何所以也。（不知命者却有此兩種。）不知命，無以爲君子，人亦可知所以爲君子矣。

詁「知命」二字，多深微之語，可入經傳。（徐沂再）

先輩論反題比正題更難，股股要依他口氣道出，更佳。又曰：反題末處，須要道正意。此篇正意却於起處道出，此又相文勢爲之，亦無死法也。（韓慕盧先生）

大學

在止於至善

《大學》以至善爲歸，其道又在於止也。夫至善不外於明德新民之中，而明德新民不可謂即至善也。準之於此，而《大學》之道盡是矣。且夫事未有可以聊且而爲者也，聊且而爲之，則亦聊且而成之。其與未爲是事也，相去幾何矣。行乎半至之途，而遺乎至精之詣，固《大學》者之所不出也。蓋德不造於聖帝明王，則薄物細故終無與於義理精微之事。（議論本之宋儒而雄邁莊偉，光連日月，氣壓山川。）故儒者逾時而一出，道脉亦將賴以少衍，而聖賢之統尚難付屬於其人。民不還於唐虞三代，則近功淺效亦止以補天時人事之窮。故中才間起而爲政，當時亦或相與張之，而帝王之略究且虛懸於後世。是故善必有其至也，而道又在於止也。善亦多端，而必期適中乎其則，適中其則之爲至也。（《語類》：「至善，猶言恰好。」）蓋本之於天，而即準之於天。物各具一太極之理，而純粹以精者出焉。（本新安吴氏之説。）其微渺殆有不可得而舉似者，姑名之以至善，以爲是不可過、不可不及云耳。（本程子之説。）善亦無窮而必求各滿乎其量，各滿其量之爲至也。（《語類》：「至善，只是十分是處。」）蓋根之於性，而即盡乎其性，不過散在日用之間，而精義入神者生焉。其境詣亦有可得而意象者，因目之以至善，以爲當朝於斯、夕於斯焉耳。今夫人意有所甚美者，必欲其有之於己也。（照注「必至於是」。）遥而望焉無益，懸而揣焉無當也，其於至善亦若是則已矣。之乎其所而據之以自固，若舍是而更無歸宿之地者，蓋未止焉，不可以已也。（「止」字圓緊。）今夫人境有所甚適者，必欲其守之勿失也。（照注「不遷」。）一涉而去焉不肯，一過而忘焉不能也，其於至善亦若是斯已矣。歷乎其途而深居而不遷，若外是而並無趨嚮之處者，蓋既止焉，不可以移也。如是，而其德則聖帝明王之德矣，非薄物細故之可比矣。其民則唐虞三代之民矣，非近功淺效之可言矣。夫是之爲《大學》也。

《語類》所載諸條，剖析毫無餘藴，朱子云：「不用聖賢許多工夫，亦看聖賢底不出。」此文可謂能看得出矣。（韓慕廬先生）

安而后能慮

慮出於安，故其能繫於安之后也。夫安不徒安也，而慮即因之，而知止之功效，至是幾無餘矣！今夫事之接於吾前者，不能一見而即了然也，其精與粗之分，輕與重之故，務必辨其毫芒，而盡其曲折，而特又視乎其身之所處者之何如，而不可强而能也。蓋人之所處而不安者，其手足爲之拘攣，其耳目爲之皇惑。憧憧往來之象，已見於其身，而寸心亦遂若非其所有。（反説極其透徹。）故雖極平常之事，經其人而顛倒置之，鹵莽應之，何暇爲之決擇於意念乎？抑人之所處而不安者，所見無非鯱卼之滿前，所處無非跼蹐之在體。紛紛擾攘之勢，已及於其心，而萬變亦遂若據於其内。故凡所閲歷之事，入其心而舉念即妄，用志即紛，而能見夫義理之當然乎？是故不安也，則必不能慮也；而誠欲能慮也，則必由於安也。（實就「安」字中抉出「能慮」。）安則静固安，動亦安也。時時在紓徐寬適之間，而其胸中遂無一事矣。惟無一事而萬事皆可以受之，若何而盡美也，若何而盡善也。審之又審，而精與粗之分，無不研之微也。此雖艱難勞瘁之餘，而猶之從容審處而不迫也。微安之故，而何能如此也？（此義更精。）安則安固安，危亦安也。在在皆俯仰寬舒之境，而其胸中遂無一物矣。惟無一物而萬物皆可以處之，若者當如此也，若者又當如彼也。思之又思，而輕與重之故，無不析之精也。此雖造次急遽之際，而猶之迴翔往復而不亂也。惟安之故，乃能如此也。今夫聖人之德，極於何思何慮之天，宜若無事於慮者。夫不知求安以幾能慮之域，（看他串入「安」字。）而妄自托於聖人之不慮，未有不舉其事爲而盡昧之者也。君子之於天下也，隨其境之所遭而怡然皆有以自得，故事至一經其慮，而幾微之介無不立判於胸中，則所以求至於安者，不可不講矣。（亦就「安」字抉出「慮」字。）今夫赤子之心，自具不慮而能之事，宜若無事於慮者。夫不知求安以幾能慮之域，而徒藉口於赤子之不慮，未有不舉其良知而並失之者也。君子之於天下也，任其身之所爲而坦然皆有以自主，故物來一經其慮，而固有之知始不或漓於臨事，則所以求至於安者，不可不務矣。惟深也，故能通天下之志，《大學》所爲以知止者極之也；惟幾也，故能成天下之務，《大學》所爲以能慮者研之也，而亦自是得所止矣。

後二比照武曹改本。（自記）

衝口而出，於人情物理，無不透澈入微。（沈天維）

顧諟天之明命　一節

述《書》之言明命者，以顧之者明之也。夫德出於天，德者天之命，天之明命也，以顧之者明之，《書》可謂善言明明德矣。且人之所以爲人，不外乎天之所以爲天也。人之生也，而各具一天；天之生人也，而各付之以其天，是故人之所有也而不得曰：「此吾所有也。」（並取「之」字神情。）蓋出於天者之不可棄且褻耳。天未嘗取其所有而逐物而給之也，而已不啻逐物而給之矣；天未嘗給其所有而逐物而告之也，而已不啻逐物而告之矣。蓋天有命也，而命則甚明也。（從「命」字生發。）今夫有所與於人之物，未必人之能受之也；能受矣，未必能愛而重之也。至於天之所與無不受也，宜何如愛且重也？夫人心有所注則用目，目之所注而不已，（發「常目在之」意極透。）即知其心之所注而不含也。天之明命，亦若是則已矣。今夫有所受於人之物，則必欲其用之也；能用矣，則又欲其完而歸之也。至若受之於天者不勝用也，奈之何不完而歸之也？夫人目有所擊則關心，心假於目以神其用，而目又假於心以生其象也。天之明命，亦若是則已矣。（二比精微穿溟涬〔一六九〕。）此《太甲》所爲言「顧諟天之明命」也。有物於此，置而不顧則失之，顧之不久則又失之，顧不顧之間，而物之得失分焉，則不可以瞬息或離也。抑且有道於此，假設之形也，而顧之以爲真； 真有之理也，而顧之又似託於假，真與假之間，而顧之精神出焉，則曷有纖悉之或蔽也。（更爲新警。）是故静之中有天之明命焉，顧之於其静，則戒謹不睹，恐懼不聞，無之而非顧也； 動之中有天之明命焉，顧之於其動，則即物觀理，隨事度宜，無之而非顧也。（表裏俱徹。）《太甲》之言「明明德」者如此。

朱子云：「『常目在之』，古注語最好，如一物在此，惟恐人偷去，兩眼常常覷在此相似。」此解「顧」字極透，但拙筆如何能寫出？作者了然於心，口手如此，真天下辨才。（汪武曹）

看得這「命」字、「顧」字透，故下筆十分精彩，「靈響非外求，殊音自中積」，從時文講章入手者安能有此超詣？（韓慕盧先生）

帝典曰克明峻德

德之體無量，而明之者又惟唐帝焉。 夫德而曰峻，是其體無量也。《帝典》以爲堯能明之，豈堯之德獨峻也哉！ 且夫德也者，從乎其不昧者言之，則曰明，猶未從乎其難量者言之也。（從「明德」出「峻德」，無一字寬泛。）夫僅從其不昧者言之，是尚未知不昧之體之大小何如也。蓋必兼乎其難量者言之，而德之説始完，而聖人之能事始見，則《帝典》之所云「克明峻德」是也。「光被四表，格於上下」，史臣之形容者，可謂盛矣，當亦親見其廣運，而不敢爲不及量之辭；「巍巍之則〔一七〇〕天，蕩蕩之難名」，在後世之想象者，可謂極矣。當亦追溯其欽明而不見其有缺略之處。若是者，蓋皆以言其峻也。（都切定「峻」字。）凡物有大者，則更有大者充類以求之，而其大皆有所止也。有所止，是猶之乎小也。惟德則大而無外，蓋未始有封，亦未始有畛也。（「峻」字形容工切。）彼且爲無涯，亦與之爲無涯，而堯之能明之者，非不足於數，亦非有餘於數，適如乎其量而已矣。（「明」字粘定「峻」字，方不是他處「明」字。）凡物有高者，則更有高者層累而升之，而其高皆有所限也。有所限，是猶之乎卑也。惟德則高而無上，蓋望之而不見其崖，愈往而不知其所終也。立乎不測以遊乎無窮，而堯之能明之者，方存乎見少，又奚以自多？務滿乎其量，斯已焉。（二比組織《南華》語句，成文屬對之工，天然巧合。）今試有一高大之境於此，數之所不能圍，人未有不怖其無極而以爲未可攀躋者。夫苟欲攀躋之，則亦〔一七一〕豈以無極爲患？不見堯之於峻德乎，而曷嘗廢焉而反耶？今試有高大之境於此，言之所不能論，人未有不震其無量而以爲得半已足者。夫苟欲盡得之，則亦豈以無量爲難？不見堯之於峻德乎，而曷嘗一涉而止耶？（已注末句。）有形之高大猶有盡期，而無形之高大直無窮期，故明之者必有以還其本體而始無憾也。有形之高大其境無奇，而無形之高大其境實勝，故明之者必有以盡其全體而始知其至也。（到底無一字可移置他處。）彼商周之聖人何獨不然也。

不刻畫「峻」字，則與「明明德」、「克明德」何異？然他人亦知從「峻」字着筆，而徒以「高」、「大」等字爲之替身而已，究何嘗做「峻」字也？〇妙是《大學》引《書》文字，不是《虞書》文字。（江雅臣）

「明明德」到十分盡處便是「峻德」，疏説精確，不磨膚末，於學者從何處窺尋也？（左尚子）

「足躡天根，手探月窟。」（李醒齋先生）

湯之盤銘曰　一節

合天下以爲新者，先合終身以爲新焉。夫新非一日之事也，一日之事而豈復能新乎？是以聖王銘之。且夫人之愛其心，曾不若愛其身之甚也。身有不可不潔者，輒思有以潔之；而心有不可不潔者，莫知所以潔之，蓋終其身如此矣。夫即其身可以驗其心也，而求端用力之際，烏可或間其功乎？古者無自私之學，然而毋怠毋荒，必有以先於己；古人無自肆之時，所以一名一物，亦用以志不忘。此湯之銘所由作也。湯之銘，於何而銘之？則於盤。今夫天行之健，歷終古而不窮，而洗心之密，畢吾生而難已，湯之盤銘，其説蓋取諸此也。（古淡。）曰：「苟日新，日日新，又日新。」人之新，莫難於新之伊始，前此之習已成爲固然，後此之功莫知其旨趣，故新之難也。夫苟振其因循，而翻然勃然以勉勉於其際，則雖異日之無窮者，皆舉之矣。（攝下。）人之新，莫難於新之已試，所入不深則必易生其厭，所見或淺則必易滿其心。故新之難也，夫苟戒其怠倦，而優焉游焉以亹亹於其間，則其直前莫禦之勢，愈不可已矣。人之新，莫難於新之既久，勤苦甚多則稍息焉以爲無傷，功候將成則偶間焉而或不覺。故新之難也，夫苟振其末路，而循環往復以恒久於其途，則舉前此之所用力者，皆未嘗垂成而敗之矣。（縮上。）（三股俱確切，本句無一字鶻突。）今夫天下之新者未有不敝，此自然之理也，（新義，得未曾有。）何者？處暫則其美難掩，而歷久則其精已亡也。惟夫學問之事，其新屢遷而無之非新。日進者，無疆之勢豈其一刻〔一七二〕而一前；自强者，不息之心非可互舉而迭仆。日已去而不可留也，能勿勉乎？且夫天下之新者易以含垢，此自然之勢也，何者？質之濁者，雖邪穢之多而不覺；而質之潔者，雖纖悉之污而愈章也。〔一七三〕（刻畫工妙。）至於道德之途，其新無已而愈生其新。今日不新，不得姑待〔一七四〕於異日之相償；異日不新，不得藉口於前日之已至。（動色言之，得箴銘體。）日易去而不可玩也，能無念乎？夫古之聖人莫如湯，而其〔一七五〕日新之功見之盤銘者如此，所由表正萬邦，而天下亦以新也。

字字確實，亦復新警，後二比尤爲思飄雲物外。（吴斐庵先生）

可以人而不如鳥乎

人不如鳥，未見其可也。夫人能知所止則可以爲人矣，不然，並不得如鳥矣，此夫子之所以嘆也。若曰：「聞以有知知者矣，未聞以無知知者也。」（從「人」字起，擊「不如」二字，用《莊》，巧合。）故有所知者，宜莫如人，而不謂鳥亦有知，夫亦奚異於人也？然謂鳥亦無以異於人也，則鳥之無知也久矣。（用曲筆取「不如」二字，竅折。）何者？人而不如鳥，往往有之也。今夫人之當有所止，視鳥之所止，其輕重何如也？人之當知所止，視鳥之所知，其大小又何如也？然則人之與鳥豈可同日而語哉！今試執人而告之曰：「若勝鳥，鳥不勝若也。」則其人必啞然笑矣，曰：「奈何哉！其將人與鳥而並絜之也。」又試執人而告之曰：「鳥勝若，若不及鳥也。」則其人必拂然怒矣，曰：「奈何哉！其謂人而反出鳥下也。」然又試執人而告之曰：「鳥之得所止也如此矣，爾之所止者安在乎？」而其人茫無以應也。又試執人而告之曰：「鳥之知所止也如此矣，爾之所知者安在乎？」而其人亦茫無以應也。（漆園神致。）由此觀之，是人而不如鳥，往往有之也。人之一身之內，亦有所止焉。見之了然，而即赴之毅然，而即得之悠然。鳥雖微，無不可以取象也，而無如其不如也。（照「明明德」。）人之一身之外，亦有所止焉。覽之曠然，而即趨之沛然，而即居之凝然。鳥雖微，無不可以例觀也，而無如其不如也。（照「新民」。）夫人而不如人也，猶之可也；人而不如鳥也，而可乎？夫人而果如鳥也，斯亦可也；人而不如鳥也，而可乎？嗟乎！人之止也無涯，而其知也亦無涯，惟其然，故相與人之耳矣。彼物類者，出於氣機之自然；而吾心者，能殫其聰明之在我。故雖以〔一七六〕神靈首出之人，而不妨借鑒於黄鳥。若夫鳥無知也而有知，人有知也而無知，夫若是則竟不得相與人之耳矣。自鳥推之，則有知者不獨一鳥；自知言之，則鳥已具，而況於人。故苟非下愚不移之人，未嘗無自具之丘隅。（打轉《詩》辭，極其靈變。）（二比更沉着。）然而既已不如鳥也，曾是人而不如鳥也，將可乎哉？殆不可矣。（「可」字結，用左〔一七七〕巧合。）

截住上句，不粘不脱，空靈飄忽，神似蒙莊。（汪武曹）

名雋之句絡繹奔赴，「可以」字、「乎」字之神不呼自出，是爲聖手。（張逸峰）

道盛德至善　二句

至善難忘，詩人知其意矣。夫德不盛則不能止於至善，而欲求民之無忘，豈可得乎？此詩人之所爲頌武公也。且世之善忘者莫如民耳，非其他易忘也，易忘其君而已。（拈「忘」字起，新穎之甚。）泛泛焉相視而不相親，有不自知其爲何君之民者，如是而君之所以爲君亦從可知已矣。《淇澳》咏君子之不可諠者，何故也？蓋君有一世之君，有百世之君。一世之君僅足以君一世之民，民第君之而已，而不能思之也；百世之君可以君百世之民，其所閲幾何君矣，而仍君所思之君也。嗚呼！此非甚盛德而止於至善，其孰能與於此乎？德之修也有年，及其盛也，而底於純粹以精之域，在學者以爲此至善也。（「盛德至善」四字剔得清。）而百姓何知學問之事，第見爲斐然而已。（妙甚。）出身加民之事，淪肌浹髓，而人人目中如睹一君公，而人人意中各貯一君公，誠不解何故也，而詩人知之曰：「此殆以盛德至善故耶？」（煞出「道」字意。）德之成也不易，及其盛也，而造夫精義入神之境，在當時以爲此至善也。而後世難傳其學問之意，第志其斐然者而已。（妙。）本身徵民之治，沐浴謳吟，而父老之傳之津津然，而子弟之聞之欣欣然，誠不解何故也，而詩人歌之曰：「豈非以盛德至善故耶？」德薄者，其所施設不足以動小民之隱，而盛德之主得於天者厚，故其引而被於物者，數十年之長養涵濡，皆有以固其心於不解，是以其民思之甚至，詰其生平形容被服，以想見其爲人。（超雋。）德即厚者，雖有仁恩，未必是神明之志。至善之主，益於人者深，故其舉而加於政者，數十年之教化漸摩，皆有以留其理於不盡，是以其民思之甚切，諷其平日斷簡遺篇，以陰志其嘉尚。（自〔一七八〕云：「二比語多本大士。」）《抑》之詩曰：「無競維人，四方其訓之。」民之不忘者，不忘其訓也；又曰：「敬慎威儀，維民之則。」不忘者，不忘其則也。武公亦可謂能與於止至善者矣。

洗盡向來窠臼，領異生新，使人一再咀味，覺真意淡遠無比。（張腹庵）

清言娱心，净人懷抱。（魏允恭）

理題如此清新，生來妙筆，並不必向冰甌雪椀中滌過也。（汪文漪）

所謂誠其意者　二句

釋誠意之學，在絶其不誠之意而已。夫意出於自，未有不自知者。自知之而自昧之，此非獨欺人而已，欲誠意者可不戒哉！且吾心之炯然以明者，雖作聖必基於此，而人情則甚不樂乎己之有此也。蓋無所知而肆焉以動者，猶可以其無知恕之；若夫既已知之〔一七九〕而依違遷就之際，反多一掩匿覆蓋之勞。故以爲不如無知者之徑情而一往也，於此可得誠意之説矣。（所謂「不知不識，止唤做不知，不唤做自欺」。）吾心之蔽也〔一八〇〕，意既乘吾之蔽；　吾心之明也，意又亂吾之明。故不患其不明，而明之後又有患也。（警策。）知不能以盡知，而知可以累意；　意不能以治意，而意還以累知。故既難於知，而知之後又有難也。甚矣，自欺者之多也！所謂誠其意者，必也毋自欺乎？意之未發也，寂然不動，以誠命之而不似。及其既發也，而理以起焉，欲亦以起焉，其有辭於理道而實以徇其私者何窮？要難引〔一八一〕而自問也。（「欺」字透甚。）夫人有欺於我，尚難甘之，況以自而欺自獨甘之耶？（剔「自」字，冷雋。）誠其意者必不若是矣。意之將感也，變而無算，即以不誠命之而不得。及其任所之也，而理務勝焉，欲亦務勝焉，其無過於終身，而實以匿其奸者何限？要難細而自省也。夫我有欺於人，人且不肯受之，乃以自而欺自獨受之耶？誠其意者必務絶是矣。不可謂蒙欺之意遂竟爲不誠之意，視乎其力之自克而已。人可爲我原，我不自原；我可爲人寬，我不自寬。所以從來雖庸人不必有之妄念，聖賢悉取以自防，蓋不使有幾微之慝伏於其内也。不可謂造欺之意必不爲求誠之意，在乎其志之自凛而已。自便之途，其自困必甚；自愚之人，其自轉亦難。所以從來雖上哲不能無之私念，學者務欲以自除，蓋不使有解免之説參於其中也。且夫見之者不真，則其爲之者必不實。此之所營而有彼焉者以雜之，則其事皆不成；外之所爲而有内焉者以拒之，則其神終不屬。（此所謂「知所不至，惡即藏焉以爲之主」，櫽括《語類》諸説。）其爲自欺也，無定識故也。聖人欲人求端於知，所謂「欲誠其意，先致其知」者此也。（倒煞「所謂」二字。）然而見之者雖明，而其爲之者亦未必是。以有識之人而意在作德，其德必精；以有識之人而意在作僞，其僞亦必精。（此大注所謂「知爲善去惡，而所發未實」。）其爲自欺也，不知所以用力故也。聖人欲人仍得力於知，所謂「知至而後意誠」者此也。噫！誠意者，自修之首也，而毋自欺者，又誠意之要也，是以君子務兢兢焉慎之。

朱子云：「知爲善以去惡，而心之所發有未實。」又云：「知之有毫末未盡，必至於自欺。」原兼兩層意説，此文發揮朱子之旨，十分精透，亦是朱子所謂「不理會得誠意意思親切，也説不到此」也。（韓慕廬先生）

十目所視

有視於其獨者，而獨難掩於十目矣。夫獨亦安有視之者？然且十目焉，獨亦安往而可掩耶？且小人之爲不善，而不能遁於人之視己。既視己之不善，又視己之掩其不善，（「視」字來路。）小人於此，且歸咎於人之目矣。（落「目」字，冷甚。）吾以爲人之視己，猶其後焉者也；所難處者，小人之自視耳。一自視而人之視己者，且生於其中，且不僅一人視之而已也。豈待不善之形見呈露於外，而始有人之視己也哉？視必以目，而目則不用形而用神。形之注我者，吾得而見之也；神之注我者，吾不得而見之也。

視必以目，而目則宜於明而不宜於暗。然明之視我者，吾得而知之也；暗之視我者，吾不得而知之也。（尤妙。）今夫獨之中，人不及知，吾先自知之，自知之，是自視之矣。一反觀之下，而紛至迭來者，莫非人之目也。其爲正視者歟？其爲旁視者歟？羅而列之，而吾區區之意，人人照之而毫髮不遺也。覺人世之目猶有昏者，而隱微中之目無弗明者矣。獨之中，人不及見，吾先自見之，自見之，是自視之矣。一内照之間，而環顧熟視者，難以數計，而可約略舉之曰「十目」也。其或窺我而睨視之歟？其或怒我而疾視之歟？群焉向之，而吾區區之意，時時睹之而須臾弗輟也。覺有形之視其目猶少，而無形之視其目偏多矣。（「十目」寫得紛紛可畏。）今試有秋毫之末於此，其微茫難辯也。乍視之，不如一再視之之明也；一再視之，又不如反覆視之之更明也。視之者愈精，則微茫者反顯然而甚大，彼獨中之十目亦若是而已矣。（從側面搜剔「十目」。）今試有一人於此，其妍媸未定也，一人視之，不如與人共視之之真也；與一二人視之，又不如與衆人共視之之更真也。視之者愈多，則妍媸愈益眙然而難掩，彼獨中之十目亦若是而已矣。（出股「視」字用竪説，此用横説。）是故目不能自視其眉睫，而能及於人，更能及於人之心，見君子而後厭然在我之目，安能欺在人之目耶？目又不能獨注其瞻視，偶一人目之，斯人人盡目之，如見其肺肝然，一人之目安能敵衆人之目耶？嗟乎！明命之在天，聖人自匱其瞻顧。而屋滿〔一八二〕之不愧，（對照「十目」，襯得精彩。）神明亦有其鑒觀。君子以意中之視視己之意，而得力於十目所視者不少矣，而又何畏於人之視己乎？（迴環一氣。）

照「嚴」字發論，却無一字可移作下句文，其筆勢飄颻，若流風之迴雪。（韓慕盧先生）

字字刻畫，無一語落空，真聖於文者也。（顧俠君）

所謂治國　一章

教家即所以教國，其説可引古而得之也。夫君子無所爲治國也，但一教家而國已舉之矣。《詩》、《書》所稱，與聖言豈有異哉！今夫人之於家，則狃之以爲易；而於國，則震之以爲難，此大不然。夫事有由己而及人，理有同然而大共，化有不言而躬行，勢有因此而得彼，難易之數固未有所分也。今夫國不教，不可以治；家不教，不可以齊，教家教國皆君子之所有事也。（齊家、治國，平提側落。）若是而將謂家自教家，國自教國，有二道乎哉？（漸漸逼入。）而吾謂治國以齊家爲先者，蓋教其家而乃可以教國人。今夫家之人，不過父子兄弟，教家之道，不過孝弟慈，而國人亦不能外是道以爲國人，此所以不出家而可成教於國也。（以此句爲關鈕。）彼欲出家而成教於國者，必將諄諄然而令之，而强民之從也。夫民之從也不可强，即己之教之之道，亦不待强。觀《康誥》「如保赤子」之言，世有學養子而後嫁者乎？有學孝而後事親者乎？有學弟而後事兄者乎？有學慈而後使衆者乎？吾之孝弟慈，本之於心，修之於身，是吾一人仁、一人讓，由是而一家興矣，由是而一國興矣，而民喻矣，夫是之謂不出家而成教於國。蓋其操之也有其機，而其行之也以恕。（帆隨湘轉。）恕者有諸己而後求諸人，無諸己而後非諸人也。古之得是道而定國者莫如堯舜，古之失是道而僨事者莫如桀紂。有以帥之，即有以從之，上作而〔一八三〕下應，有感而必通，故曰機也。由是觀之，一人定國如堯舜，其明徵矣；一人貪戾、一國作亂如桀紂，其大較矣。治國在齊家，豈不然哉？且夫父子、兄弟、夫婦，齊家之大端也；（提筆盼上起下。）孝弟慈，父子、兄弟、夫婦之要道〔一八四〕也。家道之睽，往往始於婦人，而人情之每易失者兄弟。苟能使之子之宜家，兄弟之相宜，則身無有忒而足爲世法矣。家之齊以此，國之治亦以此。是説也，賦《桃夭》與《蓼蕭》

與《鳲鳩》而得之，是之謂不出家而成教於國。機之所在，君子操之，而本之以孝弟慈，推之以恕，此之謂治國必先齊其家也。（收得老。）

拈「不出家而成教於國」句以驅駕全題，筆鋒銛利。（朱少文）

孝者所以　三句

申言教家之故，以國之理通於家也。夫家與國不一也，而其理無不一焉，孝耶？弟耶？慈耶？僅教家者而已耶？而教國豈有外耶？且人因有及其所及，因以及其所不及者。然而理處於扞格，終不能持其不及者以相强；勢出於齟齬，終不能持其所及者以相通。（先用逆勢。）若夫家之與國，勢既分於内外，情且限於親疏，地復隔於遠近，人亦殊於衆寡，而君子於一家之内，已一舉而無餘，此其故安在哉？今夫家之人，有鞠育乎我者，吾之身所自出也，天性之所觸，吾自盡吾孝耳，於國何與焉？然而國之有尊，亦猶家之有親也，孝子之事其親，忠臣之事其君，固非有岐路焉耳。家之人，有卑幼乎我者，吾之身所聯屬也，因心之所發，吾自盡吾弟耳，於國何與焉？然而國之有長，亦猶家之有長也，宫中而無失德，民間而無違言，固非有異轍已耳。家之人，有仰潁乎我者，吾之身所覆冒也，深仁之所被，吾自盡吾慈耳，於國何與焉？然而國之有衆，亦猶家之有衆也，撫摩㖃煦之惻然無已，主伯亞旅之歡然無間，固非有詭趨焉耳。由是觀之，則止此一理也，特因事而異其名，初不以内外親疏而有區别也。（題堅悉破。）夫彼此之有間，則有以及乎此，必無以及乎彼，雖無憾者在此，而未必其無憾者即在彼也。若乃爲家而修吾身，顧已不僅爲家而修吾身，則本末次第之間，果不可以不計也，不然，則君子之先家於國也，亦已迂矣。（反掉有力。）且止此一理也，又因人而殊其事，初不以遠近衆寡而有難易也。夫彼此苟不齊，則閲異時而得乎此，又閲異時而得乎彼。迨至得乎彼，而久已置乎此矣。若乃非爲國而修吾身，乃已爲國而修吾身，則緩急順逆之故，果不可以不思也。不然，則君子之不出家而成教於國，豈無故哉？

於「所以」二字及「者」、「也」二字中發揮題藴，極其透徹，後二比尤見筆力之高。（韓慕廬先生）

心誠求之　二句

求無不中，保赤子之心也。夫求而出於心之誠，安有不中者？母之於赤子已然矣。

且甚哉，相屬以天者之不可解也！夫人心莫不有其天，而惟相屬以天者，時時遇於其天而無或失，吾以是知天不容僞，而相屬以天者之果不可解也。《康誥》曰：「如保赤子。」夫何以保之？以心保之也。慈母無心，以赤子之心爲心。夫且己之心不必遂，而赤子之心無不遂者，（**真切。**）其遂赤子之心即其遂己之心也，若是者誠也。（**「誠求」内做出「中」字。**）赤子不能言，以慈母之心爲言，覺言尚有不能達其心，而不言反無所不達其心者，其達赤子之心即其達己之心也，若是者誠也。（**雋妙欲絶。**）彼其心，常恐赤子之心之所欲，而吾見之遠也，於是乎求之。求之於乳哺，求之於笑貌。在赤子，不自知欲之何以得，而保抱携持者，其纏綿悱惻之思，固已曲盡矣。彼其心，常恐赤子之心之所惡，而吾見之遠也，於是乎求之。求之於卧起，求之於啼號，在赤子，不自知其患之何以除，而撫摩抑搔者，其至誠惻怛之情，固出之自然矣。（**「中」字内做出「誠求」。**）是故求之而出於誠心，未有不中者，雖中而慈母之心猶以爲未必中也；且夫求之而出於誠心，未有不中而尚遠者，雖不中亦不遠，而觀慈母之心正於不遠而適見其中也。（**「不遠」亦是「中」，妙。**）「物情小可念」，（**出白詩。**）在他人之赤子，猶憐愛之而不已，而况其出於一體，身赤子之身，即心赤子之心也。「神者先受之」，（**《莊子》對。**）其於赤子之心未動，已用志而不紛。（此是「誠求」前一層意。）及其求乎赤子，體其心而加之，即其取諸懷而與之也。嗟乎！人生亦良苦矣，而生平之至適，惟在父母之懷，（真切。）自是以後，而轉而望之君矣，君能心誠求之，雖不中亦不遠也，此《康誥》「如保赤子」之説也。

只「誠求」二字，發得沉着痛切，而下句已舉矣，「雖不中不遠」，蓋決言其中也，「不遠」二字亦不必斡〔一八五〕旋。（自記）

詩云樂只　一節

引《詩》之所稱者，能得乎父母之意者也。夫人〔一八六〕之父母不易爲也，好惡同民，斯得乎父母之意矣。《詩》殆爲絜矩□君子咏也歟！且君子之絜矩，在於所惡者固矣。然人之情，有所不〔一八七〕欲者，即有所甚欲者，皆君子絜度之所由生也。因物付物，而以人〔一八八〕治人，天下雖大，而在君子以爲莫非吾之身也，則能得乎親民之意者也。蓋絜矩之君子，無時不爲民計也。夫君子之於民，而第以民視之，（跌「父母」二字。）猶之乎無與於民也。何者？以其體之隔也。乃若聖人在上，而萬方之隱，時時體之於其心，則不第以民視之矣。抑民之於君，而第以君視之，猶之乎無所得於君也。何者？以其情之睽也。乃若天子之尊，而愚賤之衆，皆得私之於其家，則不第以君視之矣。是説也，在《南山有臺》之章，曰：「樂只君子，民之父母。」今夫人人皆爲父母，而父母之心，爲父母者方知之；人人皆有父母，而父母之稱，有父母者皆靳之。（又作一留頓語，清淺而有味。）宜若民之父母之不易爲也，而《詩》之所云顧如此，果何謂哉？蓋人子之心，父母無不深念也，其所好，其所惡，不待其謁之而始予，訴之而始去也。在子以爲當然，而父母猶不無餘情也。父母有心，人子不能盡悉也，其所好，其所惡，但覺其有所予而受之，有所去而安之也。在父母亦以爲當然，而人子猶不無餘望也。然而天下極賤之人皆得爲父母，（醒快。）即極貴之人亦止可稱之爲父母，蓋父母云者，恩勤顧復之謂也。既恩勤顧復矣，則無論所托之何人，而皆不得不父之母之也。苟非父母，雖多惻怛之人，未必盡取他人之赤子，而日置之於懷抱。若夫疾痛疴癢，而念念與之相關，此真父母也。夫爲天下之父母，與爲一家之父母，孰難？誠非君子不能矣。（一折更醒。）且夫天下身爲父母之人而自忘其爲父母，乃身本不爲父母之人而欲自托於父母，（妙。）不知父母云者，非威勢分義之謂也。既非威勢分義矣，則必其引之爲同室，而乃可爲我父我母也。苟非父母，雖其關切之至，未必盡得他人之心思，而若出之於當體。若夫同憂同樂，而事事與之無已，此真父母也。夫能有父母之實，與徒欲擁父母之名，孰優？此君子之所以可歌也。（帶定《詩》辭。）「民之所好好之，民之所惡惡之」，《詩》之所云者，此之謂也，蓋得乎父母之意者也。夫父母之恩，昊天罔極，而勢窮力迫，怨懟之情，在父母且不能□〔一八九〕之於其子；況君民之勢，又甚懸絶，而虐我撫我，詛祝之私，在君子又〔一九〇〕安能泯之於民心？此平天下之君子，所爲不可不務絜矩也。

煩雜蕪穢之中，乃有此清真之作。一卷冰雪文〔一九一〕，只合避俗常自携耳。然有目者，固無不知其美也。（王崑繩）

貨悖而入者　二句

人能知貨之所由出也，則必不敢悖而入矣。夫觀其所以入，則知其所以出，人亦何樂乎悖而入哉！好貨者可以鑒矣。今夫外本内末者，其心凡以爲貨耳，而貨豈猶患其不多乎？吾以爲有貨之後，憂方大耳。貨之爲物也，其性往往棄〔一九二〕廉而就貪，故必悖乃能入也。（妙語，令人百思〔一九三〕不厭。）其趨也如騖，而有所往輒利，使非悖也而何由得入也？其性又往往好聚而惡散，故必悖乃肯出也。（更佳。）其亡也忽焉，而以其族俱行，使非悖也而何由得出也？或以爲入者自入，出者自出也，悖而入者，未必其復悖而出也，而豈其然哉？彼但願人出而我入耶？（串次句「出」字。）其陰謀必鷙，其心計必精，其掊克必毒，入之者陳陳相因，人以爲天殆富淫，人未可與之争矣，（就上句折出次句。）而百計之經營忽然付之一擲。彼但願有入〔一九四〕而不復出耶？其稽核必慎，其筦鑰必嚴，其防守必備，出之者毫髮不遺，自以爲吾可長子孫，人實無奈我何矣，而意外之禍患紛然集之一朝。天道無往而不復，（兩句總起。）前日之悖入者，天奪之鑒而益其疾矣，今而無故之攘奪，不無怨天之不平，而不知其不平也，吾往者已屢邀之幸矣。（「亦」字有餘味。）人情無憤而不報，前此之悖入者，人皆計日而觀其變矣。今而迭至之横逆，不無怨人之無良，而不知其無良也，吾往者已屢試之快矣。以此始者亦以此終，終之禍我者，非必即始之人。而身之所施者，身還受之，至是而人喜其敗也，其敗又出於枉，更爲大快耳。以此得者亦以此失，失之最慘者，又倍償於其得之數。而人之所恨者，人還效之，至是而自傷其禍也，而其禍或亦時乞憐於人，適增之愧耳。（妙。）嗚呼！財在於人，則取之不厭而不慮其難受；及至痛在於身，則忍之不能而始覺其難堪。悖而入者，亦悖而出，以悖遇悖，而悖皆吾實爲之，豈得曰此命之所爲也耶？

尖冷語，妙在出以古雅藴籍之筆，諷誦周環，轉有味外之味。（汪右衡）

雕鏤「亦」字，十分痛切，此種筆意，直手拍正希之肩，餘子不足道也。（韓慕盧先生）

不啻若自其口出

但以口觀大臣，則大臣之好也亦淺矣。夫出之於口而知大臣之好，正惟出之於口而知不能盡大臣之好也，故曰「其心好之」也。且大臣者，未有輕出之於口者也。其出之於口，必其好者也，必其絶德異品者也。以故即大臣之口，可以得夫人之賢，亦可以得大臣之好，而正未可以盡大臣之好也。今夫人有無窮之心，不能秘也，輒假於口以宣之。口可以宣其無窮之心也，則心已有窮矣，何者？口可以了然於心，而心未必能了然於口也。（總爲數虛字摹神。）人心有無窮之好，亟欲白也，必托於口以傳之。口可以傳其無窮之好也，即好亦有窮矣，何者？以口好之不關於心，以心好之亦不關於口也。（雋妙。）是故口亦不廢也，但自其口出，亦不然也。吾以擬諸其形容，則若辯而若訥也。（「若」字畫出。）言其然而不能言其所以然，而其所以然者，已時時流露於意態之間，使聞之者暢然得其可好之實，更悠然會其不盡之旨。蓋一个臣摹擬彦聖之工，不在語言，而在語言之外矣。吾以觀諸其意象，則若隱而若見也。言之所至而心至，心之所至而言不至，而其所不至者，僅稍稍見端於口耳之表，使聽之者於其言而可以想見彦聖之半，又於其不能盡言者而反得彦聖之全。（造句妙絶。）蓋觀一个臣好善之誠，亦不於語〔一九五〕言，而於語言之外矣。（二比真是掃塵珠玉，開口雲霞，非人間所有。）蓋書不盡言，言不盡意，非故爲留餘也。意之太勝，則言不能如其意以出，及其出之，而不出者多矣。此其意在有國者當亦感其誠而行其言也哉！（歸結「有國者」得旨。）且夫心之精微，口不能言焉；言之微眇，書不能文焉，非好爲掩匿也。情之有餘，則言不能肖其情以出自其口；出而未出者，不自其口出矣。此其情在旁觀者所共睹其狀而得其神也！蔽賢者亦以口，口以從心；好賢者亦以口，口不逮心，故有國者，當務辨大臣之口也。（「口」字餘波。）

繆太質評張元長此題文云：「此是旁人形像『一个臣』的語，世人直就『一个臣』身上説，便覺隔遠。」作者與元長文，同一冥心内照，而詞旨之雋妙，刻劃之工巧，更突過前良。（汪武曹）

鏤刻「不啻若」三字，一句中輒藏萬想，田有爲文，往往擲一思於十丈外，而筆從有意無意取之，「野榜多屈曲，仙尋無端倪」，凡間[一九六]人固不能問津也。（韓慕廬先生）

傳神絶技。〇子固論明允之文，以爲「指事析[一九七]理，引物託諭，侈能盡之約，遠能見之近，大能使之微，小能使之著，煩能不亂，肆能不流。其雄壯駿偉，若決江河而下也；其輝光[一九八]明白，若引星辰而上也」。此數語者，惟褐夫足當之矣。（方玫士）

畜馬乘不　三段

魯大夫惡專利之人，於有家者各有所戒焉。夫聚斂之臣，而畜之至與雞豚牛羊等，皆非有家者之所宜也，故孟獻子戒之。今夫仁義之效，不獨爲上者宜好也，雖有家者亦然。家愈大，則其殖財也愈大。然而己之欲未可縱也，而民之膏未可浚也，孟獻子之言，可取以爲官箴焉。（借「孟獻子」先伏末句。）彼蓋有家者也，其於有家者，貪得之情，嘗熟睹之矣；彼蓋有百乘之家者也，其於百乘之家，嗜利之狀，必深惡之矣。故其言曰：「吾甚異夫居官者之好有所畜也，有所畜而心且營之，而目且注之，何其皇皇也！甚哉，畜之爲累也！吾甚異夫居官者之各有所畜也，各有所畜，而孰則勝焉？孰則更勝焉？何其紛紛也！甚哉，畜之多端也！」（總領「畜」字。）今夫察於雞豚者，此民之所以爲生也；畜馬乘者，其家不貧矣，如之何而亦察之也？察之則是精於畜之矣，由是而欲雞豚者皆之於其家，而民間之雞豚，其利有所分之矣。（冷妙。）畜牛羊者，亦民之所以爲生也；伐冰之家，其家更不貧矣，如之何而亦畜之也？畜之則必精於察之矣，由是而欲牛羊者皆之於其家，而民間之牛羊，其利有所不足矣。維時百乘之家起而笑之曰：「吾之所畜者，非猶夫夫之所畜也。彼雞豚之利，其小者也，吾有臣而能聚斂，吾畜之，此亦吾家無窮之雞豚也；彼牛羊之利，其小者也，吾有臣而能聚斂，吾畜之，此亦吾家無窮之牛羊也。（諧得妙。）而吾以爲聚斂之臣之不可畜也，當更甚於雞豚也。」蓋雞豚有宜畜之者，獨不宜於畜馬乘者也，當更甚於牛羊也；蓋牛羊有宜畜之者，而獨不宜於伐冰之家也，若夫聚斂之臣則無之而可畜也〔一九九〕。等一民之財也，而陰奪之與橫奪之，其甚與不甚有別矣；等一奪民之財也，而少奪之與多奪之，其堪與不堪有別矣。人之心計以漸而生，位愈高則謀利愈〔二〇〇〕鶩；而人之取物以多爲貴，棄者小則所趨者大，吾尤爲畜聚斂之〔二〇一〕臣者危〔二〇二〕也。（插入〔二〇三〕「百乘之家」一邊。）

將「聚〔二〇四〕斂之臣〔二〇五〕」與「雞豚牛羊」紐合，尖冷詼諧，妙處正在古雅。（汪武曹）

彼爲善之　善者

所善者之不善也，而轉欲任夫善者焉。夫至於善小人，而國家豈復有善者乎？君子曰：「吾正不慮其無善者也。」且國家之所以爲國家，賴有善者耳。乃有時善之名小人居之，則其時之善者必以爲不善可知也。究之所謂善者未必善，然後知善者固自有真，而非小人之所能久居也。夫務財用，必自小人，誰實使之爲國家乎？斯時必有善者殷憂而獻言曰：（插入「善者」，即翻起首句。）「是人也，小人也，懷不善之心，負不善之才，而爲不善之謀者也。使之爲國家，必逆天，而天災必見於上；必戕人，而人害必生於下，是不可使也。」（一併挈起。）彼且絀其言不用，曰：「爾勿復言，吾以爲善，故使之。」於是善者惟有飲泣而退，不得復與國家事矣。（跌宕。）蓋人人皆知其爲小人，而彼爲善之也。夫天下有不忍斥言之者，故彼之。嗚呼！彼何人耶？彼哉彼哉！（雋妙。）

國有善者而不用，顧乃諄諄善小人耶！以其言利爲善於體國，以其任怨爲善於忠君，以其掊克爲善於理財，於是使之居善者之位，於是使之冒善者之名，於是使之困善者之心，於是使之閉善者之口，（插入無迹。）而財用果已聚矣，而天災果已見於上矣，而人害果已生於下矣。（與起處應。）嗚呼！生民之命既已喪於府庫筐篚之間矣，（頓挫沈鬱。）而水旱癘疫之起，奸宄寇賊之生，又從而盡之，彼造其禍者不過數人，享富貴，極晏樂，而不與其禍，至是乃更以其禍貽之善者矣。今大「人之云亡，邦國殄瘁」，彼當善小人之時，其於善者斥逐之，放流之，惟恐其不盡，至是尚復得有善者耶？（爲「雖」字作勢。）使至是而善者已無一人，彼必曰：「惟不幸而無善者，此天之所以棄我也，不然，而吾國家之事，尚可以無患。」而吾謂：「此時之可患者，又不在善者之有無也，雖有善者，而抑思彼爲善之之人，其所爲竟何如耶〔二〇六〕？」（敏妙。）是故吾不恨小人而恨彼，以彼爲善之故至此也；吾不惜彼而惜善者，以雖有善者，亦與彼俱盡也。

「雲爲峰兮烟爲色」，妙有此景。（張聲伯）

嗚咽跌宕，時文中之歐陽子也。（程翼雲）

中庸

莫見乎隱　二句

事皆生於隱微，而已不必待其生也。蓋隱〔二〇七〕微者，事之所見端也，天下事，孰不由於隱微者乎？謂其由於隱微者，猶其後焉者也。且夫人有其所不睹，即有其所睹；有其所不聞，即有其所聞。（跟上節説入。）特以人莫之睹、莫之聞也，以爲仍是不睹不聞也，而不知己固已睹之、己〔二〇八〕固已聞之矣。（快甚。）君子既戒慎恐懼矣，而豈但己哉？物必有其萌，萌者，自無形而之有形也。當其無形，人以爲無形而置之；當其有形，人又以爲既已有形而任之矣，則曷不觀之於其〔二〇九〕萌也？（下文「慎」字隱躍〔二一〇〕。）抑必有其幾，幾者，既有象而猶之無象也。遽謂其有象，而其迹〔二一一〕無從而尋之也；竟謂其無象，而其勢不得而遏之也，則曷不觀〔二一二〕之於其幾也？天下之事，人皆知見者之爲見也，而不知其所由見也，至於隱，則以爲不復見耳。即有不敢忽視者，以爲隱之必至於見〔二一三〕也。夫以爲必至於見，見不見猶未可知之辭也，猶之乎其忽之也，蓋莫見乎隱也。（一跌「莫」字、「乎」字俱〔二一四〕醒。）天下之事，人皆知顯者之爲顯也，而不知其所由顯也，至於微，則以爲不復顯耳。即有不敢忽視者，以爲微之猶有待於顯也。夫以爲有待於顯，顯不顯猶未可定之説也，猶之乎其忽之也，蓋莫顯乎微也。今夫人惟無睹則已，睹則未有不真者也，而以吾自睹，則尤爲最真。見莫見乎睹之最真，顯莫顯乎睹之最真矣。夫其所不睹也，而猶不可忽也，而況其所睹也。人惟無聞則已，聞則未有不親者也，而以吾自聞，則更爲最親。見莫見乎聞之最親，顯莫顯乎聞之最親矣。夫其所不聞也，而猶不可忽也，而況乎其所聞也。是以君子察於其萌，而審於其幾也。（後比又抱轉「睹」、「聞」，意不犯複。）

朱子解此二句云：「事之是與非，衆人皆未見得，自家先見得分明。」通篇闡得此意極暢，其用筆之超妙，更爲理題所難。（汪武曹）

喜怒哀樂之未發

情有所未發，則情也而猶是性矣。夫雖未發，而喜怒哀樂之理具在也。情可以驗性，而性仍涵夫情，在此未發也。且夫性不可見也，而有可見者，莫非性之爲也；由性而之於情，情可見也，而有不可見者，仍是性之爲也。是故善觀性者，觀之喜怒哀樂而已矣。人有能喜能怒能哀能樂之情，即無離喜離怒離哀離樂之境，豈得謂其寂然也，而此理竟遂成空虚乎？然世無不喜不怒不哀不樂之人，自有未喜未怒未哀未樂之時，正惟其方寂然也，而此理不猶屬於空虚乎？故吾謂善觀性者，又必於喜怒哀樂之未發觀之焉。吾終其身循環於喜怒哀樂，而無有窮期也，然而物之未來者有之，則心之未往者亦有之，雖未往未來者較少，而不可謂未往未來者竟絶也，（微言妙悟。）當此未往未來之際，而從而指之曰：「此喜乎怒乎哀乎樂乎而不得也，得其杳乎冥〔二一五〕乎者而已矣。」吾終其日輾轉於喜怒哀樂，而幾無止息也。然而事偶未來，則情偶未往；事常未來，則情常未往。雖未往未來者不久，而不可謂未往未來者不存也。當此未往未來之時，而懸而揣之曰：「是將喜乎怒乎哀乎樂乎而不見也，見其淡乎漠乎者而已矣。」聖人有此未發，衆人亦有此未發〔二一六〕，塊然者之與湛然者則必有分矣。而不然也，當夫未發，則均之未發也。大人有此未發，赤子亦有此未發，渾渾者之與存存者則必有别矣。而不然也，當其未發，則同此未發也。（朱子云：「論源頭，未發都一般。」）故時而耳目未之聞見也，手足未之運動也，而未發者斯在焉；　即時而耳目未嘗不聞見也，手足未嘗不運動也，而未發者亦如故焉。（朱子云：「手足運動，自是形體如此。」）須臾之間而事過則遷，故未發之前已有未發，未發之後又有未發，其爲未發者，無定亦無窮也。（所謂「未發」、「已發」，只管夾雜相滚。）天命之初而萬象皆寂，故有意以觀未發，已非未發；　有意以求未發，更非未發。其爲未發者天事，非人事也，而天下之大本出焉矣。（程子云：「未發前求之，又却是思，思即已發。」）

以《楞嚴》、漆園筆意，詁性命之理，非沉潛反覆於有宋諸儒之書，未有不上彼家船也。作者將程朱所辨論數千百言，盡融會貫穿，發而爲文，確實縝密。而汪洋縱恣，不可羈紲，則又得力彼家之書爲多。（汪武曹）

「有方爲子换凡首〔二一七〕，來讀晦庵新著書」，此篇精深微妙，可謂至矣，要不過發揮《語類》所載諸條耳。今人爲文，並《集注》亦粗心看去矣，文安能工？（韓慕廬先生）

中也者　合下一節

統天下以爲心，致之而其效可睹矣。夫中和者，大本達道於是乎在，而天地萬物皆不能外者也，是故君子貴有以致之也。且人受天地之中以生，而保合太〔二一八〕和，實與萬物共之，則夫吾心之内，自有出之而不窮，由之而不敝者。而範圍曲成之事，亦緣是以起，特患心不能主乎敬。而動静之間，不無失焉，則其事遂無由見焉耳矣。吾得舉所謂中和而極言之。今夫中也者，體備於天命以後，托始於天命以前，而天下皆無不各載一天。天之包含者，豈有窮也？何思何慮之體，而萬象不能越焉。蓋天地以一中主宰乎天下，而爲廣生大生之本。（伏筆。）吾自具吾心之天地，而包含靡有不及，此大本也。須臾之不戒懼則失其中，而大本烏能以立也哉！（逗起「致」字意。）今夫和也者，一人自率其固然，人人皆率其固然，而天下無不各循乎性，性之感通者，豈有量也？物理人情之至，而千古不能易焉。蓋萬物以一和各正於天下，而爲茂對時若之道。吾自具吾心之萬物，而群情無有不順，此達道也。須臾之不慎獨則失其和，而達道烏能以行也哉！大本之不立，而吾心之天地已爲之憧擾，而何有於奠麗之能？（接得緊。）君子知大本之不易立也，既已「不顯亦臨，無斁亦保」矣，約之又約，而所以存養者益密，則大本自我而立，而中無不致矣。夫天地亦自有未發之中，吾極吾之中，而與之相契，則致吾之中，即以致天地之中，蓋乾吾父而坤吾母，天地原吾一體而何難位焉？（切實諦當。）窮神繼志之餘，而裁成輔相之功以起，不必其在帝王也。（宋儒精理。）致匹夫匹婦之中，而匹夫匹婦之天地位，天下雖有薄蝕崩竭之常見，而不害其爲此心之天地位也，不然而何以謂天下之大本耶？（掉得緊。）達道之不行，而吾心之萬物已爲之暌隔，而何有於蕃變之盛？君子知達道之不易行也，既已非幾是敕，明旦是虔矣，而精之又精，所以省察者益嚴，則達道自我而行，而和無不致矣。夫萬物亦自有中節之和，吾極吾之和，而與之相感，則致吾之和，即以致萬物之和。蓋民吾胞而物吾與，萬物亦吾一體而何難育焉？知化述事之盡，而群生在宥之象以昭，不必其在天下也。致一身一家之和，而一身一家之萬物育，天下不無疵癘夭扎之疊形，而不害其爲此心之萬物育也，不然而何以謂天下之達道耶？寂然不動，感而遂通，而於穆流行，不越吾之心，品物咸亨，無非吾之氣，而致之之功，不誠尚矣哉！

貫串經傳，縱横理窟，乃有此不刊之文。（張良御）

君子之中庸　二句

中惟其時，中庸所以屬之〔二一九〕君子也。蓋中隨時而在，而君子能隨時而得之，得之於戒懼者深也，此中庸之所以屬之於君子歟？且中庸之理，人所同有，而君子獨擅之者，是豈無其故乎？立其誠而私之無或萌，主乎敬而心之不敢肆，故其常行而不可易者，自君子出之而無不得其當矣，則君子之中庸是也。君子不自恃其爲君子，而謹凛之中，經事而知其宜，變事而知其權，遂以裕張弛損益之用。君子常懼不得爲君子，而小心之内，化而裁之存乎變，推而行之存乎通，遂以妙神明肆應之機。蓋道之所貴者中，而中則惟其時而已矣。今夫中者不易者也，時者屢易者也，不易之中以屢易之時用之。（「時」、「中」二字精妙。）同是道也，在此事爲中，而在彼事即爲不中；在此日爲中，而在他日即爲不中，守已成之説，而毫釐有千里之隔矣，君子所以兢兢焉屢易其轍，而中之不易者，亦隨而易也，則時之義大矣哉。（括盡先儒之説。）抑中者無定者也，時者亦無定者也，無定之中以無定之時處之。同是事也，古人不爲而後人爲之而皆中，古人爲之而後人不爲而亦莫非中，執一偏之行，而拘牽成扞格之勢矣，君子所以凛凛焉不定其轍，而中之無定者，又若有一定也，則時之用人矣哉。且夫中者，不偏不倚之謂也，是固然矣，而何以有時類於偏焉而亦中？類於倚焉而亦中？而他人視爲中者，君子視爲偏、視爲倚，豈非因其時而制其用乎？（剖晰深微，使成顯淺。）不凝滯於物，而與世推移，此其所以爲君子也。中者，無過不及之名也，是固然矣，而何以有時以爲中焉而實過？以爲中焉而實不及也？而他人視爲過、視爲不及者，君子視爲中，豈非隨其時而酌其宜乎？不適主其一而變化因心，此其所以爲君子之中庸也。無可自肆之時，即爲無或有乖之時，而中莫非得之於敬；無所偏頗之事，即爲無所奇異之事，而中莫非出之以庸，而豈小人之可同日語乎？

體認精細，而出之曉暢，真是筆端有口。（趙星瞻）

小人而無忌憚也

小人之心之肆也，所由與中庸反矣。夫忌憚而無之，何望於戒懼？小人之所以爲小人，其在於此矣。且人雖極於神聖而無可加，其初亦不過從忌憚始耳，（的當。）忌憚於天道之不可誣，（伏。）忌憚於人心之不可溺，於是乎戒謹恐懼之念以生，而中庸遂以屬之於其人。彼小人者，固無往不與之反而已矣。同是心也，而小人別有一心，（「而」字一折照注。）其或尚有所忌憚，則猶庶乎其不甚耳。乃既已别有一心，而復重之以無忌憚，（起下六比。）則亦何所不至乎？昊天曰明，昊天曰旦，人之所對而生畏者也，而小人不難自我而誣之。言及於天道，而杳冥恍忽，不可致詰，則益以便其爲逆天之事。猖狂妄行，以遊夫恣睢之途，而乃曰：「此天之命也。」棄且褻焉，而居然肆其欺而不顧，方且笑君子之敬畏者爲不知天矣。（此伯安之所以詆朱子也。）仁爲人心，義爲人路，人之所顧而自凜者也，而小人不難一舉而溺之。言及於人心，而徑情率意，易以自恣，則益以逞其爲惑世之説。放縱無檢，而據夫誕妄之地，而乃曰：「此性之自然也。」（此告子之説，爲陸、王之鼻祖。）淫以逞焉，而居然號於世而不耻，方且笑君子之謹嚴者爲不知人矣。（此二比可作《傳習録》序。）居之不疑，而始也貌夫真，繼也並忌其僞，蓋亦自命爲君子，而獵取其近似，以爲口實，而其無忌憚即以其託於君子者而見之也。自以爲是，而一定之理可以變其常，一定之論可以反其説，蓋亦不屑意於君子，而齟齬其意見，以爲辨難，而其無忌憚即以其不託於君子而見之也。（兩種盡「無忌憚」之情事。）於是而過者，好奇立異以妄意於索隱行怪之可述，則無忌憚者，賢智之小人也；（「無忌憚」正是「不中庸」。）於是而不及者，同流合污以賊夫忠信廉潔之實，則無忌憚者，愚不肖之小人也。（朱子云：「鄉愿是没見識底，固愚不肖一流。」）不勝其心之私，而無忌憚以私而起；不勝其氣之汰，而無忌憚以汰而成。（四語可作新建爰書。）此小人之所爲反中庸也。

洗發「無忌憚」之情狀，魏忠節、顧瑞屏兩作皆不及。（秦雒生）

凡小人便實實有無忌憚之心腑，鏤刻處輕快透露，所謂「有龍淵之利，乃可以議於斷割」也。（楊希洛）

聖言闊遠，一語足蔽千古小人情狀，此文條分縷析，則又細抉其種類，而盡暴其肺肝矣。（韓慕廬先生）

道之不行　全章

人不能察乎道，而望道之行且明也難矣。夫道不離於人，而人自莫察焉，此其所以過，所以不及也，而何怪於道之不明不行乎？且夫人時時在道之中，而亦時時自出乎道之外。（籠下節意說來。）非真能外之也，其弊在於失中，而其故由於不察。所以道中之人，而皆爲道外之人也。今夫道也者，不可須臾離也，固即人而具之也。（亦是籠下節意逆入。）離乎人以求道，則已非道；離乎道以爲人，則已非人。此其間有當然之則，而不可以人之意少參於其中；有一定之宜，而亦不可不以人之意深思於其故。（引到

「過」、「不及」。）（籠「知味」意。）蓋大約不外明行兩端，而舍明無以爲行，舍行無以爲明，互爲循環者也。（互説意必須如此搜剔明白。）不行由於不明，不明愈益不行，相爲表裏者也。有聖人焉，天之所以與之者厚，而己之所以察之者精。（含「知味」意。）知之得其中而即體之於行，而行無不善；行之得其中而更求之於知，而知無不當，安有所爲過不及也者？（還他互説。）如是而道以行，如是而道以明。而孰意夫知者、愚者、賢者、不肖者之紛紛皆起而害道乎？知者負絶世之姿，易入於幽深惝怳之境，而志不在於行。而迴視愚者，又瞠乎其後。此兩者豈道外人乎？而習焉而不察乎？（即帶起下節，妙。）賢者秉淳厚之質，易至於率真任意而往，而志不在於知。而迴視不肖者，又退然不前。此兩者豈道外人乎？而行之而不著乎？道切於日用，飲食不足以□道也，而亦莫非道也。人莫不飲食也，則是人果時時在道之中也。知味而鮮能也，則是人果時時自出乎道之外也。其人而知者、賢者歟？（就上節發下節。）有高於人之識，則不屑意於尋常；有堅於人之守，亦不研求於義理，而不知庸近之中有至味焉而不可忽也。能知之則隨在而莫非體驗之端，安見道不行且明於賢知者乎？其人而愚者、不肖者歟？其中而昏昏然也，則必以率履爲艱；其外而倀倀然也，則必以固陋自諉，而不知日用之間可尋味焉而不難也。能知之則無往而非研窮之具，安在道不行且明於愚不肖者乎？而卒無如其行之而不著何也，而卒無如其習焉而不察何也。嗚呼！道之不行也，道之不明也，是誰之咎乎？我知之矣，我知之矣。（將章首四語作結，極有意味。）

前籠下節意説到上節，後就上節意洗發下節，中間説上節即帶起下節，機神一片，結構甚緊。且於知、行互説處，亦剔得極醒。○下節只是譬喻，知味不專主知言，注中「察」字，乃是言知者，愚者，不察在己所知之過不及；賢者、不肖者，不察在己所行之過不及。亦含知、行二意，不可認以爲偏就知言也。此文説下節處，兼知、行説以綰合上節，極爲得旨。（汪武曹）

結構謹嚴，意義顯豁，極謀篇之能事。（嚴寶成）

舜其大知　一節

合天下以爲知，道之所以行也。夫大知〔三一〇〕如舜，無以復加矣，乃猶不自用而取於人若此，道不以明而行〔三一一〕乎？《中庸》引子言以示行道之則，若曰：「聖人之治天下，不外一中而〔三一二〕已矣。」（「中」字是〔三一三〕主腦。）人見其建中立極，以爲聖人知高天下，故行亦高天下，而豈〔二二四〕知聖人之不自用而取諸人也，其費心思之詳審，固已多乎？吾尚〔二二五〕論帝王，而悠然得所以爲舜。舜其大知也與，濬哲之姿，錫之者天〔二二六〕耶，而正不獨天也；執中之訓，授之者帝耶，而正不獨帝也。蓋舜之知，所見無非中，（逆入。）自不難取吾心之中，而用之於民，而舜曰否否。一人之知有限，而天下人之知無窮也。人之所藏者，叩之而乃鳴焉，故貴於問也；而人之所忽者，其中必有美焉，故又貴於察也。（逐句挨下去。）且夫言而曰邇，未必其皆善也，無以隱之，則其心有所愧，而外此言之非惡者，亦不復敢入〔二二七〕矣。言而曰邇，豈必其皆惡也，無以揚之，則其氣不能鼓，而後此雖有言之善者，不復再陳矣。而舜之問察皆出於好，其取諸人以爲善者，無非以爲民也，至是，其可以用之而無疑乎？然而用之於民者中，而善未必即是中也。中之見於舜之心者，純粹以精，善不足以名之，此無端可執者也；中之見於人之知者，錯綜以出，不可遽以中名之，此有端可執者也。（自云：「此語本坊刻。」）是故善紛焉紜焉，而舜參焉伍焉，本一心之明，而極深研幾，而中著焉昭焉。取之於民者，仍用之於民，而舜第行所無事而已矣。是故中隱焉見焉，而舜量焉度焉，本如神之哲而開物成務，而用敷焉布焉。從兩端得中，即從執得用，而舜不與其功而已矣。始也，集天下之知於一人，而知不自知； 繼也，運一人之知於天下，而大忘其大。（總收。）夫乃悠然得所以爲舜也，其在斯乎？其在斯乎？愚賤之不遺，其人乃爲神聖，而世之自許太甚者，知其胸無一有，而因以棄天下之同得，其爲不知莫大焉。芻蕘之無識，於我偏多餉遺，而世之微長自用者，或其薄有所取，而遂以爲盡天下之大觀，其爲小知曷貴焉？不自用而取諸人，非大智其孰能之？（以「不知」、「小知」形「大知」。）

此種文，在有明以來，譬之唐詩，初、盛、晚俱有。○褐夫之文，或如明珠美玉，麗而可悅； 或如秋風[一二八]夜露，淒忽而感惻； 或如神仙烟雲，高遠而不可挹，李太白、蘇子瞻一流人物，庸俗安能知之？（方靈皋）

執其兩端　二句

中以執而得，非大知莫能用也。 夫兩端之內有中焉，執而用之，非大知又烏能如是乎？且夫道之至一者安所出乎？出於不一者而已矣。（超忽。）然茍非在己之權度，瞭然不爽，未有能擇其不一者，而得其至一之道，以見之行事也，吾於舜之大知見之矣。夫以邇言之微也，或疑中之不在是焉，然而察之而既善，則夫盡用之而無有疑也，亦盡用之而無有遺也，豈復有所迴翔審顧乎哉？（跌起首句。）舜曰：「凡吾所以爲是孜孜者，亦惟是求厥中以用之而已。」顧中不在善之外，而善未必即爲中也，夫所謂善者，不有兩端乎？蓋仿佛疑似之間，亦得失之林也。（警策。）故舉天下之所挾之，而各以〔二二九〕爲是者，總萃於聖人之心，而錯綜參伍，而可以定其義類之所歸。且淺深詳略之故，亦危微之辨也，故舉當世所效之，而不能無偏者，衡權於聖人之心，而去短襲長，而可以定其折衷之所在。如是而其中出焉矣，如是而其用之亦神焉矣。（醒「其中」二字。）夫公聽並觀，天下無在而不有兩端也，兩端亦無在而不有其中也，而舜之所以極天下之深，研天下之幾，不過以取之於民者，從而與之於民，而天下固已無爲而大治矣。（與下章〔二三〇〕「予知」對照。）無黨無偏，天下無在而不有其中也，中亦無在而不可見之用也，而舜所以定天下之業，成天下之務，不過以受之於民者，還而施之於民，而帝力固已相忘於何有矣。蓋惟其擇之審，是以行之至，此所謂天下之大知也。世徒見夫執中之命，受之於帝，以爲唐虞之授受固然，而豈知深山之野人、在廷之岳牧，皆可起而爲聖人之師如是乎？然則世之作聰明以自用者，適足以成其愚而已矣。（古文。）

字字還以精義，無一游光掠影之談，才超者多不邃於理，惟田有能免此病。（顧在瞻）

人皆曰予知　一段

有慨於不智之人，而即受禍者以引其端焉。夫知禍而不知避，其人可謂智乎？而其人固自曰予智者也。且夫物之愚也，人無不笑之，然物正惟愚也，自安於愚而猶有免之時，而人反不能免者，何也？不自安於愚也。（將「莫知辟」攝入「予智」中，警絕。）嗟乎！不自安於愚而欲求免，難矣。蓋人之所以取物者，有曰罟擭焉，網之張而機之設，物莫之蹈也，且驅之且納之，而不得不蹈也；又有曰陷阱焉，坎之習而險之重，物莫之入也，亦驅之亦納之，而不能不入也。（先提清下面，再轉入首句。）此在物之有知者，尚飄然遠舉，而無虞於機械之滿前；而物之無知者，自昏然莫辨，而偏值夫羅者之相視。嗟乎！人知物之有罟擭陷阱也，而亦知人之有罟擭陷阱也乎？吾見有驅而納其中，而莫之知辟者，何其不智實甚也，其人必不曰「予智」也。（倒撲首句。）夫不曰「予智」者，雖不智，而猶智於自知也，能自知〔一三一〕者必知辟，其或驅且納焉，吾謂其猶可以辟也。

乃人不皆曰「予不智」，而人皆曰「予知」也。（上下極其融浹。）一曰「予智」而已在罟擭之中矣，不待人之驅而納之也，有教之以辟者，曰：「爾何知此不吾害也，而吾利也？」自以爲利藪，而人視之宛然在罟擭中矣，甚矣，人皆曰「予智」之不足信矣。一曰「予智」而已在陷阱之中矣，不待人之驅而納之也，有責之以不知辟者，曰：「予既已知之矣，此不吾禍也，而吾福也。」自以爲福基，而人視之宛然在陷阱中矣。甚矣！人皆曰「予智」之大可憂矣。（首句頓挫，通體靈動。）嗚呼！莫之驅，莫之納，而自驅且納之者，身之所適而心殉之，人之殺其心者身也。此曰「予智」，彼曰「予智」，而卒蹈大不智之患者，心之所矜而身從之，人之殺其身者心也。（二比警快之至。）吾知其在罟擭陷阱中，必不曰「予智」也，及之而後知，履之而後難，天下事果非智之所料也；吾知其在罟擭陷阱中，必皆曰「予知」也，勢或處其變，數且遭其窮，今日之事固非智之咎也。（二義曲盡。）然則人之智不智，不必深求也，但聞其曰「予智」而即可決之矣，曰：「罟擭陷阱殆爲此人設矣。」（冷雋。）人之智不智，亦不必別驗也，但聞其曰「予智」而已可知其所終矣，曰：「罟擭陷阱中早有此人在矣。」人皆曰「予智」，而顧若是也耶！

「人皆曰予智」，此句下段所同，將此句空中拋弄，而下段意已躍如矣，警世之

言，當逐句諷詠咀味，其上下融洽處，可與楊復所作並傳，湯若士作遜之遠矣。○近類切事，君子之辭也，孔子曰：「吾於予取其言之近類也，於賜取其言之切事也，近類則足以喻之，切事則足以懼之。」具此種手筆，可以著書矣。（朱字緑）

爵禄可辭也

可辭者而辭之，則辭未爲難也。夫爵禄誰能辭者？然辭之亦可也，則亦試問爵禄何以辭乎？且道之在人，以情之有所歆也；而道去，則豈遂以情之有所厭也，而道存乎？（掛帆遠色外。）然而可歆者而歆之，情之恒也；可歆者而厭之，事之難也。今夫爵禄之可求也，（以「求」字翻「辭」字。）夫人而知之，其求之而猶恐弗得，安有逃之以爲高？其逃之以爲高，自貪得者視之，而高風邈不可攀矣。（先將「辭爵禄」者抬高，下面便逼得愈緊。）爵禄之可受也，（以「受」字翻「辭」字。）夫人而欲之，其欲之而猶有不遽滿，安有去之以爲潔？其去之以爲潔，與多欲者較之，而奇節真不可及矣。而吾以爲爵禄非邈不可攀也，非真不可及也，爵禄可辭也。天下之境，惟濃與淡，而性之近於淡者，每惡夫濃，其於爵禄則尤以爲濃趣也。（「辭」字前托起一層。）巖居川觀，務自適其適，而曰：「吾無所用天下爲，及其有以加之，而飄然而往，若懼其浼我者。」果若是，則崇高莫大於富貴者又何謂耶？（映「中庸」，不多着語而已透。）天下之人，非清則濁，而性之樂夫清者，不知有濁，其於爵禄則尤以爲濁世也。寡營守約，處夫材不材，（絶對。）而曰：「吾奈何决性命之情而饕富貴，即未有以與之，而長往不返，若懼其及已者。」果若是，則世王之厲世磨鈍者又何用耶？其或好名之人矯焉以立異，而姑有所舍焉，以爲吾身大而物小，其小之者乃其所以大之也，則雖辭，不辭也；其或時勢所遭迫於不得居，而姑有所託焉，以爲内重而外輕，其輕之者乃其所以重之也，則雖辭，不辭也。（「辭爵禄人」有此兩種，俱是擊動中庸。）嗟乎！世之辭爵禄者，其類亦多矣，而辭豈果其難耶？高風邈不可攀，正惟不可攀而固已可攀矣，其高風亦不過辭爵禄而已矣；其奇節真不可及，正惟不可及而固已可及矣，其奇節亦不過辭爵禄而已矣。（總收前四比。）巢許之事，舜禹豈不能爲？則不難於辭，而難於不辭也；孤竹之讓，夷齊何必非辭？然實辭爵禄而不得，僅名之以辭爵禄也。（「中庸」句逼得警醒。）則亦試問辭爵禄者，而爵禄果何以辭乎？

雙管齊下，一寫題内，一寫題外，又以題内寫題外，以題外寫題内，警快圓徹，

理題所無。（胡永叔）

誰不解逼取末句？然儉於意義，説來只得「可」字空腔，此何其揮灑磅礴，疊積不窮也。（宋稚庵）

中庸不可能也

極言中庸之難，能之者所以鮮也。夫中庸似易而實難，故欲能之〔一二三二〕而不可也。惟不可能，而益見其不可不能耳。（妙極。）且天下事有至奇者，而一旦失其奇焉，非與至奇者較而失其奇，乃與至平者較而失其奇也。（仍以上二〔一二三三〕句形起。）夫其至奇者，亦必歸於平而後乃爲奇，不然，則亦未爲奇也。然則至平者，至奇之所不能外，而天下之理，處於無以復加者也。吾由可均可辭可蹈者而言夫中庸。資之近者，則恃乎其資，而中庸則不盡在乎資矣；力之勉者，則用乎其力，而中庸則不盡在乎力矣。止此日用飲食之事，爲天下之所共習，而實則虛懸一境焉，往來者皆未循於其途；（講「不可能」，刻畫之極。）止此人綱人紀之間，爲生〔一二三四〕人之所共知，而實則孤立一詣焉，俯仰者皆未窺於其際。今夫天然之則，苟有纖毫之作爲，而其真失矣，不偏不易，而適合乎其則，此豈尋常事耶？人未嘗不志於中庸，而疾之則已過也，徐之則又不及也。不疾不徐，而所爲中庸者，宛乎其在此，則俟其神而明之，而變而通之矣。（朱子所謂「急些於便過〔二三五〕，慢些於便不及」。）今夫一定之宜，苟有勉强之效法，而其道遠矣，不移不倚，而適中乎其宜，此可容易言耶？人未嘗不志於中庸，而稍增之則已重也，稍減之則又輕也。一輕一重，而所爲中庸者，離我而去，可以見其窮之益深，而測之益遠矣。是惟析義之至精，而天懷曠如，無纖塵之蔽焉，乃能赴乎其節，而知爲中庸之知，則知不鑿也。仁爲中庸之仁，則仁不矯也；勇爲中庸之勇，則勇不激也。（仍就上三句説。）是惟存仁之至熟，而天理粲然，無一私之累焉，乃能協乎其幾，而知爲中庸之知，則天下國家之均至善也。仁爲中庸之仁，則爵禄之辭無弊也；勇爲中庸之勇，則白刃之蹈不傷也。庸有定位，而中無定體，君子所爲隨時而處之者也，彼小人之反是者，其於精微之極致，誠有所不能窺耳。中爲大本，而庸爲常經，君子所爲不敢不勉以行之者也，彼百姓之鮮能者，其於天理之當然，誠有所不能合耳。（二比講得貫穿。）持之以戒懼之心，鑒之於賢知之過，擇而守之於己，執而用之於人，（補出「能」之工夫，方有下手處。）安見不可能者，而竟終不可能乎？

研孤至之迴理，行澹蕩之餘心。（韓慕廬先生）

素隱行怪　一節

甚言隱怪之不可爲，則當爲者必有在矣。夫爲隱爲怪，將欲以有述於後世也，而抑知是不可爲者哉？今夫人不能無所爲也，不爲乎此，則爲乎彼，其得失蓋略可睹矣，於是有爲之而或失則過者焉。夫爲而可，或失則過哉！吾也自揣生平，流覽斯世，而竊有見於人之爲之者也。明明有其當爲，而若人曰：「是蹈常而習，故不足爲也。」亦明明知其不必爲，而若人曰：「是孤行而側出，吾寧爲也。」（拈「爲」字虛籠末節，跌入題首，骨脉靈通。）彼夫人之所能知者，而吾亦知之，則無可以自鳴，於是不求之於常，而求之於隱。蓋其理憑於虛，則衆難以詰；而其説〔二三六〕出於創，則衆易以驚。（造句。）舉世皆庸人之耳目，而吾因以成一家之學矣。彼夫人之所能行者，而吾亦行之，則又無可以自奇，於是不行乎其常，而行乎其怪。蓋衆所戀者而獨去之，既有以服其心；衆所難者而獨易之，更有以折其氣。舉世皆流俗之薰染，而吾因以成百代之品矣。嗟乎！其所爲如此，而苟有明者必辭而闢之，肯使其流禍於後世哉？（「後世」句發得痛快，文氣亦足以振起前後。)乃當時既傳其名而重之,相與稱誦以爲莫及。迨於世遠人遥,則有讀其書而思,考其世而嘆者矣。(「有述」句作一折。)即當時有親見其人而察之,獨排衆論以爲隱憂。然而一傳再傳,則有張其事而多附之,從其教而又甚之者矣。是自一人爲之,而其勢不止於一人之爲之也,假而可爲,吾何必不爲之?(轉落末句,有生蛇入谷之妙。)然而吾有所弗暇,亦有所弗敢也,理本相同也而不以爲同,而故求其異,非剛愎自用者,其孰能爲之?(照注「不當强而强」。)吾爲其不隱且怪者,自弗爲其隱且怪者,敢自誣耶?且吾有所弗敢,亦有所弗忍也,事本無非也而指以爲非,而别求其是,非剛毅戾深者,其孰能爲之?吾不爲其有述於後世者,乃正爲其不得罪於後世者,忍自陷耶?嗟乎!其人要亦賢智之流,而惜其好爲異也,則賢智之過也,吾於此弗爲,而所爲者固無有窮矣。

隨題演去,而首尾呼應,血脉自貫,出落變化,波瀾相推,其用筆又無不雅切,似明穆廟時合作。(劉大山)

其辭冲雅,其度安閑,其味雋永,可稱積冲妙於靈府,假鋒鋩於纖指者矣。(汪武曹)

其於異端也,如見其肺肝然,可作佛、老兩家爰書。(韓慕廬先生)

意境較他篇又别，詩之集大成者，杜陵野老是也，文之集大成者，龍眠謫仙是也。（吴七雲）

半塗而廢

有不竟其所行者，知能守之難也。夫廢於半塗，是猶之不行也，豈非能擇而不能守乎？且君子遵道而行，當其行，未嘗以廢自諉也。必且有見於人之廢者，而因自策其行。（辭連上而意不連上。）故爲君子者，不必存一廢之想；而觀君子者，不必設一廢之境也。而顧有不然者。英華果鋭之氣有時而消，（精切。）則以視向之奮發已不啻若兩人；精明强固之體原未嘗立，則夫後此之頹落已伏於其初時。（朱子云：「只爲他知得不曾親切，故守得不安穩。」）吾知其廢焉必也。忽且徘徊而自疑，忽且躑躅而不進，吾所行知塗幾何矣？曰半矣。半則前路之尚遥，而安能一蹴而至之？於是乎苟安畏難之心以起，而舉步不能前。亦且自笑初念之非，亦且自幸轉計之捷，（刻意形容，何其曲盡。）吾所行之塗已半矣，廢之未可遲矣，廢則前修雖可惜，而尚不至盡力而擲之。蓋久矣，厭倦偷惰之心已生，而中道而遂止。今夫境雖至美，而苟見之不親，則尋之而莫得其趣。即勉强以赴之，而未嘗有深入而自得之意。其廢也，不待半塗已欲廢也。（即淺形深，發揮「知及不能仁守」之意透絶。）今夫人意雖甚篤，而苟於體不切，則任之而莫鼓其鋭。一嘗試而爲之，而未嘗有必得而無失之情。其廢也，即逾半塗亦必廢也。（更深。）人亦有氣近於餒，而一有動之，以其所欲者不覺，其意移而起，（又襯得極緊切。）以是知靡者未嘗不可振也，而兹之振者，忽焉而靡，復何望乎？吾知其廢也，且返而復於舊焉而去道也日遠矣。（繳上句。）人亦有志安於卑，而一有激之，以其所難者不覺，其奮袂而興，以是知退者未嘗不能進也，而兹之進者，忽焉而退，可不惜乎？吾知其廢也，復使之遵乎道焉而不行也益決矣。（又推到「廢」後情事，真是周密。）然則其遵道而行也，究何嘗遵道而行也耶？

旁見側出，摹神繪理，縝密確實之中，却帶烟霞之氣，眼中之人，誰能與之抗〔二三七〕者？○筆筆如題説，不走下句。（喬介夫）

遁世不見知而不悔

君子之無心於遇也，而中庸之統不廢矣。夫有求知之心，而不能如其心，斯悔生焉，君子無是心也，即遁世可也。 且夫盡吾力之所當爲，而於人世迴不相涉也，争其得失而以爲重輕，是在天之數，反不敵夫在人之數也。 曾亦觀於依中庸之君子乎？道既已大成，而取以加諸斯世，（補此意好。）古之人往往建豐功而樹偉績，不可謂非得志於時之所爲； 然道雖已大成，而止以得其爲我，古之人往往混於等夷而嗇於義命，及斯世有君子而無有識其詣。 夫一凡人譽之則以爲有餘，一凡人毁之則以爲不足，此其人不知有己者也，皆悔之端也； （出「悔」字雋妙。）且一凡人譽之則以爲憂，一凡人非之則以爲喜，是猶有人之説存也，亦悔之萌也。 夫悔也者，由後憶前而爲言者也，念前之所爲，亦幾用吾力矣，而竟何裨也？今之落落焉者，其何爲也，往往自傷矣； 又由人對己而爲言者也，念人之所爲，凡以近名耳，而果有益也。 吾之踽踽焉者，乃至是也，轉以自咎矣。（「悔」字二股描寫人情切中。）於是好奇之流，自喜其名之甚而爲無窮之慮，乃益鉤深致遠〔二三八〕而窮大而失其居； （迴顧「素隱」節。）即夫學道之人，自顧其身之隱而有沉淪之感，乃〔二三九〕遂憂傷自沮，而中道而喪其守。 （迴顧「遵道」節。）君子則不然矣，（纔落正面。）性命〔二四〇〕之業，豈爲一名而然？但使古今相傳之緒，不自吾而墜，而〔二四一〕吾事畢〔二四二〕矣。 其在上也奚〔二四三〕以喜？其在下也奚以悲？直浩然自得而已矣。宇宙之大，可與同志幾人？但使曲學異説之徒，以吾而不得逞，而吾心安矣。其知之也何所加？其不知也何所損？直夷然自適而已矣。險阻備嘗，而益〔二四四〕以增道德之光，故有一意孤行，而不得志於今，必取貴於後。艱難屢值，而益以徵堅貞之守，是即閉户深思，而人物之性亦以盡，天地之大亦以參。（纔切「依中庸之君子」。）斯爲「遁世不見知而不悔」者歟！而中庸之統有所屬矣。吾嘗聞有聖人者，未之見也，以此觀之，豈其人耶？（結出末句，神韻悠然。）

昔人論遁世無悶之學曰：「君子之心，如一泓止水，不動一些微波。」此篇能道得出前路，發「悔」字處，分明眼前情事，他人却寫不出也。（汪武曹）

言揮之而彌廣，思按之而彌深，具此力量，乃可於理境中縱横無碍。（張聲伯）

詩云鳶飛　一節

道無往而不在，《詩》之詠物者可味也。夫道之察於上下者，豈一端而已也？而詩人偶於鳶魚而遇之，道之費也已盡於《詩》言矣。且天下無人外之道，則亦無物外之道；無道外之人，則亦無道外之物。故任舉一物焉而可以見道，而不得拘拘焉指何物之是道也。吾讀《大雅》之《旱麓》，有得焉，曰：「鳶飛戾天，魚躍於淵。」夫物何爲而有鳶，鳶何爲而能飛，飛何爲而戾天？此其故，鳶不之知也，而體道者知之。夫物何爲而有魚，魚何爲而能躍，躍何爲而於淵？此其故，魚不之知也，而體道者知之。道之在天下，一如其在君子。而實而可循，顯而有據，爲之一俯一仰而道形焉。耳得之而爲聲，目遇之而成色。夫豈有既耶？魚川泳而鳥雲飛，其與焉者也，不必皆飛也，不必皆躍也。詩人有見於上下之間，莫非至教也，於是乎言。（**說得活潑潑地。**）道之在空虛，一如其在吾心。而意可以喻，色可以授，觀於一名一物而道寓焉。本乎天者親上，本乎地者親下，夫豈可勝數耶？栩栩然而洋洋然，其與焉者也，何往非鳶也，何往非魚也？詩人有見於上下之間，莫非要道也，於是乎言。然則飛者鳶耶？道耶？躍者魚耶？道耶？氣者理之所爲，而理必藉氣以行，其爲流動而充滿者，誠體物而不可遺矣。上焉者飛耶？鳶耶？下焉者躍耶？魚耶？道與俱飛，道與俱躍。理者氣之所資，而氣又載理而出。其爲鼓舞而動蕩者，固至誠之不可掩矣。（**二比游神象外，得意環中。**）故曰察也，舉目無非鳶魚，吾心自有飛躍，而上下皆載道之區，天淵非高遠之境，其理可遍觀而盡識也。飛躍者，鳶魚自然之性天；鳶魚者，飛躍一端之呈露，而上下之絪緼，原非形質。天淵之富有，亦非神奇，其機可静觀而自得也。而世之學道者，輒爲恍惚之見，曰杳杳冥冥之間，道在是也。又或好爲拘执之解，曰一隅一曲之間，道在是也。則吾有以知其不能随時随事而用其力矣。物各盡其所具之常，而人反遺於其所有之理，何耶？

文至此，亦活潑潑地矣。反復咀嚼，其味愈永。（方靈皋）

睨而視之猶以爲遠

遠者有須於視，則未可爲不遠者例矣。夫視之而見爲遠，惟其遠，故必待於視也。詠《伐柯》之篇，而知其所云不遠者，固已非也。且人之爲道而遠人者，是於不遠者而以爲遠也。以爲遠，則果遠乎？而非也。以爲遠而果遠者，則惟伐柯者爲然矣。執柯以伐柯，是一其形也，而仍兩其形矣，以彼之形，準此之形。而形之設於心者，不既多乎？且夫是器之異也，而將欲器之同矣，此亦一器，彼亦一器，而器之運於手者，不既勞乎？且夫器之運於手者，亦必注於目也。目之可以一覽而無餘者，必其近者也。若夫躊躇四顧之中而以旁見側出者爲得其要眇，則正視之而不足矣。（刻畫「睨」字。）凝乎其精，而得乎其意；得乎其意，而應乎其手。蓋仿佛之間而已具有闊絶之勢，不如此之委曲而不得也。惟仿佛也，而猶以爲闊絶，以是知遠者自遠，而不可强矣。抑形之設於心者，亦必藉於目也。目之可以不用而已得者，必其近者也。（婉曲有味。）若夫目力既竭之時而以左顧右盼者爲盡其技能，則熟視之而猶未盡矣。聚乎其神，而取乎其象；取乎其象，而從乎其心。蓋分寸之中而已若有尋尺之隔，不如此之審顧而不能也。雖分寸也，而猶以爲尋尺，以是知遠者終遠，而不可合矣。則夫伐柯者之不能無所視也，而視之必出於睨也，猶以爲遠。所固然者，既視彼，復視此，而視不一視，且欲縱其視之能，而若故斂其視之用，而吾之視之者始真，此其爲視也勞矣，蓋以其遠也。人之爲物而遠物也，乃可以爲物矣。（恁地雋妙。）既視此，又視彼，而視不徒視，且欲神其視之巧，而若故迂其視之用，而物之情乃出，此其爲視也多矣，故猶以爲遠也。（「睨」字愈刻愈工。）人之爲物而不遠物也，不可以爲物矣。「其則不遠」，在作詩者，別有寄託，不得謂其詠物之末工。「猶以爲遠」，在伐柯者，勢難逸獲，不得議其運斤之或拙。何者？以我治物，不同於以人治人也。

雕刻「睨」、「視」，極其工妙，「猶以爲遠」句，跌宕摇曳，即映合本色語。以爲機鋒，更出人意外。（汪武曹）

如此作文，方見題中無一字可輕易放過。世人膚衍了事者，直是不曾知有題目耳。（張星閑）

刻劃虛空，靈雋無匹。（方宗子）

故君子以人治人

則即具於人，故即人以爲治也。夫有人即有道，而則已具是矣。以〔二四五〕此治之，而豈欲其遠人以爲道哉？且君子者欲治人，必先自治。其自治者，非取之於人也，以我治我，而我已治矣。（從對面説起，警醒靈動。）然則觀於君子之自治者，而其治人亦從可知矣。故《伐柯》之言不遠者，未可以擬君子之治人也。人之道，具於人之身，何待於治？然往往自不遠而之於遠，則有賴於治也；（跟定「道不遠人」説，得旨。）人之道，具於人之身，亦何難自治？然往往以不遠者而爲遠，則固有賴於君子之治之也。其治〔二四六〕之則何以也？曰：「以人治人。」人有耳目，即有聰明，君子治其耳目，使之聰明，治之者，君子也，而聰明者，非耳目之所無也；人有心思，即有睿智，君子治其心思，使之睿智，治之者，君子也，而睿智者，非心思之所無也。（此二義先虛伏，後面再實發〔二四七〕。）使非人之所本有，而取他人之所有以責之，（所謂「不是將他人□道理去治他」。）曰：「爾當如彼。」而人有辭矣，曰：「我之不可爲彼，猶彼之不可爲我〔二四八〕也，安能一一而强合於彼乎？」如〔二四九〕是者，人不治也。使非人之所固有，而即取我之所有者以給之，（所謂「又不是分我的道理與他」。）曰：「爾且如我。」而人有辭矣，曰：「我之不能爲爾，猶爾之不能爲我也，安得拘拘而擬似於爾乎？」如是者，人不治也。君子之治人也，曰：「爾有耳目乎？」曰：「有也。」「爾有聰明乎？」曰：「有也。」「爾之耳目可以不聰明乎？」曰：「不可也。」「爾以爲不可，則爾之聰明，還之爾之耳目可也。」此所爲治之也。曰：「爾有心思乎？」曰：「有也。」「爾有睿智乎？」曰：「有也。」「爾之心思可以不睿智乎？」曰：「不可也。」「爾以爲不可，則爾之睿智，還之爾之心思可也。」此所爲治之也。（此等洗發，直令老嫗點頭。）人情，於己之物則愛之而用之又熟，於人之物則輕之而用之不習，（就「人」字上指點出「以人治人」，道理雕刻衆形，十分雋妙。）君子因其所愛而教之以熟，而人不得曰：「此吾之所不習也。」人情，於己之物則便之而以爲無難，於人之物則難之而苦其甚遠，君子本其所便而去其所難，而人不得曰：「此爲吾之所甚遠也。」（又帶轉「不遠」。）蓋人之所有而人自失之，君子爲之指其迷，曰：「此不已在是耶？」而人遂[二五〇]不必用其徘徊矣；人之所失而人自取之，君子爲之導其嚮，曰：「此何必別求也？」（又繳轉《詩》辭，妙絶。）而人遂不必勞其審視矣，故一治而即改也。

琉璃爲咽，珊瑚爲舌。（徐蜀來）

似不經意而出之，而變化生心，轉筆作舌[二五一]，直能於理窟中掉臂游行。（韓慕廬先生）

所求乎朋友　二句

以責友者自責，其道在先施而已。夫朋友之道，以施爲主，而施又以先爲貴，先施之未能，而不可以求乎朋友矣。且吾言施之已而不願，亦勿施於人。夫既不宜互施其所不願，則必宜互施其所願者可知也。（承上，擒「施」字。）顧不願者之不宜互施，縱彼或先施於我，（從「施」字引出「先」字。）而我勿從而效於後；所願者之宜於互施，縱彼猶未施於我，而我必起而處其先。若是者，吾得以之論朋友之交焉。泛然而適相值之爲朋友，非若君父兄之有定分也，然有情之可聯，而直等於君父兄，而彼此之責望因之以生矣； 歡然而兩相耦之爲朋友，非若臣子弟之卑賤也，然有道之可盡，而亦同於臣子弟，而異地以相觀〔二五二〕，其誼〔二五三〕略不殊矣。 蓋朋友者，莫貴於有所施也。 凡施者必有受者，義出於當施〔二五四〕，則自無不受也，而人之情每喜於受而難於施，旦旦而望朋友之施，朋友亦旦旦而望我之施，施莫適爲先，而殊無可受矣； 凡施者必有報者，義出於當施，則亦自無不報也，而人之情每樂居於報，而不樂居於施，事事而求朋友之施，朋友亦事事而求我之施，施莫肯爲先，而殊無可報矣。 夫亦知求乎朋友者，施在所當先乎？**（以「受」字、「報」字剔「施」字，切中情理。）**友未嘗求我，而我取懷而予之，友方自愧其後，而吾之所以先之者，已〔二五五〕示友以其則矣，不然，而但求之友也，而友有辭也，曰：「我則洵非矣，爾獨非朋友乎？」雖友亦不敢料我之後必不施，而莫爲之先〔二五六〕，則遂以窮於友之詰也，以責友者轉而對勘之於己，則庶乎不怨及朋友耳。 即友亦未嘗不求我，而我推誠以待之，友亦相與争先，而友之所欲施之者，亦示我以其則矣。**（轉換妙甚。）**不然而徒求之友也，而友亦未必吾拒也，曰：「我之道當然矣，彼非視我爲朋友乎？」在我亦斷不至後之竟無所施，而既莫之先，則難以對於友之前也，以責友者從而反照之於己，則庶乎無愧於朋友耳。 丘也歷聘諸侯之國，遊於賢士大夫之間，而所以自爲朋友之道，即於朋友得之矣，彼之道即吾之道也，吾靳其施而欲彼急其施乎？而所以處乎朋友之道，即於自爲朋友得之矣，吾之道即彼之道也，吾不愛其先，而彼敢愛其施乎？（**轉換妙甚，真乃絶世聰明。**）丘則未能而嗣，是知所以交友矣。

就「先施」二字發論，故句句切朋友，不可移作於臣弟話頭。（程佐衡）

庸德之行　二句

德與言而皆庸也，則以行且謹焉爲要矣。夫庸德之外無德，庸言之外無言也，而不行且謹焉，可乎？此不遠人以爲道之事也，且人之遠於道者，吾知之矣。（**「庸」字對「遠」字説。**）舉其尋常日用者以爲無奇，而妄意别有曠渺之觀，非常可喜之事，於是遂欲矯然以體之於身，而號之於世。嗚呼！亦見其惑矣，彼烏知所爲高遠者，即在至近之中，而彼之所謂遠者，固已自棄於道之外也乎？人之爲言曰：「子臣弟友之德，毋乃庸甚。」（**出「庸德」二字，有波折。**）果也其庸也，則於此有人焉；正以其庸也，一舉足而不肯越之。（**暗擊動「君子」。**）今夫人之情莫患於有所狃（二五七），彼習見夫君父兄友之我親也，以爲彼所當然，且或求之無已，而至於忠信孝弟之事，偶有之即争相詫以爲奇，而若大出於其分外，是庸德之不行者其常，而行者其變也。（頓跌「行」字，妙悉人情。）夫一日而不行，是一日而不可爲人子、爲人臣、爲人弟、爲人友也；　一事而不行，是一事而不可爲人子、爲人臣、爲人弟、爲人友也。　是故一舉足而不可越也，蓋當前求之而即是，百年由之而不窮，莫過於庸德矣。　其析之也精，其處也當，其守之也專，由是而極之，至於參天地而育萬物，人以爲其德也，何其至也，而不知其爲庸德之行也。（推開愈收得緊。）（「行」字切實。）人之爲言曰：「子臣弟友之言，毋乃庸甚。」果也其庸也，則於此有人焉，止以其庸也，一矢口而不肯〔二五八〕忽之。　今夫人之患莫大於有所易〔二五九〕，彼習聞夫忠信孝弟之談美也，洋洋然宣之於口，纚纚然筆之於書，而至於仿佛疑似之間，雖有未當，亦爭傳之以爲快，而若不妨其有偏，是庸言之不謹者恒多，而謹者恒少也。　夫世俗之言，雖怪迂之至，而所傷有限也；　理道之言，有毫釐之差，而所失已多也。（觀儒、佛，朱、陸之分便見。）是故一矢口而不可忽也，蓋萬物之精而不容秘，偶然之發而不容輕，莫過於庸言矣。　其思之也慎，其辨之也明，其論之也切，由是而極之，至於覺斯民而詔來世，人以爲其言也，何其至也，而不知其爲庸言之謹也。　彼〔二六〇〕遠人以爲道者，德其所德，非吾所謂德也；　言其所言，非吾所謂言也。　夫其德與言既非矣，而又何行與謹之足云乎？

此兩扇格也，今人好爲羅紋體，而此格幾於廢矣。要之，題之真實了義，必各自發揮，乃能盡〔二六一〕變耳。（韓慕廬先生）

不願乎其外〔二六二〕

位之外無願，而所以行之者益力矣。夫有願外之心者，是不能素其位而行者也。然則其外也而可願乎？且人悉爲外累耳。夫其外，與我不相屬者也。不相屬者，而吾引以自累，則其於相屬者必有所不能盡可知也。（通篇抱轉上句説，得旨。）故素其位而行，猶不足以盡君子。蓋非其位，則皆其外也。（剔得醒。）外者，一位之無有，而衆位之畢集。集於願者之心，而心真若有位之可行焉。（摹寫幻妄之心，妙絶。）外者，但有可願之位，而無不可願之位，可願之位出於願者之心，而心真若有可願之位行焉。無端而設一非分之想，想以生想，而汗漫，而不知所之。此身塊然處也，而此心且飄忽於宇宙之間，不覺有可歆可慕者之遍羅於前也。收視反聽，而其外竟何有也？獨有其位焉耳。（仍抱轉「其位」，冷雋之甚。）無端而設一境之至幻，幻之中更有幻，而誕妄，而不可致詰。此生原有涯也，而此願竟不歇絶於方寸之内，不覺有紛紛擾擾者之日注於目也。事窮念絶，而其外竟何在也？仍在其位焉耳。（前二比虚摹「願」字，此二比實寫「願」字。）君子以義自守，不當願而願之，是無義也。紛華靡麗之境，絶於君子之心。心無欲而身之所處者乃精以詳。夫其外者，對其位而言也。既不願矣，而並無所爲其外也，則其外泯於君子之以義自守矣。（入微。）君子以命自安，不必願而願之，是無命也。貪得妄求之念，絶於君子之心。心有主而身之所遭者益順而安。夫其外者，與其位相反也。既不願矣，而何患乎其外也？則其外泯於君子之以命自安矣。（義命是君子，不□□□□。）人各有其才分，而用之於外，故效之於位者多疏。蓋義利之界，不能辨也。君子之嚴其界者久矣，故才分之用，莫不得其當也。（處處是挽足上句。）人各有其精神，而用之於願，故從事於行者遂減。蓋公私之際，不能審也。君子之辨其際者精矣，故精神之用，莫之有或失也。此君子之素其位而行者也。

素其位而行，不願乎其外，是一套事。有不願乎其外，而素位之義乃盡，故須帶定「素位」説。而於文之法律，又不可黏滯也。篇中摹寫願外情景，十分刻露，「不」字一轉，而題節已透。處處仍抱轉上句，理法兼到之文。（李蒼存）

其神清明而中有主，故縱筆所如，濤飛雪濺，而仍未始出吾宗。此清悟之文，直坐斷楞嚴，惟識諸慧舌不容開口。（趙驂期）

疏「顧外」，奇肆之至，令閱者心神倏游於杳冥荒忽之際。而理解澄澈，無一毫失於散誕疏闊，至文也。（韓慕廬先生）

洋洋乎　二句

擬鬼神於無不在，有若或形之者焉。夫洋洋如在，固人心自爲之耳，使人心之如在者誰耶？《中庸》以此驗鬼神之體物也。若曰：「嗟乎！夫鬼神之情狀果竟有其可知乎？」（能截上句咏嘆「洋洋乎」神情。）夫鬼神，無形而無聲者也，而其情則形形而聲聲者也，而其狀則疑形而疑聲者也。惟其然，而鬼神之潛驅而默運者，固已盛矣。（顧上「使」字。）彼夫將事之惟虔也，對越在下矣，左右奉璋矣。此時而求鬼神，殆涉於惝怳者乎〔二六三〕？然而鬼神之變化也，在人之心矣，又在人之目矣。此時而求鬼神，豈終於杳冥者乎？故以爲旁皇者在象先也，又若恍惚者在目前也；以爲一念迎之而盎然若接者也，又若轉盼留之而杳焉若失〔二六四〕者也。（真得流動充滿之解。）吾試擬之其洋洋乎，而洋洋者何所不在乎？第一瞻於上，而已在上矣；　又一瞻於左右，而又在左右矣，隨其目之所在而與之俱矣。（入微，切「體物」。）而洋洋者又安在乎？其在上也，如在其上而已矣；　其在左右也，如在其左右而已矣，因其目之所在而又與爲遠矣。（更微。）意者几〔二六五〕筵榱桷之際，無在而不可憑耶？明明憑之矣，既入人之意念也，而又移人之視聽也，是豈有意而爲之耶？吾不知氤氳而動蕩者，何以如是之昭明也？（吸動「誠」字。）意者俎豆馨香之列，無在而不可依耶？明明依之矣，以爲無而恍見其有也，意其親而轉覺其離也，是豈知其所以然乎？吾不知焄蒿而悽愴者，何以如是之感發也？且夫在因形生，上與左右之形非真形；　在因見生，如上與如左右之見非定見。　然而無形之形，形乃真；　不見之見，見乃定也。（入微。）是故有上與左右之形不可謂非真形，有如上與如左右之見不可謂非定見，正惟真形而形，不必果定，真見而見，不必遽定也。（入微。〔二六六〕）嗚呼！　若隱若見之間，役〔二六七〕使群動，而何有方所之可尋；　（照「不可度」。）吾身吾心之靈皆其貫通，而豈有旦明之〔二六八〕不肅。（照「矧可射」。）故曰洋洋也，（繳「洋洋」二字。）則信乎其體物而不遺也，而盛可想矣。

闡發義理之精微，推求鬼神之情狀，可入宋儒語録。（汪武曹）

詩曰嘉樂 一節

引《詩》而知因材之理，亦虞帝得天之一證也。夫《詩》之言，天命備矣，而一本於君子之德，是可通於因材之説也，而天之篤舜者不於此可證乎？且天於材之栽者而培之，不獨物理也，即人事亦然。人以德之修者爲其栽，而天即以福之錫者爲其培，是故善言人者必有驗於天也。天之所蓄者至無窮也，惟蓄之者無窮，而出之者遂有窮。（雋妙。）若是者，非天之不能予之，而人之不能受之也。人不能受，而天亦第儲之，以積於不用而已矣。（妙。）天之所愛者原無多也，惟愛之者無多，而施之者遂愈多。若是者，非天之欲盡予之，而人之欲盡受之也。人欲盡受，而天亦樂付之，且竭其所藏而已矣。又不觀諸《假樂》之詩乎？《詩》言君子之福，而必本於君子之德，誠以德也者，人民之所胥賴，群情之所歡悦，諸福之所畢歸，而天心之所由悉協者也。（全題一挈。）君子而嘉樂也，以有令德，故嘉之樂之也；君子而令德也，以其顯顯，故令之也。由是而宜民者在此令德也。德足以宜民，豈曰「天保定爾」，其無爽乎？而天即以民爲其禄，使爲群黎百姓之王焉，而君子遂泰然受也。（順勢逗出「受」字。）由是而宜人者在此令德也，德足以宜人，豈曰「自天佑之」，無或失乎？而天即以人爲其禄，使爲百辟卿士之主焉，而君子遂優然受也。其優然受也，（緊接。）天之命不能辭也。以輔以翼，實保乎君子之身，而百禄是遒，君子直以德自保之而已。其泰然受也，天之命不可却也。以引以導，克相乎君子之行，而福禄攸同，君子直以德自佑之而已。而天之意正不於此止也。君子之德，（根定「德」字。）日進無疆，而天之命，亦日進無疆，既保之復保之，既佑之復佑之，循環反覆，而君子之受之者且自訝其來之不絶。君子之於德，日申命以行事，而天之於君子，亦重巽以申命，既保之且佑之，既佑之且保之，而丁寧誥誡，使君子之無不受之而深恐其與之或薄。故又〔二六九〕曰：「自天申之。」而天之因君子之栽而培之者，誠有加而無已矣。萬年有道之長，必歸神聖；維皇眷顧之意，豈屬偏私？《詩》之咏《假樂》也，若爲舜賦也。事有必至，理有固然，又何疑哉？

逐字逐句做去，却膠粘一片，雋思妙旨，疊出不窮。（徐大臨）

身不失天下之顯名

名有其不失者，不失而名愈顯矣〔二七〇〕。夫顯名者，武王之所自有，特恐因有天下而失之也。而卒不失焉，此武王纘緒之最大者也。且吾嘗讀《詩》，而至「文王有聲，遹駿有聲」，知〔二七一〕我周令，聞之不已，莫盛於文王。（拈「名」字起，跟「文王説」入，確切。）及武王繼起而嗣其聲聞，故耆定之功，天下頌之。獨是文王之有聲，因不有天下而愈顯，而武王之有天下，不無隕厥問之憂，此亦文王之憂也。今夫向所未有而忽焉有之曰得，向所已有而忽焉去之曰失〔二七二〕。名也者，天下之難得而易失者也；名在天下則名已顯，而顯於一身即以顯於天下。身也者，名之易歸而亦易去者也。（字字搜剔清楚。）武王即未有天下，而赫濯者已布於寰區，武王之顯名不因有天下而得也。三分有二之服事，天下共慕其忠貞，「其父〔二七三〕折薪，而其子弗克負荷」，文王之名愈顯，而武王之名不顯矣，而未之或失也。（以「文王」形出「武王」。）武王原無利天下之心，時至事起而因以受命，未有天下以前，此武王也，既有天下以後，亦此武王也，而顯名與之終始矣。武王既有天下，而震疊者又滿於萬國，武王之名又若因有天下而顯也。肇基王迹之功烈，天下不忘乎歌思，「厥父菑，厥子乃弗肯播穫」，武王之名不顯，而文王之名亦不顯矣，然未之有失也。（轉換更見新穎。）天下共知武王之舉，應天順人而起而代商，未有天下以前，此顯名也，既有天下以後，亦此顯名也，而顯名與其身終始矣。後之有天下者，其初不無收拾人心之事，天下多從而稱之。已而神器一移而天下之望盡失，望之失者，名亦隨之矣。而聖人者，天下共諒其無他，而更姓改物，黎民不驚，莫不謳吟於其故。（又以「失」字形起「不失」。）後之有天下者，其初亦或有祖宗積累之貽，天下久相與安之。及其鐘簴〔二七四〕一遷而天下之心盡失，心之失者，不止名隨之矣。而聖人者，天下咸服其大公，而伐暴救民，義聲所布，亦不必有加於其前。（是「不失」。）此武王之「身不失天下之顯名，所爲能述其父志」者也。

燾問：「身不失天下之顯名，與必得其名，須有些等級？」朱子曰：「看來也是有此意。」從「不失」二字着筆，緊跟文王，崇論宏議，有功經傳之文。（韓慕廬先生）

武王末受命

受命之緩者尚不能無所待矣。蓋受命之後，不同於未受命之前也，而無如其爲末受命也，武王豈能無所待哉？且聖人之舉事也，雖曰時哉弗可失，然而徘徊審顧，有不忍利天下之心，亦所以承先志也。（數語盡張侗初一篇之意。）及其不得已而應，而天下乃大定，而後之人猶惜其不早矣。（「未」字從周公眼中看出，用筆不測。）昔者武王受命而有天下，其急者曰反商政，而一時之綏士女者，固已詳悉而不勝書。其治已至於垂拱，而一時之貽後嗣者，何又草創而不備？蓋其受命亦已末矣。（從下意倒入。）受命而易侯而王，其積累豈一朝夕之故？向日之克商，惟我文考無罪。一自受命以來，而惟我文考無罪者，其事皆在於武王也，（皆是擊動下意。）耄期創業而又在十有三年之後，而所以遏亂略者，其經營真無暇日矣。而先世積累之勤，至此日而益有光矣。（武王末受命，非一無所爲也，周公特補其缺略耳。）（此比映「追王」二句。）受命而化家爲國，其仰望在萬國之遠。昔我文考文王，大勳未集。一自受命以來，而文王大勳未集者，將畢集於武王也，遲暮膺圖而正當古帝倦勤之候，（以虛對實襯「末」字更妙。）其所以撫方夏者，自朝至昃〔二七五〕，亦幾於不遑暇食矣。而萬國仰望之殷，至此日而益無涯矣。（此比映「斯禮也」一段。）世德作求，武王之繫於先世者重，而遵養時晦，何異服事之心？其受命之晚，即先王亦諒其不得已之故也。（此比仍映「追王」二句。）誕受多方，武王之繫於天下者重，故植璧秉珪，随有金縢之祝，蓋亦以受命之晚，而四方正需其敷佑之功也。（就周公身上襯「末」字，奇橫之極。）（此比仍映「斯禮也」一段。）嘗讀《武成》之篇，原本於文王之克成厥勳。西伯〔二七六〕而文王之者，蓋受命之時而追王之也。（直犯下文，其實不犯。）抑讀《我將》之詩，知宗祀文王於明堂以配上帝。上帝而配之者，蓋受命之時而上祀文王以天子之禮也。且夫重民五教，惟食喪祭，喪祭而重之者，當受命之時首以此爲重，而所以重者，何未見之書也？凡此者，皆以未受命故而有待於周公者也。

此節以周公爲主，「未受命」句乃引起下文耳，言武王晚而受命，禮制草創未備，周公起而成之也，句句照下意講，乃得旨。張侗初作通篇言武王遲留，不忍曲全文王服事之心，以此襯貼「未」字，其於法也疏矣。○末段「追王」、「上祀」及「喪祭」，明明説出，似是犯下，然就武王身上説，皆是補下文之縫隙，乃起下非犯下也，所謂犯字不犯意也。○處處帶定文王，蓋節旨在周公，而章旨在文王也。（劉北固）

設其裳衣

孝寄於所設，儼若先王臨之矣。夫裳衣尚在，即先王猶存也，此武周所爲於時祭而設之也。且夫衣服之附於人身也，先人之所遺，有爲之愀然而不忍見者矣。然而神所憑依，將在是焉。故其不忍見者，悽愴之無或忘也；而其不忍不見者，亦孝思之所必寄也。蓋爲人子孫，而祖父之容貌，猶時時懸於意念之間。即當日之被之於躬者，至今仿佛記憶，而若注之於目，此豈一刻忘乎？（「事死如事生，事亡如事存」，此一句中便已道盡。）抑當其尚在，而服勞於左右，每時時虞其寒暑之侵，凡吾親之飾之於體者，無不躬親目覽，而常志之於心，曾幾何時而已杳不可即乎？兹日者，裳亦無恙耶？衣亦無恙耶？而先生往矣，九原不可復作矣，於是出之於笥而授之於尸。不得見先王，見其裳衣而如見先王焉，（剔「其」字。）蓋先王之靈爽實式憑之矣。假如今日者，裳亦不設耶？衣亦不設耶？而先王亡矣，音容亦並難追矣，是故守祧掌〔二七七〕之而既祭藏之。凡以慕先王，慕其衣裳而亦所以慕先王焉，蓋先王之動止若或見之矣。嗟乎！物在而人亡，有情者皆不勝其顧之而生悲，而况孝子之事其親乎？因似而得真，旁觀者皆不勝其睹之而生敬，而况聖人之恪其先乎？（對更警切。）裳衣不瞻之於温清，而〔二七八〕瞻之於將享，即人子其何以爲懷？然裳衣在祖宗，既衣其新，而子〔二七九〕孫猶守其故，即世德可知。其不替武周之祀典，又有如此者。

纏綿悱惻，讀之使人油然興仁孝之思。（江千苓）